महाश्वेता देवी

जन्म : 1926, ढाका।

पिता श्री मनीष घटक सुप्रसिद्ध लेखक थे।

शिक्षा : प्रारम्भिक पढ़ाई शान्तिनिकेतन में, फिर कलकत्ता विश्वविद्यालय से अंग्रेजी साहित्य में एम.ए.।

अर्से तक अंग्रेजी का अध्यापन।

कृतियाँ अनेक भाषाओं में अनूदित।

हिन्दी में अनूदित कृतियाँ : *चोट्टि मुण्डा और उसका तीर, जंगल के दावेदार, अग्निगर्भ, अक्लान्त कौरव, 1084वें की माँ, श्री श्रीगणेश महिमा, टेरोडैक्टिल, दौलति, ग्राम बांग्ला, शालगिरह की पुकार पर, भूख, झाँसी की रानी, आंधारमानिक, उन्तीसवीं धारा का आरोपी, मातृछवि, सच-झूठ, अमृत संचय, जली थी अग्निशिखा, भटकाव, नीलछवि, कवि वन्द्यघटी गाईं का जीवन और मृत्यु, बनिया-बहू, नटी* (उपन्यास); *पचास कहानियाँ, कृष्णद्वादशी, घहराती घटाएँ, ईंट के ऊपर ईंट, मूर्ति,* (कहानी-संग्रह); *भारत में बँधुआ मजदूर* (विमर्श)

सम्मान : 'जंगल के दावेदार' पुस्तक पर साहित्य अकादेमी पुरस्कार। मैगसेसे एवार्ड तथा भारतीय ज्ञानपीठ द्वारा सम्मानित।

निधन : 28.07.2016 (कोलकाता)।

जंगल के दावेदार

महाश्वेता देवी

राधाकृष्ण पेपरबैक्स

राधाकृष्ण पेपरबैक्स में
पहला संस्करण : 1998
तेरहवाँ संस्करण : 2026

राधाकृष्ण पेपरबैक्स : उत्कृष्ट साहित्य के जनसुलभ संस्करण

राधाकृष्ण प्रकाशन प्रा. लि.
जी-17, जगतपुरी, दिल्ली-110 051
द्वारा प्रकाशित

शाखाएँ : अशोक राजपथ, साइंस कॉलेज के सामने, पटना-800 006
पहली मंजिल, दरबारी बिल्डिंग, महात्मा गांधी मार्ग, प्रयागराज-211 001
1, अनमोल सोराबजी सन्तुक लेन, धोबी तलाव, मरीन लाइंस, मुम्बई-400 002
वेबसाइट : www.radhakrishnaprakashan.com
ई-मेल : info@radhakrishnaprakashan.com

यश प्रिंटोग्राफिक्स
नोएडा-201 301 (उत्तर प्रदेश)
द्वारा मुद्रित

मूल्य : ₹399

JANGAL KE DAVEDAR
Novel by Mahashweta Devi

ISBN : 978-81-8361-153-4

डॉ. कुमार सुरेशसिंह को

भूमिका

भारतवर्ष के स्वाधीनता-संग्राम के इतिहास में बीरसा मुण्डा का नाम और विद्रोह अनेक दृष्टियों से स्मरणीय और सार्थक है। इस देश की सामाजिक और आर्थिक पृष्ठभूमि में उसका जन्म और अभ्युत्थान केवल एक विदेशी सरकार और उसके शोषण के विरुद्ध ही नहीं था—साथ ही साथ यह विद्रोह समकालीन सामन्ती व्यवस्था के विरुद्ध भी था। इतिहास की इन सब विवेचनाओं से काटकर बीरसा मुण्डा और उसके अभ्युत्थान की सही-सही विवेचना असम्भव है।

लेखक के रूप में, समकालीन मनुष्य के रूप में, एक वस्तुवादी ऐतिहासिक का समस्त दायित्व वहन करने में हम सदा ही प्रतिश्रुत हैं। दायित्व स्वीकार करने का अपराध समाज कभी क्षमा नहीं करेगा! मेरा बीरसा-केन्द्रित उपन्यास उसी प्रतिश्रुति का ही परिणाम है।

फिर भी उपन्यास की विधा सदा ही अपनी आंगिक रीति मानकर चलती है। इस उपन्यास का भी इसीलिए बीरसा की मृत्यु से अन्त होता है। किन्तु जीवन—विद्रोह—जो भी प्रचलित और प्रवाहित है—उसकी सचाई किसी काल में किसी भी देश में नेता की मृत्यु से समाप्त नहीं हो जाती। कालान्तर में उत्तराधिकार के पथ पर वह बढ़ता रहता है। विद्रोह से जन्म लेती है क्रान्ति। इस उपन्यास के अन्त के बाद भी उपसंहार के संयोजन से यही अभीष्ट है।

इस उपन्यास को लिखने में सुरेशसिंह रचित Dust Storm and Hanging पुस्तक के प्रति मैं विशेष रूप से ऋणी हूँ। इस सुलिखित तथ्यपूर्ण ग्रन्थ के बिना *जंगल के दावेदार* का लेखन सम्भव न होता।

अरण्येर अधिकार (मूल उपन्यास का बंगला नाम) वर्ष 1975 के 'बेतार जगत् पत्रिका' में धारावाहिक रूप में प्रकाशित हुआ था। प्रस्तुत पुस्तक उपन्यास का परिवर्धित, परिमार्जित और हिन्दी रूप है। पुस्तक को प्रकाशित करने के लिए पकाशक मेरे धन्यवाद के पात्र हैं।

—महाश्वेता देवी

9 जून, साल 1900। राँची की जेल।

सवेरे आठ बजे बीरसा खून की उलटी कर, अचेत हो गया। बीरसा मुण्डा—सुगाना मुण्डा का बेटा; उम्र पच्चीस वर्ष—विचाराधीन बन्दी। तीसरी फरवरी को बीरसा पकड़ा गया था, किन्तु उस मास के अन्तिम सप्ताह तक बीरसा और अन्य मुण्डाओं के विरुद्ध केस तैयार नहीं हुआ था। उस समय मुण्डा लोगों की ओर से बैरिस्टर जेकब लड़ रहे थे। वह अब भी लड़ रहे हैं। बीरसा को पता था कि जेकब उनकी ओर से लड़ेंगे। बीरसा को पता था कि जेकब को उसके लिए लड़ना न पड़ेगा। क्रिमिनल प्रॅसीजॅर कोड की बहुत-सी धाराओं में बीरसा को पकड़ा गया था, लेकिन बीरसा जानता था कि उसे सजा नहीं होगी।

भोला बीरसा अनजान है, लेकिन वह एक तसवीर के बाद दूसरी तसवीर—इसे पहचान सकता है—सब देख सकता है। भात मुण्डा लोगों के जीवन में स्वप्न ही बना रहता है। घाटो[1] एकमात्र खाद्य है जो मुण्डा लोगों को खाने को मिलता है। इसी से भात का मिलना एक सपना बना रहता है। किसी-न-किसी तरह भात के सपने ने ही बीरसा के जीवन को नियन्त्रित कर रखा था। अधिकतर समय बीरसा की जोरों की शिकायत रहती है—'मुण्डा केवल घाटो ही क्यों खाएँ? दिकू[2] लोगों की तरह वे भात क्यों न खाएँ?' और भात राँधा था, इसलिए तीसरी फरवरी को बीरसा पकड़ा गया। बीरसा सो रहा था। औरत भात पका रही थी। नीले आकाश में धुआँ उठ रहा था, बीरसा नींद की गोद में था; तभी लोगों ने उठता हुआ धुआँ देख लिया।

उसके बाद बनगाँव—उसके बाद खूँटी—उसके बाद राँची। बीरसा के हाथों में हथकड़ियाँ थीं; दोनों ओर दो सिपाही थे। बीरसा के सिर पर पगड़ी थी; धोती पहने था। बदन पर और कुछ नहीं था—इसी से हवा और धूप एक साथ चमड़ी को छेद रहे थे। राह के दोनों ओर लोग खड़े थे। सभी मुण्डा थे। औरतें छाती पीट

1. मिला-जुला मोटा अनाज
2. गैर-आदिवासी; आदिवासियों का शोषण करनेवाले

रही थीं; आकाश की ओर हाथ उठा रही थीं। आदमी कह रहे थे, 'जिन्होंने तुम्हें पकड़वाया है, वे माघ महीना भी पूरा होते न देख पाएँगे। वे अगर जाल फैलाए रहते हैं तो उस जाल में पकड़े शिकार को उन्हें घर नहीं ले जाने दिया जाएगा।'

किन्तु बीरसा उन पर खफा नहीं होगा। पकड़वा दिया; क्यों न पकड़वा देते? डिप्टी-कमिश्नर ने उन्हें गिनकर पाँच सौ रुपए नहीं दिये क्या? पाँच सौ रुपए बहुत होते हैं! किसी भी मुण्डा के पास तो पाँच सौ रुपए कभी नहीं हुए; नहीं होते। मुण्डा अगर रात में सोते-सोते सपना भी देखता है तो सपने में बहुत होता है तो वह महारानी[1] मार्का दस रुपए देख पाता है। उन्हें पाँच सौ रुपए मिले हैं—क्यों न बीरसा को पकड़वा देते?

असल में बीरसा को अपने ऊपर गुस्सा आ रहा था। नींद क्यों आ गई? नींद न आ जाती तो वह जागता रहता। आग जलाकर भात न राँधने देता। जब आग न सुलगती, आसमान में धुआँ न उठता, कोई भी देख या जान न पाता! राह चलते-चलते बीरसा के मन में हो रहा था—इस समय भी अचेत बीरसा के मन में आया—वह आग उन्होंने बुझा तो दी थी न? मुण्डा लोगों को कम ही ध्यान रहता है। धक-धक जलती आग से जंगल जल जाता है, दावानल लपलपाकर फैल जाती है, और बरसों के लिए जंगल सूखा, और बड़ा गरम हो जाता है। इसी से तो बीरसा ने 'उलगुलान'[2] में सबकुछ अच्छी तरह जला डालना चाहा था। उलगुलान की आग में जंगल नहीं जलता; आदमी का रक्त और हृदय जलता है! उस आग में जंगल नहीं जलता! मुण्डा लोगों के लिए जंगल नए सिरे से माँ की तरह बन जाता है—बीरसा की माँ की तरह; जंगल की सन्तानों को गोदी में लेकर बैठता है।

इसीलिए तो बीरसा ने जंगल का अधिकार चाहा था!

वह जंगलों को दिकू लोगों के अधिकार से छीन लेगा। जंगल मुण्डा लोगों की माँ है और दिकू लोगों ने मुण्डा लोगों की जननी को अपवित्र कर रखा है। बीरसा ने उलगुलान की आग जलाकर माँ-जंगल को शुद्ध करना चाहा था। उसके बाद मुण्डा और हो, कोल और संथाल उराँव लोगों ने जंगल के स्वामित्व का दावा, छोटा नागपुर के अरण्य का अधिकार, पलामू, सिंहभूम, चक्रधरपुर—सारे जंगलों का अधिकार चाहा था जिससे वे माँ की गोद में फिर से पसर सकें।

---

1. महारानी विक्टोरिया
2. बीरसा मुण्डा द्वारा संचालित आन्दोलन

बीरसा समझ गया कि अब वह चला जाएगा, क्योंकि आज ही सवेरे उसने खून की बड़ी भयानक कै की थी। अचेत होते-होते भी अपने खून का रंग देखकर बीरसा मुग्ध हो गया था। खून का रंग इतना लाल होता है! सबके ही खून का रंग लाल होता है; बात उसे बहुत महत्त्व की और जरूरी लगी। मानो यह बात किसी को बताने की जरूरत थी! किसे बताने की जरूरत थी? किसे पता नहीं है? अमूल्य को पता है, बीरसा को मालूम है, मुण्डा लोग जानते हैं। साहब[1] लोग नहीं जानते। जेकब जानता है। लेकिन जेल का सुपरिंटेंडेण्ट, डिप्टी-कमिश्नर—ये लोग नहीं जानते। नहीं जानते—इसलिए न वे लोग फौज की टुकड़ी, और बन्दूक, और तोप लेकर लँगोटी लगाए तीर-बरछा-बलोया[2] और पत्थर का सहारा लेनेवाले मुण्डा लोगों को मारने आए थे। बीरसा अगर बोल सकता तो कह जाता—'साहब लोगो! खून के रंग में कोई अन्तर नहीं होता। मारने पर जितनी तुमको चोट लगती है, मुण्डा लोगों को भी उतनी ही लगती है। मुण्डा लोगों के जीवन पर तुम लोगों ने जबरदस्ती अधिकार जमा लिया है। उस अधिकार को छोड़ने में तुमको जैसा लगता है, जंगल की आबाद जमीन को दिकू लोगों के हाथों में देते मुण्डा लोगों को भी वैसा ही लगता है।'

किन्तु बीरसा कुछ कह न पाया। वह आँखें नहीं खोल पाता है—किसी ने अन्दर जैसे महुआ के तेल की मशाल और ढिबरी बुझा दी हो! जैसे कोई बीरसा को हिला रहा है! कह रहा है : सो जाओ, सो जाओ, सो रे।

सवेरे आठ बजे बीरसा खून की कै करके अचेत हो गया। उस समय राँची जेल की हर कोठरी में रोना सुनाई पड़ा था, लेकिन राँची जेल के सुपरिंटेंडेण्ट साहब ने उस पर ध्यान नहीं दिया। सब समझ रहे हैं कि बीरसा मर जाएगा। लेफ्टिनेंट-गवर्नर को क्या खबर देंगे, वह इस बात की सोच में हैं। जल्दी-जल्दी घड़ी देख रहे थे। इस आदमी का शरीर आश्चर्यजनक रूप से शक्तिशाली था। मई महीने की तीस तारीख से भोग रहा है, तो भोगता ही जा रहा है। फरवरी से अकेला एक कोठरी में बन्द है। फरवरी के पहले बहुत दिन तक पहाड़ों, जंगलों में भागा-भागा फिरता था। खाने-पीने को कभी क्या मिला—यह वही जाने! शरीर टूटता नहीं, मरता

1. अंग्रेज
2. एक खास आकार का फरसा

नहीं। अब उसे मर जाना चाहिए। नहीं तो प्रमाणित हो जाएगा कि बीरसा सचमुच भगवान है। भगवान न होता तो इतने दिनों में वह मर ही जाता!

सवेरे नौ बजे बीरसा मर गया। जेल के सुपरिंटेंडेण्ट हाथ में घड़ी लिये खड़े थे। बीच-बीच में उसकी नब्ज देख रहे थे। वह क्षीण, बहुत क्षीण थी। बीरसा की आँखें बन्द थीं—कपाल कुछ सिकुड़ा हुआ। ऐंडरसन कुतूहलवश झुके।

अब झुका जा सकता है। जिन गोरे हाथों, गोरी चमड़ी से वह घृणा करता था, वही हाथ उसके चिपचिपाते कपाल, गाल को छूते हैं। उसका चेहरा छूकर ऐंडरसन को आश्चर्य की अनुभूति हुई। यही बीरसा है, जिसके लिए दो जिलों की पुलिस और सेना भाग-दौड़ कर रही थी? सुकुमार सुन्दर चेहरा! कौन कहेगा कि मुण्डा का लड़का है? इस समय उसके मुँह पर मौत की छाया है। ऐंडरसन ने उसकी नाड़ी को टटोला। नौ बजे के लगभग नाड़ी क्षीण होते-होते रुक गई। सहसा शरीर लुढ़क गया। कपाल की रेखाएँ मिट गईं। मुख शान्त और स्थिर हो गया। मृत्यु के सिवा और कोई भी शक्ति या घटना बीरसा मुण्डा के शरीर में ऐसी अनन्य शान्ति नहीं ला सकती थी!

नौ बजे वह मर गया। उस समय उसके हाथ-पैर की जंजीरें खोल दी गईं। जीवित रहने पर इस साथी-रहित कोठरी में जब वह अनजान, बिना चिकित्सा के बीमारी भुगत रहा था, उस समय जंजीरें खोलना सम्भव नहीं हुआ था। उस पर किसी को विश्वास ही नहीं होता था। संथालों का 'हूल'[1] नहीं, सरदारों की 'मुल्की लड़ाई' नहीं—बीरसा ने हाँक लगाई थी—उलगुलान की, एक बड़े भारी विद्रोह की।

मर गया बीरसा। उस समय उसके शरीर से जंजीरें खोल दी गईं। मुँह से खून पोंछ दिया गया। उसे बाहर ले आया गया। एक-एक कर उन सब लोगों को भी बाहर लाया गया—मुण्डा कैदियों को। भरमी, गया, सुखराम, डोन्का, रमई, गोपी—चार सौ साठ-सत्तर बन्दियों को बाहर आने में समय लगता है—कमर, हाथ-पैरों की जंजीरें साथ ही खींचकर लाने में समय लगता है। उसके सिवा आकाश तो अभी

---

1. संथालों द्वारा चलाया गया 1855 का एक आन्दोलन

भी तप रहा है। जून महीने की भीषण गरमी में लोहे की बोझल जंजीरों से झुके काले शरीरों की गति भी श्लथ हो जाती है।

इसीलिए उनके आने में समय लग गया—बीरसा के शरीर का एक चक्कर लगाकर वापस चले जाने में। ऐंडरसन का धीरज टूट रहा था। वही जेल के सुपरिंटेंडेण्ट और सरकारी डॉक्टर भी हैं। बीरसा का शरीर काटना-कूटना होगा! उसके पहले खसखस के पंखेवाले कमरे में बैठकर ठण्डे होने की जरूरत है—ठण्डी बीयर पीने की और भी ज्यादा जरूरत है! राँची जिले से दूर की जेल में उन्हें तकलीफ होती थी। लेकिन ये मुण्डा लोग आसानी से दबाए नहीं जाते। किसी तरह आँखें भी नहीं उठाते। आँखें नीची किए वे लोग अपने भगवान को देखकर चलते जाते हैं! मृत ईश्वर के शरीर को घेरकर जंजीरों से बँधे काले, लँगोटीवाले कैदी चल रहे हैं, परिक्रमा करके चले जाते हैं। सब चले गए; एक ने भी शनाख्त नहीं की। नहीं कहा : हाँ, यही हमारा बीरसा, भगवान है।

"शनाख्त करो। शनाख्त करो!" ऐंडरसन ने चिल्लाकर कहा।

हाँ, एक आदमी रुक गया। कपाल पर किरच से लगा घाव है—उसी से जाना, यह भरमी मुण्डा है। नहीं तो इनमें हर एक का चेहरा, काले-काले मुँह, ऐंडरसन को एक-से लगते हैं। भरमी खड़ा है, देख रहा है।

"कौन है? किसे देख रहा है?"

भरमी कुछ बोला नहीं, खड़े-खड़े थोड़ा झूलने लगा। उसके बाद, जैसे उसके अन्दर से गाना फूट पड़ा हो। दुर्बोध, मुण्डारी भाषा का गाना, रोने का-सा स्वर, मन्त्रोच्चार-सा गम्भीर स्वर! भरमी बोला :

"हे ओते दिसूम सिरजाओ
नि' आलिया आनासि
आलम आनदूलिया।
आमा' रेगे भरोसा
बिश्वास मेना।[1]"

अर्थहीन आक्रोश से उबलकर ऐंडरसन बोला, "हटाओ, हटाओ।" वार्डर ने भरमी को धक्का दिया। वे सब चले गए।

नौ जून को बीरसा सवेरे नौ बजे मर गया, लेकिन शाम को साढ़े पाँच बजे के पहले सुपरिंटेंडेण्ट मुआयना न कर सके। मुआयना करके लिखा, 'पाकस्थली

---

1. हे पृथ्वी के स्रष्टा, हमारी प्रार्थना व्यर्थ मत करो। तुम पर हमारा पूर्ण विश्वास है।

जगह-जगह सिकुड़कर ऐंठ गई है। क्षीण होते-होते छोटी आँतें बहुत पतली पड़ गई हैं। बहुत परीक्षा करने पर भी पाकस्थली में विष नहीं मिला।' यहाँ तक लिखकर उठे—हाथों में ओ-डि-कलोन लगाया। हाथ सूँघे। सुगन्धित साबुन से नहाने के बाद भी शरीर से बीरसा की गन्ध नहीं जा रही थी। ताज्जुब है! फार्मलीन और स्पिरिट से पोंछे हुए शरीर से भी सड़ाँध की हलकी बू निकल रही थी। शरीर का सड़ना बिलकुल शुरू होने के वक्त इस तरह की गन्ध निकलती ही है!

सुपरिंटेंडेण्ट ने लिखा : 'खूनी पेचिश के बाद हैजा हो जाने से बड़ी आँत का ऊपरी हिस्सा सिकुड़कर जुड़ गया। परिणामस्वरूप हृत्पिण्ड की बाईं ओर खून बहा है और धीरे-धीरे निस्तेज होकर बीरसा मर गया।' उसके बाद सोचकर देखा, बीरसा ने कभी जेल के बाहर एक बूँद पानी भी नहीं पिया। हैजे की बात लिखी, इससे मन कचोटने लगा। अन्त में लिखा : 'कैदी को किस तरह हैजा हो गया, यह पता नहीं लगा।' लिखते-लिखते सिर उठाया, "कौन?"

"मैं।" मुआयने के कमरे का डोम आ खड़ा हुआ। "बाबू कह रहे थे..."

"कौन बाबू?"

"डिप्टी बाबू।"

"क्या कहता था?"

"उसका क्या होगा?"

"किसका?"

"भगवान का?"

"भगवान का? वह क्या तुम्हारा भी भगवान है? तुम क्या मुण्डा हो?"

"नहीं।"

"नहीं तो भगवान मत कहो।"

"ना हुजूर, नहीं कहूँगा।"

"क्या कहता था?"

"भगवान का क्या होगा?"

"चुप रहो!"

"हाँ, हुजूर।"

"ठीक से बताओ।"

"भगवान के शरीर का क्या होगा?"

ऐंडरसन का शरीर और मन जैसे पराजय की ग्लानि से अवसन्न हो गया। जो बन्दूक लेकर बीरसा के साथ लड़े थे, उनकी लड़ाई खत्म हो गई। जो बीरसा को बाँधकर ले आए थे, उनकी लड़ाई समाप्त हो गई। उनके साथ बीरसा क्यों नहीं लड़ाई खत्म कर रहा है? उन्होंने क्या किया है? उसे सूनी कोठरी में रखा था? उसके हाथ, पैर और कमर को जंजीरें बाँधकर रखा था—और क्या किया था? यह लड़ाई किसलिए है? क्यों मुण्डा लोगों ने बीरसा को बीरसा बताकर शिनाख्त नहीं की? क्यों उनकी नौकरी में लाश-घर का यह नगण्य डोम बीरसा को 'भगवान' कहे जा रहा है?

''जाओ, डिप्टी बाबू को भेज दो।''

''बाबू आए हैं।''

''अन्दर आने को कहो।''

डिप्टी-सुपरिंटेंडेण्ट अमूल्य बाबू आए। उम्र कम थी। देखने में और भी कम लगती थी। लड़के की बातचीत और व्यवहार संयत और भद्र था। साहब के आगे मुँह बन्द कर खड़े रहने की उसकी आदत थी। फिर भी ऐंडरसन के मन में आया करता था कि बीरसा के विद्रोह की खबरें कलकत्ता में 'अमृतबाजार पत्रिका', 'द बेंगाली' और 'द हिन्दू पेट्रिएट' अखबारों में वही भेजता है। मन में ऐसा आता था, पर प्रमाण कुछ नहीं था। लगता था कि उसके मन में मुण्डा-कैदियों के प्रति बड़ी सहानुभूति है। नहीं तो हर कोठरी में जिस तरह पीने के पानी का इन्तजाम ठीक-ठीक रहे, उसके लिए वह इतना मुस्तैद क्यों रहता है? क्यों कैदियों को नहाने के लिए वह दो लोटे पानी की जगह दस लोटे पानी का इन्तजाम करता था? क्यों बात-बात में 'जेल कोड बुक' लाकर कहता है : 'सर, इसमें लिखा है, उन्हें पेट-भर खाने लायक चावल किचन से देना होगा!'

लगता है, पर प्रमाण कुछ नहीं है। डिप्टी-सुपरिंटेंडेण्ट, क्रिस्तान लड़का। अच्छी तनख्वाह पाता है। लेकिन राँची शहर में हमेशा मुहल्ले-मुहल्ले घूमता है, सबके साथ मिलता-जुलता है; समाज-सेवा करने जाता है।

''क्यों, अमूल्य बाबू?''

लड़का अजीब है। सिर्फ 'बाबू' कहने से खफा हो जाता है। एक दिन उनसे कहा था, बहुत मीठे ढंग से हँसकर ही कहा था : 'खफा होना ठीक नहीं है, यह

मैं जानता हूँ। लेकिन जो यह सुना था कि 'बाबू' शब्द 'बैबून'[1] से बना है, इससे सिर्फ बाबू सुनकर अजीब-सा...!'

ऐंडरसन ज्यादा कुछ न कह सके, क्योंकि अगर गुस्सा हो जाते हैं—अगर वह सचमुच कलकत्ता के उन निकम्मे अखबारों में छिपाकर खबरें भेजना शुरू कर दे तो मुश्किल होगी। देसी अखबारों का उतना डर नहीं है, डर है बैरिस्टर जेकब से। वह आदमी अंग्रेज है, लेकिन मुण्डा लोगों की ओर से बिना पैसे के लड़ता है। इस बार भी उनका वकील बनकर लड़ने आ रहा है। मुण्डा लोग उनके ही अधीन जेल की हवालात में है। जो उनके विरुद्ध जाए, ऐसी एक खबर पाकर भी जेकब उन्हें छोड़ेगा नहीं।

ऐंडरसन बोले, "क्यों, अमूल्य बाबू?"

"मृत के अन्तिम संस्कार के बारे में निर्देश नहीं मिले।"

"सो?"

"क्या करना होगा?"

"किस तरह अन्तिम संस्कार होगा? उनके यहाँ का रिवाज तो समाधि देने का होता है।"

"जेल की हवालात में बिना मुकदमे के रखे किसी कैदी के अचानक हैजे से मर जाने पर जिस तरह अन्तिम संस्कार करना होता है, वैसा ही अन्तिम संस्कार करना पड़ेगा। निश्चय ही सरकारी अंत्येष्टि क्रिया की व्यवस्था नहीं होगी। निश्चय ही यह कोई खास मामला नहीं है!"

पराजय, पराजय! ऐंडरसन क्या वास्तव में इस मामले को खास समझते हैं? मन की बात छिपा देना चाहते हैं—इसीलिए इतना चीखते-चिल्लाते हैं! अमूल्य बाबू के चेहरे को देखकर कुछ समझ में नहीं आया।

"ऑलराइट, सर।"

"और कुछ कहना है?"

"क्या उसका भाई कनू मुण्डा आग देगा?"

"ओ नो! कभी नहीं। बहुत-से बीरसाइत[2] अगर अन्तिम संस्कार देखेंगे तो

1. दक्षिण अफ्रीका का बन्दर
2. बीरसा के अनुयायी

उसी वक्त जाकर किस्से फैलाना शुरू कर देंगे। वे कहते फिरेंगे कि धूमधाम से बीरसा को जलाया गया। उसके बाद तरह-तरह की कहानियाँ गढ़ेंगे। मैं...मैं बीरसा के बारे में और किस्से नहीं सुन सकता!''

अमूल्य बाबू का चेहरा पत्थर की तरह हो रहा था। बिलकुल सपाट।

''तुम्हारे लिए भी उन सब बातों को ठीक मान लेना ठीक नहीं है। तुम पढ़े-लिखे हो। तुम हमारे धर्म के हो। देखो, मैं आज कई बरसों से बीरसा के नाम के किस्से सुनते-सुनते...किस्से सुनते-सुनते...लेकिन अब, इसके पहले भी वह इस जेल में ही था। तुमने भी देखा कि वह एक मामूली आदमी था, एक साधारण मुण्डा, हैजे में मर गया तो क्या...?''

''हम लोग क्या कोठरी को कार्बोलिक से धोएँगे?''

''कार्बोलिक? क्यों? क्या पागल हो गए हो?''

''लेकिन सर, हैजे तो छुतहा रोग है न!''

''हैजा? हैजे का तुमको कहाँ से खयाल आया?''

''आपने ही तो कहा कि बीरसा हैजे से मर गया।''

ऐंडरसन का जबड़ा कुछ देर तक हिलता रहा। उसके बाद प्रतिकार करते हुए जैसे रुखाई से बोले, ''हाँ; मैंने ही कहा था—बीरसा हैजे से मरा। मैं कहता हूँ कि वह कहाँ से हैजा ले आया, यह समझ में नहीं आता। मैं कहता हूँ कि कार्बोलिक से कोठरी धोने की जरूरत नहीं है। मैं कहता हूँ कि उसका अन्तिम संस्कार जेल के मेहतर करेंगे। एक भी बीरसाइत संस्कार न देख सके—नोट करो—एक भी बीरसाइत संस्कार न देख सके। देखने से वे तरह-तरह के किस्से फैलाएँगे, और जेकब कहेगा कि अभागे मुण्डा का संस्कार देखने को बाध्य करके जेल के अधिकारी लोगों ने मृत देह का अपमान किया! अब सब साफ हो गया?''

''समय?''

''जेब में घड़ी नहीं है?''

''संस्कार का समय?''

''और भी अँधेरा हो जाने पर।''

''मैं जाऊँगा क्या?''

''नो। यह मेरा ऑर्डर है।''

''राइट, सर।''

''तुम काम में बहुत ज्यादा फँसे रहते हो। तुम छुट्टी लेकर घर घूम आओ

न! कब मुकदमा शुरू हो, इसका क्या कुछ ठीक है?''

'मेरे जाने की कोई जगह नहीं है, सर। मैं अनाथाश्रम का लड़का हूँ–राँची के अनाथाश्रम का।''

''जाओ, अभी जाओ।''

''येस, सर।''

अमूल्य बाबू उसी तरह भावहीन, सपाट चेहरा लेकर निकल आए। जेल के एक ओर उनका क्वार्टर था। वे सीधे घर आए। शिब्बन मेहतर उनके कमरे के फर्श पर झाड़ू लगा रहा था। शिब्बन की ओर देखे बिना ही अमूल्य बाबू बोले, ''और रात को दाह होगा। कबर नहीं होगी। मेहतर लोग दाह करेंगे। जाना हो तो अभी से जेल में जाना ठीक रहेगा।''

''हाँ, सर।''

''मैं साहब नहीं हूँ।''

''हाँ, बाबू।''

शिब्बन चला गया। अमूल्य बाबू ने एक कागज पर लिखा : 'बीरसा मुण्डा पहले बीमार पड़ा 1900 की 30 मई को। 1900 की 20 मई को सिंहभूम का एक अन्य विचाराधीन कैदी राँची जेल में ही हैजे से मर गया। बीरसा ने जेल से अदालत जाने के रास्ते में गार्डों की मदद से वोनपोर में मिला प्रसाद खाया था। बीरसा के सम्बन्ध में सरकारी विवरण तैयार हो गया है। उसमें कहा गया है कि जेल से कचहरी जाने के रास्ते में बीरसा ने भी बाहर कुछ खा लिया था। लेकिन गार्ड और कैदियों से कड़ी जिरह करने पर पता चल सकता है कि बीरसा ने सिर्फ माथा और गरदन धोने के लिए पानी माँगा था–और वह पानी भी हवलदार के लोटे से। पानी लेते-न-लेते कमर की जंजीर खींचकर गार्ड ने कहा था : 'वक्त हो गया है।' इसलिए बीरसा ने वह पानी भी इस्तेमाल ही नहीं किया।'

फिर कुछ और सोचकर लिखा : '30 मई से ही बीरसा की तबीयत खराब लग रही थी। बीमारी की हालत में उसकी चिकित्सा और पथ्य, सबका निर्णय खुद जेल-सुपरिंटेंडेण्ट ने किया था।'

अमूल्य बाबू ने कागज को लिफाफे में बन्द किया। ऊपर बैरिस्टर जेकब का नाम और पता लिखा।

पिछली बार जब बीरसा पहली बार कैद हुआ था तो उसके साथ अमूल्य बाबू की कलकत्ता में बातचीत हुई थी। बीरसा ने अगर शोहरत पाई थी तो जेकब भी कम नहीं हैं। कितने दिनों से वह कोल, ओराँव, मुण्डा लोगों की तरफ से लड़ रहे हैं, यह वह स्वयं ही बता सकते हैं।

''तुम मेरी मदद क्यों करते हो, बाबू?''

सब ही अमूल्य बाबू को बाबू कह सकते हैं, उन्होंने सबको अधिकार दे दिया है, सिर्फ ऐंडरसन के लिए इसकी सख्त मनाही है। जेकब की बात का उन्होंने कोई जवाब नहीं दिया।

''क्यों सहायता करते हो?''

''मेरा नाम मत बताइएगा।''

''तुम बहुत दुस्साहस का, या नासमझी का काम कर रहे हो!''

''पता नहीं।''

''इसे पागलपन भी कह सकते हैं। अब डिप्टी-सुपरिंटेंडेण्ट हो गए हो, या अभी पक्के नहीं हुए हो?''

''शायद हम सभी कुछ-कुछ पागल हैं। डी.एस.[1] का काम कर रहा हूँ; पक्का हो जाऊँगा।''

''तुम राँची के लड़के हो न?''

''हाँ।''

''यहीं स्कूल-कॉलेज में पढ़ा है?''

अमूल्य बाबू जरा चुप रहकर बोले, ''चाईबासा में जर्मन मिशन के स्कूल में मैं बीरसा का सहपाठी था।''

''ओ! लेकिन उसी कारण, तुम मुण्डा लोगों की सहायता क्यों करते हो—यह समझ में नहीं आता।''

''समझने-समझाने को कुछ नहीं है।''

---

1. डिप्टी-सुपरिंटेंडेण्ट

अमूल्य बाबू ने अब बाहर अँधेरे की ओर देखा। चौदह बरस, या पन्द्रह बरस की बात है। बीरसा दाऊद बहुत राह चलकर क्षत-विक्षत, पैदल ही चाईबासा के स्कूल गया था।

अमूल्य बाबू जरा हँसे। जेल में मुलाकात होने पर बीरसा ने उन्हें जान-बूझकर नहीं पहचाना—उस बार नहीं, इस बार भी नहीं।

रात के आठ बजे के लगभग काठ की खटुलिया पर बीरसा का मुआयना हुआ, सिलाई किया शरीर लेकर मेहतर बाहर आए। रात को, मुण्डा कैदियों ने रात का खाना नहीं खाया। हर कोठरी में ठुसे हुए, भयंकर गरमी में उबलते-उबलते हुए भी वे गा रहे थे। उस गाने का सुर रोने की तरह का था और गाने की भाषा थी दुर्बोध—जंगल की छाती पर जोरों से बहती आँधी की भाषा की भाँति ही आदिम। वह गीत किसी मन्त्र की तरह गम्भीर था!

लाश-घर के सन्तरी, पुलिस, गार्ड, शव ढोनेवाले मेहतर—सभी ने वह गाना सुना और एक-दूसरे की ओर देखा। बेचैनी से उनका मन घुट गया। आज की रात की गरमी की तरह ही घुट गया उनका दबा हुआ डर, क्षोभ, दुःख। क्यों यह भय है, क्यों क्षोभ है, क्यों दुःख है? क्या हुआ है? एक विचाराधीन कैदी मर गया है न! लेकिन मुण्डा कैदियों को बिना विचार के जानवरों की तरह बन्द रखना, उसी हालत में बीच-बीच में उनकी मौत हो जाना, ऐसा क्या पहले नहीं हुआ?

इस तरह तो होता ही रहता है। बीच-बीच में होता है। आज शायद गरमी बहुत ज्यादा है। आज सूखा तो दो बरस से चल ही रहा है। उस पर बीरसा के उलगुलान की आँच से भी तो सब सूख गया है। मन से विवेचना, विचार—सब उलगुलान की गरमी में जल गए हैं। ऐसे भस्म होकर जल गए हैं कि किस तरह मुण्डा कैदी छोटी-छोटी कोठरियों में बदन-से-बदन रगड़कर जानवरों की तरह दीवार के कुण्डों से जंजीर से बँधी हालत में पड़े हैं, इसकी किसी को फिक्र नहीं। कोई भी तो नहीं सोचता कि शरीर पर लगे गोली के जख्म से, उस जख्म के सड़ने और बुखार से सुनारा मुण्डा किस तरह बिना इलाज मर रहा है।

लेकिन अब? बीरसा का शरीर उठाकर जेल से बाहर निकालने में जैसे आग

की तरह गरम हवा काटकर फेंक रही हो—सबको ऐसा डर लगा। शिब्बन मेहतर बोल पड़ा, "यह कैसा हो गया है रे? जात का आदमी, धरम का आदमी कन्धा देगा, कबर देगा। यह क्या हो रहा है?"

"चुप कर, शिब्बन।"

"तुम कह क्या रहे हो सिपाही साहब, यह तो बहुत पाप हुआ है न!"

सिपाही मुनेश्वरप्रसाद बोला, "पाप होगा तो साहब को होगा। हम तो हुक्म के नौकर हैं।"

"बाप है, माँ है, भरी जवानी का लड़का है तू। बता तो, मरने क्यों गया?"

"उसका बाप जंगली जात है, जंगली अकल है। मेरे दादा ने कानून की मंजूरी से जमीन खरीदी, तो बोला—हमें क्यों उखाड़ फेंका? कहा—तुम लोग भी दिकू हो। कानून नहीं समझता था, अदालत नहीं समझता था, जज क्या कहता है, वह नहीं समझता था। बस, कहता था—क्यों? क्यों जमीन छोड़ें? जंगल हमारा नहीं है? ले शिब्बन, यह लालटेन ले! तुम लोग चले जाओ।"

"तुम कोई नहीं आओगे?"

"न, हरमू नदी तो वह उधर है; जा, चला जा।"

"बड़ा अँधेरा है जी।"

"अँधेरे में जा, चुपचाप जा। किसी को पता न लगे—किसे जलाया, कहाँ जलाया।"

"उसे उन्होंने भगवान कहा था!"

"बड़ा साहब और भी बड़ा भगवान है, शिब्बन।"

"हरमू में पानी नहीं है।"

"पानी का क्या करेगा? चिता धोएगा? आग लगाकर मत चले आना। खतम देखकर आना।"

शिब्बन आदि ने देखा कि सिर्फ वे ही रह गए हैं। सन्तरी, सिपाही, गार्ड—सभी लौटे जा रहे हैं। वे चलने लगे। जमीन में, हवा में, अन्धकार में बड़ी गरमी है। उनकी बातचीत अपने-आप बन्द हो गई। चुपचाप चलते-चलते शिब्बन को लगा कि उन्होंने भगवान को एक नया कपड़ा तक नहीं दिया!

चिता सजाने में बहुत देर न हुई। लकड़ी नहीं थी। सिर्फ सूखे गोबर के कण्डे थे। धरमू ने सिर झुकाकर कहा, "यह अधर्म है। हम जात-पात के आदमी नहीं हैं।

बीरसा के मुँह में आग नहीं दी गई, उसका स्नान नहीं हुआ। कबर नहीं हुई, पुरोहित नहीं आया। लकड़ी से जलता। राँची में क्या लकड़ी का कोई अकाल है?''

''लो भाई, जल्दी-जल्दी उठाओ। शायद सड़ गया है।''

बीरसा को चिता पर लिटाते-लिटाते धरमू बोला, ''कैसा हैजा हुआ, किसी को पता ही न चला!''

''लो, आग दो।''

धरमू हाथ जोड़कर बोला, ''बीरसा, तुम सब देख रहे हो, सब जानते हो। हम हुकुम के चाकर हैं। हुकुम पर काम करते हैं। तुम हमें दोष न देना।''

धरमू ने चिता में आग दी।

वे दूर हट गए। बीरसा को घेरकर आग लपक के जल उठी, आकाश की ओर उछल पड़ी।

आग की ओर देखकर धरमू मेहतर बोला, ''उलगुलान में बहुत आग जलाई थी—आग उसे पहचानती है। देख, कैसी तो जल रही है!''

''हाँ, तेरे उलगुलान का क्या यहीं अन्त है रे?''

भीखन मजाक करने चला था, मजाक बीच में ही रुक गया। सब डर से एक-दूसरे की ओर देखने लगे।

शिब्बन देखने लगा—चिता जल रही है।

उसके बाद, चिता जल-जलकर जब राख होने पर आई, तब हाथ की लाठी से आग खोदकर शिब्बन बोला, ''तुम जाओ। मैं चिता को धो दूँगा।''

''तू अकेले?'

''हाँ, अकेले।''

उन्होंने शिब्बन की ओर देखा, कुछ कहने को थे, बोले नहीं। चले गए।

उनके चले जाने के बाद शिब्बन ने सामने की ओर देखा। चिता की आग अब भी रह-रहकर जल रही थी। शिब्बन जानता था कि ऐसी आग बहुत देर तक जलती है रुक-रुककर, धुआँ देकर, बहुत देर तक। हजारीबाग में, उसके छुटपन में जंगल से वे लोग बसन्त के समय में बन के किनारे की सूखी झाड़ियाँ इकट्ठा कर, लाकर आँगन के कोने में ढेरी बनाकर रखते थे। जाड़ा आने पर वही लकड़िया जलाकर हाथ-पाँव सेंकते। वह आग बहुत देर तक जलती। शिब्बन की माँ कहा

करती थी, 'मुझे ठण्ड नहीं लगती रे। मेरी छाती में तेरा बाप, तेरे दादा, तेरे भाई इसी काठ के अंगारे जला गए हैं!'

शरीर चिता पर राख हो चुका था। शरीर में तो कुछ भी न था—जैसे सूखे पत्तों का-सा हो गया था! उसकी कोठरी साफ करने के लिए जाने पर शिब्बन ने कितने ही दिन देखा था कि जंजीरों का भार खींच-खींचकर भी बीरसा उस छोटी-सी कोठरी में टहलता है। सूनी काल-कोठरी में। बात करने को कोई आदमी नहीं। वह अकेले-अकेले भौंहें चढ़ाए चक्कर लगाता रहता। कोठरी कितनी छोटी थी! इधर से उधर जाने में कुल चौदह कदम चलना होता। उसके बाद दीवार! उत्तर-दक्षिण-पूरब-पच्छिम में दीवार—केवल दीवार थी। भरमी, धानी, सुखराम, कनू मुण्डा लोग कान लगाकर उसकी जंजीरों के घिसटने की आवाज सुना करते!

कनू कहता, "बचपन से दादा को कोई बाँध न सका। उसकी तरह जंगल और पहाड़ों पर कोई भी किसी दिन भी नहीं घूमा। इस उलगुलान की काली अँधेरी रातों में पहाड़ लाँघकर दादा कहाँ-कहाँ पैदल नहीं जा पहुँचता था!"

लेकिन तीस तारीख की रात को जब जंजीरों की आवाज न सुनाई पड़ी तो मुण्डा लोगों ने डर से एक-दूसरे की ओर देखा। धानी मुण्डा डकराकर रो पड़ा था, "जंजीर घसीटो भगवान, थोड़ा चलो तो। हाय रे, उस जंजीर की आवाज सुनकर ही तो हम जिन्दा हैं रे।"

लेकिन भगवान फिर नहीं उठा। फिर माथा और भौंहें सिकोड़कर उसने चलते-चलते घण्टे-पर-घण्टे नहीं बिताए!

तीस तारीख से ही उसकी नाड़ी कमजोर और तेज चलने लगी थी। जीभ सूखी थी—जलती थी। असीम प्यास के मारे वह माँग-माँगकर पानी पीता था। खाने को एक दाना नहीं खाता था। एक दिन में ही आँखें धँस गईं। लेकिन दूसरे दिन से पहले डिप्टी-कमिश्नर न आ सके। डिप्टी-सुपरिंटेंडेण्ट बाबू डॉक्टरी पास किए हुए थे, लेकिन उन्हें उस कोठरी में जाने का हुक्म नहीं था। डी.सी.[1] की बात

1. डिप्टी-कमिश्नर

पर सुपरिंटेंडेण्ट साहब ने आकर बीरसा की जाने क्या जाँच की। बीरसा अंग्रेजी में बोला। उस दिन ही सुपरिंटेंडेण्ट ने कह दिया था कि उसे हैजा हुआ है; वह बचेगा नहीं। शिब्बन आदि ने बहुतों को हैजा होते देखा है। हैजा, चेचक, साँप का काटा—कितनी ही तरह से तो मौत उनकी बस्ती में घूम-घूमकर लोगों को यमपुरी में दास बनाने के लिए ले जाती थी!

दस्त नहीं, उलटी नहीं। ऐसा हैजा शायद भगवान को ही होता है!

चिता बुझ गई। अब शिब्बन गहरी प्रत्याशा में चिता की आग से आलोकित वृत्त के उस पार अन्धकार की ओर देखने लगा। अँधेरे में से निकल आया साथी, भगवान का उलगुलान का साथी, मित्र। उसके काले बदन पर पीले रंग का-सा कपड़ा और आँखों में धुँधलापन था।

साथी के हाथ में कलसी थी। उसने और शिब्बन ने कुछ बात किए बिना हरमू से पानी लेकर चिता पर छिड़कना शुरू किया। चिता फुफकार उठी। थोड़ी-सी राख, और भाप आसमान की ओर उठ गई। उसके बाद सब शान्त।

साथी ने मुट्ठी-भर राख आँचल में बाँध ली। शिब्बन के पास आया। हँसा—गम्भीर, मीठी, आश्चर्यजनक हँसी। बीरसा ने उसे इसी तरह हँसना सिखाया था।

साथी शिब्बन के पास, बहुत पास आया। पर शिब्बन का बदन निश्चल, अभिव्यक्ति-विहीन था। और साथी इतने पास, कि उसकी साँस शिब्बन के बदन में लग रही थी।

साथी बोला, "तूने मुझे बहुत कुछ दिया, शिब्बन।"

"अब क्या करेगा?"

"जंगल में उड़ा दूँगा।"

"क्यों?"

"कहा था कि जंगल में राख उड़ा देने से जंगल को पता चलेगा कि बीरसा उसे भूला नहीं। राख धरती पर गिरेगी; धरती पर पेड़ उगेंगे। वही पेड़ बड़े होंगे, साथी।"

"कहा था?"

"हाँ।"

"तू चला जाएगा?"

"हाँ।"

"मुझसे कुछ कहेगा।"

"कहूँगा। सुन।"

"कह।"

"उलगुलान का अन्त नहीं है। भगवान का मरण नहीं होता।"

"मरण नहीं हुआ?"

"नहीं।"

"तो मैंने किसे जलाया?"

"भगवान का मरण नहीं होता।"

साथी चला गया—क्षण-भर में कसौटी के-से काले अन्धकार में समा गया।

शिब्बन के रक्त में चिता की चिंगारियाँ एक के बाद एक जलने लगीं। एक-एक शब्द एक-एक चिनगारी थी—उलगुलान की। अन्त? नहीं। भगवान का—मरण—नहीं—हुआ!

शिब्बन ने डरकर चौंककर आसमान की ओर देखा। उसका रक्त बीते अतीत का है—सनातन काल से उसकी रगों में बह रहा है। कृष्णांग आदिवासियों का रक्त बहुत आदिम रक्त है। उनके रक्त में अनाहार, दारिद्र्य, लांछना, घुले-मिले रहते हैं। परियों की कहानियों में, किंवदन्तियों में, अलौकिक में, असम्भव रूप से विश्वास रखकर उनका रक्त चिरकाल से वेग से धमनियों में उछलकर जीवित रहना चाहता है। छह शब्द उनके प्राचीन रक्त में छह चिनगारी बनकर जल उठे!

शिब्बन कलसी फेंककर भागने लगा।

जेल में धानी मुण्डा बैठा हुआ था। बैठे थे भरमी, कनू, गोपी, रमई—सैकड़ों मुण्डा-शरीर जंजीरों से बँधे हुए थे। बँधी जंजीरों के साथ लेटना बहुत मुश्किल होता है। एक सौ दस, एक सौ पन्द्रह डिग्री की गरमी में जड़े पत्थरों की दीवार दोपहर में बहुत गरम हो उठती है, और देर रात तक गरम रहती है। उस गरमी में आँखों में नींद नहीं आती।

छाती में असफल उलगुलान की तपन, बाहर जेठ की गरमी—आज उस गरमी में बीरसा की चिता की आँच लगी। मुण्डा लोगों की आँखों में नींद नहीं थी। वे बैठे हुए थे। लेटा था सिर्फ सुनारा। किशोर, अठारह वर्ष का मुण्डा-किशोर, सुनारा। वह बदन दुहरा किए लेटा हुआ था। होंठ के पास से खाल से बहकर खून बह रहा था। आज कई दिनों से बह रहा है। छाती में पत्थर लगा था डोमवारी की लड़ाई में—उसी से।

आज वह बीरसा को शनाख्त करने न जा सका। उसमें चलने की शक्ति न थी।

''तू जा न, सुनारा,'' धानी ने कहा था।

''मुझे तुम लोग ले चलो।''

''तू जा न!''

''मुझे ले चलो।''

''मरेगा?''

''तुम लोग भगवान को देखोगे, मैं नहीं देखूँगा?''

''मरना चाहता है, सुनारा?''

''तुम्हें क्या पता, भगवान ने मुझसे कहा था न, अगर बिजली बनकर लौट आऊँ, तो तुम लोग डरोगे। अगर बिजली बनकर गिर जाऊँ, तो तुम लोग डरोगे। अगर बाघ बनकर लौट आऊँ तो तुम लोग डरोगे। अगर जानवर बनकर लौट आऊँ तो तुम लोग मुझे पहचानोगे नहीं। इसीलिए मैं मानुस होकर ही लौट आऊँगा; नई धरती गढ़ूँगा। बाँभन बनकर आने पर, गोसाईं बनकर आने पर तुम लोग मुझे पहचानोगे नहीं। मैं मुण्डा बनकर आऊँगा रे। जो मुण्डा फिर उलगुलान की बात कहेगा, उसे मैं पहचान लूँगा।''

''कहा था, कहा था क्या?'' भरमी चिल्ला पड़ा।

''क्या कहा था?''

''बानी, तू बता।''

''मैं बताऊँ?''

''वह तुझसे सब बात कह गया है।''

''तो तुम लोग सुनो! उससे जो कहा, उसने जो कहा, सारी बात भरमी से कही थी।''

''भरमी, तू बता।''

''मुझसे कहा—भरमी, जेहल में इन चार सौ मुण्डाओं को बचा जाऊँगा। मैजिस्ट्रेट जब अदालत में हमको खड़ा करेगा तो मैं कहूँगा : तुम लोगों को नहीं पहचानता। जो कुछ किया, औरों को लेकर। तुममें से कोई भी तो उसमें नहीं था।

तुम लोग भी कहोगे—मुझे नहीं जानते।''

''कहा था?''

''कहा था। कहा—ये लोग हमें जेहल से निकलने नहीं देंगे। और यह मट्टी का शरीर छोड़े बिना तुम नहीं बचोगे। आशा मत छोड़ना। मत सोचना कि मैं तुम लोगों को डुबा गया। सारे हथियार तुम्हें दिये थे, सबकुछ सिखाया था। उन्हीं से लड़कर जिन्दा रहना।''

''कहा था?''

''और बहुत कुछ कह गया। मैं लौट आऊँगा रे भरमी। बुन्दू, तमार, तमाम जगहों में होली की आग जलाऊँगा। सोनपुर में धूल की आँधी उड़ाऊँगा। पता लगेगा—बानो के पहाड़ पर रेशम के कीड़ों ने अण्डे दिए हैं। उन अण्डों से जैसे बहुत-से कीड़े निकलते हैं, मेरी बातों से नई बातें निकलेंगी।''

''चल, सुनारा को ले चलें।''

तब वे लोग सुनारा को ले गए थे। बीरसा के शरीर को घेरकर उस कोठरी में चले आए, तभी से वह सिर नहीं उठा सकता। अब सभी जानते हैं कि वह मर रहा है। लेकिन वह जानता है या नहीं, यह किसी को नहीं मालूम।

वह उमर में सबसे छोटा है। जमीन नहीं थी—गाय, बैल, घर कुछ नहीं था। चेंदू गाँव में सूरजसिंह ने शाम को एक थाली घाटो और एक डेला नमक, बरस में तीन मोटे कपड़े देकर उसका जीना-मरना खरीद लिया था!

अपना कहने को उसके पास थी एक काठ की कंघी, एक बाँसुरी, एक कमान। उसी को लेकर वह जंगल-जंगल सूरजसिंह की गायें चराता, तीर छोड़कर भेड़िया या बाघ-चीतों को भगाता, नहीं तो टीन पीटकर ही भगा देता।

और गीत गाता। बीरसा उस समय आनन्द पाँड़े के घर रहता, भगवान के गीत गाता। सुनारा उसे दूर से देखता। उसके गाने सुनता।

बीरसा गाना गाता, बस गाने गाता; वह उस वक्त भी मानुस के रक्त में मादल[1] बजा सकता था। सुनारा के खून में तभी से गीत गूँज उठे थे। तभी उलगुलान की पुकार पर उसने सूरजसिंह की गाय-बकरी मैदान में छोड़कर, सूरज के घर में चकमक[2] से आग लगा दी थी। चीना घास का दाना—जिस दाने को पकाकर वह घाटो राँधा करता था—उसी चीना घास के दानों का बोरा और एक

1. ढोलक की तरह सन्थालों का एक बाजा।
2. पत्थर पर चोट मारने से इससे आग पैदा होती है।

डेला नमक लूटकर बीरसा के पास चला आया था। फिर लौटकर नहीं गया।

वही सुनारा लेटा-लेटा मर रहा था। दूसरे मुण्डा लोग बैठे थे। वे सोच रहे थे : दाह खतम हो गया, शिब्बन अब तक क्यों नहीं आया है!

तभी पगली[1] बज उठी—टन्-टन्-टन्-टन्-टन्।

घण्टी क्यों बजी? कौन गारद का पहरा-घेरा तोड़कर भाग गया? अचानक क्या हो गया? बाहर से बूटों के खट्-खट् की आवाज क्यों आ रही है? सन्तरी भाग क्यों रहे हैं? कौन चिल्ला रहा है? कौन कह रहा है : 'साहब को खबर दो जी।' कौन चिल्ला रहा है यह?

उलगुलान का अन्त नहीं है। भगवान का मरण नहीं होता।

मुण्डा लोगों ने बिजली की चाबुक की चोट खाकर जैसे चौंककर मुँह उठाया। सभी दरवाजे की ओर बढ़ना चाहते हैं; मुँह आगे कर सुनना चाहते हैं। सिर्फ धानी, वृद्ध धानी सुनारा को पकड़े अचल बैठा रहा। वह बहुत, बहुत दिनों से लड़ रहा है। सन्थालों के हूल[2] में उसने तीर चलाए हैं। सरदारों की मुल्की लड़ाई में शामिल हुआ है। बीरसा के उलगुलान में योग दिया है।

अकेला वह जानता है कि उलगुलान समाप्त नहीं हुआ है, भगवान मरा नहीं है। भगवान फिर मुण्डा होकर किसी मुण्डा माँ की गोद में लौट आएगा। वह क्यों सुनने जाए? जो अनजान हैं, वही सुनें!

"उलगुलान का अन्त नहीं। भगवान का मरण नहीं हुआ।"

शिब्बन की आवाज है। शिब्बन चिल्ला रहा है।

आवाज तेजी से इधर बढ़ी आ रही है। मानो कोई कह रहा हो, शिब्बन मेहतर पागल हो गया जी!

"पकड़ो, उसे पकड़ो!"

---

1. जेल में कुछ उत्पात होने पर बजनेवाली घण्टी
2. मुण्डाओं का एक आन्दोलन

"उलगुलान का अन्त नहीं। भगवान का मरण नहीं हुआ रे! मुण्डा लोगों, मैं देख आया। उलगुलान का, तुम्हारे उलगुलान का अ...।"

शिब्बन की आवाज अचानक थम गई।

सारा कोलाहल शान्त! चाबुक की चोट, लाठी की मार मनुष्य के शरीर पर पड़ रही है; अब उसी की आवाज आ रही है। शोर-शराबा चल रहा है, कराहने की आवाज के साथ। घसीटकर आदमी को बूटोंवाले पाँव खींचे लिए जा रहे हैं, उसी की आवाज है।

सुनारा बोला, 'धानी, मेरा मुँह पोंछ।"

धानी ने उसका मुँह पोंछ दिया।

"भगवान ने कहा था–सिंहभूम का सारा जंगल और धरती हमें वापस मिलेंगे।"

"चुप हो जा।"

"सारा जंगल मिलेगा। वैसे ही जबकि धरती छोटी बच्ची-सी कोमल थी। धरती वैसी ही हो जाएगी। उस धरती पर महाजन नहीं, दिकू नहीं, साहब नहीं होंगे। बस सारा जंगल और पहाड़ रे, धानी!"

"चुप हो जा।"

"वैसे धरती तू देखेगा। मैं नहीं देखूँगा। मेरा मुँह पोंछ, धानी। ठाकुर का नाम सुना; धानी, तू वह गान गा। वह 'बोलोपे' गान सुना, जो कभी मैं तुम लागों को सुनाया करता था।'

फिर घड़घड़-घड़घड़ की आवाज हुई। सुनारा की आवाज रुक गई।

"सुनारा मर गया, धानी।"

धानी ने जवाब नहीं दिया। सुनारा का सिर गोद में लेकर वह हिलाने लगा। उसके बाद गाने लगा :

बोलोपे बेलोपे हेगा मिसि होन् को
होइओ डुडुगार हिजू ताना
बोलोपे, बेलोपे...।
ओते रे डुडुगार सिरया रे को आन्सि
दिसूम ताबु बुआल ताना

बोलोपे, बेलोपे... ।
ताइओम् ते दो ठोरा कापे नामिया
दिसूम ताबु नुवा जाना!
बोलोपे, बेलोपे... ।[1]

धानी रुक गया। सारे मुण्डा लोगों से के गलों से, रक्त से, छाती के भीतर से मन्त्र की तरह, यन्त्रणा की तरह, गम्भीर दुःखपूर्ण गीत एक साथ निकला : ‘‘बोलोपे, बेलोपे... ।’’

जेल में बैठकर धानी मुण्डा, भरमी मुण्डा बीरसा की बातें करते।

बहुत, बहुत चाँद पहले बीरसा के पर-दादा के पर-दादा, शायद उनके भी पर-दादा आए थे घर बनाने के लिए, जगह खोजते-खोजते। उस समय जंगल, पहाड़, जमीन बिना किसी के कब्जे के पड़े रहते थे। जगह खोजते-खोजते आकर जिस कोरी धरती पर कुदाल चलाकर खूँटा गाड़ देते, वही खूँटा एक नए गाँव की नींव बन जाता।

वे दो भाई आए थे—चुटिया हरम और नागु। तब श्रावण मास था। डोम-डागरा नदी में दोनों किनारों को डुबाकर बाढ़ आई थी। वहाँ, उसी नदी के किनारे उन लोगों ने चुटिया गाँव बसाया। उन दोनों भाइयों के नाम से क्रम से उस आँचल का नाम हो गया—छोटा नागपुर।

वे थे पूर्ति मुण्डा। जहाँ गाँव बसाते वहीं रहने के लिए आदमी जुड़ जाते। फिर किसी दिन उनमें से कोई-कोई किसी नई जगह पर भी चले जाते। काले-काले आदमी-औरतें, गाय-बकरी-भेड़ें, दुनिया का साज-सामान, टोकरी-कुदाल-सब्बल-खेती-तीर-कमान। धीरे-धीरे बस गया तिलमा, तमार, उलिहातू, चालकाड़—एक के बाद दूसरा गाँव।

तब सब सहज था। वे जंगल में शिकार खेलते। जंगल में गाय चराते। जंगल से काठ-पत्ते लाते; जंगल काटकर जमीन आबाद कर लेते। वे सब देवताओं से

1. ओ भाई, ओ बहनो, ओ बच्चो, भागो, जान बचाओ! आँधी उठी है। ओ भाई, ओ बहनो। आँधी धूल की छाती में, आकाश को ढके कुहासे में देखो, अपना देश वह छीन ले गए। ओ भाई, ओ बहनो! बाद में फिर राह नहीं मिलेगा रे। सब अँधेरा-अँधेरा हो रहा है। ओ भाई, ओ बहनो...!

बड़े देवता सिंबोङा[1] को जानते थे। सारे बोंङाओं पर उन्हीं देवता का राज था। पहान उन सिंबोङाओं का पुरोहित था।

लेकिन बीरसा क्यों? बीरसा के पैदा होने के बहुत पहले, शायद बीरसा के पर-दादा लकरा के पैदा होने से भी पहले, सबकुछ बदल गया था। किस तरह बदल गया था—वह बात सिर्फ धानी मुण्डा को मालूम है, और किसी को नहीं। धानी उस बात को कैदी मुण्डा लोगों को सुनाता। उसकी बात सुनने के लिए मुण्डा लोगों के पास बहुत समय था, क्योंकि उन्हें तो जेल में बन्द रखा गया था। विचाराधीन अभियुक्तों में एक के बाद एक कैदी मर भी रहे थे। किन्तु सरकार की जाँच फिर भी पूरी नहीं हो पा रही थी। जाँच पूरी हुए बिना मुकदमा चलाया जा नहीं सकता! बीच-बीच में कई सौ बेसहारा मुण्डा लोगों की जंगल के दावे की लड़ाई ऐसा भीषण अपराध हो सकती थी कि ब्रिटिश गवर्नमेण्ट का सारा शासनतन्त्र उपयोग में लाने पर भी मुकदमे को पेश करने में अनन्त समय लग जाता। मुण्डा कैदी विचाराधीन रहते। फर्दजुर्म तैयार नहीं होता!

"धानी, तुझे कैसे मालूम हुआ?"

"नहीं तो क्या तुमको मालूम होगा? मैं क्या आज का मानुस हूँ रे? सन्थालों ने जब हूल किया था, तब मैंने पाँच सौ चाँद पार कर दिए थे। मैंने किसे नहीं देखा? सिद्धू को देखा, कानू को। भागनादिही जाकर मैं उनके हूल में शामिल नहीं हुआ? कुचले से विष बनाता था; साँप का विष निकाल लेता था। मेरी तरह विष बनाना किसे आता था, बता तो?"

"भुइ हूल देखा था?"

"नहीं देखा? तब मेरे बेटे जुआन थे। दो के घरों में मेरे नाती हो गए थे।"

"वे कहाँ हैं?"

"उनको मैं छोड़ आया।"

"क्यों?"

"कह आया साहब के सामने—वे मेरे कोई नहीं हैं, मैं उनका कोई नहीं हूँ, नहीं तो उनको भी फन्दे में झुलाता!"

"झुलाता?"

---

1. दिन के देवता—सूर्य

"हाँ रे। उस वक्त देख लिया दिकू कैसे होते हैं, कैसे होते हैं साहब!"

"तब से जान गया?"

"जान गया। और देख, बीरसा के वंश के आदि-पुरुषों ने छोटा नागपुर की नींव डाली थी, लेकिन राजा हुए और। उससे हमारी धरती पर, जंगलों में बाहर से लोगों ने आकर कब्जा जमा लिया, सब छीन लिया। दूसरी जात के, दूसरे देश के आदमियों ने।'

चारों ओर से लोग आए थे। जो आए, वे ही दिकू थे। धानी को मालूम था कि मुण्डा लोगों की जो आदिम ग्राम-व्यवस्था टूट गई, जिन लोगों ने मुण्डा लोगों को उखाड़कर उनकी जमीन-जायदाद पर दखल कर लिया, वे ही दिकू हैं। उन्होंने 'बेठबेगारी'[1] का नियम चलाया। बिना मजूरी के बेगार करना पड़ता था। धानी को मालूम है; जीवन में सब यातनाओं-यन्त्रणाओं के अवसरों को मुण्डा लोगों ने गान-गान में भर रखा है। वह गाने किसने बनाए, कौन सुर देता था, किसी को पता नहीं!

वह बात याद आने पर धानी कहता, "और देख, दिकू थोड़ा चाहता है, पैसा मुण्डा देगा। दिकू को अपनी पालकी चाहिए, दाम मुण्डा देगा, फिर कन्धे पर ढोएगा! दिकू को जो चाहिए—मुण्डा सब देगा। दिकू के ठेकेदार को साहब की अदालत में जुर्माना होने पर रुपए जमा करेंगे मुण्डा लोग! और बाद में जबरदस्ती रुपए उधार देगा मुण्डा को, और बाद में उसे ही उखाड़ फेंकेगा! उसके बाद हैं भरती करनेवाले। वे बुद्धू मुण्डा लोगों को कुली बनाकर कहीं भी ले जाएँगे! मेरे बहन-बहनोई को वे कहीं ले गए। एक बार देश छोड़ने के बाद मुण्डा लौटकर नहीं आते हैं। उन्हें राह की पहचान नहीं रहती। विदेस में भूख से परेशान होकर मर जाते हैं। कोई भी मुण्डा बाहर जाकर अच्छा खाता नहीं। अच्छी तरह रहता नहीं।"

इसी तरह का था धानी का जीवन। उस जीवन में घुस आए थे महाजन, जमींदार, मिशनरी, जेल-कचहरी, पक्की सड़कें, रेलगाड़ी, बेनट,[2] बन्दूक, गरमी की तपन, सूखा, दुर्भिक्ष, मजदूर भरती करनेवाले, बेगारी...।

---

1. बेगार
2. किरच, जो सैनिक-रायफल के आगे लगाई जाती है (बेयोनेट)।

जवानी में धानी गाता :

'बेठबेगारी दिते मोर माँधे झरे लौ गो।
जमिंदारेर पेयादा ओइ राते दिने।
ताड़ाय मोरे, काँदि आमि राते दिने।
बेठबेगारी दिये मोर एइ हाल गो—
घर नाइ, सुख मोरे के दिवे गो।
काँदि आमि राते दिने।
चोखेर ललेर मतइ लूनपारा मोर लौ गो।[1]

धानी के जवानी की जमीन, जंगल, पहाड़, जन्म से मिली मुण्डारी दुनिया से मुण्डा उखाड़े जा रहे थे।

उन दिनों धानी बूढ़ों से सुनते, एक दिन काले-काले मानुसों के घर में ही जनम लेगा उन लोगों का त्राता। एक दिन वह आएगा! तब सिंहभूम—राँची के पलाश खिले जंगलों में जैसे आग जलती है, उसी तरह वह खबर आसमान को लाल करके सारी मुण्डारी दुनिया में चमक उठेगी। काले मानुस की गोद में आएँगे अनार्य कृष्ण! तभी मुण्डा लोगों का जीवन कंस का कारागार बन गया है!

शायद वह आ गया है, इसलिए बड़ी आशा से 1855 साल में छियालीस बरस का धानी मुण्डा चला गया था वारसाइत होकर भागनादिही के मैदान में, सिधू और कानू सन्थालों के दल में मिलने। मुण्डा लोगों की अपनी व्यवस्था में सब लड़के चन्दा देकर जमीन पर दखल बनाए रख सकते थे। सन्थाल लोग जंगल काटकर जो जमीन लेते, उसका नाम 'दामिन-इ-को' होता। सन्थालों के जीवन में भी, उनके 'दामिन-इ-को' के जीवन में भी, दिकू घुस पड़े थे।

"इसीलिए उन लोगों ने हूल किया था।"

"तूने क्या किया था?"

"उनकी बन्दूकें, हमारे तीर-धनुक। फिर भी हूल दो बरस चला।"

"तूने क्या किया?"

"कुचला तैयार करता था। तीर के फल पर लेपता था। विष-कंटिका के फल

1. बेगार करते-करते मेरे कन्धों से खून बहने लगा है। जमींदार का सिपाही मुझे रात-दिन डाँटता रहता है। मैं दिन-रात रोता रहता हूँ। बेगार करते-करते मेरा यह हाल हो गया है। घर नहीं है, तो मुझे सुख कौन देगा? मैं दिन-रात रोता रहता हूँ। आँसुओं की तरह ही मेरा खून नोनखरा (नमकीन) हो गया है।

के रस को सिझाकर काढ़ा बनाता। उस काढ़े में तीर डूबाता। सुखाता। यही करता था।''

''गया क्यों था?''

''सुना था, भगवान आ गया है। इस भगवान को गोद में लेकर मानुस डोलता नहीं, भूलता नहीं। इसके हाथों में तीर-धनुक और बलोया है।''

''भगवान आया नहीं?''

''भगवान नहीं आया।''

''तूने क्या किया?''

''बीस बरस का बेवकूफ-सा, छिपा-छिपा फिरता रहा। महाजन के खेत गोड़े, गाय चराईं, पेट के लिए घाटो खाया, मोटा कपड़ा पहना। और बाद में गंज घूमा, हाट घूमा। किसी ने नहीं कहा कि हूल होगा। लेकिन मैं कान खोले रहता, सब सुनता रहता। एक दिन वही भरमी, अब बैठा-बैठा भलामानुस बना है—'बोला, चल धानी, भगनादिही चलें।' ''

''फिर बाद में?''

''मैंने कहा, 'क्यों?' तो उसने कहा, 'वहाँ सिधु-कानू के गाँव में सब सन्थाल जा रहे हैं; पूजा दे रहे हैं', तो मैंने कहा—'तब शायद भगवान आया है; ठहर, पाव-भर कुचला बना लूँ।' सो उसने मुझे थप्पड़ मारा। बोला—'बुद्धू, पहले जाकर देखें, तभी तो कुचला निकालेंगे। कूँच फल कहाँ नहीं है?' सो चला गया। इस बार दूसरी राह पर।''

''रेल पकड़कर?''

''न, पैदल गया। तब मैं आठ सौ चाँद पार कर लगभग सत्तर बरस का बूढ़ा था। वह जवान। दोनों जंगल-जंगल की राह चलकर गए। जाकर देखते हैं—साँउतालों ने अपना पुराना खारुआ[1] नाम रखा था। खारुआ के तीन दल हो गए थे। हूल के बाद सन्थाल-परगना बन गया था। उस परगना से लड़ाई हजारीबाग तक चली आई।''

''तूने क्या किया?''

''कुचला तैयार किया। तीर के फल पर लेपा। विष-कंटिका का फल पानी में सिझाकर काढ़ा बनाया। उस काढ़े में तीर डुबाया। सुखाया। यही किया।''

भरमी मुण्डा बोला, ''तेरा यही काम है।''

''यही काम है। खारुआ बोले—'वही हजारों-लाखों चाँद पहले हम चम्पा देश में रहते थे। तब हम खारुआ थे। तब हम किसी को लगान नहीं देते थे, अब भी

1. लाल रंग का मोटा कपड़ा

नहीं देंगे!' खूब लड़ाई हुई। लेकिन बन्दूक के आगे धनुक की लड़ाई नहीं टिकी।''

''नहीं टिकी?''

''तब मैं था जुआन। तब अढ़ाई सौ चाँद पार किए थे। तुम लोग बरस का हिसाब समझते हो। एक बरस में बारह ठो चाँद होते हैं। उससे समझो। तब एकबारगी पाँच परगनों से मुण्डा लोग उखाड़ दिए गए। उस बार छोटा नागपुर के राजा का भाई, उसी हरनाथ शाही ने, हमारे अपने गाँव लेकर दे दिए थे दूसरे देश के महाजन-ठेकेदारों को। मेरी वहीं कुचला की तैयारी से काम शुरू हुआ।''

''क्या हुआ?''

''कितनी बार तो तुझे बताया, बीरसा। मुण्डा लोगों को दिकू लोगों के हाथों कई सौ गाँव छोड़ने पड़े। मुण्डा लोग चले गए खूँटी, तामार। शुरू हो गई लड़ाई। तब मैं जंगल-जंगल घूमता था। कुचला तुम सब बनाते हो; मेरी तरह कोई कुचला न बना सकोगे। उस बार ही मुझे सिखाया उस भरमी के बाप के काका ने, पहान[1] था वह। कह दिया, सब लाल घुँघची खोजते हैं। तू काली घुँघची से विष बना। लाल घुँघची के बीच का काढ़ा होने से धीरे-धीरे मरता है। कुचला में काली घुँघची का काढ़ा रहने पर मौत झटपट हो जाती है, एक पल में। वही सीख लिया मैंने।''

''उसके बाद?''

''उस बार भी भगवान को नहीं देखा। सिधु-कानू ने भी नहीं दिखाया। खारुआ लोगों ने भी भगवान नहीं दिखाया। कलेजे में बड़ा रंज हुआ। इधर मेरी उमर बढ़ी जा रही थी। दिकू लोगों से देश छा गया। खोजने पर एक मुण्डा नहीं मिलता था जिसके घर में दस रुपए भी हों। सब भिखारी हो गए। कितनों ने जाकर मिशन में नाम लिखा लिया। अकाल पर अकाल से देश उजाड़ हो गया। महाजनों ने तमाम से बेगारी के पट्टे लिखा लिए। मुण्डा लोगों ने अँगूठे की निशानी लगा दी। मैंने भी लगा दी।''

''किसके पास?''

''जगदीश साउ; खूँटी के बाजार में कभी नहीं देखा?''

''हाँ-हाँ, गोरू की गाड़ी से उस दिन लाश लाया तो था।''

''धुत्, जगदीश तो कब का मर गया—देखा होगा उसके बेटे को।''

''जगदीश मर गया?''

''मरेगा नहीं? घाटो देता था कम-कम, खटाता था रात-भोर। अन्त में तीर खाकर मर गया।''

''उसके बाद?''

---

1. प्रधान, सरदार

''मारकर भागा। जंगल में फेंक दिया। उसके मरने के दस बरस बाद अब भी उसे सब खोजते हैं।''

''उसके बाद?''

''मैं जाकर चालकाड़ पहुँचा।''

''उसके बाद?''

''उतने दिनों तक सरदारों ने मिशन के मुण्डा लोगों से मुलक की लड़ाई की बात कही। दस बरस से उन लोगों ने मुलकुई लड़ाई चलाई। जेकब साहब ने उनकी ओर से मिशन के साथ, सरकार के साथ, कितनी लड़ाई की, जीते नहीं। मुलकुई लड़ाई धीमे-धीमे चलती रही। मैं उनके पास रहता था।''

''किसके पास?''

''सरदारों के पास।''

''क्या करता था वहाँ?''

''कुचला तैयार क़रता था। कुचला तीर के सिरे पर लेपा, और हँसा।''

''क्यों?''

''वाः हँसू नहीं? उतने दिनों तो सुगाना मुण्डा के घर आ गए थे भगवान। बीरसा तब छोटा था। मैं उसे देखता। देखता और कहता सरदारों से—अब दुख किस बात का? बीस बरस का हो जाने दो, भगवान को पाओगे। यह भगवान मानुस को भुलाता नहीं; गोदी में झूलता नहीं, इसके हाथों में बलोया रहेगा, तीर-धनुक रहेंगे!''

''सरदार लोग क्या कहते थे?''

''उन लोगों ने क्या वह बात मुझसे कही? पर उनकी मुलकुई लड़ाई चलती रही। चलती रही धीमे-धीमे। जब बीरसा ने उलगुलान की हाँक लगाई, तो सब चले गए।''

''बीरसा नहीं है। अब क्या होगा?''

''उलगुलान का अन्त नहीं है : भगवान का मरण नहीं होता है, शिब्बन से सुना नहीं? ले, सो जा। आकाश देख, दूध-बरन हो गया। गिरजा का घण्टा बज रहा है।''

''चालकाड़ में तब तू था धानी, बाम्बा में जब भगवान जन्मा?''

''था।'

बीरसा के बाप सुगाना मुण्डा का आदिम गाँव उलिहातू था। किन्तु उलिहातू में, उसी थेरोया की लड़ाई के पहले ही, फिर रहना न हुआ। गया, छपरा, भागलपुर, तिरहुत–जगह-जगह महाजनों ने कानून का डर दिखाकर मुण्डाओं के हाथों से आदिम गाँव ले लिये थे। जिनके गाँव थे, उन्हें खेत-मजूरी के कामों में भी नहीं रखा। तभी दूसरे सारे मुण्डाओं की तरह सुगाना भी आज खेत-मजूरी की खोज में कुरुंबदा, कल गाइचरी काम की खोज में बाम्बा घूमता-फिरता था। पूँजी थी–एक पोटली, मट्टी की कड़ाही, मट्टी की हाँड़ी, घास की बनी चट्टी, एक डिब्बा चीनाघास के बीज, एक डेला नोन।''

अपने बास की भूमि में सुगाना को घर नहीं मिल रहा था। घर बाँधेगा जंगल के काठ और पत्तों से, सो जमीन नहीं मिल रही थी। उन्हें कानून की समझ नहीं थी–अपना घर अपना है, यह बात हाकिम को अदालत में समझा नहीं पाते थे। अदालत में जाने पर सभी बेचन मुण्डा बन जाते। बेचन का घर-द्वार सब जब जगदीश साउ ने ले लिया तो बेचन ने एक वकील को खड़ा किया।

हाकिम अंग्रेज था। दुभाषिए और वकील ने उसे जो कुछ समझाया, उसने वही समझा। बेचन की बात, किसी मुण्डा की बात वह समझते नहीं थे। अंग्रेजी के अलावा कुछ समझते नहीं थे, और मुकदमा करते थे मुण्डा, सन्थाल, ओराँव, हो, कोल आदि लोगों का। वकील जो कहता, दुभाषिया जो कहता, वही सुनकर फैसले लिखते।

मुकदमे में बेचन का सबकुछ चला गया। बकरा-बकरी, भेड़, हल बेचकर वकील को रुपए दिए थे। हार हुई।

बेचन को जमीन वापस नहीं मिली। जगदीश की जमीन पर गायें चराने के अपराध में उस पर जुर्माना अलग से पड़ा।

वही सुगाना मुण्डा छोटा नागपुर के प्रतिष्ठाता का वंशधर होकर भी भिखारी की तरह फिरता था; भटक-भटककर मर रहा था। अकाल के दिनों मुण्डा लोगों की भेड़ें भी ऐसे ही हड्डी-पसली लिए-लिए हरी घास की खोज में गाँव-गाँव घूमती फिरतीं!

फिरते-फिरते उसका एक लड़का कोम्ता, दो लड़कियाँ दासकिर और चम्पा पैदा हुईं। अन्त में बाम्बा आकर उसकी बहू करमी बोली, ''एक नया घर खड़ा करो। बच्चे होंगे। तब तक दिकू आकर उठा देंगे। चले जाएँगे।''

सुगाना ने एक घर बनाया। उस घर में हुआ लड़का। बिष्युतबार को पैदा हुआ। नाम हुआ बीरसा।

जंगल से बहुत ही सटा हुआ घर, पहाड़ के किनारे। पाश्ना के लड़के को बाघ ले गया। उसके बाद एक दिन एक दिकू आ गया—भोजपुरी महाजन। फिर मुण्डा लोग उखड़े।

सुगाना बोला, ''मेरी माँ के गाँव चालकाड़ चले चलें। वहाँ बीरसिंह मुण्डा है।''

''वह क्या करेगा? तुम्हें गाँव दे देगा?''

करमी ने बात बिना किसी जोश के कही थी। वे लोग बिना गरमी खाए ही जीवन-मरण की बातें किया करते थे। दुर्भाग्य के थपेड़ों से ही उनमें यह उदासीनता थी।

सुगाना शान्त था। वेदना से भरी आँखें उठाईं, ''न, कभी कोई देता है? रहने जरूर देगा।''

''कहा था—मिशन में जाकर क्रिस्तान होगा?''

''चल, हो जाएँ। बड़ा अच्छा है। मिशन के साहब देखते हैं, चावल देते हैं। लड़कों को पढ़ाते हैं।''

''पढ़ के क्या होगा?''

''मेरे दो लड़के बड़े हैं, और भी होंगे। पढ़ना-लिखना सीखकर वे कचहरी के हाकिम की बात समझेंगे, उसे अपनी बात समझा पाएँगे।''

''तुम क्या कचहरी में मुकदमा करोगे?''

''दरकार होने पर करूँगा। बता, कितने गाँवों में घर बनाएगा, कितने गाँवों से दिकू उठा देगा? अपनी कहने को एक जगह तो चाहिए। नहीं तो बच्चे भरती करनेवाले के पीछे चले जाएँगे और फिर बच्चों का मुँह न देख सकेंगे।''

वे लोग चालकाड़ चले आए। आने के पहले सुगाना, पाश्ना, कोम्ता, बीरसा—सभी जर्मन मिशन में क्रिस्तान हो गए। सुगाना बना क्रिस्तान सुगाना मसीहदास, बीरसा बना दाऊद मुण्डा, या दाऊद बीरसा।

बीरसा को पता था कि उसे एक दिन लिखना-पढ़ना सीखना पड़ेगा। दिकू लोगों की भाषा सीखने से ही वह दिकू लोगों के हाथों से घर-जमीन बचा सकेगा। जानते सब थे, लेकिन चालकाड़ के मुण्डा सुगाना के लड़कों और लिखे-पढ़े जाने हुए जीवन—दोनों के बीच बहुत-सी दीवारें थीं—महाजन, ग्राम-प्रधान, पुलिस, दारोगा, हाकिम, पक्का रास्ता—बहुत-बहुत दीवारें थीं! उन सबको कैसे लाँघा जाए? वह तो अभी भी छोटा था।

छोटा, लेकिन कोई भी मुण्डा लड़का आठ बरस की उम्र में पढ़ने नहीं बैठता। बीरसा भी नहीं बैठा। बकरियाँ चराकर, जंगल से काठ-पत्ते-फल-कन्द-शहद लाकर घर में मदद करता। करमी, उसकी माँ कहती, ''घर तो हो गया है कथरी की तरह। इधर सियो, उधर फट जाता है। सब फट जाने पर फिर एक दिन जुड़ न सकेगा।''

बीरसा जानता था कि मुण्डा लोगों की गृहस्थी इसी तरह फटी गुदड़ी की तरह ही होती है। उसके लिए उसे दुःख न था। सिर्फ दिन को घाटो के साथ नमक न मिलने पर उसे तकलीफ पहुँचती।

दादा कोम्ता कहता, ''बड़े होने पर वह बाजार से एकदम एक बोरा नमक ले आएगा। जिसकी जितनी तबीयत हो, उठाकर घाटो में मिलाकर खाना।''

बीरसा दादा के दम्भ की यह असम्भव बात सुनकर हँसता; बंसी लेकर निकल जाता। लौकी के खोल से बना टुइला और बंसी—दोनों ही उसके लिए जरूरी होते।

टुइला की झंकार, बंसी का सुर उसके साथ-साथ घूमते!

जंगल में बैठकर वह अपने मन से बंसी बजाता।

जब भी वह जंगल में जाता, धानी मुण्डा उसके साथ-साथ जाता।

''तुम मेरे साथ-साथ क्यों फिरते हो?''

''क्यों न फिरूँ? जंगल क्या तेरा खरीदा है?''

"खरीदा ही तो है।"

घर जाकर देखता कि माँ महुआ के बीज ओखली में कूटती जा रही है। माँ बीजों को कूटेगी, दीदी पीसेगी। तब तेल निकलेगा। घर में बत्ती जलेगी। उसे बड़ा होने की तबीयत होती। कोम्ता के साथ जाकर हाट से एक नमक का बोरा, तेल का डिब्बा लाकर करमी को रानी बना देने की साध होती!

जंगल में आकर वह उन सब बातों को भूल जाता। दिगन्त में फैले नीले पहाड़ों की ओर देखकर जाने क्या-क्या सपने देखता। सपने में वह केवल अपने दो आदि-पुरुषों को देखता। दोनों भाई बाढ़ से पगली नदी पार कर चले आ रहे हैं। बिजली की चमक से प्रकाशित एक कुँआरे जंगल की ओर काले-काले हाथ फैलाकर कहता, "यह सब हमारा है।" उसके मुँह से वर्षा हो रही है। नदी का जल उसके पैरों पर लोटा पड़ रहा है। कुँआरे जंगल का प्रहरी विशालकाय हाथी आकाश की ओर सूँड़ उठाकर जोरों की आवाज से उसका स्वागत कर रहा है।

"अपने साथ अकेले-अकेले रहता है, इसलिए वह अपने को भूल जाता है।"

इसीलिए खफा होकर उसने धानी से कहा था, "यह जंगल मेरा है।"

धानी कुछ देर तक उसकी ओर देखता रहा।

उसके बाद सहसा रूखे स्वर में बोला, "याद रखना, कहा है कि यह सब तेरा है।"

धानी चला गया था।

घर लौटकर बीरसा केंदू के पेड़ के नीचे बैठकर पत्ते के दोने में बेस्वाद घाटो खाते-खाते दादा से बोला, "धानी मुण्डा कैसा है? पगला या दीवाना?"

"लड़ाई का दीवाना!"

"कैसे?"

"जहाँ लड़ाई है, उसका अन्तर वहाँ है। उसकी बयस आठ सौ अट्ठासी चाँद हो गई। इस बीच वह उस पहली मुण्डा लड़ाई, हूल खारुआ की लड़ाई, सरदारों की मुल्की लड़ाई—सब जगह लड़ आया है।"

"वह बूढ़ा?"

"बूढ़ा हुआ तो क्या? तीर-धनुक में उसका निशाना पक्का है। उसका-सा निशानेबाज देश-विदेश में देखा है किसी ने?"

"मुझे तंग कर रहा था।"

करमी ने झाड़ू लगाते-लगाते कहा, "उसकी बात न सुनना, बेटा। जिन्दगी-

भर में उसने लड़ाइयों में दस बेटों को उतारा है।''

''मुझे वह नहीं मार पाएगा।''

''जा, बीरसा! साँझ-बेला मरने की बात मत कर।''

''उसे मैं किसी दिन मार दूँगा।''

''तुझसे बड़ा है न धानी? बूढ़ा है।''

''मुझे तंग क्यों करता है?''

''क्या कहता है?''

करमी पास आकर खड़ी हो गई। कोम्ता नहीं, दोनों लड़कियाँ नहीं : इस लड़के के लिए करमी का कलेजा भारी हो जाता है!

बीरसा लौकी के खोल में तार बाँधकर टुइला बना रहा था। बिना आँख उठाए ही वह बोला, ''बहुत-सी बातें!''

''क्या कहता है?''

''कहता है कि ये जो सारे जंगल, सारे पहाड़ हैं, सब मेरे हैं।''

''यह बात कहता है!''

''माँ, तू रो रही है?''

बीरसा ने अपनी आश्चर्य-भरी, निष्पाप, निर्मल आँखें उठाकर अवाक् होकर कहा।

''बीरसा, तू मेरे कलेजे का टुकड़ा है, एक बात सुन।''

''बोल।''

''धानी की बात पर ध्यान मत दे।''

''क्यों?''

''वह पागल है।''

''क्यों?''

''वह भगवान को खोज रहा है रे, बीरसा।''

''भगवान को खोज रहा है?''

''हाँ रे!''

''यह कैसी बात है?''

''यही बात है।''

''भगवान क्या हाट-गाँव में घूमता-फिरता मिल जाएगा?''

''वही जाने किस भगवान को खोज रहा है। वह भगवान शायद मुण्डा

बनकर जन्म लेगा। वह मुण्डा लोगों को उनके अपने गाँव देगा, दिलाएगा। उसके आने के बाद दिकू नहीं रहेंगे। उसके आने से सारे मुण्डा लोगों के बदन पर कपड़ा, हाँड़ी में घाटो, डिब्बे में नमक रहेगा। बर्तनों में रहेगा महुआ का कड़ुआ तेल। तब मुण्डा राजा बनेंगे।''

''धत्! कैसी पागलों-सी बातें!''

''हाँ, बाबा! उसकी बातें तुम मत सुनना।''

''भला क्यों सुनूँगा?''

''वह पागल है : मुण्डा लड़कों को परेशान करता है।''

''माँ, उसकी बात छोड़! एक तमाशा देखेगी?''

''क्या तमाशा, बेटा?''

''उ—स चिड़िया को पेड़ से उतार लाऊँगा, देखेगी?''

''उसे मारना मत बेटा, वह किसी का नुकसान नहीं करती। उसे तीर मत मारना, बेटा मेरे।''

''ध—त्! तीर क्यों मारूँगा?''

''तो?''

''तो देख?''

कोम्ता बोला, ''अपने बेटे के गुण नहीं जानतीं तुम। वह बंसी बजाकर हिरण को बुला लेता है, खरगोशों को जमा कर लेता है। बन के पशु-पाखी उसके बस में हैं।''

करमी बोली, ''हट।''

बीरसा बोला, ''तो देख।''

बीरसा 'टुँ टं', 'टुँ टं' कर टुइला बजाता रहा। बहुत हलकी-हलकी चोट लगाकर उसे बजाता रहा। सन्ध्या की वायु में वह 'टुन-टुन', 'टुन-टुन' धुल गया, मानो सन्ध्या के साथ एक-रस हो गया हो! उसके बाद सुनहरी सुरों-सी उतर आई पीले रंग की चिड़िया। बीरसा के सिर के ऊपर पंख फड़फड़ाकर फिर कहीं चली गई।

करमी बोली, ''हाँ, बीरसा, तेरे हाथ में क्या है?''

बीरसा बोला, ''जादू है।''

''किसने सिखाया है?''

''जंगल में जाती है, जंगल में बाजा बजते नहीं सुना है, माँ? पत्ते-पत्ते में

बाजा बजता है। वही सुन-सुनकर सीखा है।''

''जंगल में अकेले मत जाया कर, ओ बेटे मेरे!''

''एक दिन टुइला बजाकर तुझे नीलपाखी पकड़कर दूँगा। तू कहती है न कि वह पाखी घर में रहने से स–ब भला होता है?''

कोम्ता बोला, ''जा, कितना कहा–तीतर पकड़, मांस खाएँ, सो तो सुनता नहीं।''

''क्यों सुनूँ? तीतर मारेगा जाल-फेंक, तीर-मार! मैं क्यों उसे पकड़ूँ?''

करमी बोली, ''जाओ, सो जाओ। अँधेरा हो गया! घर जा।''

करमी रात में सुगाना से बोली, ''बीरसा को कहीं काम में लगा दो।''

''क्यों?''

''मुझे डर लगता है।''

''कैसा डर?''

''पता नहीं। पेट का लड़का। फिर भी अनचीन्हा-सा लगता है।''

''क्यों?''

''वह कोम्ता की तरह नहीं है, किसी मुण्डा लड़के की तरह नहीं है, वह अजीब लड़का है!''

''लो! ऐसी बातें मत सोचा कर।''

लेकिन सुगाना मुण्डा भी समझता था कि उसका लड़का बीरसा मुण्डा लड़का है–फिर भी वह जैसे और जात का लड़का हो। और सबकी तरह देखने में उसका मुँह और आँखें दूसरों की तरह की ही थीं। सभी मुण्डा लड़के बंसी बजाते हैं–टुइला बजाते हैं–बीरसा भी बजाता था।

लेकिन बीरसा किस साँस से बंसी बजाता था? कैसे सुरों से? सुगाना जब छोटा था तब मुण्डा लोगों के आदि देवता हरम् असूल की पूजा में, जोयार उत्सव में बड़ी धूमधाम होती! ग्राम-प्रधान कहता, ''हरम् असूल को क्या बाँसुरी सुनना अच्छा लगता है? इसीलिए पैदा होते समय किसी-न-किसी लड़के की उँगलियों और ओठों को अपना आशीर्वाद दे देते हैं!''

बीरसा को क्या उन्हीं ने आशीर्वाद दिया है? नहीं तो हाथों में टुइला और कमर में खोंसी बाँसुरी लेकर बीरसा जब मुण्डा लड़के-लड़कियों को बारोयारी[1] नाच के

1. बस्ती में सबकी सहायता से मनाया जानेवाला उत्सव

मण्डप के अखाड़े में ले जाता है, तो क्यों सुगाना की उमर के, उसकी माँ-बाप की उमर के चालकाड़ के सब मुण्डा लोग जाकर दो क्षण खड़े हो जाते हैं? बीरसा का बाँसुरी बजाना क्यों सुनते हैं?

सुगाना का दादा कानू पलुस था; वह तो कब का क्रिस्तान हो गया था। कहने को सुगाना से उसकी भेंट ही नहीं होती थी। वह भी क्यों उस बार कह गया, ''तेरा यह बेटा बड़ा गजब का है रे, सुगाना। उसकी बाँसुरी सुनी, ऐसे सुर मैंने कभी नहीं सुने!''

अखाड़े में बीरसा गया है, यह जानकर बीरसा की उमर के सभी लड़के जाकर जमा हो जाते। मुण्डा माताएँ करमी से कहतीं, ''ओ री करमी, वह अढ़तिया दिकू नन्द, जो ठाकुर पूजता है, उसी किश्न की तरह तेरा बेटा बंसी बजाता है रे! लड़का बंसी बजाता है सब मुण्डा लोगों के घर में। उसी बंसी को सुनकर भागते खरगोश, भयानक सूअर, बन के हिरन—सब शान्त होकर दो दंड रुक जाते हैं। ऐसा कभी कहीं देखा है?''

सुगाना का बेटा ऐसा क्यों हुआ—उसके किस्से सबकी जबान पर रहते।

''बीरसा रे, तू सबकी तरह बन।''

मैं सुगाना मुण्डा, मुझे याद नहीं आता, कब मेरे पुरखे चुट और नागु ने आकर इस अछूती धरती पर चोट लगाई थी! कुँआरी धरती का कौमार्य हर कर मुण्डारी लोगों की बस्ती कब आबाद की थी! कब उनके नाम पर यह बाघ, बराह, भालुओं से भरा शाल-गजार-सिधा-शीशम के पेड़ों का जंगल और किशोर धरती के ऊँचे कुसुमित वक्ष से कम ऊँचे पहाड़ों से ढका जो अपरूप है, अपरूप देश है—उसे नाम दिया था छोटा नागपुर।

छोटा नागपुर जिनके नाम पर है, उनके वंश का आदमी होकर मैं—सुगाना मुण्डा—भिखारी से भी अधम, जिसके पेट में घाटो भी नहीं पड़ता, फटा कपड़ा पहने घूमता हूँ। कितनी बार सोचा है कि इससे तो बन का पंछी होकर खेत से दाने इकट्ठा कर जीवित रहना अच्छा होता!

लेकिन वह बात मेरे मन में नहीं रहती। सारे मुण्डा लोग मेरी ही तरह जीते हैं, मर-मर के जीते हैं। हाँ रे, मेरे कपाल में वही सेंगेल-दा[1] की आग जलती है। उस आदि युग में सेंगेल-दा की आग में धरती जलकर राख हो गई थी। सिंबोङा ने आकाश से आग फेंकी थी। उससे सारे मानुस जलकर मर गए। केकड़ों के एक

1. अग्नि-वर्षा

गड्ढे में ठण्डा पानी था—माटी के कलेजे का ठण्डा जल! एक लड़का एक लड़की--वे मुण्डा थे--शाल बन की छाया में टुइला बजा रहे थे—लड़की नाच रही थी। वे आग देख ठिठककर खड़े हो गए।

सिंबोङा ने आसमान से सिर निकालकर कहा, "अरे तुम भागो, तुम्हारे हाथों में जन्म-मरण का भार पड़ा है। तुमसे फिर जगत सिरजेगा।

वे बोले, "कहाँ भागें?"

"व—ह देखो।"

आग के रंग का साँप, वे नाग-देवता नागीरा थे, वे फन की छाया कर लड़के और लड़की को उस केकड़े के गढ़े में ले गए। शीतल जल में वे डूबे रहे। नींद में कितने दिन बीत गए, उन्हें पता न चला। उसके बाद वे सिंबोङा के पुकारने पर उठ गए।

बाहर आकर देखा—न मालूम कब की बरखा बन्द हो गई थी। सिंबोङा ने जैसे आग उँड़ेली थी, उसी तरह बरखा उतारकर भुवन मात्र को ठण्डा कर दिया था। पता नहीं कब से अरण्य, नदी, पहाड़, पशु-पाखी, फूल, फल, कीट पतंग, स—ब की सृष्टि कर डाली थी!

सिंबोङा ने बादलों में से सिर निकालकर जोर से कहा, "जाओ, दुनिया में सब है, मानुस नहीं है। तुम सिरजो। सुनो, मानुस, मानुस—मुण्डारी मानुसों से भुवन को भर दो!

उसी लड़का-उसी लड़की से सारे मुण्डारी लोगों का—मुण्डारी जगत का आरम्भ हुआ।

लेकिन सुगाना के कपाल में तो सेंगेल-दा का तोप है! कपाल में ताप, पेट में ताप, मन में ताप!

उसने सब तापों को स्वीकार कर लिया था। कोई प्रतिवाद नहीं किया। इतना ताप, इतनी आग क्या एकबारगी बुझ जाएगी? मुण्डा-जाति के जीवन में आग जलती ही रहती है।

उससे भी सुगाना के मन में कोई दुःख नहीं था। पेट भरके खाना, साबित कपड़ा पहनना, बिना टूटे घर में सोना कैसा होता है—यह भी उसे नहीं पता था। इसी से कम खाने, फटा कपड़ा पहनने, टूटे घर में सोने में उसे दुःख नहीं होता।

इससे उलटे सुगाना और करमी अपने भाग्य को सराहते रहते। वे लोग बहुतों से अच्छे थे। नौकरी का पट्टा लिखकर जिन्दगी-भर के लिए दास नहीं बने; किसी

दिकू के पास बेगार देने का दण्ड नहीं था—वे बहुतों से अच्छे थे।

कोम्ता, बीरसा, गोद का लड़का कनू—तीनों पास हैं। दोनों लड़कियों का ब्याह हो गया है।

कुली भरती करनेवाला हर बरस आकर चायबागान में कुली का काम करने के लिए बहुत रुपयों का लालच दिखाकर मुण्डा लोगों को ले जाता।

वे लोग तो नहीं गए। अच्छा ही तो है।

यही उधार-कर्ज-अभाव-अनाहार—सुगाना की धारणा में इस दुनिया में यही उनका प्राप्य है। इस दुनिया को छोड़कर वे और तरह से नहीं जीना चाहते।

बीरसा और तरह का कैसे है? बोहोन्वा के जंगल में तो सब मुण्डा लोगों के लड़के गाय-बकरी चराने जाते हैं। अकेले बीरसा कैसे जंगल का सारा रहस्य जान जाता है?

कहाँ कन्द है, कहाँ गढ़े में मछली है, कहाँ मीठे बेर और खट्टे-कसैले आँवले, जंगली अरबी और मोटे खरगोश, साही हैं—सब बातें उसी अकेले को कैसे मालूम हो जाती हैं? मानो जंगल अपने सारे भेद उस अकेले के सामने ही खोल देता हो! अकेले बीरसा के हाथों सब छिपे ऐश्वर्य का ढेर उँड़ेल देता हो! ऐसा क्यों होता है?

"बीरसा, तू सब की तरह बन। जो सब की तरह होता है, वह लड़का बाप और माँ की गोद से लगा रहता है। हारी-बीमारी, इस साल अकाल होने से मिशन में जाकर क्रिस्तान होगा। फिर फसल के खड़ी हो जाने पर अपने धरम में लौट आना।

"तू उनकी तरह बन, बीरसा।"

सुगाना ने निश्चय किया कि पहले मौके पर ही बीरसा को कहीं गाय चराने के काम में लगा देगा।

सुयोग आ भी गया। सुगाना मुण्डा के जीवन में छोटे लड़के को गाय चराने के काम में लगा देने का सुयोग छोटी-सी वजह से गृहस्थी की रोजाना की किसी भी

घटना के समान होता है।

दोनों लड़कियों के ब्याह से सुगाना पर उधार का पैसा बहुत चढ़ गया था—कोई चौदह-पन्द्रह रुपए!—बीरसा के बाद का भाई कनू भी घुटनों के बल चलकर घाटो खाने लायक बड़ा हो गया था।

सहसा गृहस्थी को मुश्किलों का सामना होने लगा। सहसा करमी के ताऊ का लड़का, उसका बड़ा भाई एक दिन चालकाड़ चला आया। बोला, ''बहू अच्छी नहीं है, समझी करमी। काउन[1] बेचकर दो रुपए मिले। बोला, मद्य ले आ। जल्दी कर। दो मुर्गी काटीं, सो वे छीन ली। बोली, चावल खरीदूँगी। थूः!''

निबाई मुण्डा ने जमीन पर थूका। बोली, ''चावल मोल लेंगे। सो चावल मोल लिए। मैं भी तब एक खूँची[2] चावल बोरे में से लेकर चला आया। जा, भात राँध दे। आज खूब खाऊँगा।''

करमी ने जाल लगाकर खरगोश पकड़ा। सबने मिलकर भात और मांस खाया। उसके बाद निबाई बोला, ''चल, दोनों लड़कों को दे दे। ले जाऊँ। तुम लोगों के पास खाने का जरिया नहीं है—खाने के लिए बड़े-बड़े मुँह हैं।''

''लड़कों को कहाँ ले जाएगा?''

''तेरे बाप का घर नहीं है? दिबाई मुण्डा, तेरा बाप, मेरा चाचा। उसका घर नहीं है? वहाँ हम नहीं हैं?''

''वहाँ जाने पर भी तो तुम्हारे घर में खानेवाले मुँह बढ़ जाएँगे। बता ठीक है न?''

''देखता हूँ, कोम्ता काम का हो गया है। उसे लेकर जाता हूँ कुण्डी-बरतोली। वहाँ भूरा मुण्डा है।''

''कौन भूरा? वही चिक्नी भूरा?''

''हाँ रे, वही चिक्नी भूरा।''

''उसके पास क्यों?''

''अरे! उसने तीन कूड़ा भुँइ आबाद कर अब आँगन में कोठा खड़ा किया है। लड़का नहीं, चार बेटियाँ हैं। कहाँ कोम्ता गाय चराकर जीवन काट देगा। वे लोग भात खाते हैं। और नोन कितना है! डोल भरा नोन देख आया हूँ।''

''कोम्ता ने दस बरस पार कर लिए। बीरसा और भी छोटा है।''

''बाप रे बाप! छोटा है? उसकी बयस में तो तेरे बाप ने मेरी पीठ पर लाठी मारी थी। गायचरी करता था न मैं?'''

1. एक प्रकार का खाद्यान्न
2. चावल आदि नापने का डिब्बा

"तेरी तरह क्या सभी हैं?"

"तेरी बहन, जोनी उसे खूब प्यार करती है। अब वहाँ जाकर रहे।"

"उससे क्या उसका जीवन कट जाएगा।"

"सालूगा में जयपाल नाग है न? उसके पास बाद में गायचरी के काम में लगा दूँगा। हाँ देख, जयपाल नाग ने पाठशाला खोली है। वहाँ पढ़ेगा भी।"

"पढ़ के क्या होगा?"

"बाप रे बाप! रहती है चालकाड़ में, हवा नहीं समझती। अब क्रिस्तान-भर होने में लाभ नहीं है। पढ़ना-लिखना सीखने से मिशन में जाएगा, प्रचारक बनेगा, सिर पर पाग बाँधकर हाट-हाट में घूमकर यीशू की बातें कहेगा।"

"वह मेरे भाग्य में बदा नहीं है, दादा। ले जाना है, ले जा। मैं और सोच नहीं सकती हूँ। तीन लड़के और लड़कों के बाप को क्या खिलाऊँ? कैसे जिन्दा रखूँ—सोच-सोचकर जैसे पागल हो जाती हूँ—क्यों रे बीरसा, जाएगा मामा के साथ?"

"जाऊँगा।"

"बड़ा हो गया, बेटा। खाना नहीं दे पाती। कलेजे में बड़ा दर्द लगता है। तभी जाने को कहती हूँ। नहीं तो तुझे मैं अपने पास से कभी दूर न करती।"

"तुम्हारी बात। आठ बरस का हो गया। अब क्या इतना बड़ा लड़का बैठकर खाता है?"

"कितना बड़ा बेटे?"

"बहु—त बड़ा।"

"बहु—त बड़ा?"

"बहु—त।"

करमी का माँ का मन बोला : आठ बरस के बच्चे को आँचल से ढककर रखा जाता है। लेकिन वह तो केवल माँ नहीं, मुण्डारी माँ थी। मुण्डारी माँ जानती है—आठ बरस का लड़का गाइचरी करे, या किसी दिकू के खलिहान में झाड़-बुहार का काम करे; पेट के लिए घाटो का जुगाड़ तभी कर सकता है।

करमी का बाप दिबोई मुण्डा ज्ञानी-गुणी आदमी था। उससे करमी ने सुना था कि कभी सारे जंगल और पहाड़ मुण्डा, ओराँओ, हो और सन्थालों के थे। तब मुण्डारी माँ मुण्डारी लड़कों को दिकू लोगों के घर के लड़कों की तरह बहुत दिनों तक

अपनी छाया-माया में पास रखतीं, रख पाती थीं!

यह हजारों-लाखों चाँद पहले की बात है। तब धरती ऐसी कठोर नहीं थी। सबकुछ सीधे हरम् असूल के शासन में था। जब वे लड़के और लड़कियाँ केकड़ों के गड्ढे में सोती थीं, तब हरम् असूल ने पानी की बौछार कर धरती की आग बुझा दी थी।

पहले बनाए जल के जीव! मछलियों को बुलाकर बोले, "सागर के नीचे से माटी लाओ। ऊँची धरती पर जीव सिरजेंगे।"

सागर माटी क्या दें? माछ मुख में माटी लेकर उठतीं; सागर की लहरें माटी बहा ले जातीं। इधर हरम् असूल सिंहभूम से भी बड़ा और चौड़ा हाथ बढ़ाए ही थे। माटी पाएँ तो माटी के जीव गढ़ें!

अन्त में केंचुआ निकल आया। पेट की मट्टी मल के साथ निकाल दी।

उसी माटी को पाकर हरम् असूल ने स—ब गढ़ डाला।

वे थे, सुख-शान्ति के सरल, सहज दिन!

वही थे लड़का और लड़की—उनके हुआ एक बेटा। लड़का तो बीमारी से मरने-मरने को हो रहा था। वे आदि मुण्डा नर-नारी सोच में परेशान थे। सन्तान मर जाने से हरम् असूल का मुण्डारी संसार, सिंबोङा की मुण्डारी धरती काले-काले मानुसों से किस तरह छा जाएगी?

'हे अब्बा हरम् असूल!' कहकर वह आदि-जननी बहुत रोई थी। कठोर काले पत्थर से गढ़े चेहरे से हीरे की तरह बहुतेरे उज्ज्वल आँसू बहे थे।

हरम् असूल बोले, "बेटा! भुवन सिरजकर आँखों में थोड़ी नींद आ गई थी, या यों ही पुकारा?"

वह जनक-जननी बोले, "बेटा तो मरा जा रहा है, देवता! तुम्हें छोड़कर किसे पुकारें?"

"इसके लिए दरवाजा घेरकर, चौखट के पास कोयले से तसवीर बना। देखेगा कि बीमारी भाग जाएगी। मेरी पूजा दे। सफेद मुर्गी की बलि देकर पूजा दे।"

वही पूजा देकर लड़के की बीमारी दूर हुई।

कैसे थे वे सब दिन! कितने सहज में देवता खुश होते थे। अब करमिया क्रिस्तान होकर, फिर बोङा-बोङी की भी पूजा करता है। किन्तु रक्षक-देवता फिर मुण्डाओं

के बीचोबीच अब मृत मुण्डाओं के समाधि के पत्थर की तरह बड़ी-बड़ी बाधाएँ हैं। वैष्णव-धर्म, संन्यासी-धर्म, गोसाई धर्म, क्रिस्तान धर्म, दिकू—कोर्ट-कचहरी-अदालत, महाजन-सूद, बेगार-सेवक-पट्टा—सैकड़ों बाधाएँ हैं। इतनी बाधाएँ हैं कि देवता लोग भी अब मुण्डाओं का भला नहीं कर सकते!

करमी गहरी साँस लेकर बोली, "वही हो। अब मैं सोच नहीं पाती। उपासे-उपासे रहते सिर चक्कर खाता है! आँखों के आगे पीले-पीले कन उड़ते हैं, सर सनसनाता है।"

वही हुआ।

निबाई के साथ गए कोम्ता और बीरसा। कोम्ता चला गया कुण्डी बरतोली। वहाँ वह भूरा मुण्डा के खलिहान में काम करेगा, गाय चराएगा।

करमी की बहन जोनी बोली, "तू यहीं रह, बीरसा। दूसरे देश क्यों जाएगा?"

बीरसा सिर हिलाकर बोला, "माँ से कहकर आया हूँ। मैं बड़ा हो गया हूँ। मैं बड़ा बनूँगा।"

जोनी ने मुस्कुराकर मुँह पर आँचल डाल लिया। बोली, "तू पागल है, दीवाना। बड़ा होगा! क्या करेगा बड़ा बनकर?"

"माँ को बोरा-भर नमक लाकर दूँगा, डब्बा-भर दाल और दाना ला दूँगा।"

"तू क्या डकैत बनेगा?"

"प्रचारक बनूँगा।"

"किस तरह?"

"पाठशाला में पढ़कर।"

"और क्या करेगा?"

"तेरी गायें चरा दूँगा, बेड़ा बाँध दूँगा, काठ ला दूँगा।"

"पाठशाला कितनी दूर है, यह मालूम है?"

"मालूम है।"

"जयपाल नाग बड़ा गुस्सेवर है।"

"क्या करता है, मारता है?"

"न-न, मारता नहीं है। पर गुस्सा बहुत होता है।"

"मुझ पर गुस्सा नहीं होगा?"

"तो वह डूँगरी पहन। तेरे कपड़े सज्जी मिट्टी से धो दूँ।"

जोनी ने बीरसा के कपड़े धो दिए। साफ कपड़े पहनकर लकड़ी की तख्ती, लकड़ी का कोयला और एक लत्ता लेकर बीरसा जयपाल नाग की पाठशाला में गया। बोला, "मुझे ले लो अपनी पाठशाला में।"

"अरे, तू कौन है?"

"दिबाई पहान का नाती जी, मेरी माँ करमी है। मुझे पाठशाला में ले लो।"

"तेरा घर चालकाड़ में है न?"

"चालकाड़ से कोई सालगा आ सकता है? मैं आयूभातू आ गया हूँ। वहाँ से आऊँगा।"

"सवेरे-सवेरे पाठशाला लगती है। होशियारी से आना, बेटा। राह में बन है, बाघ का डर है।"

"बाघ मैंने बहुत देखे हैं।"

"डरता नहीं?"

"नहीं डरता।"

नन्हा बीरसा किसी तरह किसी से कभी नहीं डरा। बड़ा वह बनेगा ही, बहुत बड़ा! खट-खटकर जंगल की राह पैदल सालगा से आयूभातू आता और जाता।

एक दिन बीरसा चिल्लाता-चिल्लाता घर लौटा। जोनी सूप से जौ फटक रही थी।

जोनी बोली, "क्या हुआ?"

बीरसा वीरदर्प से कुछ देर खलिहान में नाचता फिरा। उसके बाद तख्ती उठाकर बोला, "क्या देख रही है?"

"यह क्या है?"

"यह 'क', यह 'ख', यह 'ग'—मैंने सब सीख लिया!"

जोनी हँस-हँसकर, रो-रोकर हैरान हो गई। बीरसा से बोली, "तूने इतना सब

सीख लिया?"

"सीख लिया?"

"आ, खाना दूँ।"

तली हुई जई, तीतर का मांस और जंगली चेंच की तरकारी थी। मौसी के पास खाने-पीने का बड़ा सुख था। बस, घाटो नहीं देती थी मौसी। बन की अरबी और कन्द, चिड़ियाँ, खरगोश, साही का मांस खाते-खाते बीरसा को लगता कि इस दुनिया में तो खाने-पीने का बहुत सामान है! फिर उसकी माँ करमी को घाटो के साथ नमक क्यों नहीं मिलता?

मौसी के घर बड़ा सुख, बड़ा आराम था। मौसी का घर महुए के तेल से चिकनाता रहता था।

लेकिन चिड़िया का घोंसला हवा में हिलता-डुलता था! जोनी का एक दिन ब्याह हो गया।

"मौसी री," कहकर बीरसा रोकर आकुल हो उठा। जोनी ने हल्दी-भरे हाथों से बीरसा को खींचकर कहा, "तू तो मेरे साथ खटंगा चलेगा। रो क्यों रहा है?"

"वे लोग रहने नहीं देंगे।"

"चुप रे चुप। वहाँ गाय चराना बनिए के घर। मेरे पास रहेगा?"

"रहूँगा।"

जोनी ने बीरसा के बालों में हाथ फेरकर कहा, "तू तो बड़ा हो गया है—बड़ा बनेगा! इतना बड़ा मत बनना रे तू!"

"क्यों?"

"मुझे छोड़कर नहीं रह सकता है?"

"तेरे चले जाने से मुझे खाना कौन देगा?"

"यह तो है।"

लेकिन बीरसा की मामी, निबाई मुण्डा की बहू बोली, "जाना मत, बीरसा। तेरी बंसी सुनने को नहीं मिलेगी। टुइला बजाकर तू नाचेगा नहीं। आयूभातू सूना हो जाएगा!"

जयपाल नाग बोला, "जाना मत, बीरसा। तुझ-सा दूसरा लड़का पाठशाला में नहीं है। मैं जो जानता हूँ, जितना जानता हूँ, तुझे सब सिखाऊँगा!"

गाँव के लड़कों ने कहा, "जाना मत, बीरसा। तेरे चले जाने से अखाड़ा सूना हो जाएगा।"

बीरसा बोला, "मुझे बहुत बड़ा बनना है न? यहाँ रहने से मैं बड़ा होऊँगा?"

बीरसा को नहीं मालूम था, जोनी को नहीं मालूम था, जयपाल नाग नहीं जानता था, गाँव के लड़के नहीं जानते थे कि बीरसा को मुण्डारी-जगत और जीवन से कौन-सा बाहरी आकर्षण खींच रहा था!

भीषण, दुर्दमनीय, प्रबल आकर्षण!

मुण्डारी जीवन—माने हजारों अनुशासनों से दबा-पिसा, और हर खून में अनेकानेक विश्वास! आज तुम मुण्डारी हो, कल तुम क्रिस्तान हो, फिर मुण्डा, फिर क्रिस्तान, लेकिन तुम्हारा नाम आज सुगाना, कोम्ता, डोलका, भरमी, धानी; कल पलुस, दाऊद, मेथ्यू, जोहाना, अब्राहम—कुछ भी क्यों न हो, खून में रहता है—सिंबोङा का शासन, हरम् असूल की त्योरी!

तभी तो जो जंगल-पहाड़-झरना—सब तुम्हारी माँ है—उनसे भी तुम कितना डरते हो! हमेशा डर लगता है, बाप रे बाप! सिंबोङा ने जब असुरों को जला मारा था, तो असुरों की पत्नियों ने सिंबोङा के पास जाकर प्रार्थना की थी।

और सिंबोङा ने असुरों की पत्नियों के बालों को मुट्ठी में पकड़कर उन्हें नीचे पहाड़ों और जंगलों में फेंक दिया। उसी से वे पठारों-जंगलों-वनों में दुष्ट-आत्मा बनकर फिरती रहती हैं!

उन लोगों का जो गुस्सा है, स—ब मनुष्यों के ऊपर है। कभी अपरूपा मुण्डारी युवती, कभी चकितनयना हरिणी, कभी मुँह से आग निकालती सियारिन बनकर वे मुण्डा-आदमियों को भुलाकर जंगलों की गहराई में ले जातीं।

वहाँ ले जाकर उन्हें मार डालतीं।

बीरसा इन्हीं विश्वासों में बड़ा हुआ। उसे पता है कि मुण्डा बनकर कई लाख मुण्डा जिस तरह का जीवन बिताते हैं, उसके बाहर के जीवन की बात सोचना भी महापाप है।

लेकिन बीरसा वही महापाप कर रहा था। उसके खून में उसके अनजाने कहीं विरोध पनप रहा था, जमा हो रहा था।

खटंगा में जोनी के वर ने कहा, "तू लड़के को प्यार करती है, तो फिर उसे किसी के पास क्यों रखेगी? वह हमारे यहाँ गायचरी करेगा।"

जोनी की भी यही तबीयत थी। वर के पास तीन जानवर और सात बकरियाँ हैं, वह तो उसे मालूम ही था। उसके सिवा वर ने जमीन-जायदाद भी पाई थी।

जोनी ने बीरसा से कहा, "यह कैसा अच्छा हुआ। मेरे पास लड़के की तरह रहेगा!"

मौसा बोला, "एक बात है। मैं पढ़े-लिखे मुण्डा को नहीं देख सकता। गाइचराई कर, पेट-भर खा, अखाड़े जाकर नाच-गाना कर। मुण्डा जब लिखना-पढ़ना करता है तो दिकू होकर मरता है। मुण्डा बनकर जनम लेंगे, फिर लिखा-पढ़ी करेंगे—यह सब चालबाज लोगों का ढंग है।"

कुछ दिनों में ही बीरसा समझ गया कि मौसा बुरा आदमी नहीं है, फिर भी बराबर खिटखिट किया करता है। खटंगा गाँव में ऐसा आदमी नहीं जिससे उसका झगड़ा न हुआ हो। उस आदमी के झगड़ालू स्वभाव की बात बहुत फैल गई थी। इसीलिए ग्यारह मील दूर आयूभातू से पत्नी को लाना पड़ा। आस-पास के किसी मुण्डा ने उसे लड़की नहीं दी।

उसका सबसे अधिक झगड़ा घासी मुण्डा से हुआ। घासी मुण्डा और उसकी जमीन पास-पास थी। दोनों की जमीन के बीच काँटों की झाड़ी का बेड़ा था। लेकिन मौसा को यकीन था कि बेड़ा खिसकाकर घासी ने उसकी बहुत-सी जमीन बेदखल कर दी है।

उन काँटों की झाड़ी की बाढ़ खिसकाई नहीं जा सकती—यह उसे कोई समझा नहीं पाया। और तो और, गाँव का पहान भी नहीं। कुछ कहते ही वह कहता : "किसने कहा? किसी ने आँखों से देखा है?"

लोग उसे ज्यादा उत्तेजित करने में भी डरते थे। वह गुस्सावर हो, या जो हो, दवा-दारू, जन्तर-मन्तर बहुत जानता है!

सभी को मालूम था कि बीरसा के मौसा के साथ दुष्ट-आत्मा नासान् बोङाओं की बातें होती हैं। उन्हें और मालूम था—झरना, नाला, दह, गड्ढों में बोङा नाग आदि रहते हैं, उस जल में स्नान करने से बेरेल सूद, बोर सूद, पूँडि सूद—किसी-न-किसी जात का कुष्ट होगा ही।

किस जल में नाग इरा अब हैं या नहीं—एक बीरसा का मौसा ही यह बता सकता था।

इसीलिए पहान भी उसका आदर करता था।

दुर्भिक्ष-अनावृष्टि-अतिवृष्टि-दावानल-पशुओं की बीमारी—चेचक-हैजा—

किस-किस नासान् बोङा के अभिशाप से होता है, वह भी बीरसा का मौसा ही बता सकता है।

वह डाइन भी पकड़ सकता है। डाइन कब काली बिल्ली, कब अँगूठे के बराबर मानुस बनकर मुण्डा लोगों के घर में घुसकर सोते मानुस को थूक चटा दे! वैसा मानुस जरूर मरेगा।

कौन डाइन है, कौन इस तरह दूसरे की आयु चुराकर अपनी आयु बढ़ा लेती है—वह बीरसा का मौसा सब बता सकता है।

ऐसे आदमी से घासी मुण्डा भी खफा नहीं होता। बीरसा ने मौसा की किसी बात का विरोध नहीं किया। उसे लगा कि मामा कैसा आदमी है? जोनी-सी लड़की के लिए एक जवान वर नहीं ढूँढ़ा। अच्छा-सा एक बलशाली मुण्डा, जो टुइला बजाकर, वंशी बजाकर, नाच-गाकर गाँव को मस्त कर सकता!

लेकिन कुछ दिनों में बीरसा भी समझ गया कि रोज भरपेट भोजन पाना, शरीर और सिर पर तेल लगा सकना, बिना फटा कपड़ा-गमछा पहनना—इनका भी एक और सुख है। वह सुख मनुष्य में कुछ और कमजोरी पैदा कर देता है। यह बड़ा तमाशा है! खाना न मिले, पहनने को न मिले तो आदमी बीरसा के बाप की तरह कमजोर और डरपोक हो जाता है। तब हमेशा माँ-बाप याद आते हैं। जोर से बोलेंगे नहीं, कि कोई खफा न हो जाए!

और खाने, पहनने, तेल मलने को सबकुछ पाकर आदमी जोनी मौसी की तरह कमजोर और डरपोक बन जाता है। तब मन में उठता है : माई-बाप! जोर से बात नहीं करेंगे। कहीं यह सुख चला न जाए!

जोनी बहुत बदल गई। करम-परब के नाच से वह, यह कहकर कि किसी ने उसका पैर कुचल दिया है, सिर का फूल फेंककर चली आई थी।

उसी जोनी ने मौसा के हाथ की मार खाकर भी सब मान लिया।

बीरसा के मन में करुणा उत्पन्न हुई।

एक दिन जोनी ने बीरसा से कहा, "रोगी आदमी है, लेकिन सामर्थ्य बहुत है रे। कितना कुछ जानता है, देखा है न? उसे पकड़े रह। तुझे सब सिखा देगा। तब तू गुणी बनकर मान पाएगा। तेरी गोशाला में भी गाय-बैल-भेड़-बकरी रहेंगे; ओसारे में अनाज का कोठा होगा।"

बीरसा कुछ न बोला। वह कह सकता था, "मौसी, मेरे बाबा ने मिशन में जाकर नाम लिखाया। वह क्रिस्तान है, मैं भी अभी बीरसा दाऊद हूँ। मेरी जात-बिरादरी के, जान-पहचान के कितने ही मिशन में आते-जाते हैं, आते-जाते रहते हैं। मिशन में नाम लिखाए कितने ही मुण्डा-प्रचारकों को हम देखते हैं। मिशन में तो कहते हैं—नासान् बोङा, नाग आदि सब झूठ है! सिंबोङा हरम् असूल झूठ हैं। कुष्ट होता है छूत से, रक्त-मिश्रण से! हैजा होता है सड़े-गले पानी से; चेचक की छूत हवा-बतास में उड़ती है। वे सब बातें सच हैं या नहीं, पता नहीं। पर तुम्हारी तरह गुणी-ओझा-जादू-मन्त्र—इन सबसे भी जैसे डर कम हो जाता है।"

जोनी बोलीं, "कुछ बोला नहीं?"

"सोचता हूँ।"

"क्या सोचता है?"

"मेरे कहने से होगा? माँ नहीं, बाप नहीं!"

"मेरे कहने से भी नहीं होगा?"

जोनी को जैसे बड़ी चोट लगी। बोली, "तू पहले है—मेरे पेट में जो है वह तेरे बाद। मेरे कहने से भी नहीं होगा?"

बीरसा मानो अचानक बड़ा हो गया। जोनी का पिता दिबाई मुण्डा जिन्दा होता तो जिस तरह सान्त्वना देता, उसी स्वर में सान्त्वना देकर बोला, "उसकी बात और मेरी बात नहीं है रे, मौसा खुश रहे, तभी तो।"

"खुश ही तो रहता है।"

"बहुत बिगड़ता है।"

"उस तरह का आदमी जो है।"

जोनी ने ठण्डी साँस ली। बोली, "तू न होता तो मैं मर जाती। अब झुककर आँगन बुहारते-लीपते, झरने से पानी लाते, बदन थक जाता है।"

बीरसा ने आँगन में झाड़ू लगाई। मुर्गियों को बन्द किया, गोशाले में धुआँ देकर जानवर बाँधे। उसके बाद कलसी लेकर झरने पर गया।

कलकल-छलछल—झरने का जल बह रहा था, बहता जा रहा था। बीरसा ने कलसी भरी; भरी कलसी पत्थर पर रखकर खड़ा हो गया।

सन्ध्या उतर रही थी—विषण्ण, क्लिष्ट, उसकी माँ की तरह शीर्ण और क्लान्त सन्ध्या। सन्ध्या-तारा की चमक उसकी माँ की आँखों की चमक की तरह थी!

लुकास आया हुआ था, लुकास प्रचारक। मिशन के काम से आया था। बीरसा के मौसा ने उसे गाँव से भगा दिया था।

लुकास ने बीरसा से कहा, "गायचरी करके जीवन काटेगा? चल, लिखना-पढ़ना सीख; बहुत काम कर सकेगा।"

बीरसा लिखना-पढ़ना सीखना चाहता था। वह क्यों इतने गरीब बाप का बेटा हुआ? बाप खाना नहीं दे सकता; मौसी के पास रहता है। मौसी का ब्याह हो गया, मौसी के साथ यहाँ है। यहाँ जीवन के माने हैं—गाय चराओ, भरपेट घाटो खाओ, खुश रहो।

पर बीरसा जानता है : बीरसा खुश नहीं है।

उसने ठण्डी साँस ली, कलसी लेकर उठ खड़ा हुआ। चारों ओर उन्मुक्त वनांचल और पहाड़ थे। आँखें किसी ओर अटकती न थीं। लेकिन फिर भी ऐसे लगता, मानो जीवन बहुत बँध गया हो। खटंगा इतना विच्छिन्न, अलग-थलग गाँव था। चालकाड़ में सब था—दुःख, दारिद्र्य, अनाहार! किन्तु फिर भी जैसे बहती हुई जीवन-धारा चालकाड़ को छूती हुई जाती थी।

हाट से आते-जाते आदमी चालकाड़ होकर जाते। मिशन से लोग आते। धानी की तरह के खानाबदोश लोग आते। राँची, खूँटी, तामार, बनगाँव—सब जगह की खबरें मिलतीं।

खटंगा इस सबसे बहुत दूर है। कैसा बँधा, और कैदी-कैदी-सा लगता था!

ग्रीष्म में वन के पानी के सारे झरने, तलैया, नदी सूख जाते। कहीं-कहीं फिर भी पानी रह जाता, जिसका पता जीव-जन्तुओं को रहता था, और रहता था बीरसा को।

उस बार वह छिपे हुए, मनुष्यों के अजाने तलैया और दह भी सूख गए थे। झरना और नदी की बालू के कलेजे से, गड्ढे के शरीर से बूँद-बूँद जल उसी स्रोत से जमा होता रहता। भोर होते-न-होते औरतें वह जल ले आतीं क्योंकि सूर्य वहीं सेंगेल-दा की आग छोड़ता हुआ निकलता। धूप लगते ही पानी सूख जाता।

उसी समय बीरसा जंगल के पेट के भीतर तक गया था। गम्भीर गहन जंगल

में। वहाँ एक गढ़ैया का पानी सूखकर बीच में जरा-सा पानी था और आसपास कीचड़ थी।

उसने देखा था कि एक बड़ा-सा साँभर हिरन उस कीचड़ में फँसकर खड़ा था। पैरों का बहुत-सा हिस्सा कीचड़ में धँस चुका था। लगता था कि कीचड़ में से पैर निकालने का उसने प्रयत्न किया था और उसी हिलने-डुलने में पैर धीरे-धीरे और भी गहरे-से-गहरे में फँसते गए।

उसके बाद हिरन ने समझ लिया कि वह सामने के जल के पास नहीं पहुँच सकेगा, कीचड़ से पैर भी न निकाल सकेगा। सामने पानी रहते भी वह प्यास से मर जाएगा। चारों ओर बनभूमि रहते हुए भी वह मुक्त जीवन न पा सकेगा। उसके सामने भयंकर और निर्मम मृत्यु आ खड़ी हुई थी। भीषण और दारुण मृत्यु सामने होने की बात सोचने के परिणामस्वरूप उसके खड़े रहने के ढंग में सम्पूर्ण रूप से पराजित हो, आत्म-समर्पण करने का भाव था।

बीरसा क्या इस समय वही साँभर है? चारों ओर मुक्त और बृहत्तर जीवन है; फिर भी वह यहाँ क्यों फँसा हुआ है? सोचने से भी डर लगता है!

साँभर का सड़ा-गला शव—वर्षा न आने तक वहीं खड़ा रहा।

बीरसा पानी की कलसी लेकर घर की ओर चला। आजकल वह दिन-रात यही बातें सोचता रहता था। जब सोचता कि इस समय वह कहाँ है, चारों ओर क्या हो रहा है, यह सब वह भूल जाता। मन में कुछ भी न रहता।

आदमी पशु नहीं है—इसीलिए भयंकर मजबूरी और विवशता से भी सहसा मुक्ति पा सकता है!

बीरसा वह मुक्ति पा गया।

मौसी की गाय-बकरियाँ लेकर वह चराने गया था। उस समय फाल्गुन का अन्त था। खेतों में वसन्त के फल रहे पेड़ थे।

एक सीधे पेड़ के नीचे बैठकर बीरसा मन-ही-मन कुछ सोच रहा था। उसके बाद शीतल छाया में, हवा के सुख से वह सो गया। मौसा का डण्डा शरीर पर पड़ने के पहले उनकी नींद नहीं खुली।

उसके मौसा के कोश में जिन अपराधों के लिए क्षमा कर देने की सम्भावना तक नहीं थी, बीरसा वे सब कर चुका था।

अब गाइचरी करके आकर वह सो गया था!

गाय-बकरियाँ घासी मुण्डा के खेत में घुसकर रबी की फसल चर गई थीं। घासी ने लाठी फेंककर मारी थी जिससे एक बकरे की टाँग टूट गई थी। उस बकरे को अब काटकर खाना पड़ेगा!

घासी हमेशा से अपराधी था; मौसा था निरपराध। अब उसे बातें सुनाने के लिए अच्छा बहाना मिल गया। उसका खेत बिलकुल तहस-नहस हो गया था।

मौसा ने बीरसा को बहुत पीटा। बीरसा कुछ भी न बोला। चुपचाप मार खाता रहा।

जोनी के मन से भी जैसे डर निकल गया। उसने तेल गरम कर बीरसा के बदन पर मालिश की। उसके बाद पति को गालियाँ देने लगी।

"अभागे! बुड्ढा हो गया। जानता है कि लड़का मेरे बेटे-सा है। उस पर हाथ उठाया। मैं अपने पेट का बच्चा तुम्हें नहीं दूँगी; लेकर दादा के पास चली जाऊँगी!" फिर बोली, "बड़े गुणी बनते हैं! बहुत जानने-सुनने का गर्व है! अगर इतना ही जानते होते तो घर के पास बहू क्यों न मिली? इसी गुस्से के मारे! रहो अपना गुस्सा लेकर! मैं तुम्हारा भात नहीं खाऊँगी। दादा के पास चली जाऊँगी।"

शरीर में और पैरों में बड़ा दर्द था। फिर भी बीरसा को हँसी आ गई। वह समझ गया, जोनी को पति के आक्रामक आचरण से बड़ी चोट लगी है। गुस्से से और दुःख से सब डर-भय भूलकर इतनी बातें करने की हिम्मत इसी से पैदा हो गई। इससे भी अधिक आश्चर्य की बात थी कि मौसा चुपचाप बैठा सब सुनता रहा! जोनी ने गाल आगे कर दिया। उसके बाद पैर फैलाकर रोने बैठ गई।

तब मौसा बोला, "अरे, अपनी दुलारी लड़की को दादा ने कुछ सिखाया नहीं?"

"क्या नहीं सिखाया?" जोनी हुंकार उठी।

"बच्चेवाली औरत को साँझ की बेला में रोने से हवा-बतास के साथ डाइन पेट में घुसकर बच्चे को नुकसान पहुँचाती है। सो उठ, मुँह पर, आँख पर पानी छिड़क। मुझे खाने को दे, बीरसा को दे, खुद खा। गालियाँ तो बहुत दे चुकी। अरे, जो कुछ किया, गुस्से में। नहीं तो मुँह बिगाड़ता रहता हूँ; हाथ से मारा किसी दिन? मेरा गुस्सा बहुत है, बता क्या करूँ?"

यह कहना ही पड़ेगा कि यह एक तरह से हार मान लेने के समान था। दुश्मन हार मान ले तो उससे फिर लड़ा नहीं जाता। जोनी उठी। मुँह और आँखें

धोईं। आँचल खोंसकर पति को खाना दिया, बीरसा को दिया, खुद भी खाया।

दूसरे दिन सबेरे बीरसा हड्डी जोड़नेवाली एक लता ले आया। जिस बकरे की टाँग टूटी और चमड़ी फाड़कर हड्डी बाहर निकल आई थी, उस पैर को खींचकर हड्डी के जोड़ पर हड्डी बैठा दी। उस बेल को पीसकर कई जगह उसका लेप कर दिया। उस लेप पर रेंड़ी का पत्ता लपेटकर एक पतली लकड़ी से टाँग को बाँध दिया। उसके बाद एक जगह घेरा बनाकर उसमें बकरे को बाँध दिया।

मौसा सब देख रहे थे। बोले, "हाँ रे, काम चल जाएगा? पैर फिर ठीक हो जाएगा?"

"दिकू लोगों के घोड़ों का पैर टूटने पर इसी तरह जुड़ता है। यह लता बड़ी अच्छी है।"

मौसा शायद बहुत खुश हो गया, क्योंकि उसी दिन कुछ देर बाद उसने पीतल की एक आरसी निकालकर बीरसा को दी। बोला, "मैं मुँह नहीं देखता, उमर हो गई। तू मुँह देखा करना, पास रख।"

जोनी से बोला, "ना रे, गुस्से में मारा था। पर जैसा हिल-डुल रहा है, ध्यान से देखा, वैसी कोई चोट नहीं लगी है।"

बीरसा ने शाम के पहले घर के हजारों काम कर लिए। झरने का पानी ला-लाकर डोल भर डाले। आँगन में झाड़ू लगा दी। सूखी लकड़ियाँ इकट्ठी कर लता से बाँधकर आँगन के कोने में एक के ऊपर एक पुलिन्दा रखकर जलाने का ढेर-सा सामान खड़ा कर दिया। गोशाला साफ कर चिकनी कर दी।

जोनी हँसकर बोली, "पागल क्यों हो गया है? क्या घर में ससुराल से कोई आ रहा है?"

बीरसा बोला, "बाहर-बाहर घूमता रहता हूँ। यह काम करने में तुझे बहुत कष्ट होता है।"

रात को बीरसा रोज की तरह सोने गया। लेकिन भोर होने के पहले ही वह उठ गया। चुपचाप निकल आया, घर से निकला, उसके बाद भोर का तारा देखकर ठीक रास्ते का अनुमान लगाकर चलने लगा। वह जाएगा कुण्डी बरतोली। वहाँ भूरा मुण्डा के घर कोम्ता काम करता है। कोम्ता गाइचरी का काम तो करता है, लेकिन सबको मालूम है कि उस घर में उसकी जगह बहुत ऊँची है, क्योंकि जल्दी ही वह भूरा का जमाई बनेगा। कोम्ता के पास जाकर बीरसा सब खोलकर कहेगा।

जोनी को बहुत कष्ट होगा। क्या करे बीरसा? कष्ट तो उसे भी होगा। इतने दिनों तक सुख-दुःख में इकट्ठे रहे हैं। लेकिन उस दिन मौसा ने उसे मारकर अच्छा किया। वह घटना न होती तो बीरसा खटंगा से कभी निकल न पाता।

और बीरसा अच्छी तरह समझता है कि जोनी उस पर निर्भर करती है, यह बात ठीक भी है; पर उसी कारण से जोनी की बहुत असुविधा भी है—यह भी सच है। उसके न रहने से उसको लेकर उन पति-पत्नी में अब झगड़ा न होगा। मौसा मन में सोचेगा कि मौसा ने मारा, इसलिए बीरसा गुस्सा होकर चला गया। लेकिन बीरसा, गरीबी का सहारा लेकर कह सकता है कि वह गुस्सा नहीं कर सकता, क्योंकि मौसा ने कोई गलत बात नहीं की। जाति के शत्रु का खेत खिला देने से झगड़े की राह खुल गई। एक जानवर जख्मी हुआ। टाँग मरम्मत करने से काम जरूर चल जाएगा, पर बीरसा पर मौसा खुश क्यों होंगे?

तीसरा पहर होते-होते बीरसा कुण्डी बरतोली पहुँच गया। कोम्ता उसे मिल नहीं पाया। कोम्ता अखाड़े पर गया हुआ था। भूरा मुण्डा की पत्नी ने उसकी खूब आवभगत की। गेहूँ का दलिया खाने को दिया। सीसे की कटोरी में तेल भी पैरों में मलने के लिए दिया। कोम्ता के घर लौटने पर भूरा बोला, "तेरा भाई आया है। कुछ कहना मत। लड़का हठी और उद्धत है। नहीं तो इतनी राह पैदल चलकर आता?"

रात को बड़े भाई के पास लेटे-लेटे बीरसा बोला, "तू यहाँ शादी करेगा?"

"हाँ रे!"

"लड़की देखने में कैसी है?"

"अच्छी नहीं है। नाक से बोलती है, धीरे-धीरे काम करती है, धीमे-धीमे चलती है।"

"तो शादी क्यों करेगा?"

"भूरा के ससुर के पास अच्छी जमीन है, तीन भेड़ें हैं। उसके लड़का नहीं है। भूरा की पत्नी की एक ही सन्तान है। कहती है—बड़ी नतनी की शादी हुई है, यह

देखते हुए सबकुछ नतजमाई को देगा।''

''भूरा क्या कहता है?''

''कहता है कि सब लेकर यहाँ रहो। अपने माँ-बाप को भी ले आ।''

''बाबा आएँगे?''

''आएँ तो अच्छा है, बीरसा। मुझे गृहस्थी से लगाव है।''

कोम्ता उठकर बैठ गया। बीरसा और उसके बड़े भाई के बीच बचपन से लेकर गहरी हमदर्दी और मेल-मिलाप है। बीरसा अगर देखे कि उसका तेरह बरस का दादा भूरा मुण्डा की रोगी और बदशक्ल लड़की से शादी कर रहा है, तो कोम्ता को कुछ समझाना न होगा। बीरसा जान जाएगा कि कोम्ता यह काम कर रहा है—गृहस्थी जमाने के लिए।

कोम्ता गरीब बाप का दुलारा लड़का था। उसके मन में एक फिकर थी कि किस तरह तीनों भाई, बाप-माँ एक छत के नीचे रूखा-सूखा खा-पहनकर रहें। बाप असमर्थ था—इसी से कोम्ता सोचता था कि अपना भला-बुरा लगना या न लगना छोड़कर घर बसा ले।

कोम्ता के स्वभाव में एक और बात थी। उसे मालूम था कि बीरसा उससे अलग तरह का है। भाई की स्वतन्त्र प्रवृत्ति के प्रति उसे श्रद्धा थी। तभी उसने बीरसा से कहा, ''तू क्या करेगा?''

''तू क्या कहता है?''

''मेरी बात छोड़।''

''मेरी तो इच्छा है कि लिखाई-पढ़ाई करूँ।''

कोम्ता गरीबी की चक्की में पिसकर बड़ा हुआ था। कुछ सोचकर बोला, ''बुरा नहीं है रे, बीरसा।''

''क्या?''

''यही लिखाई-पढ़ाई।''

कोम्ता फिर विवश और करुण हँसी हँसा, बोला, ''मुझसे तो होगा नहीं।''

''तेरे लिए किसने कोशिश की? कोशिश करने पर न कर पाता तो कहता 'नहीं हुआ'—अब क्यों कह रहा है?''

''क्या कोशिश करे, बीरसा? आबा और माँ बहुत तकलीफ उठा रहे हैं। बड़े अकाल में भी हम लोगों को बचाकर रखा। हमारी जानें बचाकर रखने में दोनों मर मिटे। पढ़ाते कैसे?''

''मालूम है।''

''तेरा होगा। पता है क्यों? तेरे दिमाग ज्यादा है? उसके सिवा घर का भार

मैंने लिया है। तेरे ऊपर भार नहीं है; तू पढ़ सकता है।''

''तू कहता है, मैं पढ़ूँ?''

''हाँ रे! पढ़ने से प्रचारक होगा। एक लड़का मिशन में रहने से हमारा बल-भरोसा बढ़ जाता है।''

''तो कहाँ जाऊँ?''

''क्यों? लुकास प्रचारक खटंगा गया था न? वह यहाँ है। तुझे बुर्जू में, जर्मन मिशन में ले जाएँगे।''

बीरसा समझ गया, भाग्य उसे बाहर घसीट रहा है—मुण्डारी-संसार के बाहर।

लुकास प्रचारक उसे जर्मन मिशन ले गया। रेवरेंड पुट्सकिंग बोले, ''भरती कर लूँगा। पर एक बात है। लोअर प्राइमरी परीक्षा देकर निकलना पड़ेगा। मुण्डा लड़कों के बुद्धि भी रहती है; पढ़ने की इच्छा भी रहती है। लेकिन घर के दबाव से उनका लिखना-पढ़ना नहीं होता। वे पढ़ना छोड़कर चले जाते हैं।''

बीरसा बोला, ''मैं नहीं जाऊँगा।''

बुर्जू का जर्मन मिशन निराला था। बस्ती से बहुत दूर। वहाँ बीरसा का नया जीवन शुरू हुआ। मिशन का साफ-सुथरा, नियमों में बँधा सुन्दर जीवन बीरसा के जाने-पहचाने जीवन से बिलकुल भिन्न प्रकार का था। बीरसा उस जीवन में डूब गया।

पढ़ाई-लिखाई की दुनिया एक नई प्रकार की दुनिया थी। एक-एक अक्षर, एक-एक शब्द पढ़ पाने पर बड़ी विजय का अनुभव होता था—रग-रग में उल्लास—तीर से लक्ष्य बेधने का-सा उल्लास! मूर्ख लोमड़ी और खट्टे अंगूर की कहानी जिस दिन उसने पढ़ी, अंग्रेजी पढ़कर समझ पाया, उस दिन बीरसा रो पड़ा। वह पढ़ पाया, पढ़ पाया और समझ सका। एक अपूर्व विजय थी। बीरसा के भाग्य ने उसे दूसरे ही जीवन से बाँध दिया था। उस अनुशासन को हेय करके बीरसा ने दूसरे जीवन में जन्म लिया था। प्रमाणित कर दिया था कि वह पुरुष है—नियति के निर्देश को अमोघ और अन्तिम नहीं मानता!

''वन डे ए फॉक्स...'' बीरसा ने फिर पढ़ा। क्लास में रेवरेंड बोले, ''तुम कर सकोगे।''

बीरसा ने लोअर प्राइमरी परीक्षा दो बरस में पास कर ली। रेवरेंड बोले, ''हमारे यहाँ और पढ़ाने की व्यवस्था नहीं है। तुम चाईबासा जाओ। तुम पढ़ाई मत छोड़ना। तुम्हारा भविष्य बहुत उज्ज्वल है।''

ग्यारहवें बरस बीरसा एक दिन चालकाड़ लौट आया। सुगाना से बोला, ''आबा! मैं चाईबासा जाऊँगा और पढूँगा।''

''चाईबासा जाएगा?''

सुगाना ममता-भरी अपनी आँखें फाड़े बेटे के मुँह की ओर देख रहा था। मिशन के साहब क्रिस्तान लड़कों को पढ़ने को कहते हैं। पढ़ने जाने पर जयपाल नाग की पाठशाला, बुर्जू का मिशन स्कूल, जहाँ भी हो वहाँ पढ़ने जाने पर पता लगता कि दुनिया बहुत बड़ी है। उस दुनिया का स्वरूप, स्वभाव, लक्ष्य, जीवन—दूसरी तरह के हैं। करमी के साथ सुगाना का जब विवाह हुआ, तो उस विवाह के उत्सव में सुगाना की माँ ने रंग घोलकर महावर लगाई थी।

सुगाना आदि के विवाह के दिनों दुनिया की तसवीर तिकोनी थी। लेकिन अब लड़के की आँखों की ओर देखकर सुगाना की समझ में आया कि दुनिया वैसी नहीं, और किस्म की ही है। उस धरती की सीमा नहीं—उसी विशाल, अपरिचित धरती की पुकार बेटे ने सुनी है।

डरा हुआ सुगाना हँसा। उसकी दुनिया बस इस चालकाड़ से बाम्बा, बाम्बा से कुंरबदा तक फैली है—महाजन के हाथ से बेहाथ होकर मानो एक गाँव से दूसरे गाँव जाना।

उसकी दुनिया और भी अनेक सीमाओं से जकड़ी है। वह धरती पर दो वक्त दो थाली घाटो, बरस में चार मोटे कपड़े, जाड़े में पुआल-भरे थैले का आराम, महाजन के हाथों छुटकारा, रोशनी करने के लिए महुआ का तेल, घाटो खाने के लिए काला नमक, जंगल की जड़ें और शहद, जंगल के हिरन और खरगोश-चिड़ियों आदि का मांस—ये सब मिल जाएँ तो राजा हो जाता!

सुगाना बोला, ''बहुत पढ़ चुका, बाप मेरे! इतना पढ़ा है कि चालकाड़ में किसी ने नहीं पढ़ा। अब हाथ-पैर जोड़ने से मिशन के साहब तुझे बगीचे में काम दे देंगे। साहब का माली बनने से दो-बेला भात खाने को मिलेगा—शादी में, पूजा में जैसा भात खाने को मिलता है, वैसा भात!''

''आबा, मैं चाईबासा जाऊँगा और पढूँगा।''

''और पढ़कर क्या करेगा, बाप? पढ़ने के बाद इस घर में, इस संसार में तेरा मन नहीं बैठेगा। मुण्डा-लड़कों को असभ्य, लँगोटी पहननेवाला समझने लगेगा। जितना पड़ेगा बाप, उतना ही दुःख है। मुझे दुःख नहीं है। मैं तो भूखे-नंगे रहकर भिखमंगा होकर रहा! तू बेकार में दुःख पाएगा। बहुत पढ़ने पर भी कोई तुझे बाबू नहीं कहेगा। गाँव में कोई मुखिया नहीं बना देगा। अन्त में खेतन के लड़के की तरह कोयला की खान में कुली बनेगा। मजूर-ठेकेदारों के साथ चायबागान में

चला जाएगा। तू घर में रह। अब कर्ज-उधार कर एक गाय और मोल लूँगा, चराना।''

बीरसा ने शान्त दृष्टि से पिता की ओर देखा, ''आबा! पढ़ने के बाद मैं साहबों-सा बनूँगा, साहब ने कहा है।''

सुगाना ने गहरी साँस छोड़ी। बोला, ''तो हाट से सज्जी मिट्टी ले आऊँ। कपड़े काच दूँ। खेतन के घर से सुई माँग ला। माँ कपड़ा सी देगी।

''और तीन लड़के जाएँगे। लान्दिरूली का अभिराम, कुन्दारी के इशाक और बाम्बा।''

दूरी की बात मन पर निर्भर करती है। किसी-किसी वक्त थोड़ी ही दूरी यथार्थ में बहुत ही दूर हो सकती है, और बड़ी दूरी कम दूर लग सकती है।

चालकाड़ से चाईबासा जरूर ही दूर है। साल 1886 में चार लड़के सुगाना मुण्डा के साथ चाईबासा गए थे। लान्दिरूली की जोहाना का बेटा अभिराम, मसीहदास का लड़का बाम्बा, कुन्दारी के प्रचारक दाऊद का बेटा इशाक—इन्होंने केवल रास्ते की दूरी नापी थी।

बीरसा को पता न था—वह चला था एक जन्म, एक जीवन से एक दूसरे जीवन की ओर!

उसके चेहरे को ओट-ही-ओट रखकर सुगाना देख रहा था। लड़का बहुत अपरिचित लग रहा था। उसके बेटे ने लोअर प्राइमरी बुर्जू मिशन से पास किया था। यह बहुत पढ़ाई हो गई! वह और क्यों पढ़ना चाहता है, क्यों जानी-पहचानी दुनिया को छोड़कर बाहर निकलना चाहता है?

सुगाना समझता है जमीन-जायदाद, खेती-बारी, खेतिहर बनके रहना। सुगाना का छोटा भाई पसाना तो बाम्बा में ही रह गया। उस वक्त बीरसा छोटा था; लड़की पैदा नहीं हुई थी। पसाना के बेटे को चीता उठा ले गया। तब बीरसा छोटा था—अब लगता है कि बीरसा कभी छोटा नहीं था। हमेशा से वही समझदार, और होशियार था। जैसे किसी दिन नंगे शिशु-सा आँगन में घुटनों के बल नहीं चला हो। एक बरस का भी जब था तो आबा कहकर सुगाना की गोदी में कभी उछल नहीं पड़ा था!

कोम्ता भी सुगाना की तरह घर-गृहस्थी समझता था। बीरसा गृहस्थी का

जितना काम कर सकता था कोम्ता उतना भी नहीं कर सकता था। लेकिन बीरसा में कोई लगाव नहीं था।

सुगाना के मन ने कहा, "ओ बीरसा, मेरे आबा! चाईबासा न जा, मेरे बाप! चल, घर लौट चलें। करम-परब में इस बार नई धोती मोल ले दूँगा। कुसुम से रँगा दूँगा। मेरे आबा, तुम बालों में गुंजाफल की माला पहनकर नाचना। चालकाड़ को लौट चल।

बीरसा बोला, "वह...वह रहा! मिशन का घर दिखाई पड़ रहा है। देख, आबा!"

सुगाना धीरे-से बोला, "देख रहा हूँ, बच्चा!" उसकी आवाज भीतर उमड़ते हुए आवेग से घुट रही थी।

बीरसा बोला, "कितना बड़ा मकान है! ब्बाबा रे! कितनी ईंटें पकवाई होंगी, बता तो! तभी तो ऐसा गुम्बद खड़ा किया है।"

सुगाना बोला, "ब—हुत ईंटें!"

"यहीं मैं पढ़ूँगा?"

"हाँ, बच्चा।"

"दादा...!"

"''क्या कहा?"

"चिरकाल गृहस्थी लेकर बैठा रहा। न सीखा लिखना-पढ़ना, और न कुछ जाना।"

"सबके क्या सब होता है?"

"दादा...!"

"ले बीरसा, आ पहुँचे।"

जब वे लोग चालकाड़ से चलते-चलते चाईबासा पहुँचे, तब सन्ध्या हो गई थी। धोती का पल्ला बदन पर छोड़, पैरों के दर्द के मारे बीरसा जमीन पर बैठ गया। रेवरेंड साहब बोले, "भरती होने का टाइम निकल गया। तुम लोग लौट जाओ।"

"दक्षिण तामार, सब जगह से तो लड़के यहीं आते हैं, हम भी आए हैं।"

“जगह नहीं है।”

“जगह नहीं?” अभिराम, इशाक, बीरसा का मुँह निहारने लगे। जगह नहीं है क्या! इतना बड़ा पक्का दालान, इतने कमरे, जगह नहीं है?

बीरसा बोला, “मैं लौटकर नहीं जाऊँगा। मेरे पैर में पत्थर से चोट लग गई है। मैं चल नहीं सकूँगा।”

“चोट अच्छी हो जाएगी। दवा दे रहा हूँ।”

“न। मुझे बुर्जू के साहब ने चिट्ठी दी है।”

“वहीं जाकर पढ़ो।”

“वहाँ पढ़ना खत्म कर दिया है। पास कर लिया है।”

“अच्छा, कल आओ। भरती कर लूँगा।”

वे मिशन के सामने पाकड़ के पेड़ की छाया में रात को लेटे रहे। सवेरे साहब ने बीरसा को भरती कर लिया। बाम्बा, अभिराम और इशाक को लौटा दिया।

मिशन में उन लोगों ने बीरसा को दिए—दो साबुन, दो कमीजें, दो पैंट, एक गमछा। एक लड़के से कहा, “उसे बता दो—कैसे साबुन लगाकर नहाया जाता है।”

लड़के का नाम था अमूल्य। छरहरा बदन, शान्त चेहरा! वह बीरसा से बड़ा ही होगा।

कुएँ के किनारे जाकर उसने बीरसा को साबुन मलकर स्नान करना सिखाया। एक डोरी देकर कहा, “इसे पैंट की कमर में बाँध लो। शर्ट को इस तरह इकट्ठा कर लो।”

“तेरा नाम?”

“अमूल्य।”

“तू क्या बाबू है?”

“हाँ, मैं बंगाली हूँ।”

“तू तो मुण्डारी बोल रहा है!”

“मैं अनाथाश्रम का लड़का हूँ। मुण्डारी जानता हूँ।”

“तू मेरे साथ रहेगा?”

“रहूँगा। सुनो, किसी से ‘तू’ मत कहो। ‘तुम’ कहना। ऐसा करने पर देखोगे कि साहब लोग बड़े अचम्भे में पड़ जाएँगे। वे सबसे पहले मुण्डा लड़कों से यही कहते हैं कि ‘तू’ नहीं कहा जाता है।”

बीरसा कुछ सोचकर बोला, “तुम क्या बड़े होकर दिकू हो जाओगे? बाबू लोग तो दिकू हो जाते हैं।”

“दूसरे बाबू शायद हो जाते हैं। मैं नहीं हूँगा।”

"क्या बनोगे?"

"डॉक्टर बनूँगा। नौकरी करूँगा।"

"होः!"

"क्यों?"

"नौकरी करने से दिकू होता है।"

"तुम क्या बनोगे?"

"लिखना-पढ़ना सीखूँगा, ब—हुत-सा लिखना-पढ़ना। उसके बाद कचहरी जाकर बाप को अपने गाँव की जमीन लौटाऊँगा।"

"उसके बाद?"

"प्रचारक बनूँगा। सबको यीशु की बात बताऊँगा।"

"उसके बाद?"

"तब देखा जाएगा।"

बीरसा बहुत अच्छी तरह रहा। उसने मिशन में जितने गाने सीखे, उन सब गानों को सुरों में बाँधकर बाँसुरी पर बजाता। अमूल्य उसे नक्शे बनाना, हिसाब लगाना, किताबें पढ़ना सिखाता। स्कूल की पढ़ाई के बाद अमूल्य उसे पढ़ाता।

बीरसा उसे देश की, गाँव की, जंगल की बातें बताता।

एक दिन वे साहब से कहकर शहर घूमने गए। अमूल्य को वजीफा मिलता था। उसके पास चार आने थे। उन्होंने ईख खरीदी; गरम-गरम तिल के लड्डू खरीदे।

बीरसा बोला, "दुकान में कितना नमक है, देखा?"

"नमक तो दुकान में रहता ही है।"

"और मिट्टी का तेल भी तो कितना है!"

"दुकान में तेल नहीं रहेगा?"

"बड़ा होने पर मैं माँ को बोरे-के-बोरे-भर नमक खरीदकर दूँगा। टीन-के-टीन तेल गाँव ले जाऊँगा। माँ बत्ती जलाएगी।"

"बोरे-के-बोरे नमक?" अमूल्य ताज्जुब में पड़ गया।

"हाँ! नमक से घाटो का स्वाद कितना बढ़ जाता है! माँ सारा नमक हम लोगों को दे देती है। खुद अलोना घाटो खाती है। उससे ही तो माँ का शरीर सूखता जा रहा है।"

"बीरसा, वह बूढ़ा तुम्हें बुला रहा है।"

पीछे घूमकर बीरसा ठिठककर रुक गया। धानी मुण्डा था। साथ में एक बुढ़िया थी।

"तू यहाँ भी आ गया?"

"आऊँगा नहीं? चाईबासा क्या तेरा खरीदा है?"

पुरानी बातें याद आते ही बीरसा हँसा। हँसते-हँसते कहा, "हाँ, मेरा खरीदा ही तो है।"

"देखा जाएगा।"

"क्या देखेगा?"

"तुझे देखूँगा रे!" धानी के साथ की बूढ़ी आगे बढ़ आई। बोली, "तेरा कपाल कैसा है, हाथ-पाँव कैसे हैं? तू कौन है रे?"

"मैं बीरसा हूँ।"

"तो जा न, चला जा।"

"कहाँ जाऊँ?"

"तुझे खोज रहे हैं न!"

"कौन खोज रहे हैं?"

"मेरा भाई यह धानी, सरदार लोग।"

"सरदार लोग?"

"मुलकी लड़ाई की खबर नहीं सुनी? तू कैसा मुण्डा है रे?"

बीरसा उसकी बातें सुनकर ताज्जुब में पड़ गया। उसे—सुगाना मुण्डा के सोलह बरस के बेटे को—खोज रहे हैं? कौन? क्यों?

आश्चर्य, मिशन में ही सब बातें सुनाई देने लगीं।

मिशन में हैं डॉक्टर ए. नॅट्रट। एक दिन उनके पास ही चले आए जर्मन लूथरन चर्च में जो क्रिस्तान हुए थे, वे ही मुण्डा लोग।

"अर्जी है।"

"कैसी अर्जी?"

"छोटे नागपुर का काश्तकारी का कानून कहता है कि जिसकी जमीन है, वह रख सकेगा। तुम साहब हो। हम लोगों का आदिम गाँव लौटा दो।"

"आदिम गाँव नाम से कुछ है?"

"नहीं।"

"तब? जो है ही नहीं, वह कैसे वापस होगा?"

"नहीं क्यों? दिकू लोगों ने ले लिया था—इसलिए।"

"मैं क्या करूँ?"

"तुम साहब हो। देश की सरकार भी साहब है। साहब सरकार से कह दो, व्यवस्था कर दे।"

"मैं मिशन का साहब हूँ, सरकार मेरी बात नहीं सुनेगी।"

"तो मर! हम लोग तुम्हारे मिशन में नहीं रहेंगे। चले जाएँगे तोरपा मिशन। कैथॅलिक मिशन बहुत अच्छा है। मुण्डा लोगों का दुःख तोरपा मिशन के लियेवेंस साहब समझते हैं।"

वे लोग झुण्ड-के-झुण्ड जर्मन मिशन छोड़कर तोरपा चले गए। लियेवेंस साहब के पास जाकर कैथॅलिक हो गए। बीरसा ने सुना कि लियेवेंस साहब ने कह दिया था : "जो अत्याचारी है, उनसे जाकर लड़ो। लड़ने से वे झुक जाएँगे।"

सुना कि सरकार फौज भेजकर सरदारों को पकड़ रही है। लियेवेंस की बदली कर दी गई। सरदार लोग पकड़े जाने लगे। चालीस लोगों के नाम मुकदमा चला। लेकिन अदालत के कठघरे तक पहुँचने के पहले ही आठ लोग मर-खप गए।

सुना कि सरदार लोगों ने जिन वकीलों को ठीक किया था, उन्होंने कुछ नहीं किया। मुण्डा लोगों की ओर से लड़े थे सिर्फ बैरिस्टर जेकब। कलकत्ता से आकर मुकदमा लड़े थे।

बीरसा बड़े दिनों की छुट्टियों में घर गया। रोकोम्बा से धानी मुण्डा ने उसका साथ किया। धानी की उमर इस वक्त बहुत थी।

धानी क्षोभ के साथ बोला, "नौ सौ साठ चाँद पार कर दिए, एक भगवान नहीं आया रे!"

"भगवान तो एक ही है। साहब लोग कहते हैं।"

"उनकी बात छोड़ दे।"

"कौन भगवान?"

"जो भगवान मुण्डा लोगों की ओर से आएगा, मुलकी लड़ाई की मन्द-मन्द आग से सबकुछ जला देगा!"

"उसके बाद?"

"साहब-दिकू—सबको भगा देगा। हमारे अपने गाँवों में मुण्डा लोगों की

बस्ती बना देगा।''

''मुझसे क्यों कह रहा है?''

''बीरसा, तू कर सकता है। छोटा नागपुर तेरे आदि-पुरुषों का बनाया हुआ है। तू भगवान बन सकता था।''

''धानी, घर जा।''

''क्यों?''

''नहीं तो बन जा, तामार बन में चला जा। सुना है, तेरी तलाश में इधर घुड़सवार पुलिस आ रही है।''

''ऐसी बात है?''

''हाँ, अँधेरे-अँधेरे चले जाना।''

''अब से सरदार लोग साहबों से लड़ेंगे। जमींदार और महाजनों से भी लड़ेंगे।''

''धीमे-धीमे लड़ेंगे!''

''तब देखना। पुराने सरदारों से काम न होगा।''

''तब?''

''आदमी चाहिए।''

बीरसा धीरे से बोला, ''जंगल चला जा। तुम लोगों को पकड़वाने के लिए अब पाँच-पाँच रुपए की बख्शीश रखी गई है।''

''तू वह मिशन छोड़ दे। साहब क्या कहते हैं—मुण्डा जंगली हैं, नंगे रहते हैं। सारे मुण्डा चोर और डाकू हैं। वह मिशन छोड़ दे।''

''चला जा, धानी।''

छुट्टियों के बाद बीरसा मिशन में लौट आया। उसका मन बहुत मथा जा रहा था। मुण्डा लोगों में जो क्रिस्तान हो गए थे, वे जर्मन लूथरन चर्च के क्रिस्तान थे—रोमन कैथॅलिक चर्च के क्रिस्तान—फिर सरदारों की मुलकी लड़ाई में शामिल हो गए थे। बीरसा सुन आया था, वे कहते हैं : मिशन के साहब और साहब सरकार—सब एक हैं। साहब लोगों से मुण्डा लोगों की कोई भलाई नहीं होगी। उनकी बात मुण्डा लोगों की जुबानों पर फिसलती-फिसलती फैल रही थी।

मिशन में बीरसा के लिए दूसरे मुण्डा लड़के बड़ी उत्सुकता से अपेक्षा कर रहे थे। एलियाजेर, गिडियन, जोहाना, माइका, टोगा, भुट्का—सबने उसे घेर लिया।

''बता बीरसा, क्या सुन आया?''

''सरदारों की लड़ाई शुरू हो गई है।''

''हम क्या करें?''

''साहब क्या कहते हैं? फादर नॅट्रट?''

''फादर कहते हैं, तुमसे कोई बात नहीं करेंगे। बीरसा के आने पर उससे करेंगे।''

''तो यह कहो।''

''तेरा बाप क्या कहता है?''

''बाप दोनों हवा-बतास में डोल रहा है। एक बार कहता है सरदार लोग जो कहते हैं वह सुन। मिशन छोड़कर आ जा। फिर कहता है, कि ऐसा काम मत करना, मेरे बाप। मिशन को न छोड़ना।''

''फादर तुमसे क्या कहते हैं, सुन।''

फिर दूसरा लड़का बोला, ''तू जो कहेगा, हम लोग मानेंगे।''

किसी और ने कहा, ''तू हम लोगों का पहान[1] है।''

बीरसा बोला, ''चुप-चुप। पहान क्या होता है? मिशन में ऐसी बातें नहीं करते हैं। खदेड़ देंगे।''

मुण्डा लड़के बोले, ''तू अमूल्य के साथ क्यों मिलता-जुलता है? वह बाबू है, दिकू बनेगा। वह मुण्डा लोगों का दुश्मन है।''

''किसने कहा?''

''यह हम लोगों की बात है। कोई बाबू लड़का किसी दिन मुण्डा लड़कों का दोस्त नहीं हुआ। हो ही नहीं सकता।''

बीरसा की आँखें लाल हो आईं। वह बोला, ''पढ़ना सीखे, लिखना सीखे—मुण्डा मुण्डा ही रह जाता है। अमूल्य मेरा दोस्त है। मैं उसे नहीं छोड़ूँगा। उसके लिए अगर तुम मुझे छोड़ते हो तो छोड़ दो।''

मुण्डा लड़के एक-दूसरे की ओर देखने लगे। उसके बाद टेंगा बोला, ''झूठमूठ के लिए आँख क्यों लाल कर रहा है? तू हम लोगों से अच्छा है। तू अगर चाहता है, तो दोस्त रखेंगे।''

फादर नॅट्रट समझ गए थे कि मुण्डा लड़कों को बाहरी हवा लग गई है। उन्होंने बीरसा को बुलाया। बोले, ''तुम हम लोगों के भरोसे के हो। विश्वास करो; सरदार

1. प्रधान, सरदार

लोग जो बातें कर रहे हैं, वह मानने से मुण्डा लड़कों का भला न होगा। मिशन छोड़कर जाने से कुछ फायदा है?''

''पता नहीं, समझ में नहीं आता।''

''देखो, मिशन में रहने से सब तरह से अच्छा रहेगा। मेरी बात मानकर चलने से सरकार तुम पर खुश रहेगी, बहुत भला भी होगा।''

''जमीन वापस मिलेगी?''

''जरूर।''

''सारे मुण्डा लोगों को जमीनें मिलेंगी?''

''मिशन के मुण्डाओं को मिलेंगी।''

''लड़कों से यह बात बताना ठीक रहेगा?''

''देखो, सरदार लोग मुकदमा लड़ने गए हैं। मुकदमा टिकेगा क्या? कानून के आगे उनकी बात धरी रह जाएगी।''

बीरसा चुप रहा। साहब से सारी बातें नहीं कही जाती हैं। साहब समझता भी तो नहीं है।

अमूल्य समझता है। अमूल्य बोला, ''यह तो जानी-मानी बात है, बीरसा। मुण्डा वकील खड़ा करते हैं। वकील मुण्डा लोगों का पैसा खाता है—हाकिम को समझाता है उलटा-पुलटा!''

''मुण्डाओं को देखकर सब दिकू बन जाते हैं!''

''यही लगता है।''

''इसी से विश्वास नहीं होता। समझे?''

''समझता हूँ, बीरसा।''

''तुम आज अच्छे हो। जब मिशन से निकलोगे, जब डॉक्टर बनोगे, तब क्या अच्छे रहोगे? मेरे साथ बात करने में भी शरम आएगी!''

''कभी नहीं।''

''कभी नहीं?''

''कभी नहीं।''

''देखा जाएगा।''

''देख लेना।''

''देखूँगा तो।'' बीरसा की आँखें मुस्कुरा उठीं।

''फादर कुछ बोले?''

"बोले तो बहुत बातें।"

"बातों से कुछ होगा?"

अमूल्य को कुछ मालूम न था। बीरसा को भी सब नहीं मालूम था। बहुत कुछ काम होनेवाला नहीं था।

साल 1879 में मुण्डा लोगों ने सरकार को अर्जी लिखकर कहा था कि छोटा नागपुर की जमीन उनकी मिल्कियत है। उस प्रदेश पर उनका अधिकार उन्हें दिलाया जाए।

मुण्डा लोग देख नहीं सकते थे। सब जैसे धूल की आँधी से ढका हो—सब मानो कुहासे से भरा हो। वे हैं, छोटा नागपुर की धरती में ही हैं, लेकिन नहीं, छोटा नागपुर में नहीं, क्योंकि उस जमीन पर उनका अधिकार नहीं है। उनके और उनकी मातृभूमि के बीच सैकड़ों दीवारें हैं। मिशन और मिशन के साहब एक बड़ी दीवार हैं। वे हैं—इसलिए सिंबोङा की सर्वशक्तिमत्ता के प्रति आत्मसमर्पण नहीं किया जा सकता है। इसीलिए सिंबोङा भी मुण्डा लोगों को इस तरह सुरक्षित नहीं रख सकता। वे पुराने दिन ही अच्छे थे। सिंबोङा के सिवा मुण्डा किसी को नहीं जानते थे। इसीलिए सेंगेल-दा की अग्नि-वर्षा के समय सिंबोङा ने मुण्डाओं के भावी बाप-माँ को केकड़े के छिछले गढ़े में छिपाकर बचा लिया था।

साल 1879 की अर्जी का कोई नतीजा नहीं निकला। 1881 में सरदारों का एक दल मुण्डा मिशन को तोड़कर निकल आया था। उन्होंने कहा था, 'हम लड़कियों के-से चिलरेन[1] सही। हमारा नेता एक मुण्डा जॉन द बैप्टिस्ट है। छोटा नागपुर के राजाओं के आदिम ठौर दोयेसा जाकर हम राज कायम करेंगे!'

लेकिन उनके इस दुस्साहस के पाँव नहीं जमे। वे पकड़े जाकर जेल में डाल दिए गए। वे फिर नॅट्रेट के पास आकर जिद करने लगे कि छोटा नागपुर की धरती की मिल्कियत सम्बन्धी कानून से सब जमीन उन्हें लौटा देनी होगी। उसके बाद ही वे फादर लियेवेंस के पास चले जाएँगे।

यही सबकुछ हो गया। मुण्डा मिशन में फिर विश्वास नहीं रख सकते। सरदारों के आन्दोलन में सभी को उतरना होता। सभी मिशन छोड़कर चले जा रहे हैं। प्रवीण सरदार कहते हैं, "क्या सिंबोङा खराब था? तब मुण्डा लोगों के जीवन में रोशनी जली रहती थी। जिस दिन से दिकू आए, उसी दिन से जीवन में अँधेरा है। फिर मिशन में आने से क्या फायदा हुआ? जीवन में अँधेरा बढ़ ही तो गया है!"

---

1. चिल्ड्रन, बच्चे

चाईबासा मिशन के सुन्दर शान्त परिवेश में सरदारों की हजार-हजार बातों की आँच फैलती जा रही थी। मुण्डा लोगों के मिशन पर विश्वास के अंकुर उस आँच से सूखे जा रहे थे।

फादर नॅट्रेट को डर लग रहा था। उधर पहिए का ढलना शुरू हो गया—कानून के पहिए का। लियेवेंस के निकट जो गए थे, उनमें चालीस पकड़ लिए गए। विचाराधीन अवस्था में—पहले की तरह, आठ-दस लोग मर गए!

मुण्डा लोग अब मिशन पर विश्वास नहीं करते थे। उनका सारा विश्वास कलकत्ता के बैरिस्टर जेकब पर था। जेकब को अंग्रेजों में कलंक से कम नहीं समझा जाता था। सरकार और मिशनरी मुण्डाओं को रोक-थाम कर रखना चाहते थे। जेकब उन्हें सिखाते थे कि अधिकार के लिए कानून की सहायता से ही लड़ना चाहिए।

फादर नॅट्रेट डर रहे थे।

उन्होंने सब लड़कों को बुलाकर विश्वास दिलाया, ''तुम किंगडम ऑफ हेवन में विश्वास न खोना। मिशन पर विश्वास करो। सब जमीन तुमको वापस मिलेगी।''

अमूल्य ने बीरसा से कहा, ''फादर निश्चय ही बेकार घबरा गए हैं, नहीं तो ऐसी सब बातें चिल्लाकर कही जाती हैं?''

लेकिन समय बीरसा को दूसरे जीवन की ओर खींच रहा था। साल 1887-88 के बीच सरदारों और मिशन के बीच परस्पर कुट्टी हो गई थी।

उसके बाद एक दिन फादर नॅट्रेट बोले, ''सरदार धोखेबाज हैं, वे ठग हैं।''

बीरसा के मन को बड़ी चोट लगी। वह तो विश्वास करना चाहता था किंगडम ऑफ हेवन में। उसने तो विश्वास कराना चाहा था कि फादर नॅट्रेट का कपड़ा जैसा सफेद है, अन्तर भी वैसा ही शुभ्र है। उसने तो विश्वास करना चाहा था कि असली क्रिस्तान किसी में खराबी नहीं देखता। उसने तो प्रेम किया था इस परिवेश से, सुन्दर प्रार्थना-सभा और गिरजा के गानों से। वह तो कृतज्ञ था फादर के निकट। उन्होंने उसे पढ़ना सिखाया था—आलोकित ज्योतिर्मय जगत का दरवाजा दिखा दिया था।

लेकिन सरदार तो मुण्डा हैं। उन्होंने मुण्डाओं का भला चाहा था। नहीं तो कोई कैद होता है? जेल जाकर ऐसे मरता है? सरदारों को धोखेबाज और ठग कहने से बीरसा के अन्दर के मुण्डारी रक्त में उबाल आ गया। मुण्डा शरीर की एक बूँद रक्त से अभिप्रेत है सारा कृष्ण-भारत! वह भारत सेंगेल-दा की आग में

सहज ही जल सकता है, अत्यन्त सहज रूप से—क्योंकि उस भारत में जलनेवाली धरती, सूखे और दावानल की प्रत्याशी रहती है।

बीरसा मुण्डा ने लड़कों से कहा, "फादर लोग बदमाश हैं। वे सरदारों को अब धोखेबाज कहते हैं। सरदार मिशन छोड़ गए, इसलिए साहबों में गुस्सा भर आया है।"

फादर नॅट्रेट ने बीरसा को बुलवा भेजा। बोले, "बीरसा दाऊद! तुम मिशन की चुगलियाँ क्यों करते हो?"

"आप लोग सरदारों को धोखेबाज क्यों कहते हैं? उनको गाली क्यों देते हैं?"

"वे धोखेबाज हैं।"

"नहीं।"

बीरसा सहसा बड़े गुस्से से बोला। नॅट्रेट अवाक् हो गए। बीरसा इतना गुस्सा कर सकता है, यह वह नहीं जानते थे।

"बीरसा, तुम मेरे साथ बात कर रहे हो। धीमी आवाज में बात करो।"

"नहीं।"

बीरसा चीख उठा। बोला, "सरदारों ने क्या धोखेबाजी की? वे मुण्डाओं के अधिकारों के लिए लड़ रहे हैं; कैद हुए; जानें दीं। वे धोखेबाज हैं? नहीं—नहीं—नहीं।"

फादर नॅट्रेट काँपते-काँपते बोले, "सभी मुण्डा एक-से हैं। मिशन के पास आते हैं भिखारी की तरह, लेकिन अन्दर-ही-अन्दर सरदारों की बातें मानते हैं। सब मुण्डा बेईमान हैं।"

"नहीं! अपनी बात वापस लो। मुण्डा बेईमानी नहीं जानते। बेईमान होने पर वे मिशन-का-मिशन उड़ा देते!"

"तुम चले जाओ। इस मिशन में अब तुम्हारे लिए जगह नहीं है।"

"चला जाऊँगा।"

बीरसा की आँखें जलने लगीं। गुस्से में अभिभूत होकर बीरसा बोला, "सब साहब-साहब एक बराबर हैं। सरकार जैसी, वैसा ही मिशन है—सब एक-से हैं!"

बीरसा मिशन से चला जाएगा, सुनकर अमूल्य भागा-भागा आया। बोला, "जाना मत बीरसा, एक बार साहब से माफी माँग लेना। माफी माँग लो।"

"ना।"

"तुम्हारी पढ़ाई-लिखाई? तुम्हारा भविष्य?"

"मुण्डाओं की पढ़ाई-लिखाई? मुण्डाओं का भविष्य? मुण्डा क्या बाबू हैं? मुण्डा क्या दिकू हैं? भविष्य की चिन्ता में रहकर पड़े-पड़े लात खाऊँ?"

"बीरसा, मेरी बात सुनो।"

"ना।"

अमूल्य ने उसका हाथ पकड़ लिया। हँसकर बोला, "हाथ पकड़ने से तुम हाथ छुड़ा सकते हो? मैं तुम्हारा मित्र हूँ। तुम माफी माँग लो बीरसा। मिशन से पढ़ाई-लिखाई कर बहुत बड़े बनना। उससे मुण्डा लोग का बड़ा उपकार कर सकोगे।"

"हाथ छोड़ो।"

"अगर न छोड़ूँ?"

बीरसा ने जोर से झटका मारा। अमूल्य ने हाथ नहीं छोड़ा। बीरसा ने और जोर से झटका दिया। अमूल्य ने हाथ छोड़ दिया। बीरसा का हाथ दरवाजे के कुण्डे से जा टकराया। हाथ कटकर खून बहने लगा।

बीरसा चाईबासा मिशन छोड़कर चालकाड़ चला गया। उससे सबकुछ सुनकर सुगाना ताज्जुब में आ गया।

सुगाना बोला, "गाली क्यों दी?"

"उसने सरदारों को चोट्टा क्यों कहा?"

"तू तो सरदार नहीं है?"

"सरदार लोग मुण्डा हैं। मैं भी मुण्डा हूँ।"

"पर इसके बाद?"

"आबा, सब साहब-साहब एक-से हैं। सारे सरदार लोग दोनों मिशनों को छोड़कर—जो जिसका पहले धर्म था—अपने-अपने धर्मों में लौट गए।"

"मान लो, लौट गए, तो क्या फिर से सिंबोङा को पूजूँ, या सदान[1] मत का हो जाऊँ? या महाप्रभु का रास्ता पकड़ूँ, या संन्यासियों की राह लूँ?"

"वह देखा जाएगा। चलो, मिशन तो छोड़ें?"

"यह तेरा हाथ कैसे कटा?"

"एक बाबू लड़के ने हाथ पकड़ लया था। उसका नाम है अमूल्य। उससे

---

1. हिन्दू

हाथ छुड़ाने में कट गया। लड़का मेरे लिए रो रहा था। कह आया, अगर देखूँगा कि दिकू नहीं बना, तभी उससे बातचीत किया करूँगा—नहीं तो कभी नहीं बोलूँगा।''

''चल, कल ही नाम कटा आएँ।''

लेकिन धानी ने उसका साथ नहीं छोड़ा। एक दिन चला आया। बोला, ''सरदारों की मुलकी लड़ाई रुक जाएगी, बीरसा। मिशन छोड़ दिया, तू वहाँ जा। या तू मुण्डा नहीं है!''

''धानी, तू सपना देख रहा है!''

''क्यों?''

''तेरे 'जा' कहने से मैं चला जाऊँगा?''

''तब?''

''मेरी समझ में नहीं आता रे? मन बहुत अस्थिर-सा हो रहा है।''

''जंगल में पागल की तरह क्यों घूमता रहता है?''

''किसने कहा?''

''मुझे मालूम है।''

''पता नहीं। कितनी बातें मन में उठती हैं। मैं कहाँ से आया? क्यों आया? कैसे आया?''

''तूने सेंगेल-दा की आग की कहानी नहीं सुनी?''

''सुनी है।''

''तब तो सब जानता है। सिंबोङा ने एक बार देखा कि दुनिया-भर में मुण्डा ही मुण्डा हैं। इतने मुण्डा हैं कि बदन से बदन ठेलने से सब समुद्र में गिर जाएँगे, या नदी में। खेतों में जितना धान होता है, खाने को पूरा नहीं पड़ता। वन में जितने जानवर हैं उनका मांस खाने को पूरा नहीं पड़ता। सबकी कमी पड़ गई। गुस्से होकर सिंबोङा ने सेंगेल-दा की आग उतारी। कैसी थी वह आग की वर्षा, बीरसा; एक मुण्डा आदमी और एक मुण्डा औरत जाकर केकड़े के गड्ढे में जा

छिपे। बाद में वे निकल आए। उन्हीं से हम हुए।''

''इस कहानी को मेरा मन नहीं मानता।''

''तो क्या करेगा?''

''पता लगाने जाऊँगा। देखता हूँ, कोई जानता भी है!''

''कहाँ?''

''बनगाँव के जमींदार जगमोहनसिंह के यहाँ। उनका मुंशी आनन्द पाँड़े सब जानता है। उसने सिखाने को कहा था।''

''क्या सिखाएगा?''

''ठाकुर-भगवान की बात।''

''कह दिया, तू चल, भगवान बन। मुण्डा के घर पैदा हुआ। मुण्डाओं को देख। पर जा, दिकू लोगों की तरह जनेऊ पहनकर पूजा कर!''

''करना होगा तो करूँगा। तू जा धानी, मुझे तंग न कर।''

''जाऊँगा नहीं तो क्या रुका रहूँगा?''

खफा होकर धानी चला गया। बीरसा चला गया बनगाँव—आनन्द पाँड़े के पास। जनेऊ पहना, चन्दन लगाया, तुलसी की पूजा की। रामायण-महाभारत-पुराण—सब सुने, कुछ-कुछ पढ़े।

लेकिन मन जैसे भरा नहीं। बीरसा बड़ा अस्थिर और बड़ा अशान्त रहने लगा। शकल बड़ी सुन्दर निकल आई। मुण्डा लोगों के घर इतना लम्बा, सुगठित शरीर, ऐसी नाक, ऐसी आँखें देखने में नहीं आतीं!

आनन्द और उसका भाई सुखनाथ पाँड़े बोले, ''बीरसा, तू कहाँ-कहाँ चला जाता है?''

''घूमता-फिरता हूँ।''

''क्यों?''

''खून बहुत चंचल-चंचल-सा रहता है।''

''रहता है, क्योंकि लड़कपन की उमर है।''

''छिः!''

''क्यों?''

''तुम कुछ नहीं समझते।''

''क्या नहीं समझता रे? तेरी बाँसुरी सुनकर ही सब समझते हैं।''

''कुछ नहीं समझते।''

"शान्त हो। जप-पूजा कर। तुलसी-माला को उँगलियों से फेर।"

"उससे तुम लोगों को शान्ति मिलती है, मुण्डाओं को मिलेगी?"

"सबको मिलेगी।"

"हम लोगों का भगवान अलग है। हम सिंबोङा की प्रजा हैं। हरमबो हमारे आदि-पुरुष हैं।"

"भगवान एक है रे, कृष्ण भगवान!"

मन बहुत अस्थिर बना रहता है। तभी तो बीरसा सन्ध्या होने पर पोखरे के किनारे बैठकर बंसी बजाता है। तभी वहाँ भागी-भागी आई थीं दो मुण्डा लड़कियाँ—गुंजा और राता। बोलीं, "तू हमें ले चल, बीरसा। गाँव ले चल।"

"क्यों?"

"तुझसे ब्याह करेंगे," गुंजा कहती।

राता कुछ न बोलती। सिर्फ कहती, "तू घर जा। साँझ हो गई है—शरद् की साँझ। राह में भेड़िए घूमते-फिरते हैं।"

राता ने एक दिन उससे कहा, "मेरा बाबा मानूकि गाँव में रहता है। बाबा कहता है कि मेरी शादी करेगा। जमीन-जायदाद, गाय-बैल देकर गृहस्थी जमवा देगा।"

बीरसा ने कहा, "घर जा, राता।"

बीरसा ने कहा था, "घर जा, राता!"

"तू क्या गाना बजाता है?"

"गाना नहीं आता। सुर जानता हूँ।"

सरदार लोग पहाड़ों और जंगलों में दूर-दूर गाने गाते। गाने के सुर बड़े सुन्दर होते थे। यह बात बीरसा को नहीं मालूम थी।

सुनारा मुण्डा, एक खरीदे दास किशोर को गाना सुनाता था। बीरसा से सब डरते थे। ऐसा कौन मुण्डा लड़का है? मिशन में साहब से आमने-सामने झगड़कर मिशन को छोड़ आया? ब्राह्मण के घर जाकर गले में जनेऊ पहन लिया। बराबर

अस्थिर, अशान्त, चंचल रहता है। क्यों किसी चीज से उसे सुख-शान्ति नहीं मिलती?''

कोई उसके पास न आता। लेकिन सुनारा एक दिन उसे सुनाकर उसकी बाँसुरी के सुरों का गाना गाकर भाग गया था :

बोलोपे बेलोपे हेगा
मिसि होन् को।
होइओ डुडुगार हिजू ताना
बोलोपे, बेलोपे...!

भागकर चट्टान की ओट से सुनारा ने कहा था, ''मैं सारे गाने जानता हूँ।''

''तो सब गा।''

सुनारा ने सब गाए। बीरसा ने उसे पास बुलाया। पास बिठाकर गाने सीखता रहा।

''इन गानो के माने क्या हैं रे, सुनारा?''

''पता नहीं।''

''तब गाता क्यों है?''

''यह गाने जो गाता है और जो उन्हें सुनता है, सब भाई होते हैं!''

बीरसा ने उसे चले जाने को कहा।

लेकिन सुगाना ने जिस दिन उसके पास भरमी, दासो और मातारी को भेजा, उस दिन बीरसा उनसे चले जाने को न कह सका।

भरमी आदि आए थे सिग्रिड़ा गाँव से। बोले, ''बाहर आ, बीरसा। मुण्डा लोगों का जीवन बरबाद हुआ जा रहा है। सरकार ने सबको जेहल में भर दिया है। तुलसी को पूजकर क्या होगा, बता?''

''क्या हुआ है?''

''हम लोगों को जंगल से खदेड़ दिया गया है।''

''किसने खदेड़ा?''

''सरकार ने। तेरी साहब-सरकार ने।''

''मेरी साहब-सरकार?''

सहसा उलटे हाथ से भरमी के मुँह पर बीरसा ने थप्पड़ मारा। बोला, ''मेरी साहब-सरकार? मेरी? मेरी? फिर से मेरी तो कह!''

भरमी ने मुँह पोंछ लिया। बोला, "यह क्या किया? तेरे हाथ में लोहा है क्या?"

"बोल, फिर कहेगा?"

"जंगल का कानून अब लागू हुआ है।"

"कहाँ?"

"पलामू, मानभूम, सिंहभूम में।"

"सिंहभूम में नया क्या हुआ? कानून तो साल 1878 का है।"

"कानून था, चालू नहीं किया गया था। अब ढोल पीटा है सब गाँवों में। सारी जमीन-जंगल वापस ले लिए हैं। जंगल में हमने लाखों-लाख चाँद से गाय-छागल चराए; जंगल से काठ लिया। हाँ, बीरसा, वही जंगल तो ले लिया। अब से कोई जंगल में गाय-छागल नहीं चरा सकेगा। जंगल से काठ-पत्ता-शहद नहीं ला सकेगा। शिकार नहीं खेल सकेगा। जंगल के भीतर जितने गाँव थे, सब उजाड़ दिए।"

"नहीं!"

बीरसा चीख उठा था। उसके खून में चुटिया और नागु डोल उठे थे। जंगल का अधिकार कृष्ण-भारत का आदि-अधिकार है। जब सफेद आदमियों का देश समुद्र के अतल में खोया हुआ था, तब से ही कृष्ण-भारत के काले आदमी जंगलों को माँ के रूप में जानते-पहचानते हैं।

बीरसा बोला, "ना!" वह नहीं बोला—उसके रक्त ने उससे कहलवाया था। उसने नहीं कहा—सारा कृष्ण-भारत और सारे काले आदमी उसकी वाणी में बोल उठे थे।

फिर बीरसा घर न लौटा। वहीं से उनको लेकर चाईबासा चला गया। अर्जी लिखकर जंगल-आपिस में दे आया था।

जंगल-आपिस के सामने मुण्डा लोगों की हाट बैठ गई थी। सभी अर्जी लेकर आए थे।

अर्जी देखकर आफिस के बाबू लोग हो-हो कर हँसे थे। बोले, "क्या करोगे?"

"जंगल पर हमारा दावा है, अधिकार देना होगा।"

"कौन देगा?"

"सरकार।"

"समुद्र तैरकर विलायत चले जाओ। वहाँ महारानी बैठी है। वह मुण्डा लोगों के डर से थर-थर काँपती है!"

"अर्जी फाइल करो।"

"फाइल कहता है! शायद पढ़ना-लिखना सीख लिया है?"

"तू-तू क्यों कहते हो? मुण्डा आदमी नहीं हैं? साहब को देखकर 'आप' कहते हो? बनिया देखकर 'तुम' कहते हो, मुण्डा देखकर 'तू' कहते हो?"

"चुप रहो।"

"ए दिकू! मेरा नाम बीरसा है। मैं साहब से नहीं डरता हूँ। ठीक ढंग से बात करो।"

"ओहो!"

"नहीं तो तुम पर कुचला-बाण छोड़ दूँगा।"

फुफकारते हुए बीरसा बाहर निकल आया था। भरमी आदि से कहा था, "अर्जी? अर्जी से सरकार सुनती है? देख आया रोगोता, गुडरी, दूरकार-पीर—सब जगह आपिस के बाबू लोग अर्जी डाले रखते हैं।"

"तब क्या होगा, बीरसा?"

"सरकार शहर में रहती है। वहाँ बैठकर कानून बनाती है। जो कानून बनाते हैं, वे मुण्डा-कोल-उराँव लोगों की बात नहीं सोचते।"

"तब?"

"तब क्या होगा, खुद सोचो। कोई नहीं सोचेगा। हमेशा कोई और सोचेगा। तुम लोग जाकर उसके साथ शामिल होगे—वह हट जाए तो जेहल में सड़ोगे। अपनी बात खुद नहीं सोचते, उससे ही तुम मरते हो, और मरते हो महुआ और हँडिया से। कैसा मद पीना सीखा है! ऐसे जीवन में आग लग जाए! जंगल में जाने का हक चला गया। तुम चेत उठे, भभक उठे—फिर थोड़ी देर बाद मद पीकर सब भूल जाओगे।"

"तू क्या करेगा?"

"देखता हूँ, क्या करता हूँ!"

"तेरे माँ-बाप तो भूखे मरते हैं।"

"मरेंगे ही। जंगल से ही तो जी रहे थे।"

"जंगल में गाछ के नीचे जो चीना घास होती है, उसका दाना कैसा मोटा

होता है रे, बीरसा, घाटो से अधिक मोटा।''

''मालूम है।''

क्षोभ से डाँवाडोल, अशान्ति की उत्ताल लहरों से थपेड़े खाता हुआ बीरसा बनगाँव चला आया। लेकिन आनन्द पाँड़े बोले, ''तेरे लिए जगह नहीं है।''

''क्यों?''

''सरकार के नाम अर्जी देता है, सरदारों की बातों में आता है, तुझे रखने से जमींदार गुस्सा हो जाएँगे।''

बीरसा आँखें कुंचित कर ताक रहा था। जिस कुँच से कुचला होता है, उसी की तरह उसकी आँखें लाल हो गई थीं। उसने कहा, ''मैं तो चला जाऊँगा। लेकिन तुम एक बात बताओ।''

''क्या?''

''मुण्डा न होता तो क्या भगा देते?''

''इसके मतलब?''

''मतलब हुए बेवकूफ, जानवर था—इसीलिए गाय चराईं। बहुत लकड़ियाँ फाड़ीं। आज मुण्डा चिल्लाने लगे हैं, इसी से उन्हें भगाते हो, यही न?''

''जा, तू पागल हो गया है!''

''तुम्हारा भगवान तुम्हें यही सिखाता है? ऐसे भगवान से मेरा कोई वास्ता नहीं है।''

''जा, जाकर सिंबोङा को पूज!''

''सिंबोङा नहीं पूजूँगा, तुम्हारे ठाकुर को भी नहीं पूजूँगा। तुम्हारा नमक खाया था, इसी से तुम बच गए!''

''नहीं तो?''

''पत्थर मारकर मैं तुम्हें पीस डालता!''

बीरसा चालकाड़ चला गया। उसके मन, उसकी बुद्धि में बहुत अँधेरा छा रहा था। वह कुछ देख-समझ नहीं पा रहा था—मानो सिंबोङा की अग्नि-वृष्टि के बाद के अन्धकार की-सी अवस्था हो!

चालकाड़ में उस समय सुगाना और करमी उपवास से मर रहे थे। करमी रोकर बोली, "हाँ, बीरसा! कहाँ तू बोरा-भर नून, टीन भरकर माटी का तेल लाएगा! गाइ-बलद, जमीन-जायदाद करेगा। बाप को देखेगा। माँ को देखेगा। हाँ रे, तेरे जनमने पर तीन गाँव के लोगों ने मेरे घर के आकास पर तीन तारे जलते-बुझते देखे थे। जंगल के कलेजे से किसी ने पुकारकर कहा था, "इतने दिनों बाद धरती पर आबा ने जन्म लिया है। यह तेरी कैसी शकल है रे! भिखमंगे से भी गई-गुजरी। मिशन छोड़ने से तेरी यह हालत कैसे हुई? साहब लोग भी तो अब भीख नहीं देंगे!"

बीरसा कुछ न बोला। उसका अन्तर जल-बुझ रहा था। केवल मन में हो रहा था—अब वह मरेगा या जिएगा।"

लेकिन बड़ी भूख लगी थी। जंगल में घुसा नहीं जाता है। मुखिया आदि अब जंगल के आपिस में जाकर रपट कर देंगे। रपट करते ही हाथों-हाथ रुपए! रपट देते ही मुण्डाओं को जुरमाना! आपिस से इलाकेदार को हुक्म मिलेगा! इलाकेदार से चौकीदार को हुक्म मिलेगा!

उसके बाद जुरमाना और हवालात। उसके बाद एक के बाद-एक करके तीन बार जंगल का कानून तोड़ने पर घर के पास की जमीन भी अचानक जंगल की हद में बताकर जंगल का आपिस ले लेगा।

बीरसा ने बाप से कहा, "नदी में मछली नहीं मिलती?"

"कहाँ है मछली! जंगल में इस वक्त पहरेदार ने तम्बू डाल दिया है। वे पत्थर फेंककर, पानी रोककर मछली पकड़ लेते हैं।"

"रात में जाने पर जंगल में कन्द-मूल नहीं मिलता? शकरकन्द ही।"

"नहीं रे।"

"इमली के पत्ते उबालकर खाकर देखा है?"

"उलटी हो जाती है!"

बीरसा को अजीब-सा लगा, अदृष्ट शक्तियाँ उसे हराने को हैं। वह मन से पुराने

विश्वासों में रम नहीं सकता था। इसीलिए बोङा अन्धकार की शक्ति की तरह उसे हराए दे रहे थे!

वही होगा। यह निश्चय ही बोङाओं का प्रतिशोध है! बीरसा का मन आदि-देवता में क्यों आश्रय नहीं पा रहा है? क्यों बीरसा कभी क्रिस्तान बने और कभी आनन्द पाँड़े के पास जाए? क्यों बीरसा को लगता था कि उसका प्राचीन धर्म अब उसे चैन नहीं दे सकेगा? अब इसी कारण क्रुद्ध बोङा बदला ले रहे हैं!

वह गाँव के बाहर चला गया। जहाँ श्मशान था—जहाँ चाल्की मुण्डानी को वे लोग गाड़ गए थे, उसी पत्थर पर बैठा। बच्चा होने पर चाल्की मर गई थी। चाल्की और उसकी सन्तान की आत्मा—'गाड़ी हुई'—परलोक में क्या बेचकर खाएगी, यह सोचकर मुण्डाओं ने चाल्की के बदन पर से चाँदी की अँगूठी नहीं उतारी थी। चाल्की के पति ने आठ आने पैसे भी साथ में दफन कर दिए थे!

श्मशान के रखवाले बोङा को तुच्छ मानकर बीरसा ने कब्र खोद चाल्की को खींचकर बाहर निकाला। खींचकर निकालते समय वह स्वयं से मन-ही-मन कह रहा था, 'डरना मत।' वह सचमुच नहीं डरा। चाल्की की लाश अँधेरे में टटोलते-टटोलते बीरसा ने एक बात और समझी। भूख, पेट की भूख की शक्ति सबसे अधिक अविजेय होती है। भूख ही बोङा की शक्ति की उपेक्षा करने का साहस मन में जुटाती है। वह अँगूठी और पैसे लेकर रात-ही-रात बड़ाबाँकी के बाजार की ओर भाग गया।

वहाँ सनीचर के हाट में उसने चाँदी की अँगूठी बेच दी; उन आठ आने पैसों के चावल खरीदे। सुगाना और करमी भात राँधकर कम ही खा पाते थे!

वहीं उसे उसके दादा कोम्ता के साले ने देखा था। उसने यह बात चालकाड़ में फैला दी।

करमी गुस्से और दुःख से रो पड़ी थी। ठोकर मारकर चावल फेंक दिए। गुस्से में कहा, "तुझे बिरादरी से बाहर करा दूँगी रे, बीरसा। तू पिशाच हो गया। अब आदमी नहीं रहा।"

उस वक्त बहुत गरमी थी, जेठ का महीना था। बीरसा के दिमाग में आग लग गई। उसने माँ को शाप दिया। चीखकर कहा था, "प्रेतात्मा नाम की कोई चीज नहीं होती। प्रेतात्मा आदमी नहीं होता! प्रेतात्मा को भूख नहीं लगती।

आदमी को भूख लगती है। प्रेतात्मा होने पर तेरे पेट में भात पड़ने से बहुत अच्छा होता। लात मारकर चावल फेंक दिए! चावल लात मारकर फेंक दिए, माँ? यह तूने क्या किया?" चिल्लाकर पेट पीटता हुआ वह जंगल में चला गया।

बन में जाते ही उसे हमेशा शान्ति मिलती थी, अब नहीं मिल रही थी। "सब मेरा है, कोई कानून मुझे रोक नहीं सकता।"—कहता-कहता वह जंगल के अन्दर घुसा जा रहा था। करमी का आर्त चीत्कार—'तुझे जेहल में डाल देंगे रे, बीरसा!'—उसके कानों तक नहीं पहुँचा।

वह फिर भी कहता था, "धानी ने कहा था कि सब मेरा है, किसी को नहीं दूँगा। अरे जंगल! तुम बताओ न, तुम्हारी दया छीन लेने का हक किसी को नहीं है न!" जंगल का पेट चीरकर वह घने-से-घने में घुसा। जंगल तो सारे मुण्डाओं की माँ है। किन्तु बीरसा समझ रहा था कि उसकी जंगल-माँ रो रही है। जंगल ही उत्पीड़ित है—दिकू लोगों के हाथों, कानून के हाथों आज बन्दी है। जंगल-माँ कह रही थी, "मुझे बचा, बीरसा! मैं फिर शुद्ध, पवित्र, निष्कलंक बनूँगी!"

बीरसा जमीन पर सिर रगड़ रहा था, पेड़ों से बदन रगड़ रहा था। बच्चों की तरह दुःसाहस से जंगल को असम्भव वचन दे रहा था, "करूँगा, करूँगा, तुम्हें शुद्ध करूँगा। हाय, तुम मेरी माँ तो हो ही, तुम सारे मुण्डाओं की माँ हो; तुम्हारे होते घर की छत, घर की दीवारें, भूख के लिए कन्द-फल-मूल—खरगोश-सूअर-साही-हिरन-चिड़ियों वगैरह का मांस है, माँ।"

बातें कहने के बाद वह सतर्क और सचेत पक्षी की तरह अपने ही कन्धे पर सिर टिकाए रहा, क्योंकि उसके रक्त में बसा जंगल बातें कर रहा था। अभिमान में नामसझ, दरिद्र, निःस्व, शुष्कस्तना मुण्डा-जननी की तरह जंगल रो रहा था—और बीरसा सुन रहा था।

"अरे, मैं अपवित्र हूँ रे!"

"शुद्ध कर दूँगा, माँ!"

"अरे देख, दिकू लोगों ने, साहबों ने मिलकर मुझे बार-बार अपवित्र किया है!"

"तुझे शुद्ध कर दूँगा, माँ!"

"मेरे बेटों को बेघर कर दिया है।"

"उनको लौटा लाऊँगा, माँ!"

"मुण्डा-कोल-उराँव-हो-सन्थाल—सब कुलियों के ठेकेदार के बुलाने पर चले जा रहे हैं।"

"नहीं जाने दूँगा, माँ!"

"मेरा रोना कोई नहीं सुनता।"

"मैं सुन रहा हूँ, माँ!"

"मेरी ओर कोई नहीं देखता।"

"तुम कहाँ हो, माँ?"

"तेरे कलेजे में, तेरे खून में।"

"मेरे कलेजे में, मेरे खून में?"

"और कहाँ रहूँगी मेरे आबा, मेरे बाप?"

"कहाँ?"

"ध्यान से देख।"

बीरसा ने खून की ओर देखा। आहा, उसका शरीर छोटा नागपुर की धरती—उसका खून नदी की धारा—उसी नदी के तीर पर माँ, उसकी माँ, उसकी जंगल-माँ—नग्नदेह, युवती-मुण्डारी लड़की-सी—किन्तु यह नग्नता देखकर लोभ नहीं जागता था—लालसा नहीं जागती थी—छाती के नीचे दुःख से आग भड़क उठती थी!

"किसने तुम्हें नंगा किया, माँ?"

"जिन्होंने अपवित्र किया था।"

"मैं तुम्हें खून दूँगा।"

"दे, बाप मेरे!"

"तुम्हारी लाज ढक दूँगा।"

"ढक दे, बाप मेरे! उन्होंने मुझे नंगा, निरवसना कर आकाश के नीचे छोड़ दिया है। तू मेरी लाज ढक दे।"

"ढक दूँगा, जरूर ढकूँगा।"

"बहुत कष्ट होगा, बाप।"

"क्यों?"

"तुझे बहुत कष्ट देंगे।"

"क्यों?"

"ऐसा होने पर तुझे भगवान बनना पड़ेगा, बाप मेरे!"

“भ-ग-वा-न?”

“हाँ, बाप, धरती का आबा बनना होगा। धरती का बाप बने बिना कोई धरती की लाज ढक सकता है?”

“तो तेरा आबा बनूँगा।”

“तुझे जिन्दा नहीं रहने देंगे।”

“भगवान बनने पर वे मारेंगे, माँ। यीशु को मारा था, यह मिशन में जाना था। किश्न को मारा था, पाँव में बाण मारकर।”

“कष्ट पाएगा, सुख देगा।”

“सुख दूँगा?”

“तुझसे ही सब मुण्डा सुखी होंगे।”

बीरसा चिल्ला पड़ा था, “दूँगा, सबको सुख दूँगा। हाँ, मैं भगवान बनूँगा, बीरसा भगवान! तब धरती का आबा बन जाऊँगा। हाँ, मुझमें उन चुटिया और नागु के रक्त का रक्त है। मेरे किए मुण्डा जीवित रहेंगे--मेरे कलेजे पर चोट करके, हाँ, मैं अपने खून से जानता हूँ।”

भीषण शब्द के साथ वज्रपात हुआ, बिजली ने आकाश को झुलसा दिया था। हाथी ने कहीं चिंघाड़ मारी थी, बाघ ने गर्जन किया था। बीरसा ने आकाश की ओर मुँह उठाकर वर्षा के जल से मुँह भरते-भरते कहा, “सब मेरा है! यह सारा जंगल मेरा है! मैं धरती का आबा हूँ।”

उधर चालकाड़ में किसी की आँखों में नींद नहीं थी।

सभी को पता चल गया था कि सुगाना मुण्डा का बेटा बीरसा मुण्डा पागल हो गया है। करमी कह रही थी, “ना-ना-ना!”

सभी ने कहा, “क्यों मिशन में जाकर साहब से झगड़ा किया?”

“हमेशा से जिद्दी है।”

“जनेऊ क्यों पहना, जब आनन्द पाँड़े के पास जाकर रहा था?”

“हमेशा से बड़ा चंचल रहा है।”

“चाल्की की लाश क्यों खोद निकाली थी?”

"मुझे चावल लाकर देने के लिए।"

"जंगल-जंगल क्यों घूमता है?"

"मेरे ऊपर गुस्सा करके चला गया है।"

"तेरा लड़का पागल है!"

करमी सिर पीटकर आँगन में बैठी रही। सुगाना बोला, "जो कपाल में है वही तो होगा। जो कपाल में नहीं है, वह भी कभी होता है?"

"चार दिन से आँधी चल रही है, आकाश गुस्सा कर—हाथी बनकर—सूँड से पानी बरसा रहा है; नदी में बाढ़ आ गई है; बिजली कड़क रही है; जंगल में वह अकेला-अकेला क्यों फिर रहा है? कैसे?"

"कैसे बताऊँ?"

"तुम उसके बाप जो हो!"

"उससे क्या हुआ?"

"हाथ-पाँव सिकोड़कर बैठे रहोगे?"

सुगाना धीरे से बोला, "मेरी बात वह सुनेगा? कभी सुनी है? किसी दिन भी सख्त बात नहीं कही। खफा नहीं हुआ। जो कहा सो सुन लिया। लेकिन जब काम-कराने की बात हुई तो जो उसके मन में आया, वही किया। वह मेरा बेटा है, लेकिन मैं उसे पहचान न पाया, तू भी नहीं पहचानती। मुण्डाओं के घर ऐसे लड़के नहीं होते।"

"हूँ, तुम भी ऐसी बात कह रहे हो?"

"कह रहा हूँ।"

"मत कहो! यह बात सुनकर मुझे डर लगता है, मैं डर जाती हूँ। ऐसा लड़का—ऐसा लड़का—कैसा लड़का? वह सब लड़कों की तरह होता तो मुझे डर न लगता। वह अजीब-सा है। उसका क्या होगा? माँ का मन कहता है कि पता नहीं, क्या मुसीबत पेश होगी!"

"होने पर भी उस मुसीबत को तू और मैं नहीं रोक सकेंगे। सारे सरदार उसकी ओर आँख लगाए बैठे हैं।"

"पता है।"

करमी बराबर रोए जा रही थी।

बोली, ''इतने लड़कों के रहते वे मेरे बेटे की ओर क्यों आँखें गड़ाए हुए हैं? क्यों बीरसा के जन्म के समय आकाश में तीन तारे दिखाई दिए थे? क्यों सबने कहा था—तेरे घर में धरती के आबा ने जन्म लिया है? हाय रे! मुझे धरती का आबा नहीं चाहिए। मैं अपने बेटे को कलेजे में रखना चाहती हूँ। मुझे अपना बेटा चाहिए।''

करमी सिर पीट-पीटकर जोरों से रो रही थी। कह रही थी, ''माँ की बिथाा कोई बूझता नहीं रे!''

उसके बाद वज्र-विद्युत्-शिलावृष्टि में, हवा के चाबुक से साल-महुआ-सेगुन-केंदू वृक्षों के हाहाकार के बीच, उसके दरवाजे के सामने अचानक नगाड़ा बजने लगा।

यह नगाड़ा पहान के घर रहता है। बड़ी विपत्ति में, दावानल में, बाढ़ आने पर, पुलिस के अत्याचार पर, पहान इस नगाड़े को निकालता था। इस नगाड़े की आवाज बड़ी भीषण, गम्भीर, खून को कँपा देनेवाली थी। भूकम्प होने पर पृथ्वी के पेट में से इसकी आवाज की तरह गम्भीर, चेतानेवाली हुंकार निकलती थी। सुगाना ने दरवाजा खोल दिया।

''क्या हुआ?''

''मानुस, गाँव के सारे मानुसों को वज्र-विद्युत के नीले प्रकाश में दिखाई पड़ रहा था—काली चमड़ियों पर वर्षा का जल चमक रहा है, उन्हें धोकर बह रहा है!''

सबने कहा, ''ध्यान से देखो। धरती के आबा को ध्यान से देखो।''

सभी ने एक साथ सिर झुका दिया था।

वह एक अद्भुत, अत्यन्त आश्चर्य का दृश्य था। उस दृश्य को सोचने से भी कलेजा काँप जाता है। नगाड़ा गम्भीरता से बज रहा था। जंगल तूफान के कोड़े से पिटकर आर्तनाद कर रहा था। आकाश वज्र-विद्युत में हँसता दिखाई पड़ रहा था, और पानी बरसाए जा रहा था। आकाश की ओर दोनों हाथ उठाए बीरसा आ रहा था। बीरसा की आँखों और मुँह पर वर्षा का जल था; उसकी दृष्टि उज्ज्वल, भीषण—भविष्य के समान, मुण्डाओं के भविष्य के समान—भीषण थी!

बीरसा बढ़ा चला आ रहा था। सिर ऊँचा किए, दोनों हाथ उठाए। सुगाना और करमी के मुँह से कोई बात नहीं फूट रही थी।

''बीरसा!'' करमी के चेहरे पर अविश्वास का भाव था।

''बीरसा मत कहो, माँ! मैं भगवान हूँ। मैं ही भगवान हूँ। मैं मुण्डाओं के लड़कों को झुलाऊँगा नहीं। गोद में खिलाऊँगा नहीं। मैं सबके लिए यह जंगल-

पहाड़-धरती—सब जीतकर ला दूँगा। इन लोगों ने भगवान चाहा था माँ, मैं भगवान बनकर लौट आया हूँ।''

''आ, मेरे कलेजे से लग जा।''

करमी की शीर्ण, कुंचित छाती पर बीरसा ने सिर टेक दिया, फिर करमी के दोनों हाथ अपने हाथों में उठाकर कहा, ''मैं भगवान हूँ, माँ! अब तेरी गोद मुझे सँभाल नहीं सकेगी। मैं उसमें समा न सकूँगा। मैं इस धरती का आबा हूँ।''

करमी का आर्त, हृदय-विदारक हाहाकार सारे मुण्डाओं के जयोल्लास में डूब गया—डूब गया नगाड़े की डुमडुम-डुमडुम, गम्भीर नाद की तरंगों के नीचे!

मुण्डा चिल्ला रहे थे, ''बीरसा भगवान हो गया। सब रोगियों-भोगियों को बचाएगा, मरों को जिलाएगा, भूखों को भात देगा!''

नगाड़े पर लगातार चोट पड़ रही थी।

सुगाना ने कानों पर हाथ लगा लिए। बोला, ''करमी, तुझसे कहा था कि नहीं कि यह लड़का तुझे जितना हँसाएगा, उतना रुलाएगा भी?''

''हाँ, अब क्या होगा?''

''भगवान का बाप मैं हूँ, माँ तू है। जैसा हँसाएगा-रुलाएगा, वैसे ही हँसेंगे-रोएँगे।''

सुगाना गहन, अजाने दुःख से, भय से बार-बार सिर हिला रहा था।

कुछ ही दिनों में सुगाना का घर तीर्थ बन गया।

बीरसिं मुण्डा, जिसने उन्हें इस गाँव में बसाया था, सरदारों के दल में बहुत दिनों से था। उसने सब सरदारों को खबर पहुँचा दी।

सेमल का फल फट-फटकर रुई के रेशे चारों ओर उड़ते हैं। बीरसा की खबर भी दूर-दूर तक फैल गई। लोङा, कुरिया, नारोगा, तुबिल, मुचिया, बनपिरि, बरतोया, गोपाला, बीरबाँकी, बोंदो, बाम्बा—दूर-दूर से लोग आने लगे।

मुण्डाओं की सारी प्रत्याशाएँ पूरी कर भगवान ने मनुष्य के रूप में जन्म लिया

है! दल-के-दल—सभी भगवान को देखने आते थे। वह किशोर गायक सुनारा मालिक की बकरियाँ जंगल में छोड़कर एक पहाड़ी के ऊपर एक पियासाल के पेड़ की डाल पर चढ़ गया। सुनारा ने भौंहें सिकोड़कर गालों को हाथ से छुआ। सोचा, कैसी बाढ़ आ रही है? किस सहारे की तलाश में वे लोग बीरसा के पास जा रहे हैं?

सुनारा ने बीरसा को वही 'बोलोपे बेलोपे...' गान सुनाया था। यह लोग इस समय कौन-सा गाना गा रहे हैं?

ने मुलुक दिसूमूरे, धरतिआबाय हाइजि लेखाये भाद्रमासे,
मानोया होनूको रसिकतानारे भाद्रमासे.... ।
प्रार्थना जानाय मानुष सार बेंधे एसे
चले जाए दल बेंधे।

चल जाइ, आनन्द करि, धरति आबा के प्रणाम करि
से आमादेर दुशमनदेर बन्दी करबे भाद्रमासे।[1]

सुनारा आश्चर्य में आ गया।

कल सुनारा मालिक के साथ हाट गया था। हाट से वह कितनी ही नई-नई बातें सुन आया।

सुना, बीरसा धरती का आबा है—यह खबर पलामू तक पहुँच गई थी। अब कोई जात-पाँत की रुकावट नहीं है; अब बीरसा के नाम पर बड़ी भारी लहर लहराने लगी है। बड़े-बड़े पत्थरों की रुकावटें उस लहर में बह गई हैं। पत्थर जमीन की छाती पर बह चले हैं भाजने नदी में, कानूचा नदी में। उन नदियों में बाढ़ आने से पत्थर बहे चले जा रहे हैं।

बीरसा अब धरती का आबा है। कितने दिनों से आदिवासी बीरसा की तरह पता नहीं किसको चाहते थे—सिंबोङा के साथ, मिशन के धर्म के साथ जो एक साथ युद्ध में उतर सके—उसी धरती के आबा को चाहते थे। ओराँव, कोल, खारिया आदि की रक्षा सिबोङा अब नहीं कर पा रहे थे। उन्हें यीशु की शरण का

1. इस देश में धरती के आबा ने भाद्र मास में जन्म लिया, मानव भाद्र मास में आनन्द करता है...। मनुष्य पंक्ति बाँधकर प्रार्थना करते हैं और दल बाँधकर चले जाते हैं।...चलो, चलें, आनन्द मनाएँ, धरती के आबा को प्रणाम करें। वह हमारे शत्रुओं को भाद्र मास में बन्दी बनाएगा।

आसरा नहीं रह गया था। वे नया भगवान चाह रहे थे, जो भगवान केवल जादू और भूत-प्रेत और अभिशाप के प्रपंच दिखाकर उन्हें भुलावे में न रखे। जो देवता भूखे लोगों से किंगडम ऑफ हेवन की बात न कहे!

जो देवता कहे : भूत-प्रेतों को नहीं, दिकू और सरकार को समाप्त करो! अपने अधिकार खुद छीनो!

जो देवता कहे : जरूरत हो तो मर जाओ, मरने के लिए तैयार रहो।

उसी देवता की बात दूर-दूर तक पहुँच गई थी। कहाँ पलामू, कहाँ छोटा नागपुर। पलामू की बारोयारी और चेचारी[1] में खबर फैल गई थी। अधिकांश ओराँव और मुण्डा बीरसाइत[2] बन गए थे।

न, जात-पाँत की बाधा नहीं रह गई थी। हिन्दू-बनिया-मुसलमान—सब चालकाड़ की ओर चल पड़े।

बीरसा के देखबे तारा।
मुण्डारा गान गाइछिल, गाइछिल हिन्दू सदानरा—
पाए पड़ि बल कतदूर चालकाड़?
आमि धीरे याब
के बले पूर्वे, के बले दक्षिणे
आमि धीरे याब
जंगले गर्जाय चिताबाघ, डाके भालुक
ओगो धीरे याब! याब दल बेंधे!
बीरसार कथाय नाकि आलो झरे?
आमि धीरे याब, शुनब तार बाणी।[3]

हाट में सुगाना सुन आया था कि सरकार के पास भी खबर जा पहुँची है। उसमें कहा गया है : रोगी, लूले, लँगड़े, अन्धे—सभी चालकाड़ जा रहे हैं। चालकाड़ कितनी दूर है, कितने दुर्गम जंगल में है? वहाँ रहने के लिए कोई जगह

1. जनता के दो उत्सव-विशेष
2. बीरसा के अनुग्रायी
3. वह बीरसा को देखेंगे। मुण्डा लोग गान गाते थे, गाते थे हिन्दू। तुम्हारे पैर पड़ता हूँ, बता दो, कितनी दूर है चालकाड़? मैं धीरे-धीरे जाऊँगा। किसने कहा पूर्व में, किसने कहा दक्षिण में? मैं धीरे-धीरे जाऊँगा। जंगल में चीते-बाघ गरजते हैं, भालू बोलता है। अरे, धीरे जाऊँगा। झुण्ड में चलूँगा। क्या बीरसा की बातों में प्रकाश चमकता है? मैं धीरे-धीरे जाऊँगा, उसकी वाणी सुनूँगा।

भी है कि नहीं? फिर भी इस घनघोर वर्षा में, दुर्गम जंगल में, चालकाड़-भर में—भक्तों का मेला जुड़ गया है!

सुनारा से गोतंग मुण्डा ने बताया, "मैं भी गया था।"

"देखा?"

"देखा।"

"क्या देखा?"

"भ-ग-वा-न।"

"भगवान!"

"हाँ रे! पहले कितना देखा था, तूने भी देखा था। अब देखने में वह बीरसा कहने से पहचान में नहीं आता। वह क्या वर्षा थी रे, सुनारा! आकाश से पानी ढुलक रहा था। मैं सिर पर, किसी और का बाँस का छाता लगाए बैठा रहा। सत्तू और नमक लेकर गया था। जितने दिनों सत्तू चला, थोड़ा-थोड़ा खाकर बैठा रहा। खाना चुक गया, तभी लौटा। हम इतने लोग गए थे कि क्या बताऊँ!"

"क्या देखा?"

"कितने ही अन्धे-लूले-रोगी-दुःखी—सभी जाकर बैठे थे। रालूडू के गोमी मुण्डा ने गाना खूब बाँध रखा था।"

"क्या गाना?"

"चल, तुझे सुनाऊँ।"

"चलूँ कहाँ?"

"तो सुन :

चल हे मिता चालकाड़े जाइ, बनरे बूके चालकाड़ जाई
तारे देखते चल जाई
सबाई जाए मोराओ चल तारे देखते जाई।"[1]

---

1. आकाश के सहारे सूत के आया उतर, नई बातें लिए आया उतर। लौकी के खोल में जल ले जाऊँगा, मन की आस पुराऊँगा। ओ जो सूरुज-सा उदित हुआ, पूरन चाँद-सा—नित-नित आएगा नहीं। हठात् कभी मिले तो मिले, चल, हम चलें, उसे देखें। चला गया तो फिर न सकेंगे देख। नित-नित आएगा नहीं वह। कब देश छोड़ चला जाए, मिल जाए अँधेरे में!

बीरसा ने क्या कहा था, सफेद है साहबों का रंग। मुर्गी भी सफेद है, सूअर भी सफेद हैं—सब अपवित्र हैं। इसी से मुण्डा सफेद मुर्गी, सफेद सूअरों को काट-काटकर खा लेते हैं।

बीरसा ने आकाश-बतास-जंगल-धरती की गति को देखकर कहा, साल 1895-96 में भीषण अकाल होगा! सबकुछ पाप से जो भर गया है।

अग्नि वर्षा—सेंगेल-दा की आग से भी बड़ा विनाश आकाश से उतरेगा!

सारे अविश्वासी मर जाएँगे!

बच रहेंगे केबल बीरसा के विश्वासी!

उसके बाद आएँगे सुख के दिन!

सुख की उसी प्रत्याशा में आदिवासी खेती-बारी—काम-काज—छोड़े दे रहे हैं। आए अविश्वासों को ध्वंस करने के लिए प्रलय! पाप के राज्य का नाश हो! खेती करके—काम करके—बेगारी देकर—गुलामी के पट्टे को लिखने के फलस्वरूप मेहनत कर दिकू-महाजन-बनियों की तोंद बढ़ाकर क्या होगा?

बीरसा नया दिन ला देगा। नए दिनों के लिए, मुण्डा लोगों के सुख के लिए तब मेहनत करनी होगी। इस समय सब काम बन्द।

सरदार लोग कहते घूमते हैं : ''भगवान कह रहा है—महासर्वनाश आ रहा है। दस सेंगेल-दा के अग्नि-पात से भी बड़ा सर्वनाश! कोई खेतीबारी मत करो। लगान मत दो; सब अपने खेतों की फसल खा डालो!''

यह सुनकर मुण्डा लोग कुछ आनन्द से, कुछ डर से पागल हो रहे हैं। यह भगवान की बात है या सरदारों की बात, यह कोई नहीं सोचता। गाय-बछड़ों को खेत में छोड़ दिया है। आमन[1] का कोमल चारा सब निर्मूल हो गया। अपनी-अपनी मुर्गियाँ काटकर खा डाली गईं। सबकुछ बेचकर हाट से नए कपड़े खरीदे गए। नए कपड़े पहनकर गाने गाते-गाते भगवान को देखने जा रहे हैं! बनिए कपड़े बेच-बेचकर पुलकित हो उठे हैं!

सुनारा ने सिर हिलाया। कुछ समझ में नहीं आ रहा है। कटुई गाँव में हैजा फैल गया। खबर पाकर भगवान खुद दौड़ा गया। बोला, ''रोगी को अलग रखो, नमक सिझाकर पानी पिलाओ। उसके कपड़े कुएँ के किनारे, झरने में मत धोओ। सब

1. जड़हन, जाड़े की फसल

लोग पानी सिझाकर पियो। तुम लोग यही करो। भात-पान्ता[1], घाटो, अमानी धान, जो भी खाओ—उसे ढककर रखो। बासी-सड़ा मत खाओ।''

''भगवान, तुम्हारी पूजा करें न?''

''वही मेरी पूजा है।''

''तो मन्त्र नहीं बताओगे?''

''बताऊँगा।''

भगवान धूरा नदी के किनारे गए। बोले, ''पत्थरों से पानी को किसने घेर दिया है? रुककर पानी सबुज हो गया है।''

''हम लोगों ने किया है।''

भगवान ने पत्थरों को उठाकर फेंक दिया। हाथ जोड़ आँखें बन्द कर बोला, ''इन्हें ज्ञान दो, बुद्धि दो, हे मेरे भीतर के भगवान! मुण्डा हजारों तरह की मौत मरते हैं।''

बोला, ''इस बहते सोते का पानी पियो। मन्त्र पढ़ दिया है। अब हैजा नहीं होगा। आपाङ पौधा सब पहचानते हो। उसकी जड़ पीसकर खाना मत भूलो।''

सचमुच किसी को हैजा नहीं हुआ। सरदार लोगों ने कहा, ''तुम लोगों ने देखा? हैजा की बुढ़िया भगवान का मन्त्र सुनकर किस तरह चिड़िया की तरह पंख फैलाकर उड़कर चली गई!''

सुनारा ने सिर हिलाया। बीरसा अगर भगवान हो जाए, मुण्डाओं का भगवान, तो सुनारा उसका चेला हो जाएगा। अगर सेंगेल-दा की अग्नि बरसने लगे तो वह क्यों मालिकों के घर गुलाम होकर पड़ा रहेगा? मालिक, उसकी जात-बिरादरी के बनिए, महाजन, मालिक का मालिक जमींदार, जमींदार का मालिक राजा—सब पगला गए हैं?

''एक पागल, दीवाना! नव-वय-प्राप्त लड़का, स्वभाव बिगड़ने पर जो नहीं चाहिए, वही कहकर भूतों को चिढ़ाता है।''

यह बात मालिक-महाजनों में हुई। महाजन बोले, ''इस बार आसमान का

1. पानी में भिगोया बासी भात

हाल देखा है? बीरसा को जंगल में ले जाकर भगवान बनाएँगे—इसलिए कई दिन आँधी-पानी हुआ। उसके बाद से आकाश कैसा खराब हो गया है, देखा है? पानी का नाम नहीं है!"

"न, आकाश की हालत देखकर बेटा कह रहा है कि इस बार उपज जल जाएगी। सबकुछ खाक हो जाएगा।"

"सरदार लोग क्या कम बदमाश हैं? वे कहते हैं कि इसके बाद सूखे खेतों में आग लगा देंगे। मुण्डा लोग समझेंगे कि भगवान ने ठीक ही कहा था।"

"लेकिन हालत बहुत खराब है।"

"क्यों?"

"अकाल आ रहा है। मुण्डा आ रहे हैं। नौकरीपट्टा लिखा लें। उन्हें खरीद लें, सो बाद में कितना आराम रहेगा! खेत में काम करते हैं, पालकी ढोते हैं, बेटे लोग नासमझ बुद्धू हैं! खेत पर पहरा देंगे, एक दाना चोरी नहीं करेंगे, घर में ठाकुर-पिटारी, पूजा-पाठ देखकर दूना डरते हैं!"

"नासमझ, बेवकूफ!"

"लेकिन इस बार कोई आदमी बिकने के लिए नहीं आ रहा है! सरदारों ने यह बात फैला दी है कि आदमी की खरीद और बिक्री गैर-कानूनी है। अरे, गैर-कानूनी है, यह तो हम भी जानने हैं। पट्टा तो उन्हें डराने-भर के लिए है।"

"हाँ, बात तो मैंने भी सुनी है। इस बार तो सब जल जाएगा, तो फिर किसका डर? देखो, जो लोग हमेशा डर को हौआ बनाए रहते हैं, वे जब डर को भुला देते हैं, जब मुण्डा हँसते-हँसते अपना खेत नष्ट कर देता है, तब लक्षण बहुत खराब होते हैं। इस बीरसा से हमारा बड़ा नुकसान होगा। अब तक मुण्डा क्या करते थे? डरते थे कि नहीं?"

"अब तक डरते थे!"

"बीरसा ने उन्हें समझा दिया है कि जब मरना है, तो डरते क्यों हो?"

"हम तो हम—मिशन में साहब लोग कितना डर रहे हैं! कोई क्रिस्तान नहीं रहना चाहता। सभी मिशन छोड़कर चले जा रहे हैं। वे कहते हैं—हमारे पास बीरसा ने चार बरस रहकर जो-जो सीखा, बेटा वही सुनाकर मुण्डाओं को भुलावे में डाल रहा है।"

"इसमें डर की क्या बात है? अकाल पड़ता है, चावल मिलते हैं, जाकर क्रिस्तान हो जाते हैं! बीच-बीच में बेवकूफ की तरह खफा होकर सरकार से लड़ने जाते हैं। मार खाते हैं, जेहल-फाँसी-कैद-कोड़ों के डर से जाकर क्रिस्तान हो जाते हैं! दो बरस फसल पाकर भरपेट खाते हैं, मिशन छोड़ देते हैं। साहब लोगों को डर

की क्या बात है?''

''बीरसा से डरो। वह क्या करता है, कुछ समझ में नहीं आता!''

''समझने के बाद डर नहीं रहता है। न समझो तो बड़ा डर लगता है।''

सुनारा के मन में सब आ रहा था। उसने देखा था कि आदमी चालकाड़ की ओर जा रहे हैं।

बीरसा की बातों के बारे में जो कुछ कहने-सुनने में आ रहा था, सब बीरसा की अपनी बातें हैं या नहीं, किसी को नहीं मालूम था!

बीरसा करमी का परोसा खाना खा रहा था। करमी के घर में ही सोता था। लेकिन करमी को पता था कि उसके बेटे को अब उसकी गोद सँभाल नहीं सकेगी। वह धरती का आबा है। वही बन गया है मिट्टी की पृथ्वी का मूर्त रूप! करमी का साहस नहीं कि लड़के से कहे, ''तुझे देखकर मुझे डर लगता है, बीरसा; तेरे लिए भी डर लगता है। इतने आदमी जिसकी पूजा करते हैं, उसके लिए बहुत आशंकित होना चाहिए। आदमी बहुत भूल जाता है बीरसा, आज सिर पर उठा लेता है, कल जमीन पर लथेड़ता है।''

हरमू ओझा को डर लगता था। हमेशा से मुण्डा लोगों पर भूत आए, डाइन की नजर पड़ी, दुश्मन ने बाण मारा। हमेशा से वे हरमू ओझा के पास आते रहे। हरमू ओझा चावल, मुर्गी, खसी लिया करता। तन्त्र-मन्त्र-यज्ञ आदि किया करता। कभी सब उसकी बात मानते थे।

अब बीरसा अगर सिंबोङा बन जाए, उसी की तरह शक्तिमान, तो मुण्डा लोग हरमू को क्यों मानेंगे? बीरसा कहता है, ''मन्त्र-तन्त्र में विश्वास मत करो, मन का अँधेरा हटाओ, बहुत बड़े दुर्दिन आ रहे हैं!''

इसीलिए, गाँव में जब चेचक हुई तो हरमू बोला, ''बीरसा के पाप से गाँव में चेचक आ गई है।''

बीरसा बोला, ''मैं चला जाऊँ तो चेचक चली जाएगी?''

''चली जाएगी।''

चालकाड़ की हद छोड़कर बीरसा चला गया। लेकिन महामारी कम न हुई। घर-घर लोग मरते रहे।

मुण्डा बोले, ''हरमू ओझा! हम तुझे मारकर तेरी लहास बन में फेंक देंगे। भगवान को तूने खदेड़ दिया। उसी पाप से चेचक गाँव में घुस आई।''

हरमू ओझा डर गया। उसने भी जाकर बीरसा से कहा, ''बीरसा, तब मैं नहीं समझा था। तू धरती का आबा है। तेरे रहते और बोङा-बोङी पूजने की जरूरत नहीं है। अब तू चल। चेचक को खदेड़ दे। नहीं तो वह मुझे मारकर मेरी लहास जंगल में फेंक देंगे।''

बीरसा लौट आया। सबको बुलाया। घर के सामने काठ का माचा बना। उस पर चढ़कर खड़ा हुआ। हल्दी से रंगी नई धोती पहने–गले में जनेऊ, माथे पर चन्दन! आकाश की ओर हाथ उठाकर बहुत देर आँखें बन्द किए रहा। उसके बाद बोला, ''सब सुनो।''

''बोलो, भगवान!''

''जिन्हें चेचक नहीं हुई है, सब लोग नीम के पत्ते उबालकर उसका पानी पियो। नीम के पत्ते जल में सिझाकर उस जल से बदन पोंछो। जिसके चेचक निकली हैं, लेकिन दाने नहीं निकले, सफेद तुलसी के पत्तों का रस अदरक के रस में मिलाकर उसे पिलाओ; दाने निकल आएँगे। उसके बाद सारे चेचक के रोगियों को करेले के पत्तों और हल्दी का रस मिलाकर पिलाना।''

''और बताओ।''

''जो रोगी का बदन पोंछे, जो खाना दे, वह अलग रहे। दूसरे लोग जाकर जिस घर में चेचक नहीं हो वहाँ, उस घर में पड़ोसियों के साथ रहें। जो कहता हूँ–ध्यान से सुनो।''

''मेरा बेटा बहुत नन्हा है, भगवान! चलता भी नहीं है। उसे चेचक हो गई है।''

''मैं उसे देखूँगा। और देखो, जो मर जाए उसके कपड़ों की माया मत करो। ऐसा कपड़ा जलेगा। धोकर उसे मत पहनना। जिस घास की चटाई पर सोया हो, वह चटाई भी जलाई जाएगी।''

''उसके बाद?''

''तुम जाओ। मैं चन्दन घिसने जा रहा हूँ। घावों पर चन्दन लेप दूँगा?'' बीरसा घर-घर घूमने लगा। मुण्डा हैजा-चेचक-साँप के काटने, बाघ से पकड़े जाने को भाग्य का लेख समझते थे। बीरसा उन्हें सिखाने लगा कि चेचक, हैजे के साथ भी लड़ा जाता है। जीवन्त भगवान के साथ रहने से हैजा-बूढ़ा, चेचक-बूढ़ी–खुद ही भाग जाते!

गाँव से चेचक की महामारी चली गई। उसके बाद करमी बोली, "बीरसा! तू क्या सचमुच भगवान हो गया, बाप? चेचक होने पर बीस-पचास मुण्डा न मरें, यह तो अपने जीवन-काल में नहीं देखा!"

बीरसा बोला, "इतने आदमियों के बीच में मैं तेरा बीरसा नहीं रे, माँ! मैं धरती का आबा हूँ।"

"धरती का आबा तो है ही।"

"भगवान बनकर आया हूँ। तुम लोगों को राह दिखाऊँगा। उसके बाद चला जाऊँगा। दिकू लोग मेरी क्षमता देखकर बस न मानें तो मुण्डा जिन्दा न रहेंगे, यह समझ लिया है।"

बीरसा ने समझा, नए धर्म का प्रचार—महामारी रोकने के उपाय बताना—सिर्फ इतने से धरती का आबा नहीं माना जाएगा। अब तक उसने जो-जो किया, उसके पीछे थी उसके मिशन के जीवन की शिक्षा—शायद कुछ वैष्णव धर्म की शिक्षा भी हो—इसके पीछे है उसके जीवन के विगत छः-सात वर्षों के अनुभवों का निचोड़। लेकिन उसे दूसरी भूमिका में भी उतरना होगा।

अन्तर के भी अन्तर में उसे जंगली-माँ का रोना सुनाई दिया करता था!

"मैं शुद्ध पवित्र बनूँगी।"

अन्तर के भी अन्तर में अपने खून की नदी के तट पर वह उस माँ को देखा करता था—नंगी, मुण्डा युवती-सी उसकी कृष्णवर्णा माँ—आदिम जंगल—रोना रो रही थी, और कह रही थी : मैं निर्वसना नहीं रहूँगी। उन्होंने मेरी लज्जा-शरम छीनकर नंगा कर आकाश के नीचे खड़ा कर दिया है।

रो रहा था उसके अन्तर का अकेलापन। उसके अन्तर के अन्धकार के सूनेपन में निर्वासिता माँ का रूप कृष्णवर्ण के भारत का था। माँ कह रही थी : मेरी छाती में अभी भी दूध है, फिर भी मेरी सन्तानों को उन लोगों ने बेघर कर रखा है, ऐसा मेरा दुर्भाग्य है!

बीरसा अस्थिर हो उठा।

उसकी अस्थिरता की प्रतीति कर करमी एक दिन रात में उठकर आई। करमी ने कहा, ''धरती का आबा हो गया, फिर भी तेरी छटपटाहट क्यों नहीं जाती, बाप, मेरे? फन्दे में पड़ा बाघ जैसे चक्कर लगाता रहता है, उसी तरह सारी रात तू चक्कर लगाता रहता है? अरे बीरसा, तू चाहता क्या है?''

''माँ, क्या तू रात में सोती नहीं है?''

''ना बाप! जिस दिन से तुम धरती के आबा बने, मेरी आँखों की नींद छिन गई।''

''क्यों माँ, कैसे?''

''बाप! तुम तो अब मेरे कलेजे की बिथा नहीं समझोगे। अब तो तुम्हें सबकी बिथा से मतलब है। कोई जानता नहीं था, मुझे चीन्हता नहीं था—अब मुझे देखकर पहान-बनिया उठ खड़े होते हैं। कहते हैं, ब्बाप रे ब्बाप! तोरा बेटा भगवान, तुम्हारे सामने हम बैठ सकते हैं?''

''उससे तुझे दुःख है, या सुख?''

''जितना सुख है, उतना ही दुःख है, बीरसा! तू कोम्ता-सा होता, घर में बहू लाता, लड़के-बच्चे होते तो कुछ दुःख न रहता। तू क्यों भगवान हुआ, बीरसा? इतना बड़ा क्यों हुआ कि मेरी गोद में अब नहीं सँभलता? मेरी छाती में नहीं समाता? क्यों कहता है, चला जाऊँगा? कहाँ जाएगा मेरे बाप, मेरे आबा? क्यों तेरे जन्म पर लोगों ने मेरे घर पर तीन तारे देखे? क्यों धानी की बहन ने तुझे चाईबासा में देखकर सब लोगों में आकर फैला दिया : करमी के पेट से भगवान ने जनम लिया है? क्यों, क्यों, क्यों रे?''

''चल, सुलाएगी? चल!''

''सब सो रहे हैं, भगवान के सहारे हैं, निश्चिन्त सो रहे हैं। मेरी आँखों में नींद नहीं है। मैं भगवान की माँ हूँ। भगवान का क्या होगा, इसी डर से मैं जाग-जागकर रोती रहती हूँ।''

''चल माँ, तुझे साथ लेकर सोऊँगा।''

''कब मेरी गोद में सटकर सोता था, कब तुझे भूख में खाने को दिया था, कब तुझे बिथा होने पर गोद में लेकर रोती थी, सारे मन में छाया-सा अँधेरा-अँधेरा लगता है, बीरसा!''

''चल, माँ।''

''सुना है। किसी मुण्डा माँ का लड़का काठ के लिए गया था। जिस राह से लड़का लौटेगा उसी राह पर देखती नदी के किनारे बैठे रोते-रोते—रोते-रोते—रोते-रोते वह माँ पत्थर हो गई थी। तू मुझे जितना रुलाएगा बीरसा, वह तो जानती हूँ।

जानती हूँ, मैं भी पत्थर की हो जाऊँगी।''

''ना माँ! डर मत।''

''आ, मेरे पास आ।''

बीरसा पास आया। करमी ने अपने सूखे शीर्ण कलेजे से लड़के का सिर सटा लिया। सिर सूँघकर बोली, ''तेरा वही शरीर-सिर होने पर भी वह जानी-पहचानी गन्ध चली गई है रे!'

''लेटो तो, माँ! सिर पर हाथ फेरूँ?''

''फेर। तू पास है, आज मेरी आँखों में नींद आ जाएगी।''

''दिन भर मेहनत क्यों करती रहती है?''

''ब्बापो रे! अब मैं भगवान का घर देखती हूँ। मैं नहीं मेहनत करूँगी तो इतने-इतने आदमियों को कैसे भात-जल मिलेगा? घर कैसे लिपा-पुता रहेगा?''

''अब सो जा।''

करमी सो गई। बीरसा भौंहें सिकोड़कर सरदारों की भूमिका की बात सोचने लगा।

माझिया मुण्डा, बुधू मुण्डा, परान पहान, उसके सबसे निकट के जो लोग हैं, वे कहते हैं, ''भगवान, सरदार लोग तुम्हारे कन्धों पर कुल्हाड़ी रखकर साल का पेड़ काटना चाहते हैं!''

बीरसा जानता है, वह बातें समझता है।

सरदारों के आन्दोलन के मतलब हैं—अर्जीदारों का आन्दोलन। उस आन्दोलन में किसी दिन यह बात स्पष्ट नहीं हुई कि आन्दोलन सरकार के खिलाफ है। सरकार की ही तरह मिशनवाले भी वास्तव में मुण्डाओं के हितों के विरोधी थे। दाँत भींचकर लड़ाई करना ही एकमात्र रास्ता था—उसे भी शायद सरदार नहीं मानते थे। सरदारों ने मुण्डाओं के स्वार्थ के लिए ही आन्दोलन चलाया था, किन्तु वह जैसे केवल छोटा नागपुर के ज़मींदारी कानून को सफल बनाने का आन्दोलन था। इस बार ही उन्होंने मिशन का सहारा छोड़ा था। इस बार ही देखा गया, मानो वे अपने उद्देश्य में कुछ पक्के हैं, साधना-मार्ग पर हताश होकर मुसीबतें झेलने को कुछ तैयार हुए हैं।

सभी सरदार आकर उसके साथ शामिल हो रहे हैं। लेकिन इसके पीछे बहुत-से उद्देश्य काम कर रहे हैं।

यही तो, बीरसिं मुण्डा—जिसने उन्हें ठौर पर बिठाया था, उसी की बात ली जाए। बीरसिं मुण्डा होशियार सरदार था। साल 1831-32 के कोल विद्रोह में

शामिल होने के लिए उसके परदादा ने अपनी ठौर समेत बाईस गाँवों की मिल्कियत खो दी थी। बीरसिं चाहता था कि बीरसा आन्दोलन करे—उस आन्दोलन में शरीक होकर अपनी खोई जमीन का वह फिर मालिक बन जाएगा।

माँगा मुण्डा, जन मुण्डा, मार्टिन मुण्डा-से सरदार उसके पास आए थे। उसका सबब था : वे जानते थे कि सरदारों का आन्दोलन कमजोर है।

उन्हें मालूम था, बीरसा पर मुण्डाओं की असीम आस्था है। वे बीरसा को साधन बनाना चाहते थे। इससे उनका आन्दोलन सफल हो सकता था।

सरदार लोग ही बीरसा की अलौकिक सामर्थ्य की कहानियाँ फैला रहे थे। गिडियन, इलायाजार प्रभुदयाल के-से विशिष्ट सरदार बीरसा के पास आते रहते।

अच्छा, बहुत अच्छा!

उनके आन्दोलन में सरदारों का आन्दोलन मिल जाए, लेकिन बीरसा सरदारों के हाथों का खिलौना नहीं बनेगा। वह बनेगा नेता।

तो क्या बीरसा मुण्डा-राज का दावा करेगा—जिस राज से सारे विदेशी निकाल बाहर किए जाएँगे? जिस राज का प्रधान बीरसा खुद होगा?

बीरसा समझ गया : केवल एक ईश्वर का धर्म, नई रीति की उपासना की बात कहने से वह धरती का आबा नहीं बनेगा। उसकी माँ, उस कृष्णवर्ण जंगल का दुःख और लज्जा उससे दूर न होंगे। उसे और भी बहुत-सी बातें करनी होंगी।

बीरसा ने निश्चय किया, अब से वह मुण्डाओं के सिवा किसी से बात न करेगा। बनिया और महाजन, दिकू लोगों की अपनी सभा में न आने देगा। जमींदार, महाजन और बनिया, मुण्डाओं के दुश्मन हैं—वह इस बात को मुण्डाओं से कह देगा।

किन्तु दिकू बीरसा के नाम से डरते थे। बीरसा को नहीं पता था कि सरदार लोग सभी उसके दल में मिल रहे हैं, मिशन के साहबों के पास इस तरह की खबर सरकारी दफ्तर से पहुँची है। साहब लोगों ने रिपोर्ट तैयार की है। चाईबासा और

राँची में पुलिस मुस्तैद हो गई है। मुण्डा लोग एक नाम के साथ जुड़ गए हैं। सूखा-अकाल, सरकार, पुलिस—सबका डर भुलाए दे रहे हैं; साहब-सरकार डर रही है!

बीरसा को पता नहीं था कि उसके नाम से बड़ी-बड़ी रिपोर्टें भरी जा रही हैं। मिशन के साहब लिख रहे हैं : बीरसा ने हमारे पास से जो-जो सीखा, बाइबल की वही कहानियाँ कहकर मुण्डाओं को बहका रहा है। हम लोगों को जिस तरह महामारी के समय सेवा-सुश्रूषा करते देखा, उसी तरह सेवा करके मुण्डाओं को भरमा रहा है। ये लोग तो जाहिल, बदमाश, बेवकूफ, ठग हैं!

सरकारी चिट्ठी आई : अगर यह बात सही है तो तामार से मुण्डा लोग उसके पास क्यों जा रहे हैं? और वही क्यों मिशन के प्रचारकों के केन्द्रों में घूमता है? बीरसा किसका पुनर्जन्म चाहता है? एक आदिम धर्म-विश्वास का, या विद्रोह का? याद रखना होगा, साल 1831-32 में तामार विद्रोह भड़क उठा था। याद रखना होगा, सरदारों के विद्रोह में साहब-सरकार के विरुद्ध कोई विरोध शुरू में नहीं था। सरदार दिकू लोगों के खिलाफ लड़े थे। साहब-सरकार दुश्मन है—यह विश्वास उनके दिमाग में बाद में आया। लेकिन अब सरदार जानते हैं कि साहब-सरकार उनकी दुश्मन है।

जवाब गया : बीरसा जो भी कहे, मुँह से कितनी ही धर्म की बातें कहे, उसके भक्त हथियार जमा कर रहे हैं। बीरसा का धर्म क्या है, यह समझ में नहीं आता। इस बार घोर अकाल है। फिर भी मुण्डा मिशन में आकर लंगर खोलने को नहीं कह रहे हैं। बीरसा का प्रभाव ऐसा बढ़ चला है कि सरदार लोग बेकार-से हो गए हैं। उसके एक बार हाँक लगाने से सभी मुण्डा विद्रोह कर देंगे!

साहबों की बात जाने बिना ही बीरसा ने मुण्डाओं को आह्वान दिया था, ''तरह-तरह से तुमने देख लिया कि मैं ही भगवान हूँ।''

''देख लिया।''

''अब सुनो।'' बीरसा ने उन्हें समझाना शुरू किया, ''मुण्डा बड़े बन्धनों में फँसे हुए हैं। दिकू लोगों ने मुण्डाओं को उधार-कर्ज-कोयला खान-रेल-जेहल-अदालत वगैरह के हजारों चक्करों में फाँस लिया है। अब हमें सब तरह से आजाद होना पड़ेगा। सारे विदेशियों को भगाएँगे। किसी को कोई लगान नहीं देंगे। सारे जंगल ले लेंगे। जैसे पहले लिये थे, वैसे ही अब लेंगे।''

''कब?''

"मैं बता दूँगा। आज से मैं किसी भूरे आदमी, सफेद आदमी से बात नहीं करूँगा। मुझे कोई 'बाबू' न कहे।"

"नहीं कहेंगे। आदर से कहते थे।"

"बाबू कहने से मुझे आदर नहीं मिलता है।"

"नहीं कहेंगे।"

"कब लड़ाई शुरू होगी, बता दूँगा। अब से गाँव-गाँव में सब तीर पठाओ। पत्ता मिले तो समझना कि धर्म की बात सुनने को बुलाया है। तीर भेजने से समझना कि मैं लड़ने के लिए बुला रहा हूँ।"

"भेज देंगे। भेज देंगे रे, तीर भेज देंगे, कुचला-तीर!" खुशी से धानी मुण्डा उछल पड़ा। सफेद बाल कँपाकर, काला, गठीला हाथ आसमान की ओर उठाकर चिल्लाया था, "ले जाओ तुम लोग। आज पाँच बरस से मैंने बहुत-से तीर तैयार किए हैं। मुझे मालूम था कि बीरसा एक दिन तीर के लिए राजी होगा।"

धानी के बनाए तीर सारे गाँवों में पहुँच भी नहीं पाए थे कि उसके पहले ही सरकारी पहियों में कुछ गति आने लगी।

मुण्डा लोग खेती नहीं कर रहे हैं, उधार नहीं ले रहे हैं!

बहुत डर गए थे जमींदार जगमोहनसिंह, महाजन सूरजसिंह, पटवारी बनराम साव और मजदूरों के ठेकेदार शिवलाल जैसे लोग! लगान नहीं देना होगा, सूद नहीं देना होगा, जमीन बन्धक रखकर कोई धान-गेहूँ उधार नहीं लेगा! कोई कुली बनने चायबागान में नहीं जाएगा!

डर गए थे मिशन के साहब लोग। कोई क्रिस्तान बनना नहीं चाहता है। मिशन छोड़कर सब चले जा रहे हैं!

सरकार घबराई। यह अगर विद्रोह की तैयारी नहीं है तो किस बात की तैयारी है? किस भरोसे पर वे खेतीबारी छोड़े दे रहे हैं? खेती करने पर बरस-भर आसमान की ओर मुँह उठाकर, आसमान की दया पर खेती करने पर भी जिन्हें दो जून घाटो नहीं जुटता—उनके दिलों में ऐसी हिम्मत किसने भर दी?

डिप्टी-कमिश्नर ने तामार के दारोगा को खबर भेजी। साल 1895 की छठी अगस्त को खबर तामार पहुँची–बीरसा ने कहा है, ''सरकार उत्गेज[1] में खतम हो गई है। अब मुण्डाओं का राज कायम होगा।'' तभी दारोगा ने एक हेड-कांस्टेबल और दो कांस्टेबल वहाँ भेज दिए।

वे लोग बड़ी रात को चालकाड़ पहुँचे। सुगाना के घर के आसपास घर-के-घर बीरसाइत उठ खड़े हुए थे। पुलिस एक घर में घुसकर बैठी रही। बीरसाइत गाँव-गाँव में तीर बाँटने निकल पड़े थे। अँधेरी रात! पानी बरस रहा था।

सवेरे दो कांस्टेबल बीरसा के घर जा पहुँचे। बोले, ''बीरसा, तुझे गिरफ्तार किया।''

लेकिन बीरसा को गिरफ्तार नहीं किया गया। सुगाना और दूसरे बीरसाइत लोगों ने कांस्टेबलों से कहा, ''चले जाओ।''

बीरसा बोला, ''उस घर में जाकर आराम करो। इतने पानी में लौटकर मत जाना।''

हेड-कांस्टेबल बोला, ''सुका चौकीदार, तुम कोचांग चले जाओ। पलुस प्रचारक को ले आओ।''

पलुस प्रचारक और यूसुफ खाँ कांस्टेबल दो सौ मुण्डा, महतो और पहान को लेकर लौट आए। तब वे बीरसा के घर के सामने फिर आए।

बीरसा हँसकर बोला, ''सरकार का निमक खाते हो, लगता है, पकड़ने आए हो। मुझे क्यों पकड़ोगे, सबब बताओ?''

एकत्रित मुण्डा बोले, ''जवाब दो?''

''तुम मुण्डा लोगों को भड़काते हो।''

''मैं तो धर्म की बातें बताता हूँ।''

''मुण्डा क्यों आते हैं?''

''उनसे पूछो।''

''लगान क्यों नहीं देते?''

''उनसे पूछो।''

''खेती क्यों नहीं करते?''

''उनसे पूछो।''

''तू बता। सरकार ने तुझे पकड़ने को कहा है। तू इनके काम में रुकावट डाल रहा है।''

बीरसा धीरे से बोला, ''पलुस, तुम उन पुलिसवालों से पूछकर देखो। हमें

1. एक जगह का नाम

मालूम है कि ये नौ तारीख की रात से उस घर में हैं। हम उन्हें मार सकते थे, भगा सकते थे। हमने कुछ भी नहीं कहा, न किया। आँधी-पानी में बाहर नहीं निकाल दिया, गलती हुई। किसी बात की असुविधा नहीं होने दी, गलती हुई। उन्हें कोई चावल नहीं बेचना चाहता था। मैंने कहा—तभी उन्हें चावल-दाल-नमक बेचा गया। वह भी मेरी गलती हुई। अब बताओ तो, तुम मुण्डा होकर मुझे क्यों पकड़ने आए हो?''

''तुम सरकार के दुश्मन हो।''

''मैं भगवान हूँ—मुण्डा लोगों का भगवान। हाँ, मैं उस सरकार का दुश्मन हूँ जो सरकार मुण्डा लोगों के साथ दुश्मनी करती रहे। आज तुम प्रचारक बन गए हो। सरकार मुण्डा लोगों को जंगलों से भगाती है; जमींदार-महाजन इन अन्धों को कानून का डर दिखाकर उजाड़ते हैं। अब तुम मुण्डा नहीं रहे, इसीलिए मुण्डाओं का दुःख तुम्हारे दिल को नहीं लगता। तुम भी अब दुश्मन हो।''

''किसके?''

''मुण्डा लोगों के। मिशन में मुझे कोई 'तू' के सिवा 'तुम' नहीं कहता था। क्यो? मैं मुण्डा हूँ? ये लोग तो मुझे पकड़ेंगे ही पलुस, इनका सही नाम जानकर भी सरकार इन्हें नौकरी देगी। मुण्डा चाहे जितना लिखना-पढ़ना सीखे, सरकार नौकरी नहीं देगी। ये तो मुझे पकड़ेंगे ही पलुस, इनकी जात-बिरादरी वाले जमीन-घर-आबादी-जंगल आदि पर दखल किए बैठे हैं। लेकिन तुम कैसे मुण्डा हो? ओ, कैसे हो तुम प्रचारक पलुस?''

''बीरसा, खराबी बढ़ती जा रही है।''

''क्यों, ऐसी बात नहीं सुनी है? सुनो पलुस, मैंने लाश निकालकर उससे पैसे चोरी किए थे। माँ के गुस्सा होने पर मैं जंगल चला गया। पागल होकर मारा-मारा फिरता था। सो बाद में जब आकाश में बिजली कड़की, कौंधा चमका, तब मुझमें जैसे सब शा—न्त हो गया। मैं—बीरसा—मैं भगवान हूँ। सिंबोङा से, मिशन में जो भगवान के बारे में कहानी कही जाती है उससे—सबसे मेरी शक्ति बेसी है।''

पलुस डर के मारे काँपने लगा। देखने लगा हेड-कांस्टेबल की ओर। हेड-कांस्टेबल की आँखों में डर समाया हुआ था। मुण्डा लोगों ने उन्हें घेर लिया था। काले-काले चेहरों में दुःसाहस की कैसी ज्योति चमक रही थी!

''मुझे सरकार पकड़ेगी? पकड़कर रख न सकेगी। मारेगी? मार नहीं सकेगी। जब तक एक भी मुण्डा एक धान का पौधा लगाएगा, एक पेड़ काटेगा, एक घर खड़ा करेगा, उसमें मैं रहूँगा, पलुस साहब! मैं धरती का आबा हूँ। मेरा विनाश नहीं होगा। तुम्हारे हाथों विनाश नहीं होगा।''

पलुस जिन मुण्डाओं को लाया था, उन्होंने बीरसा के आगे लाठियाँ झुका दीं। बोले, ''महापाप करने आए थे। भगवान, हमें माफ कर दो।''

बीरसा चिल्ला उठा, ''उन लोगों को तुम खदेड़ दो। निकाल दो। उन्हें भगा दो।''

मुण्डा लोग कांस्टेबलों को भगाने के लिए बढ़े। अपने हाथों के बरछे पुलिस की पीठ में लगाए रहे। मुण्डा औरतों ने पीछे से पीतल की झाँझें बजाईं, गालियाँ दीं। भागते-भागते पलुस ने सोचा—किस तरह इस गड़बड़ से बचकर निकल भागे।

अब आए राँची के पुलिस के डिप्टी-सुपरिंटेंडेण्ट मीअर्स। साथ में आए मुरहू मिशन के रेवरेंड लास्टी, बनगाँव के जमींदार जगमोहनसिंह। साथ में आई बन्दूकधारी विशाल पुलिस-फौज।

चालकाड़ गाँव घेरकर पुलिस किरचें ऊँची करके बढ़ी। हर घर के आगे पुलिस वाले हाथ में बन्दूक लिये खड़े थे। बीरसा उस समय सो रहा था। पुलिस ने आसानी से उसे पकड़ लिया। बाहर आकर बीरसा ने मुण्डा लोगों से कहा, ''तुम फिकर मत करना। मैं लौट आऊँगा। बिलकुल चिन्ता मत करना।''

उसके बाद मुण्डारी में सुगाना से मानो कुछ कहा। मीअर्स ने भौंहें उठाईं। रेवरेंड लास्टी बोले, ''बीरसा कह रहा है—कोई मुण्डा रुकावट न डाले।''

''धानी...धानी ने क्या कहा?''

''ऐसा कुछ कहा, धानी के तीर अभी भी मजबूत हैं, अभी भी समय है। उसके कहे बिना कोई लड़ने न जाए।''

''भगवान को पकड़ा, भगवान कुछ न कर सका। उसे किस तरह समझाया?''

''धूर्त शैतान! बोला : यह बन्दी बनाना, ले जाना—यह उसके ईश्वर होने की परीक्षा है!''

''अन्त में हँसकर क्या कहा?''

''बकवास!''

''फिर भी सुनें तो।''

''काली घुँघची के पौधों को खोजने के लिए कहा।''

"घुँघची के पौधे?"
"हाँ, हाँ, घुँघची का तेल वे लोग सिर पर मलते हैं।"

लेकिन चालकाड़ से राँची तक खूँटी, तामार, बनगाँव, कोचांग—धू-धू कर जलने लगे। मुरहू से लास्टी को, बनगाँव के जगमोहन को पुलिस के पहरे की शरण लेनी पड़ी।

प्रदेश की सरकार ने कहा, "एक पगले बीस बरस के लड़के से राँची के अधिकारी बहुत डर रहे हैं। कुछ ज्यादती ही हो गई है। मीअर्स यदि इतना कुछ न भी करता तो भी चल सकता था। डरने को ऐसा क्या है?"

राँची से रिपोर्ट गई—चालकाड़ और दूसरी दूर की बस्तियों में, गरीब मुण्डा गाँवों के लोगों के मन में भयानक रूप से असन्तोष भर गया है। मुण्डा लोग कुछ बात ही नहीं करते; जमींदारों और महाजनों की भी बात नहीं मान रहे हैं। खेत-मजूर मिल नहीं रहे हैं, बेगारी कोई देता नहीं। बिना खाए मरोगे, यह कहने पर मुण्डा यह जवाब देते हैं कि हम क्या दिकू हैं कि उपवास करने से, भोजन के न मिलने से डर जाएँ?

प्रदेश की सरकार ने जानना चाहा, "दुर्भिक्ष तो प्रायः प्रत्यक्ष दिखाई दे रहा है। मुण्डा लोग खाते क्या हैं?"

जवाब गया, "घास के दानों का घाटो। जब मिल जाता है, खा लेते हैं! जब नहीं मिलता, नहीं खाते।"

सहसा लेफ्टिनेंट-गवर्नर को परेशानी हुई। कैसी मुसीबत है! जमींदार-महाजन क्षुब्ध थे। मुण्डा लोग खेती नहीं कर रहे हैं, उधार नहीं ले रहे हैं, भीख नहीं माँगते। घास के दाने खा रहे हैं। घास के दाने तो सरकारी लगान देनेवाली खेती में नहीं आते! जैसा सामान्य लगा था, घटना वैसी सामान्य है नहीं।

बड़े लाट उस वक्त शिमला में थे। लेफ्टिनेंट-गवर्नर ने शिमला खबर भेजी :

सरकार यह ध्यान में रखे कि वह बारूद के ढेर पर बैठी है!

शिमला में उस बात के पता लगने पर उस शैल-आवास में हँसी का फव्वारा फूट पड़ा! बारूद का ढेर क्यों, क्या मुण्डे जीवन्त बारूद हैं? वही देश है न—पत्थर-पहाड़, जंगल और ऊसर धरती का? फसल होती है केवल मुण्डा लोगों की जमीन में। जरूरत पूरी करने के लिए भी वह पूरी नहीं होती।

यह देश क्या सुजला-सुफला देश है? वे कैसे आदिवासी हैं? प्रायः नग्न, शरीर का रंग कोयले से भी काला, एक बेला घास का दाना पकाकर खाते हैं, शरीर में ताकत नहीं, बेहद डरपोक! उनसे ही प्रदेश सरकार डर रही है!

बड़े लाट ने बात को उड़ा दिया। लेफ्टिनेंट-गवर्नर ने मीअर्स की रिपोर्ट को देखकर भेज दिया।

मीअर्स ने बताया कि अव्वल तो वह इस बारे में निश्चिन्त हैं कि बीरसा का आन्दोलन और सरदारों की मुलकी लड़ाई एक और अभिन्न हैं। दूसरे, पहली बार जो हेड-कांस्टेबल बीरसा को पकड़ने गया, उसने ठीक ही कहा था : मुण्डा-जनसाधारण से बीरसा के विरुद्ध कोई काम नहीं कराया जा सकता। उनका विश्वास है कि बीरसा मूर्त भगवान है! तीसरे, गिरजाघर के मिशनरियों ने ही कहा है कि बीरसा को छोड़ देने के बाद राँची और चाईबासा जिलों में अशान्ति फैल जाएगी। बीरसा ने एक बार कहा था कि मुण्डा लोग मौत की परवाह न करते हुए लड़ाई में उतर पड़ेंगे।

लेफ्टिनेंट-गवर्नर ने जानना चाहा था कि बीरसा के सम्बन्ध में मुण्डा-लोगों के मन में अविश्वास और सन्देह उपजाने का क्या तरीका है?

मीअर्स ने बताया, "डॉक्टरों से बीरसा के पागल होने का ऐलान करवाने का प्रबन्ध कीजिए।"

राँची के कमिश्नर ने डॉक्टर रॉजर्स को बुलवा भेजा।

रॉजर्स बोले, "आपने जो कहा, उस तरह का सर्टिफिकेट तो मैं नहीं लिख सकता।"

"क्यों?"

"बीरसा पागल नहीं है।"

"क्या?"

''पागल नहीं है बीरसा।''

''लेकिन वह कहता है कि वह भगवान है!''

रॉजर्स खिन्न हो उठे। सूखे गले से बोले, ''यह यूरोप नहीं है। पूर्व का देश है। यीशु भी पूर्व के ही वासी थे। वे भी अपने को अलौकिक शक्ति से युक्त मानते थे!''

''यीशु की बीरसा के साथ तुलना कर रहे हैं?''

''नहीं। मैंने कहना चाहा कि यीशु को किसी ने पागल नहीं समझा। किसी मनुष्य को अपने को अलौकिक शक्ति का अधिकारी मानने का मतलब यह नहीं है कि वह आदमी पागल है। उसके सिवा उससे बातें करके देखा गया है कि वह पूर्ण रूप से स्वाभाविक है; उसमें समझ है, बात की पकड़ है।''

''तब वह मुण्डाओं को सरकार के विरुद्ध क्यों भड़का रहा है? उसे क्या मालूम नहीं कि उसके परिणामस्वरूप मुण्डा लोग भारी मुसीबत में पड़ सकते हैं?''

रॉजर्स धीरे से बोले, ''कमिश्नर, आप या मैं मुण्डा नहीं हैं। बीरसा शायद इस तरह सोचता है कि मुण्डाओं पर और ज्यादा क्या मुसीबत आ सकती है? उन्होंने जमीन-घरबार, गाय-बैल—सब एक-एक कर खो दिए हैं। उनकी जमीन पर दूसरे लोग आकर बैठ गए हैं—हम लोगों के ही बनाए कानून के सहारे!''

''कानून मुण्डा और दूसरे लोगों में भेद नहीं करता।''

''वह तो किताबी बात है। काम में वह नहीं आता, यह आप ही सबसे ज्यादा अच्छी तरह जानते हैं। मुण्डा लोग बंगला, हिन्दी, अंग्रेजी नहीं जानते, नहीं समझते। न्यायाधीश किसी दिन मुण्डारी सीखकर मुण्डाओं की शिकायतें नहीं सुनते, न्याय नहीं करते। कोर्ट में मुकदमा होने पर आसामी क्या कहता है, न्यायाधीश यह भी नहीं समझते। दुभाषिया मनमानी झूठी बातें कहकर उन्हें समझा देता है। नतीजा जो होता है, वह आप जानते हैं। दूसरे के खेत से एक आने-भर की चीज उठा लेने के अपराध में मुण्डाओं को एक बरस की जेल होती है, हमेशा होती है।''

''गॉड!''

''बीरसा को अगर लगता है कि मुण्डा लोग आजकल इस अंग्रेजी शासन में जितने कष्ट में हैं, ऐसी मुसीबत उन पर कभी नहीं आई थी तो मैं उसे दोष नहीं दे सकता।''

''व्हॉट आर यू टॉकिंग? क्या कह रहे हैं आप?''

''अंग्रेज के रूप में, क्राउन के एक विश्वस्त कर्मचारी के रूप में मैं उसके मनोभाव का समर्थन नहीं कर सकता—फिर भी उसे दोष नहीं दे सकता। बीरसा

ने अपने साथी जंगलवासियों के मन में एक आत्मविश्वास पैदा किया है। अब यही पहले दिखाई पड़ता है कि मुण्डा, मुण्डा होकर पैदा हुआ है, इसलिए आज उसे गर्व है। इतने दिनों तक मुण्डा पैदा होने के लिए मुण्डा अपने को दोष देता था, दुःखी होता था।"

"आप भी क्या बीरसा के तन्त्र-मन्त्र से प्रभावित हो गए हैं?"

"उससे, मेरी तरह दिन-पर-दिन बातें करने से आप भी शायद प्रभावित हो जाते!"

"और आप मैन ऑफ साइंस हैं?"

"इसीलिए तो मैं उसे पागल नहीं कह सकता।"

"तो सामान्य अपराधी की तरह उसका विचार करना होगा। बीरसा पर से मुण्डाओं का विश्वास तोड़ना ही पड़ेगा।"

"वह आपके सोचने की बात है, पर..."

"क्या?"

"फैसला करने में देर न करें। सम्भव हो तो मुण्डारी जाननेवाले, और मुण्डाओं को जो जानवर न समझे, ऐसे किसी आदमी से न्याय-विचार कराएँ।"

रॉजर्स ने विदा ली। कमिश्नर ने उसी समय निश्चय किया : रॉजर्स की फौरन बदली करनी होगी।

कमिश्नर ने पता लगाया कि जेल के कर्मचारियों में कौन अच्छी मुण्डारी जानता है। सुना, मेडिकल एसिस्टेंट अमूल्य बाबू जानते हैं। मेडिकल स्कूल का लड़का—तरुण बंगाली डॉक्टर अमूल्य बाबू!

उसको लेकर बीरसा से मुलाकात करने के लिए कमिश्नर गए। बीरसा के कमरे में कुर्सी लेकर बैठे। बीरसा ने अमूल्य बाबू की ओर देखा। उसके होंठों पर हलकी-सी मुस्कुराहट फूट आई।

कमिश्नर बोले, "पूछो, वह मुण्डा लोगों को क्यों उत्तेजित करता है?"

अमूल्य बाबू के कुछ कहने के पहले ही बीरसा बोला, "मैंने मुण्डा लोगों को उत्तेजित नहीं किया।"

"यह क्या? तुम्हें अंग्रेजी आती है?"

"मेरी फाइल में शायद यह बात नहीं लिखी है?"

"लिखा है कि मामूली-सी जानते हो।"

"ठीक ही लिखा है।"

“तब डॉक्टर साहब से क्यों कहा था...न, न, उन्होंने खुद ही क्यों कहा कि जो मुण्डारी जानता हो ऐसा न्यायाधीश चाहिए?”

“क्यों न कहें?”

“तुम तो अंग्रेजी समझ लोगे।”

“शायद अकेले मुझ पर मुकदमा होगा?”

कमिश्नर चुप रहे। बीरसा को कितना मालूम है, कितना नहीं मालूम? दूसरी बात उठाई।

“चालकाड़ में तुमने क्या किया?”

“क्या किया?”

“मुण्डाओं को भड़काते थे?”

“धर्म की बातें बताता था।”

“तुम धर्म की बातें बतानेवाले कौन हो?”

“मैं उनका भगवान हूँ न!”

“तुम खुद जानते हो कि यह बात सच नहीं।”

“तब सच क्या है?”

“तुम भगवान नहीं हो। तुमने उनसे धर्म की बातें नहीं कीं। उन्हें विद्रोह के लिए उकसाते रहे।”

“मैं भगवान हूँ। मैंने उनसे धर्म की बातें कहीं।”

“तो यहाँ कैद क्यों हो?”

“कैदी बनने से कोई भगवान नहीं रहता?”

“न।”

“यीशु कैद नहीं हुए? उन पर मुकदमा नहीं चला? उन्हें मृत्यु-दंड नहीं मिला?”

“तुम पागल, धोखेबाज, मूर्ख हो!”

“यह तो मेरी बात का जवाब नहीं हुआ।”

“जवाब देने के लिए मैं बाध्य नहीं हूँ।”

“तो हम बातें क्यों कर रहे हैं?”

‘मैं सवाल करूँगा। तुम जवाब दो।”

“मैं जवाब देने के लिए बाध्य नहीं हूँ।”

कमिश्नर कुछ देर तक आँखें सिकोड़े देखते रहे। बोले, “तुम पर मुकदमा चलेगा। सबके सामने। वहीं सब प्रमाणित हो जाएगा। मुण्डा समझ जाएँगे कि तुम धोखेबाज हो।”

"ठीक!"

"तुम अपने पक्ष का समर्थन चाहते हो तो वकील भी मिलेगा।"

"वकील?"

"हाँ, वकील। अंग्रेजी न्याय अत्यन्त धर्म और न्याय-संगत है। वादी और प्रतिवादी, दोनों को ही वकील मिलते हैं।"

"मुझे वकील नहीं चाहिए।"

"क्यों?"

"वकील होने पर भी मुण्डाओं को जेहल होती है। जिन्दगी-भर देखा है। वकील न मिलने से क्या होता है, देखता हूँ। परिणाम तो एक ही होगा, तो क्यों वकील को आने दूँ?"

कमिश्नर निकल गए। अमूल्य बाबू ने सिर झुकाया। निकल गए।

कमिश्नर बोले, "लुक आफ्टर हिम, बाबू। इस पर गौर रखना।"

"येस, सर।"

"शोख, बदतमीज! मैं उस कठघरे में बन्द करवाऊँगा, दिखा दूँगा कि वह धोखेबाज है। देखो, बीमार न पड़ जाए!" फिर बोले, "कैसा दुस्साहस है! कैसी शोखी है!"

अमूल्य बाबू कुछ न बोले। बाद में, रात को फिर बीरसा की कोठरी में आए।

"क्यों आए?"

"तुम्हें देखने।"

"क्यों?"

"जिससे कि तुम बीमार न पड़ो, यह देखना मेरी खास ड्यूटी है। इसीलिए आया हूँ।"

अमूल्य बाबू बीरसा का हाथ पकड़ने चले। बीरसा धीरे से बोला, "मुझे तुम मत छूना। तुम दिकू हो।"

"नहीं बीरसा, नहीं।"

"तुम दिकू हो।"

"बीरसा, मैं..."

"किसलिए दिकू बने, बता सकते हो? खाने के लिए, पहनने के लिए?

पालकी चढ़ोगे, टमटम चलाओगे, रायसाहब बनोगे, बड़े आदमी बनोगे, इसलिए?''

''नहीं।''

''मुझसे तुम फिर बात न करना। मैं तुमसे फिर बात न करूँगा। तुम जिसे जानते थे मैं वह बीरसा नहीं हूँ। मैं जिसे जानता था, वह अमूल्य नहीं रहा।''

''नहीं, बीरसा। तुम वैसे ही हो। तुम किसी दिन बहुत बड़े बनोगे, यह मैं तभी जानता था।''

''एक उपकार कर सकते हो?''

''तुम्हारा? बताओ बीरसा, कैसा उपकार?''

''सरकार ने क्या-क्या इन्तजाम किया है, मुझे बता सकते हो? मुझे मालूम है, सरकार इन्तजाम करेगी; जानता हूँ, सरकार को मालूम है कि फूस में आग लग चुकी है। धुआँ देखकर सरकार डरेगी।''

''बता जाऊँगा। दो-चार दिन का वक्त लूँगा।''

''वह ले लो। यह अब बहुत दिनों चलेगा।''

''सुना है, झटपट फैसला होगा।''

''न।''

बीरसा धीरे से बोला, सिर हिलाया, कम्बल खींचकर चित हो लेटकर एक हाथ की कोहनी जमीन पर टेककर हथेली पर सिर रखा। उसकी प्रत्येक भंगिमा, सिर हिलाना, देखना, उँगलियाँ हिलाना—सब में अपार आत्मविश्वास, स्थिरता, व्यक्तित्व, और...और...और...और एक जान, उस जान में वह कितनी सामर्थ्य लिए था, वही जाने!

अमूल्य बाबू मुग्ध हो रहे थे, अभिभूत हो रहे थे। क्यों अभिभूत हो रहे थे? यह तो बीरसा है—बीरसा दाऊद! हतभागे गरीब सुगाना मुण्डा का बेटा। पढ़ूँगा, इसलिए चाईबासा मिशन गया था। हथेली-हथेली-भर का कौर लेकर भात खाता था। इजार, पैंट कैसे पहने जाते हैं, यह नहीं जानता था—अमूल्य बाबू उसे चिड़िया की तरह सिखाते थे।

मिशन छोड़ने के बाद से बीरसा कितना रास्ता पार कर आया है? किस तरह वह मुण्डा लोगों को भरोसा दे रहा है? सूर्य पकड़ने के लिए वे लोग भी आसमान की ओर छलाँग लगा सकते हैं!

बीरसा फिर बोला, ''झटपट फैसला नहीं होगा। कभी हुआ है? न किया है, न कर रहे हैं, न करेंगे।''

"तुम्हें पता है, मुकदमे में देर करेंगे? बीरसा, बीरसा, तुम क्या सचमुच प्रॉफॅट हो?"

बीरसा ने आँखों पर हाथ रख लिये। बोला, "मुण्डाओं का, कोलों का, ओराँवों का, सरदारों का फैसला जल्दी कब होता है? हवालात में रख देंगे। सबूत नहीं मिलता; मिसिल तैयार करने में देर होती है; कैदी हलाक-परेशान होता है; यह तो जानी हुई बातें हैं। जानता हूँ, इसीलिए कहा, मेरा मुकदमा होने में भी देर होगी। कहा इसलिए, अगर प्रॉफॅट हूँ, तो प्रॉफॅट हूँ, लेकिन..."

"क्या?"

"मैं मुण्डाओं का भविष्य जानता हूँ, याद रखो। मैं जानता हूँ, और कोई नहीं जानता।"

अमूल्य बाबू नहीं समझे कि बीरसा क्या कहना चाहता है। जिनका वर्तमान नहीं है, केवल अतीत, उनका कोई भविष्य कैसे हो सकता है? अतीत-वर्तमान-भविष्य—क्या एक-दूसरे पर निर्भर नहीं करते?

बीरसा बोला, "मुझे बता जाना।"

बीरसा को पहली बार जब पकड़ने जाकर पुलिस लौट आई, तब से ही अशान्ति और विक्षोभ धुँधुआ-धुँधुआ कर जल रहे थे। काठ-कबाड़ में लगी आग रुक-रुककर जल रही थी और अनुकूल हवा पाकर किसी भी वक्त दावानल बन सकती थी।

उसी समय से मुण्डाओं की ग्राम-पंचायत में जोरों की आलोचना चल रही थी; हवा बहुत गरम थी...बहुत गरम! मीअर्स या लास्टी इस बात को पूरी तरह नहीं जानते थे।

जिन्होंने खारुआ और सरदारों की लड़ाइयाँ लड़ी थीं, वे ही सारे प्रवीण मुण्डा कह रहे थे, "किसी दिन भी मुण्डाओं को ठीक फैसला नहीं मिला, ठीक फैसला नहीं मिला। देखो, बीरसा भगवान ने जो बातें बताईं थीं, उनमें यह बात नहीं कही थी?"

"क्या बात?"

"राजा, जमींदार, दिकू, राजपूत, अहीर, ब्राह्मण, गोसाँई—सभी सरकार के साथ मिले रहते हैं।"

"हाँ, यह बात भगवान ने कही थी।"

"मुण्डा लोगों के लिए जो बात होती है सबमें सरकार मिशनरी, राजा और जमींदारों को मदद किया करती है।"

"हक बात है।"

"मुण्डा लोगों का लगान बढ़ता है।"

"हक बात है।"

"अदालत भी उनके पक्ष की है। बहुत अर्जियाँ देने पर साहब आता है मुण्डा देश में। आने पर खाना-पीना-शिकार कर लौट जाता है।"

"लौट जाता है।"

"फैसला करते हैं दिकू लोग, बाबू लोग!"

"बाबू लोग।"

"वे जमींदार के खलिहानों में धान भरते हैं, वही फैसला करते हैं, विचार करते हैं।"

"वे ही विचार करते हैं।"

"दारोगा क्या पट्टी में नहीं आता? आता है। आता है मुखिया के बहकावे में और पैसे कमाता है!"

"सही बात है।"

"भगवान ने कहा है, इस तरह नहीं चल सकेगा!"

"नहीं चल सकेगा।"

"आँधी उठेगी, वह आँधी सरकार को उड़ा ले जाएगी, भगवान ने बताया है!"

"सही बात है।"

बीरसा को पता नहीं था कि उसको पहली बार पकड़ने जाकर जब पुलिस लौट आई, तब से ही ये सब बातें पंचायतों में चल रही थीं। 'भगवान ने कहा'—कहकर ये सब बातें जो लोग कहते थे, वे बहुतेरी लड़ाइयों के जानकार प्रवीण—अनेकानेक लड़ाइयों में आहत योद्धा थे। बीरसा को बिलकुल नहीं मालूम था यह कहना ठीक न होगा। कुछ-कुछ उसके कानों में भी पड़ा था, लेकिन जंगल में आँधी उठने पर सारे पेड़ों के पत्ते एक साथ मिलकर हवा-बतास में पड़कर चक्कर खाते उड़ते रहते

हैं। उस भँवर से शाल और पियासाल में अन्तर करना मुश्किल हो जाता है। मुण्डा लोगों के जीवन में जो आँधी उठी, उस आँधी में मुण्डा-जीवन की प्रवंचना की लाखों-हजारों बातें उड़ी थीं।

कौन-सी बीरसा की बात थी, कौन-सी सरदारों की, यह भेद करना मुश्किल हो गया था। और वक्त समझकर, पहर समझकर बात चलाकर आग भड़काने के काम में सरदार चतुर और जानकार थे। बीरसा तरुण था। और कहने को बीरसा की बातें भी बहुत थीं। उसे कभी बातें बनाने की जरूरत नहीं पड़ी।

यह सब पहले हो गया। उसके बाद बीरसा गिरफ्तार हुआ। अब अमूल्य बाबू खबर लाए, खूँटी और तामार के थानों पर अतिरिक्त कांस्टेबल तैनात हुए हैं। जगमोहनसिंह और कोचांग के पहरा देने के लिए, क्या होता है या नहीं होता है यह देखने के लिए, डिस्ट्रिक्ट रिजर्व फोर्स के चालीस सिपाही बनगाँव भेजे गए हैं।

रेवरेंड लास्टी के पहरे के लिए एक फौजी, डिटैचमेंट मुरहू भेजा गया है। राँची के डिप्टी-कमिश्नर ने फौज की एक कम्पनी माँगी थी। उन्हें डर था कि विक्षुब्ध मुण्डा सिंहभूम से कहीं और आगे भी आग फैलाएँगे!

राँची के कमिश्नर ने यह प्रस्ताव रद्द कर दिया था। कहा था : 'चालकाड़ और दूसरे गाँवों में पाँच महीने तक स्पेशल फोर्स रखने पर अशान्ति बढ़ेगी। गाँव बहुत बिखरे-बिखरे हैं। गाँव के रहनेवाले बहुत ही गरीब हैं। स्पेशल फोर्स को पालना उनके बस का नहीं है। फिर, किसी-न-किसी तरह का भी दबाव उन पर पड़ने से सर्वनाश हो सकता है।

फिर, मुण्डा लोगों का उद्‌देश्य और लक्ष्य विद्रोह है—इसमें कमिश्नर को सन्देह नहीं था। वे मुण्डा लोगों की समस्याओं और उत्तेजना की रोकथाम करना चाहते हैं। कुछ मुण्डा एक जगह जमा होंगे तो कोई बात होगी ही! बीरसा के अनुयायी सभाएँ बुलाना चाहेंगे। तराई पट्‌टी के मुखिया, सरजुम्डि के ठाकुर, और चारों ओर के जमींदारों से कह दिया गया था कि कोई कोल या मुण्डा सभा में न जाए, यह देखना उनका काम है। खरसवान के ठाकुर और सिंहभूम के डिप्टी-कमिश्नर को भी इसी प्रकार के निर्देश दे दिए गए थे।

अमूल्य बाबू ने और बताया, "बीरसा, जितनी बातें तुम्हें बताई हैं, उससे मेरी नौकरी चली जा सकती है, लेकिन तुम्हें बताना मेरा कर्तव्य है।"

"क्यों?"

"पता नहीं। ऐसा ही लगता है।"

"और कुछ मालूम हुआ?"

"छोटे लाट के पास सब खबरें चली गई हैं।"

"वह भी जानते हो?"

"हाँ, तुमको तो मालूम है, छोटे लाट ही सब-कुछ नहीं हैं।"

"क्या उनके ऊपर और भी हैं?"

"हाँ, बड़े लाट।"

"बड़े लाट सबके ऊपर हैं?"

"भारत में सबसे ऊपर।"

"वह क्या कहते हैं?"

"बड़े लाट, सेकण्ड लाट एल्गिन के निकट छोटे लाट लेफ्टिनेंट-गवर्नर की घबराहट को बहुत अयथार्थ, बहुत बेमतलब की, बहुत बढ़ाई-चढ़ाई मानते हैं।"

शिमला और दिल्ली बहुत दूर हैं—खूँटी, तामार, राँची से बहुत दूर! शिमला भारत की गरमियों के दिनों की राजधानी है। वहाँ लाट-प्रासाद के विशाल इन्द्रपुरी के समान महल में जितनी रोशनी होती है, मेज पर जितने खाने और तरह-तरह की शराब लगी रहती है, बागों में फूलों के लिए जितना आयोजन होता है, उसके खर्च से सारे मुण्डाओं को उनके गाँव लौटाए जा सकते हैं! वहाँ बैठने से जंगल अवास्तविक लगते हैं—काले, लगभग नंगे आदमी—उनकी भूख—उनकी घाटो का खाना—उनका नमक का सपना—उनकी बिना चिराग की पत्तों की झोंपड़ी! न, सेकण्ड लाट एल्गिन की समझ में यह नहीं आ रहा था कि एक बीस बरस के अधपगले मुण्डा युवक को लेकर छोटे लाट क्यों इतने चिन्तित हैं? नाम भी तो कैसा भोण्डा है! बीरसा मुण्डा! इस तरह के आदमी कहाँ रहते हैं? क्यों ये सारे बर्बर, असभ्य नाम सरकारी रिपोर्टों में स्थान पा जाते हैं? ऐसा क्यों होता है?

बीरसा ने अमूल्य बाबू से सब सुना। उसकी आँखों की दृष्टि गम्भीर हो उठी—स्वप्न गम्भीर।

बीरसा बोला, "और नहीं। और बातें मुझसे मत कहो।"

"क्यों बीरसा, क्यों?"

"तुम्हारी राह, तुम्हारा जीवन—मेरी राह, मेरे जीवन से अलग है?"

"पता है।"

"झटपट सोचूँगा, इस कमिश्नर के घमण्ड की बात पर।"

"पता नहीं।"

बीरसा कुछ सोचते-सोचते बोला, "जो सीखा है, सब भूल जाना होगा। मुझे मुण्डाओं से ज्यादा मुण्डा बनना पड़ेगा। तुम्हारी राह अलग है।"

अमूल्य बाबू निकल गए।

कमिश्नर ने जो चाहा था, वह नहीं हुआ। अगस्त में बीरसा को पकड़कर लाना हुआ था। केस शुरू होने में अक्तूबर समाप्त हो गया। अन्त में एक दिन मुण्डाओं को बता देना पड़ा कि उनके सामने ही बीरसा पर मुकदमा चलेगा। प्रमाणित हो जाएगा कि बीरसा कितना बड़ा धोखेबाज है! सिद्ध हो जाएगा कि बीरसा भगवान तो नहीं ही है—और तो और—असाधारण आदमी भी नहीं है। बीरसा एक अशिक्षित सामान्य मुण्डा है।

तामार के हेड-कांस्टेबल और कोचांग के बुड्ढे मुण्डा ने बीरसा और बीरसाइतों के नाम पर फौजदारी नालिश दाखिल की। बनगाँव में बैठकर मीअर्स ने उसकी जाँच की। उनकी जाँच के आधार पर ही आरोप की नींव रखी गई।

मीअर्स ने डिप्टी-कमिश्नर को बताया कि बीरसा का आन्दोलन और सरदारों का आन्दोलन एक और अभिन्न हैं। मुण्डा सरदार और आन्दोलनकर्ता बीरसा के आन्दोलन में साथ-साथ जुट गए हैं, इसमें कोई सन्देह नहीं है।

हेड-कांस्टेबल को लेकर जो घटना घटी, उससे कोचांग और दूसरी जगहों के मुण्डाओं का बहुत समर्थन बीरसा को मिल रहा था। सारे मुण्डा बीरसा के पक्ष में आ जमा हुए थे। कोचांग का बुड्ढा मुण्डा नहीं गया। परिणामस्वरूप उसे मार डालने की धमकी दी गई थी।

लिखते-लिखते मीअर्स ने सोचा : बुड्ढे मुण्डे ने कहा था : ''धानी मेरी ओर एकटक नजर से देखता है; मेरे ऊपर नजर रखता है। उससे सब डरते हैं, साहब। उसका कुचला-बाण बड़ा खतरनाक होता है।''

मीअर्स ने लिखा, 'देवकी पाण्डे और साव मुण्डारी कहते हैं कि बीरसा ने मुण्डाओं को भड़काया नहीं। सिर्फ यही कहा था कि बोङा-बोङी को मत पूजो; अच्छी तरह से रहो। मुझे लगता है कि कैथॅलिक और प्रोटेस्टेण्ट—दोनों तरह के मिशन के लोग जो कहते हैं वही ठीक है। बीरसा के यहाँ लौट आने से मुसीबत हो जाएगी। यहाँ हालत काबू में जरूर आ गई है, लेकिन मामूली-सी एक भी चिंगारी पाते ही दल-के-दल मुण्डा जाकर बीरसा का साथ देने लगेंगे।'

डिप्टी-कमिश्नर ने रिपोर्ट को सच मान लिया। जिन सब जुर्मों के आधार पर बीरसा की गिरफ्तारी का परवाना निकला था, उनमें एक को ही मुकदमे की बुनियाद के लिए चुना गया। एक बार सोचा, बीरसा और बीरसाइत लोगों ने जो दहशत फैलाई—ऐसा अभियोग भी जनसाधारण की ओर से लगाया जाए—इस आधार पर भी न्याय हो। उसके बाद सोचा गया, न—तब मुकदमा खड़ा नहीं रह सकेगा।

तब मुकदमे का स्थान राँची से हटाकर खूँटी ले जाना पड़ा। बीरसा का मुकदमा मुण्डा लोगों के सामने खूँटी में होगा। मुण्डा लोग बीरसा के धोखे में भूले हुए हैं। बीरसा उनका त्राता-पालक-ईश्वर है—इसी मोह में मुण्डा भरमा गए हैं। अब अत्यन्त सामान्य लोगों की तरह उस पर मुकदमा चलाकर जनसाधारण को दिखा दिया जाएगा कि बीरसा नगण्य, साधारण, लोभी, प्रवंचक मात्र है!

24 को मुकदमा होगा। 23 की रात को कर्नल गॉर्डन ने देखा : दूर-दूर, पहाड़ के किनारे-किनारे सटे हुए, नदी का किनारा पकड़कर, जंगल की राह कतार-की-कतार रोशनी का जुलूस आ रहा है। देखकर दारोगा से पूछा, ''वह क्या है?''

''हुजूर, मुण्डा आ रहे हैं।''

''मुण्डा!''

''हाँ हुजूर! कमिश्नर साहब ने तो यही कहा था। मुण्डा आएँ—बीरसा का मुकदमा देखें।''

''लेकिन इतने मुण्डा!''

''अभी सबको खबर नहीं मिली है, हुजूर। खबर पाकर इधर-उधर एक सौ मील से चले आएँगे।''

“इन्हें खबर कैसे मिली?”

“हमने यह बात, हुकुम के मुताबिक कुछ गाँवों के मुखियाओं को भेज दी थी। इनके यहाँ तो टेलीग्राफ लगा नहीं है, हुजूर। पहाड़ पर चढ़कर आग जला देते हैं; देखकर सबको मालूम हो जाता है।”

“आना होगा, यह कैसे बताते हैं?”

“उन्हें सब मालूम है। लिखना-पढ़ना नहीं जानते, जंगली हैं न! सो कभी तीन ढेरों में आग लगा देते हैं, कभी दो में, कभी चार में। देखते ही वे लोग समझ लेते हैं कि राँची जाएँगे, या तामार, या रोगोता।”

“इतने मुण्डा आ रहे हैं!”

“अभी क्या देख रहे हैं, हुजूर। कल देखेंगे कि कितने आते हैं। बीरसा को देख सकेंगे—यह जानकर सब आएँगे। जो आ रहे हैं वे दोनों ओर के पेड़ों की डालें तोड़ते-तोड़ते आ रहे हैं। पल-भर में दूसरे भी राह का पता जान लेंगे।”

“हथियार लेकर आ रहे हैं क्या?”

“हथियार तो उनके सदा के साथी हैं, हुजूर! जंगल जाते हैं, जंगल के बीच रहते हैं तो साथ में बलोया रहता है। उनकी औरतें भी बलोया चलाती हैं, हुजूर। धानी मुण्डा की बहन अब चाईबासा में भीख माँगती है। उस दफा उसके नाती को साँप ने काट लिया था—ऐसी ही शाम को। ओझा का घर दो जंगल के पार था। सो लड़के को पीठ पर बाँधकर, बुढ़िया बलोया हाथ में लेकर चली गई। हम वैसा नहीं कर सकते, हुजूर! बाघ-भालू का डर है—जिन्न कहिए—परी कहिए—जंगल में क्या नहीं है?”

कर्नल गॉर्डन ने इसे पागलपन समझा, “बड़ी मुसीबत हुई!”

“नहीं हुजूर! बीरसा को देखने आ रहे हैं, और तो कुछ नहीं।”

“उसे यहाँ न लाना ही ठीक रहता।”

“हमने वह बात कही थी, हुजूर। यों ही यह जात खून बहाकर मेहनत करना जानती है, बात नहीं करती। हम उनके आगे भात खाएँगे; वे घाटो खाएँगे। एक नन्हा लड़का भी मुट्ठी-भर भात की भीख न माँगेगा। लेकिन गुस्सा हो जाने पर... ।”

“गुस्सा होने पर क्या कुछ करते हैं?”

“तब मालिक को काट फेंकने से भी वे रुकेंगे नहीं। हम गोली चलाएँगे, दो-तीन लाशें गिरा देंगे—फिर भी वे बढ़ते ही रहेंगे। मुँह से कुछ नहीं कहेंगे, “बस बढ़ते ही जाएँगे। वह देखकर मुझे डर लगता है, हुजूर!”

“हथियार लेकर आ रहे हैं, अगर बिगड़ जाएँ तो?”

"नहीं, हुजूर! उनकी जमीन लेकर मैंने खेतीबारी की है। यहाँ जिन्दगी कट गई है; मैं उनके स्वभाव को जानता हूँ। मुण्डा का मुँह पत्थर-सा होता है। फाँसी चढ़ने पर भी मुण्डा रोता नहीं। वह चेहरा देखकर आप समझेंगे नहीं। हम बिलकुल समझ जाएँगे कि मुण्डा क्या सोच रहा है। मुझे मालूम है कि वे लोग इस वक्त अपने भगवान को देखने आ रहे हैं। जब से भगवान गिरफ्तार हुए हैं—मुण्डा जात पातक की दशा में है। पातक अवस्था में वे किसी को नहीं मारेंगे। मुझे पता है।"

"तुम उनको खूब समझते हो?"

"हाँ, हुजूर, थाने में जिन्दगी बीत गई। बाप यहाँ बाँह थमाकर गए थे; उसके बाद मैं काम में लगा। मुझे उनका पता न होगा? पहले वे लोग हमारे छठ पर, दशेरा पर, होली पर खूब आते थे। यह जगमोहनसिंह, सूरजसिंह—इनकी तरह के लोगों ने उनकी नींव खोदकर, बेगार लेकर, सूद के रुपयों के लिए बात-बात में उनके धान के खेतों में हाथी चलवाकर उन्हें बिगाड़ दिया।"

"पाजी हैं, इसीलिए बिगड़ गए।"

"नहीं, हुजूर! वैसे नहीं थे। होते तो, देखिए न यहाँ कितने ही थे, और इस अंचल में भले आदमी कितने कम हैं! मुण्डा पाजी होते तो दंगा-फसाद करने पर एक भी भला आदमी यहाँ टिक पाता?"

"फिर भी होशियार रहो।"

"हाँ, हुजूर।"

सवेरे देखा गया कि खूँटी के थाना-हवालात-अदालत को घेरकर सैकड़ों मुण्डा बैठे हैं। औरतें, बुड्ढे, लड़के, बच्चे, अन्धे-लूले—कोई बाकी नहीं है।

तीस मुण्डा मर्द आगे आए। सफेद धोती पहने थे। हाथ में कोई हथियार नहीं था। सिर ऊँचा किए हुए, अभिव्यक्ति-हीन भाव!

"अर्जी है।"

कर्नल गॉर्डन, डिप्टी-कमिश्नर, आगे आकर सामने खड़े हो गए। रूखे स्वर में बोले, "कैसी अर्जी?"

"हम धरती के आबा से मिलना चाहते हैं।"

"कौन धरती का आबा?"

"जिसको तुमने पकड़ रखा है।"

''क्यों मिलना चाहते हो?''

''पूजा करेंगे, फूल चढ़ाएँगे—हम बहुत-बहुत समय से अपवित्र हो रहे हैं। उसे देखेंगे।''

गॉर्डन ने देखा कि औरतों के हाथों में पत्ते के दोनों में फूल थे। तभी उन्हें लगा कि सामने एक बड़ी भारी दीवार खड़ी हो रही है। वे किसी तरह भी उस दीवार को फाँदकर उनके नजदीक नहीं पहुँच पा रहे हैं। दीवार ढहा देने की जरूरत है। मन-ही-मन कमिश्नर को गालियाँ दीं। बीरसा पर उनकी अन्ध-भक्ति, अचल विश्वास को तोड़ना पड़ेगा। लेकिन किस तरह?

उन्होंने हाथ उठाए। ''सुनो! अभी मुकदमा चल रहा है। कचहरी बन्द होने पर जब उसे हवालात ले जाएँगे, तब उसे देख लेना।''

''हम भगवान को देखेंगे।''

''भगवान नहीं, तुम्हारी तरह का ही मामूली आदमी है बीरसा। भगवान क्यों कहते हो? कहो, बीरसा को देखेंगे।''

तीस मुण्डाओं ने पीछे घूमकर देखा। एक सौ मुण्डा भीड़ से निकलकर आगे आए। बोले, ''साहब ने क्या कहा?''

''बीरसा भगवान नहीं है।''

''बीरसा भगवान नहीं है?''

''नहीं।''

भरमी मुण्डा को हमेशा सब लोग विपद्-आपद में बुला लेते। भरमी की आवाज बाजे की तरह थी। भरमी जोरों से बोला, ''फिर तो कहना।''

''बीरसा भगवान नहीं है।''

''कौन कहता है, वह भगवान नहीं है?''

''फिर उसका मुकदमा क्यों हो रहा है?''

''वह हम लोगों का गुरु भगवान है, सरदार! तुम्हें क्या पता साहब, वह कैद है—इसीलिए हम पातक में हैं। कोई तेल नहीं छूता, शिकार नहीं करता। औरत-आदमी हाथ नहीं पकड़ते। वह हम लोगों का भगवान है। हम लोगों के साथ जिएगा-मरेगा। कैसे कहते हो कि भगवान नहीं है? अरे धानी, तू बात क्यों नहीं करता? तू बता। तू सबसे अधिक बुड्ढा है। तू बता।''

''मैं और क्या कहूँ रे भरमी, साहब की बात कुछ समझ में नहीं आ रही है रे। मैं बेवकूफ मुण्डा हूँ, साहब! मैं पूछता हूँ, अगर मुकदमा करोगे तो तुम, सरकार, मुकदमा क्यों चलाते नहीं? उसे तीन महीने से हवालात में क्यों रख छोड़ा है?''

साहब ने आँखें मिचमिचाकर उनकी ओर देखा। उसके बाद दारोगा को बुलाया। बोले, ''उन्हें समझा दो।''

''कौन समझाएगा? वह भरत दारोगा! वह हमें क्या समझाएगा?''

जनता में मुक्त, उद्धत, व्यंग्य की हँसी सुनाई पड़ी। दारोगा ने गला साफ करते हुए कहा, ''तुम लोग घर चले जाओ। नहीं तो आराम से बैठो।''

''तुम बैठो।''

''नहीं तो घर जाओ। कचहरी तीन बजे उठेगी—तब मुलाकात होगी।''

''क्यों?''

''मुकदमा जो हो रहा है।''

''मुकदमा अभी-अभी खतम करो। हम भगवान को देखेंगे। नहीं तो मसीदास को जानते हो। वह बड़ा गुस्सेवर लड़का है।''

''मसीदास, तू उन्हें समझा।''

मसीदास बोला, ''मैं खुद ही नहीं समझा, मैं क्या समझाऊँ! देखो दारोगा, अगर भगवान को नहीं दिखाओगे, तो मैं बरदाश्त न कर पाऊँगा। मुझे तुम जानते हो!''

''ए! ए! नजदीक क्यों आ रहा है? मारेगा?''

''मारूँगा क्यों? मेरे हाथ में क्या है?''

''नजदीक क्यों आ रहा है, नशे में है?''

''नशे में तेरा बाप होगा! मैं मुण्डा हूँ, बीरसाइत बनकर शराब पीकर भगवान को देखने आऊँगा?''

''धानी, तू मसीदास को वापस बुला ले।''

''क्यों बुलाऊँ? अभी मुकदमा करो। मुकदमा कर हमारे भगवान को वापस करो। नहीं तो मेरा गला काट डालो। लो। काटो। मुण्डा को मारने के लिए तो तुम्हारा हाथ खूब उठता है न!''

''हुजूर, ये लोग बिगड़ गए हैं।''

मसीदास चिल्लाकर बोला, ''अरे, उस ओर चोर की तरह क्यों देख रहा है? जगमोहनसिंह को क्यों लाए हो? गवाही दिलाओगे? सरकारी गवाह बनाया है?''

धानी जमीन पर थूककर बोला, ''बाबू जगमोहनसिंह! बाबुओं को 'बाबू' न कहने से बाबू लोगों को कितना गुस्सा आता है! उस वक्त बाबू हाथी पर चढ़े रहते हैं और इतना लम्बा हाथी की सूँड़-सा चाबुक लेकर मुण्डाओं को कितना पीटते हैं! 'बाबू' बोल, मसीदास!''

मसीदास सचमुच गुस्सैल लड़का था। बोला, ''दिकू लोगों को मैं 'बाबू' नहीं कहता।''

पात्रा मुण्डा, भरमी मुण्डा चिल्लाकर बोले, ''मुकदमा नहीं होगा। मुकदमा बन्द करो।''

बहुत गड़बड़ शुरू हो गई। सारे मुण्डा चिल्लाने लगे थे—बोल रहे थे। भरमी बोला, ''मेरे साथ-साथ तुम सब लोग चिल्लाओ। भगवान को पता चल जाए कि हम आ गए हैं।''

भरमी आसमान फाड़कर चीख उठा, ''भगवा—न!''

मुण्डा चिल्लाए, ''भगवा—न!''

''हम लोग आ गए, धरती के आबा!''

''हम सब आ गए!''

''तुम्हारे हवालाती बनने के बाद से हम लोग शुद्ध, पवित्र नहीं रहे।''

''हम पर पातक है।''

''तुम्हारे आने पर ही हम स्नान करेंगे।''

''तुम्हारे आने पर ही!''

गॉर्डन घोड़ा दौड़ाकर कचहरी चले गए। मुकदमा बन्द हो गया। पुलिस का एक दल कोड़े लिए, हथकड़ियाँ लिए, आगे बढ़ आया। पुलिस का एक आदमी घोड़े पर बैठकर राँची की तरफ चला गया।

पुलिस के पास हथकड़ियाँ थीं। इधर-उधर देखकर पात्रा झपट पड़ा, ''मेरे हाथों में हथकड़ी पहना दो। मैं भगवान के साथ जेहल में रहूँगा।''

''मेरे हाथों में हथकड़ी लगाओ।''

पुलिस हथकड़ियाँ लगाने लगी। अपने को पकड़वाने के लिए काले-काले शरीरों में धक्कम-धक्का होने लगा। बीच-बीच में कोड़ों की आवाज भी सुनाई पड़ने लगी।

राँची से फौज आ गई। बीरसा को लेकर राँची ले जाया गया।

राँची में मुण्डारी जाननेवाले डिप्टी बाबू कालीकृष्ण मुकर्जी के इजलास में मुकदमा

हुआ। जो लोग गिरफ्तार हुए थे, सबका मुकदमा हुआ। कालीकृष्ण मुकर्जी ने सबको बेकसूर छोड़ दिया। फैसले में लिखा : "मुण्डा लोगों का गड़बड़ करने का कोई इरादा नहीं था। उनकी बातचीत डिप्टी-कमिश्नर समझे नहीं। सब अभियोग निराधार हैं।"

कमिश्नर ने डिप्टी-कमिश्नर की बदली कर दी, लेकिन डिप्टी-कमिश्नर ने जो इल्जाम लगाए थे, उन्हें रद्द नहीं किया। कालीकृष्ण मुकर्जी के फैसले को अपने अधिकार से खारिज कर दिया। मुण्डाओं को फिर गिरफ्तार कर लिया गया।

अब नए डिप्टी-कमिश्नर के इजलास में मुकदमा चला। फैसले में न्यायकर्ता ने कहा, "सरदार-आन्दोलन और बीरसा के आन्दोलन में मेल-जोल है। मुण्डा जनसाधारण विक्षुब्ध है; उस विक्षोभ को बीरसा ने भड़काया है। विक्षोभकारियों को मृत्युदण्ड ही देना आवश्यक था। ऐसा करने पर वे पाखण्डी, अपने को ईश्वर बतानेवाले, हृदयहीन भोले लोगों को भड़कानेवाले बीरसा का अनुसरण न करते। बहुत दुःख की बात है कि वह दण्ड नहीं दिया जा रहा है। बीरसा भड़कानेवाला है, आन्दोलन का प्रवर्त्तक है। उसने मुण्डाओं के मन में अंग्रेज सरकार के प्रति अश्रद्धा पैदा कर दी है। परिणामस्वरूप आज हाट-बाजार में मुण्डा लोग कहते फिरते हैं कि सरकार खतम हो गई! अब मुण्डा लोगों को विद्रोह के लिए भड़काने के लिए सबसे अधिक जो सजा कानून के मुताबिक दी जा सकती है, वही दी जाए।"

साल 1895 की 19वीं नवम्बर को बीरसा को दो वर्ष का बामुशक्कत कारादण्ड दिया गया। दूसरे मुण्डाओं को बीस-बीस रुपए जुरमाना। न देने पर तीन महीने के कड़े कारावास का हुक्म हुआ।

बीरसा से अपने पक्ष का समर्थन करने को कहा गया। बीरसा ने सिर हिलाया।

फैसला सुनकर भरमी बोला, "यह क्या हुआ, भगवान?"

बीरसा बोला, "दो बरस का समय क्या अनन्तकाल होता है, भरमी?"

"सरकार बहुत जुलुम करेगी।"

"करने दो। कब नहीं करती थी?"

फिर मुण्डा लोग दल-के-दल किरस्तान बनने गए। धानी बोला, "क्यों न बनें? दो बरस तो जिन्दा रहें। उसके बाद देखा जाएगा।

फिर भी बहुतेरे नहीं गए। हफमैन ने सिर हिलाया। चर्च का दरवाजा हमेशा खुला रहता है। साहब लोग शरण में आए तो लौटाते नहीं।

बपतिस्मा का पवित्र जल छिड़कते-छिड़कते पलुस प्रचारक बोला, "बापू, सब क्यों आ रहे हो? फिर तो जाकर भगवान के चेले बनोगे!"

जानकी मुण्डानी डाँटकर बोली, "उससे तुझे क्या है रे, पलुस? तू नौकर है, जल छिड़कने को कहा है, छिड़क। इतनी बात किसलिए?"

"जल कहाँ छिड़कूँ? सर उघाड़े तो गिरजे में आए हो, बदन से धूल लिपटी पड़ी है।"

"किसी मुण्डा के घर में तेल नहीं है।"

"जंगल में कुसुम बीज नहीं हैं क्या?"

"हैं। मैं तेल बनाना भूल गई हूँ।"

पलुस ने सिर हिलाया। बोला, "तुम लोग बहुत चालाक हो। बीरसा हवालात में है, इसीलिए गमी में हो।"

"धत् तेरे की! तू छिड़क रहा था, पानी छिड़क न!"

"साली नहीं आई?"

"नहीं।"

"क्यों?"

"तुझे क्यों बताऊँ, क्यों नहीं आई? जा, जाकर पता लगा।"

"ले, जल ले।"

साली के बारे में पलुस प्रचारक ने जानना चाहा था। साली क्रिस्तान होने नहीं गई। अब जाड़ा था। जंगल में पत्ते झड़ रहे हैं तो झड़ ही रहे हैं। दिन-भर झरझर-सरसर की आवाज सुनाई पड़ती है। जंगल में जंगली बेर पक गए हैं। बेर, पके

आँवलों, करंजा खाने के लिए भालू आते हैं, हिरन आते हैं। जान हथेली पर लेकर साली बेर बटोरती थी। टोकरी-भर बेर जमा कर ले तो उन्हें खाकर दो दिन चल जाते हैं।

भरत दारोगा थोड़ी दूर पर बैठे थे। साली पर नजर रखे वह आज कई दिनों से साथ-साथ फिर रहा है। साली पर नजर रखने से धानी का पता मिल सकता है। राँची से भागकर धानी साली के घर में ही ठहरा था। जेल काट रहा था। कैदियों से पत्थर काटकर सड़क बनाने का काम कराने जेल का दारोगा उसे ले गया था। धानी वहाँ से फरार हो गया।

भरत बोला, ''धानी को पकड़ा देने पर तुझे बीस-पच्चीस रुपए मिलते रे। गलती कर बैठी।''

साली तनकर खड़ी हो गई। पेट में बच्चे का भार, शरीर थका हुआ, अवसन्न! थकी आवाज में बोली, ''कितनी बार बताया कौन, क्या, मुझे कुछ नहीं पता! मुझे क्या पता कि वह बीरसाइत हो गया। बूढ़ा आदमी! पानी माँगा, पानी दे दिया। ढेर-सा। बकरियों से घिरे मचान पर लेटा रहा। बिहान में भाग गया। सो बाद में सुना कि बूढ़ा बीरसाइत था। पता होता तो घर में घुसने देतीं? पच्चीस रुपए तो क्या, इस वक्त तो पच्चीस खोटे पैसे मिल जाते तो भी बहुत थे। धानी मिले तो मैं उसके पैर तोड़ दूँगी। तुम्हें तो बाद में खबर दूँगी।''

''बीरसाइतों पर गुस्सा क्यों है रे, तेरा मरद डोन्का भी तो बीरसाइत बन गया।''

''होगा नहीं? धान बेचकर तमाम बीरसाइतों को खिला दिया। साफ कपड़ा चाहिए—बदन में लगाने को हल्दी चाहिए, बड़े बहाने हैं! और देखो तो, एक मेरी गोद में है और एक पेट में। तू बूढ़ा होकर जेहल चला गया। अब मेरी हालत क्या है? तुम लोगों ने भी कहाँ माना? मेरा धान का कोठा तोड़कर बराबर कर दिया। बताओ तो मेरा क्या कसूर है?''

''उसे ठीक से क्यों नहीं रख सकी?''

''रखने से वह सुनता था! मुण्डा आदमी कैसे जिद्दी होते हैं, पता नहीं है? कहा कि भगवान तुझे सब देंगे। यही सब दिया भगवान ने! टोकरी दे दी है, झरबेरी इकट्ठा करती हूँ। बलोया दिया है, भालू खदेड़ती हूँ।''

''तेरा शरीर क्या-से-क्या हो गया! तुझ-सा रूप किसका था, बता तो।''

''तकदीर फूट गई तो शरीर रहता?''

''वही तो कह रहा हूँ।''

''भाग फूटे न होते तो बाप डोन्का को मुखिया देखकर ब्याह करता? वह था

बूढ़ा, मैं उसकी नातिन की तरह थी, है न?''

''तुझसे क्या बीरसा ने ब्याह करने को कहा था?''

''नहीं जी, नहीं! वह शंकरा गाँव की परमी है न। धुराई मुण्डा की बहन। धुराई बड़ा बीरसाइत हो गया था। बीरसा ने कहा था—बहन का ब्याह कर दे। ब्याह यों ही नाम का रहेगा। वे पति-पत्नी नहीं होंगे। दोनों भगवान का काम करेंगे।''

''अरे! परमी तो कनू के साथ घूमती-फिरती है!''

''किस कनू की बात कह रहे हो?''

''बीरसा का भाई कनू है न? यह वही कनू पहान है। कनू और परमी हमेशा साथ-साथ घूमते हैं।''

''कनू ने परमी को कब से मन में बैठाया था! जब जरा-सी थी, तभी कहती थी मैं कनू से शादी करूँगी।''

''बीरसा ने सब जान-बूझकर उस लड़की को चाहा था?''

''तुम नहीं समझोगे! बीरसा ने कहा : धुराई, तेरी बेटी से ब्याह कर सकता हूँ अगर तेरी बहन मुझे पति न समझे। मेरा काम करे।'

''ओह, कहाँ हमारे सेठ-महाजन! भिखारी मुण्डा। उसकी जबान पर बड़ी-बड़ी बातें रहती हैं।''

''मैं भी तो यही कहती हूँ, दारोगा! तू भिखारी, तू मुण्डा, तेरी जबान पर बड़ी-बड़ी बातें क्यों रहती हैं?''

''लड़की ने क्या कहा?''

''कह दिया, जा, जा, मैं कनू को बिना सबब नहीं चाहती। कनू मेरे मन का आदमी है।''

''यह कहा?''

भरत दारोगा ने बार-बार सिर हिलाया। बोला, ''तुम लोग अच्छी बात तो सुनोगे नहीं। देखो, मुण्डा लोगों की मौत किसलिए लिखी रहती है?''

''किसलिए? मैं कह रही हूँ परमी-कनू-बीरसा की शादी की बात। इसमें मरने की बात कहाँ से आई?''

''बाबा, पेड़ में फल की बात होती है। फल में पेड़ की बात होती है, मुझे कहने देगी न!''

''कहो, दारोगा तुम! ब्बाप रे! कितनी सामर्थ्य है तुम्हारी! तुम्हारे मुँह से बातें सुनने में भी फायदा है।''

''सुन—मुण्डाओं की मौत कैसे है! आदमी हट्टे-कट्टे, नरम बात न तो

समझते हैं, न कहते हैं। आज कहते हैं—लगान नहीं देंगे; कल कहते हैं—बेगार नहीं करेंगे; परसों कहते हैं—महाजन को नहीं मानते। ऐसा शोरगुल हाथी को शोभा देता है, कहीं चींटी को भी सजता है?''

साली ने सिर हिलाया। यह उसके मन की-सी बात थी। बोली, ''मुण्डा मरद ऐसे ही हैं। बात है न कि जैसे बेर का काँटा!''

''सो देख, आदमी हुआ शिव का अंश। वे बिगड़-बिगड़ा भी सकते हैं। मैं खुद औरत की खूब पिटाई करता हूँ। लेकिन औरत एक बात नहीं कहती। मुण्डा औरतें भी कैसी होती हैं! यही जो तूने बात कही? यह क्या लड़के-लड़कियों की बातें हैं? इससे शादी करेंगे, इसे मन में बैठा लिया है, वह पसन्द नहीं है—तुम लोगों में लाज-शरम नहीं है? कपड़े पहनोगी ऊँचे करके—चलोगी लड़कों की तरह—लड़की-लड़के जब औरत-मरद हो जाते हैं, तो जात की मौत होती है।''

''ठीक कह रहे हो।''

''हाँ रे, तू जो जंगल-जंगल फिरती हैं, तेरा लड़का कहाँ रहता है? किसके पास?''

''माँ के पास रख आती हूँ।''

''सारा दिन?''

''कहाँ रखूँ? साथ में लेकर जंगल-जंगल घूमूँ? मुझ तो किसी दिन बाघ खा जाएगा। उसे भी मरने ले जाऊँ?''

''इस्स! तुझे बड़ी तकलीफ है। ओहो, तेरे घर में धान का कोठा था, देखा तो था।''

''स—ब चला गया।''

''जाएगा नहीं? बीरसाइत क्यों बनी?''

''मैं?''

साली गुस्से से आग हो गई। बोली, ''मैं बीरसाइत बनूँगी? मेरे सोने के संसार में बीरसा ने आग लगा दी। मेरा मरद तो बुद्धू है...वह जाकर बीरसा के नाम पर नाच उठा। कहाँ से अकाल के कीड़े-मकोड़ों की तरह तमाम मुण्डाओं को पकड़-पकड़कर लाता। कहता : साली, यह सब बीरसाइत है। ले भात राँध, सब खाएँगे!''

''कह क्या रही है?''

''और क्या कहूँ? मेरा धान का कोठा था। अकाल में, दुर्भिक्ष में, सूखे में मैंने मुण्डाओं को बहुत-सा धान दिया। करम-परब नाच में सारी औरतें मेरे घर आएँगी। मैं सबके सिर में दूँगी कंघी-तेल, हाथों में दूँगी लाख की चूड़ियाँ। किसी

दिन घाटो नहीं खाया, जंगल की राह नहीं गई, फटा कपड़ा नहीं पहना, रूखे बालों नहीं रही।''

''और आज?''

''आज सारी मुसीबतें हैं उस बीरसा के होते। उसी बीरसा के कारण मुण्डा लोगों को बड़े कष्ट पहुँचे हैं।''

''तुम लोगों का भगवान है! धरती का आबा! उसे बीरसा कहती है?''

''सुगाना का बेटा बीरसा भगवान! तब तो चींटी भी हाथी है; बुरुडीह भी राँची शहर है!''

साली ने बेरों की टोकरी उठाकर बुरुडीह का रास्ता लिया। भरत ने सोचा, दिन पूरे होने को हैं—फिर भी कैसी झूमती हुई चलती है, बदन की गठन कैसी भरी-भरी है! क्या कोई मन से थाने में सब-कुछ कह सकता है? मुण्डा औरतें तो काली आग होती हैं—देखकर भी शरीर का खून जल उठता है। लेकिन बड़ी भोंडी और बदजात होती हैं, औरतों का हाथ थाम लो तो बलोया से कन्धे से सिर उतार लेंगी!

भरत ने पीछे-पीछे चलते हुए कहा, ''ओ साली! एक बात सुन।''

''बोल न!''

''आज की रात अपने गोठ में ठहरने देगी?''

''क्यों?''

''इतनी रात को वापस जाऊँगा? डर लगता है।''

''ठहरने दूँगी।''

कुछ देर तक दोनों चलते रहे।

सहसा साली ने हाथ से टोकरी उतारी। पेट को हथेली से पकड़कर बैठ गई।

''क्या हुआ रे, साली?''

साली चित होकर लेट गई। बोली, ''पेट में दरद उठा है जी, दारोगा। शायद कुछ हो जाए।''

''कह क्या रही है?''

''तुम जाओ, तुम जाओ।''

''तुझे छोड़कर लौट जाऊँ?''

''ऐसे वक्त में मरद-बच्चा पास नहीं रहता, रहता ही नहीं। तुम्हारे घर में औरत नहीं है? तुम्हें नहीं मालूम?''

''तू अकेली है न!''

''सुनो दारोगा, व—ह गाँव दिखाई दे रहा है। तुम जाकर मानी पहानी को बुला दो। और कोई न सुने, पहानी को ही बुलाना।''

''तू अकेली रहेगी?''

''पहानी दवाई लाएगी, ठीक करेगी, बच्चा होने पर छुट्टी दे देगी। एक बात और है।''

''क्या?''

''बुरुडीह में मत रहना। बुरुडीह में कोई आदमी नहीं है। बीरसा के कारण पुलिस ने आकर सबको भगा दिया है। जो है, वे जानवर हो गए हैं। पुलिस के नाम से चिढ़े हुए हैं। रात-ब-रात गाँव लूटते हैं, पुलिस को मारते हैं। तुम्हारे रहने पर तुम्हें तो मारेंगे ही, मुझे भी मारेंगे।''

''कह क्या रही है? मारेंगे?''

''हाँ जी! देखो, अभी भी आसमान में लाली है, उजाला मरा नहीं है। लातू गाँव में चले जाओ। वहाँ कोई डर-भय की बात नहीं है।''

भागता-भागता भरत दारोगा चला गया।

उसके चले जाने के बाद बदन से, बालों से, कपड़ों से धूल झाड़कर साली उठ बैठी। पेट का कपड़ा खोलकर एक बोझ तीरों के फल का जमीन पर रखा। तेज इस्पात के लोहे के फल, कुचला के काले विष से, इस्पात की सुई से नुकीले और मुण्डा युवतियों के समान काले-काले। मुण्डा-युवतियों की ही तरह लोभनीय और उद्धत!

बेरियों की टोकरी जमीन पर उलट दी। उसके बाद टोकरी में तीरों के फल रखकर उस पर बेरियाँ रख दीं। उसके बाद बेरियाँ खाने लगी।

मानी पहानी भागी-भागी आई।

साली बोली, ''इतनी देर करके? मुझे दरद हो रहा था, पता नहीं?''

''दरद तो हुआ। लड़का कहाँ है?''

''उस टोकरी में?''

''तू कहाँ जा रही है?''

''और तीर लेने।''

''फिर जाएगी?''

''जाऊँगी नहीं? कल भी तो भरत आएगा। उसे पेट दिखाना पड़ेगा न? वह

पीछा छोड़ेगा?''

''क्यों पीछे पड़ा है, बता तो?''

''और क्यों? जो भागे हैं, उन्हें औरतें भात और पानी देंगी, रखेंगी, यह तो जानता है। उसे आशा है, पीछे-पीछे फिरने से उनका पता मिल जाएगा।''

''इस अँधेरे में फिर जाएगी?''

''धानी बैठा रहेगा।''

''तो जा।''

''भरत चला गया?''

''हाँ।''

''बहुत डर गया है?''

''मैंने उसे डरा दिया है। कहा है, अकाल में सब पागल हो रहे हैं। दारोगा को देखकर जरूर मारेंगे। हम कई लड़के-लड़कियाँ हैं। तुम्हें घर में ठहरने दिया है, यह जानकर मुझे भी मारेंगे। सो डरकर भाग खड़ा हुआ।''

''भागे। लातू गाँव में उसे कोई ठहरने न देगा। अँधेरे में भागे, कायर।''

''राह में बाघ खा जाएगा।''

''बाघ दारोगा को खाता है? दारोगा से सब डरते हैं। वन के पशुओं को जान का डर नहीं है?''

''और तुझे जान का डर नहीं है? इस अँधेरे में फिर जाएगी, फिर आएगी? बीरसा के लिए तुझे इतना..।''

''चुप रह।''

''तू मुझे बता, साली। यह घोर अँधेरा, किसी को किसी का चेहरा दिखाई नहीं देता, तू मुझे बता? मैं तो बूढ़ी हूँ, मरे गाछ के तने-सा शरीर, मेरे पेट की बात पेट में रहती है, कौए को भी पता नहीं चलता।''

''क्या बताऊँ?''

''बीरसा को भगवान समझकर ही यह कर रही है? वह चंचल लड़का, तू जवान लड़की...।''

''चुप रहो।''

साली ने डाँटा। बोली, ''ऐसी बात किसी को सोचना भी नहीं चाहिए, मुझे भी नहीं। सोचने से भी पाप होता है।''

''कैसे? भगवान के लिए सब अच्छा है। पूछती हूँ, यह गुलान मुझे अच्छा नहीं लगता।''

''क्या?''

"नाच-गाना, महुआ-ताड़ी, फूलों से सजकर आदमियों से प्यार करना—सब रोक दिया है।"

"पुरानी राह न छोड़ने से नई राह कैसे पकड़ेगी? इस फागुन में भी शाल फूल की गन्ध से मन मतवाला हो जाता था। बन में कितने फूल हैं रे, मानी। एक नहीं छूती। बालों में नहीं लगाती। करम के दिन भी बन में नहीं नाचती।"

"यह बड़ी मुश्किल है। मेरे पैरों में बल नहीं है। फिर भी नाचने को कोई कहे तो खूब नाचूँगी।"

"तुम बूढ़ी हो तो जवान कौन है?"

मानी हँसी, टोकरी सिर पर उठाई और गर्व के साथ बोली, "जब तक पहान था तब उसे लकड़ी नहीं काटने दी। अब भी कुल्हाड़ी से पूरा पेड़ काटकर गिरा सकती हूँ। तू नहीं कर सकेगी।"

"अब नहीं मानी, अँधेरा हो गया।"

"तू जाएगी नहीं।"

"जा तो रही हूँ।"

हवा की तेजी की तरह, तीर जैसे हवा के साथ फर्राटे से जाता है, उसी तरह अचानक उड़कर साली अँधेरे के कलेजे में गायब हो गई। अन्धे जंगल की आत्मा की भाँति सहज ही भाग चली। यह जंगल, यह रास्ता, सब उसका पहचाना हुआ था—अपने शरीर की भाँति ही जाना-पहचाना! जंगल के हृदय में निर्जन छोटे-से कुण्ड में जिस समय वह स्नान करती, तब स्नान करने के पहले अपने नग्न शरीर की छाया जल में देख लेती। उसी निश्चल प्रतिबिम्ब की प्रत्येक रेखा और उभार, ऊँचे-नीचे मोड़ और गोलाइयाँ उसकी पहचानी हुई थीं, और उसी तरह परिचित था यह जंगल। राह छोड़कर जंगल की गहराई में घुसी। पहाड़ का ढाल पकड़कर उतरी। ढाल के नीचे नदी की ओर—आजकल जिसका कलेजा सूखा हुआ था। केवल क्षीण रुपहली जल की एक धार रह गई थी। नदी के किनारे-किनारे पहाड़ के ढाल में गुफाएँ थीं। गुफाओं में काँटों के ढेर को हटाकर वह घुस गई।

"कौन है, साली?"

"हाँ, बहुत तकलीफ से आई हूँ। भरत ने पीछा किया था। बिलकुल छोड़ना ही नहीं चाहता था। चकमा देकर आ पाई हूँ। इस साले को मैं किसी दिन बलोया

खुभा दूँगी।''

''भुला-भुलूकर यहीं ले आना।''

''न-न। दारोगा को मारने से गाँव-का-गाँव जला देंगे!''

''यह भी सच है।''

''तीर के फल?''

''ये रहे।'

''दे। बाँधकर रखे हैं न?''

''हाँ।''

धानी के हाथ में बलोया सुन्दर लगता था। बलोया और चकमक पत्थर हो तो धानी को किसी चीज की जरूरत नहीं रहती। बरसात में धानी जंगल की झाड़ियाँ काटते-काटते घुस जाएगा। बलोया से पेड़ की डाल नुकीली कर उसी को फेंककर सूअर या हिरन को मार गिराएगा। उस बार मुलकी लड़ाई में जोतदार का घर-खलिहान-कोठे जलाकर वह जब जंगल की ओर भाग रहा था, तब बलोया से डाल-पत्ते काटकर पेड़ की फुनगी पर एक सुन्दर-सा मचान बना लिया था। बहुत दिनों तक वहीं टिका रहा।

बलोया से डाल काटकर तीर के फल के आकार में काटकर उसने सुन्दर फल बनाया था। वह उसने साली को दिया।

साली बोली, ''आज क्या खाया?''

''एक खरहा मारा था। खाएगी? थोड़ा ले जाएगी?''

''न। हमारे आँगन में ही घूमता रहता है, फन्दा डालकर पकड़ लेती हूँ।''

''घर जा।''

''हाँ, जा रही हूँ। लड़का है।''

''कल नमक ले आना।''

''ले आऊँगी।''

''हँसू ले आना।''

''ले आऊँगी।''

''अँधेरा हो गया है।''

''भगवान का नाम लेती चली जाऊँगी।''

अन्धकार में मिलकर साली लौट चली। अब अँधेरे में नहीं डरती। किसी भी चीज से नहीं डरती। पहले डरती थी। अब यही लगता—ये दिन भी दिन नहीं हैं; अब जो हो रहा है, जिस तरह दिन कट रहे हैं, सब मिट जाएगा! सत्य रहेगा केवल बीरसा के लौट आने का दिन। बीरसा के आने से सब बदल जाएगा!

बहुत दिनों से उसका मन जैसे अन्धकार से भरा रहा था। छुटपन से साली सुनती आई थी कि वह बहुत सुन्दरी है। उसका ब्याह होगा, देखने लायक जमाई आएगा। लेकिन डोन्का के साथ ब्याह होने से मन में सुख नहीं रहा। उस बीच डोन्का की दो पत्नियाँ मर चुकी थीं। डोन्का एक पट्टी का मुखिया था। डोन्का की पट्टी में ग्यारह गाँव थे।

गाँव भी ऐसे ही थे—जंगल के गाँव! किसी में दस घर थे, किसी में बीस। जो लोग रहते थे उनकी हालत भी यों ही थी। घाटो मिलता तो नमक न जुटता। फिर भी डोन्का की हालत उन सबसे अच्छी ही थी। उसकी उम्र काफी थी। फिर भी सब ले-देकर वह साली को घर ले आया। साली के बाप से कहा, "मैं कब तक जिऊँगा? सभी कुछ तुम्हारी लड़की को मिलेगा।"

साली के बाप-माँ तभी से इस गाँव में उठ आए। बाप एक दिन मर गया। साली के मन में सुख नहीं था। ब्याह का कोई सुख न मिला। लेकिन पेट के लिए भात, पहनने को कपड़ा, सिर के लिए तेल का सहारा बड़ा सहारा था। बूढ़े वर का दुःख साली भूल गई।

धीरे-धीरे वह सुख भी चला गया। डोन्का एक दिन सफेद कपड़े पहन, सिर पर हल्दी मलकर घर आया। साथ में चार मुण्डा और थे। बोला, "इनके लिए भात राँध दे।"

"'क्यों!"

"ये बीरसाइत हैं। मैं बीरसाइत बन गया हूँ। बीरसाइत-बीरसाइत भाई होते हैं। अपने भाइयों को मैं भात दूँगा।"

बीरसाइतों को खिलाने में, देने-दिलाने में, धान का ढेर छोटा होने लगा। जब-तब आदमी आने लगे। उनकी बातचीत छिपकर चलती। इसीलिए साली को और लड़के को रहने के लिए डोन्का ने दूसरे घर में भेज दिया। साली के मन में आग लग गई। डोन्का की यह कैसी सत्यानासी अकल हो गई? पूजा-त्योहार पर वह मुण्डा प्रजा लोगों की प्रणामी—चावल-मुर्गी—लौटा देता; खेती-बारी उठा दी। तब उसने गालियाँ देना शुरू किया—अपने बाप को, डोन्का को, भाग्य को। अन्त में एक दिन डोन्का भाग खड़ा हुआ। बोला, "भगवान के काम से चला, रे।"

बीरसा के पास जाकर डोन्का बैठा रहा। हिरनों का झुण्ड आकर साली की अरबी खाता। खेत-खलिहान नष्ट हो गए। गुस्से से जलते-जलते साली बीरसा के पास गई। मुखिया की बहू थी। इसीलिए बालों में तेल लगाए, जूड़ा बाँधकर, जूड़े में फूल खोंसकर, साफ कपड़े पहनकर गई। मन की आग उसकी चाल-ढाल से फूटी पड़ रही थी।

बीरसा बोला, "तुम डोन्का को गाली मत देना। वह मेरा काम करता है।"

"हाय रे तुम्हारा काम! सब उड़ा डाला। लड़के को देखता नहीं, सारा नास कर दिया। गाली न दूँ?"

बीरसा आँगन में उतर आया। उसके सिर पर हाथ रखा। उसका चिबुक पकड़कर उसके चेहरे की ओर ताका। पता नहीं कौन-सा मन्त्र धीरे से कहने लगा। उसकी आँखों में गहरी पीड़ा थी। उसकी उँगलियों में मानो किसी देव का स्पर्श था। साली को लगा कि उसके क्षुब्ध, क्रुद्ध, उदास मन को जुड़ाकर वर्षा की पुरवैया बह रही है!

साली ने पूछा, "क्या देख रहे हो?"

"तुम्हें।"

"मुझे?"

"हाँ।"

बीरसा बोला, "डोन्का से मेरे बहुत-से काम होंगे। तुमसे और भी ज्यादा काम होंगे।"

"मुझसे।"

"हाँ।"

"मैं कौन हूँ, बताओ तो?"

"तुम साली हो।"

"लड़के-बच्चों के होने पर लड़ाई का काम होता है?"

"होता है। मैं तुम्हें सिखला दूँगा।"

साली आश्चर्य से सिर झुकाकर घर लौट आई थी। डोन्का से बोली थी, "तू तो मुखिया है। और क्या मिलेगा जिससे उसके पास गया था?"

डोन्का खिन्न हँसी हँसकर बोला, "उसे देखकर, उसकी बातें सुनकर लगता है कि मेरी छाती में बाढ़ आ गई है साली, जैसे पहाड़ टूटता है। उसके पास जाकर ही मुझे पता चला कि मुण्डा होने में कितना गर्व है!"

साली ने तब समझा कि डोन्का क्यों बीरसा का भक्त बन गया था। मुण्डा माने जंगली, असभ्य। मुण्डा लोगों का जीवन दिकू लोगों के लिए है। दिकू लोगों के खलिहान में धान-सरसों-ईख आएगी, दिकू आकर जंगल हासिल कर जमीन पर दखल करेंगे, बोङा-बोङी का थान, बलि की जगह—आदि गाँव का, सबका चिह्न तक मिटाकर वहाँ दिकू लोग अपने देवी-देवताओं के स्थान बनाएँगे। मुण्डा लोगों के जीवन में वह और ही है! मुण्डा क्योंकर मुण्डा कहलाकर गर्व करेंगे? किस तरह अपना आत्म-विश्वास अटूट रखेंगे?

न, बीरसा किसी मुण्डा के घाटो के बदले भात, बेगार के बदले आजादी जेल-कचहरी से छुटकारा, खेती की जमीन—रहने को घर—जंगल का अधिकार नहीं दे सका।

लेकिन डोन्का का कलेजा साहस और गर्व से भर सका।

साली ने गहरी साँस ली। बोली, "मैं भी कुसुम के फूल से कपड़े पीले रँग लूँगी। पति-पत्नी जिस तरह रहते हैं, वैसे नहीं रहूँगी। मैं भी जाकर चालकाड़ से उसकी बातें सुन आऊँगी।"

"जाएगी?"

"नहीं तो क्या तू ही अकेला जाएगा? तू बूढ़ा है, तुझे रतौंधी उतरी है, रात में तुझे दिखाई भी देता है?"

साली ने सब-कुछ किया। बीरसा के लिए बहुत काम करके उसने बीरसा की आँखों में प्रशंसा का भाव देखने को सब-कुछ किया। उसके बाद धानी जब तीरों के फल बाँट रहा था तो बीरसा पकड़ा गया। डोन्का भी जेल ले जाया गया।

साली ने गाँव-गाँव में पुलिस की नृशंसता देखी। देश में अकाल तो था ही। दूर-दूर तक तपन से जंगल के पत्ते तक नहीं रहे थे। मुण्डा लोग फिर दल-के-दल किरस्तान होने चले गए।

देखा कि अब बीरसा के दुश्मन कह रहे थे, "मुण्डा लोगों, बीरसा के पापों से ही सब-कुछ जल-झुलस गया!'

मुण्डा कहते, "तब?"

"तब क्या! सारे बोङा-बोङी छोड़कर अकेले बीरसा को भगवान मानकर पूजने से देवता गुस्सा नहीं हो जाएँगे?"

“फिर?”

“जाकर पूजा दो। पानी नहीं है। खेती नहीं। किस बोङा-बोङी के पाप से सब हो रहा है, पहान बता देगा।”

“उसके बाद?”

“उसी बोङा-बोङी को सन्तुष्ट करो। जाओ।”

फिर सिंबोङा के थान पर बलि में मुर्गी कटी। फिर पहान ने रक्त से भरा मिट्टी का प्याला लेकर, अँधेरे में भागकर—सूखे कुएँ, नदी के सूखे गढ़े में छोड़ दिया। फिर सुखी डाइन ने आकर झाड़-फूँक के तन्त्र-मन्त्र शुरू किए।

यह सब देखकर साली को बड़ी रुलाई आई। ऐसा रोना तब आया था जब उसके बाप ने डोन्का के साथ उसका ब्याह किया था। लगा था कि वह मर चली है।

जंगल जल गए थे। हिरन गाँव में आकर कोठे तोड़कर धान खा जाते थे। घर के अन्दर लकड़ी के खम्भों से एक जगह और घेर ली गई थी। वहाँ माँ अपने नन्हे बच्चे को लेकर सोती। साली घर के बाहर हाथ के नीचे बलोया रखकर सोती। चरचराकर खम्भा टूटने की आवाज मिलते ही बलोया मारेगी या बरछी चला देगी।

एक दिन रात को पैरों की आवाज आई। साली समझी कि बाहर कोई आदमी आया है। उसने बरछी उठा ली। धीमी आवाज में पूछा, “कौन?”

“धानी रे, धानी मुण्डा।”

साली ने दरवाजा खोला। धानी अन्दर आया। बोला, “जेहल से भाग आया हूँ।”

“तू अकेले?”

“हाँ।”

“यहाँ आया?”

“कहाँ जाऊँ?”

“तेरे पीछे पुलिस आएगी?”

“एक दिन का मौका तो देगी!”

दूसरे दिन रात होने पर साली धानी को गुफा में ले गई। बोली, “किसी को सुराग नहीं है। दिन में साफ कर गई थी। सामने ओट डाल दी है। तू यहाँ रह। बाद में आऊँगी। न आने पर समझ लेना कि गाँव में पुलिस आई है, इसलिए नहीं आई। भूख लगने पर यह मकई का सत्तू खा लेना; चकमक और पानी का घड़ा रखा है।”

तभी से धानी यहाँ है। धानी को यहाँ पहुँचाकर तब साली को लगा—नहीं, सब ठीक है। धानी ने कहा है कि बीरसा दो बरस बाद लौटेगा। जब तक न लौटे तब तक मुण्डा लोगों को बताना होगा कि सब ठीक है।

हृदय में साहस लेकर साली लौट गई। फिर जीवन स्वाभाविक लगा। लगा कि सब ठीक है। पुलिस धानी की तलाश में उसके धान का कोठा तोड़ गई। साली माँ से बोली, "रो क्यों रही है? जिन्दगी में धान मड़ाई कर तेरे आँगन में रहे? मेरे बूढ़े के घर में ही तो मड़ाई देखी?"

"अब खाएँगे क्या?"

"पहले जो खाते थे!"

साली ने जंगल में घूमना शुरू किया। जंगल में फल होते हैं, कन्द होते हैं; खरगोश-साही मारने से भी चलता है। जंगल में औरतें झुण्ड बनाकर जातीं, बिखर जातीं। बातों-बातों में, मन की बातें जानकर साली समझी—न, सभी बीरसा के नाम से नहीं काँपती हैं।

मानी पहानी ने उसे समझाया। बोली, "जिस हाट में दिकू आते हैं उस बड़े हाट में नहीं जाऊँगी। छोटे-छोटे जंगलों के अन्दर-अन्दर गाँवों में तीर लेंगे, ऊपर अरबी-केला-साग रखेंगे। हम टोकरी में बेचेंगे। उसकी टोकरी मैं लूँगी। वह जाकर रातों-रात लोगों के घर की दीवार में तीर खोंस आएगी। मेरी बात सुन।"

साली ने मानी की बात सुनी। सभी ने देखा कि साली, डोन्का मुखिया की पत्नी, पेट में बच्चा लिए जंगलों में घूमती फिरती है। इतना अकाल, इतनी तपन—जंगल के सिवा मुण्डा की गति कहाँ है? दिकू लोग अब धान और रुपए उधार में नहीं देते। कहते हैं : दिकू लोगों को तो तुम भगाना चाहते हो। तब दिकू तुम्हारी फिक्र क्यों करें?"

बड़ा अकाल, बड़े दुर्दिन हैं। बीरसा जेल गया—तब से ही एक के बाद एक कर दो बरस तक बरसात नहीं हुई।

बरसात नहीं। धरती जलकर खाक हो गई। दूसरे बरस की हवा में नमी तक नहीं

थी; धरती सूखी-फटी थी। जाड़ों में भी रात को ओस भी नहीं पड़ती थी। सवेरे दिखाई पड़ता कि जंगल में गाछ के पत्ते सूखकर लटक रहे हैं। औरतें नदी की रेत खोदकर गड्ढा बनाए रहतीं। रात-भर में उस गड्ढे में एक अंजुली पानी भी न जमा होता! साल 1897 में छोटा नागपुर में भदई फसल जल गई; रबी की खेती भी न हुई।

साल 1897 के नवम्बर में बीरसा छूटा।

साथ-ही-साथ यह समाचार हवा के झोंकों से पहले फैल गया। फिर मुण्डाओं के गाँव-गाँव में मादल बजने लगे। औरत-मर्द नाचे—उन्होंने गान गाए। जो किरस्तान हो गए थे उन्होंने पलुस प्रचारक से कह दिया, "अब तेरे गिरजे में नहीं जाएँगे, तू जा। भगवान आ गए हैं!"

"मिशन के साहब लोगों ने तुम्हें इस अकाल में खिलाया नहीं?"

"खिलाया तो क्या हुआ?"

"तुम लोगों ने हमें तो मुसीबत में डाल दिया!"

"मुसीबत में तू खुद पड़ा जब भगवान को पकड़वाने गया था।"

"यह देखो, फिर वही बात उठा रहे हो।"

"जा, चला जा अपने गिरजा को।"

राँची से चालकाड़ आते-आते बीरसा ने देखा कि सब जलकर खाक हो गया है। उसने गहरी साँस ली। मुण्डा लोगों का अनाहार, उपवास, दारिद्र्य—सब जैसे उसके मन में पत्थर की तरह बैठ रहे हों! वह भगवान है, मुण्डाओं का भगवान! कमिश्नर से वादा किया है कि अब वह मुण्डा लोगों को नहीं भड़काएगा। बीरसा समझने लगा कि वह वचन न निभा सकेगा। अब मन में कहीं—जैसे प्रतिध्वनि में—सूखी, रूखी हवा की प्रतिध्वनि में, लौट आईं माँ से सुनी प्राचीन गौरव की बातें! चुटिया जगन्नाथपुर, नौरतन में मुण्डा लोगों ने मन्दिर बनाए थे। उन मन्दिरों की वेदी के नीचे खड़े होकर स्वयं सिंबोङा के साथ बातें होती थीं! ईश्वर और मुण्डा लोगों का उन दिनों में बहुत सामीप्य था। उसके बाद माँ कहतीं, "उसके बाद दिकू लोगों ने स—ब ले लिया। मुण्डा लोग बेदखल हो गए।"

वे चालकाड़ पहुँच गए।

दिसम्बर की सात तारीख को कमिश्नर स्वयं चालकाड़ में आकर उसे धमकी दे

गए। बोले, ''सरकार से वादा किया है। वादा तोड़ने से और कड़ी सजा मिलेगी।''

बीरसा बोला, ''याद है।''

कमिश्नर दोपहर को चले गए। शाम को बीरसा का आँगन भर गया। सोमा, धानी, गया, सुराइ, भरतो, मुण्डा-सरदार आए थे। मुण्डा मरदों का जमघट इकट्ठा हो गया था।

एक आदमी आँगन में जलती मशाल गाड़ गया। मशाल की रोशनी तेज थी। बीरसा का चेहरा गम्भीर था। बोला, ''एक-एक करके बोलो। सोमा, तुम कहो।''

''तुम जेहल में थे। इधर सावन-भादों आते सुना कि सरकार ने अकाल के लिए व्यवस्था की है। खैरात–गाँव-गाँव में कर्ज पर धान-चावल–सब देगी। हम मुँह बाए आसरा लगाए रहे। बाद में सुना कि सरकार ने सब व्यवस्था की है, सब लोगों को सब मिल गया है, रिपोर्ट सदर चली गई। लेकिन, भगवान! हममें से एक आदमी को भी एक मुट्ठी चावल तक नहीं मिला। मैं और क्या कहूँ?''

''गया, तुम कहो।''

''मैंने थाने जाकर बताया–खूँटी, सिसल, बासिया थाना में एक सौ से ज्यादा आदमी भूख से मर गए। यह रिपोर्ट में लिखवाया कि अकाल आ गया है। उन्होंने लिख दिया कि चालीस आदमी मरे। केवल चालीस आदमियों के मरने पर वे उसे अकाल नहीं कहते!''

''भरतो, क्या कहते हो?''

''हाँ, मिशन के साहबों ने लंगरखाना खोल दिया था। तमाम लोगों को खिलाते थे। लेकिन जमींदार लोग, भगवान! साहब के कहने पर भी कर्ज न देते, न बताते कि खलिहान में कितना धान है। जितना धान-चावल था सब गायब कर दिया। उसके बाद मुकदमा ठोक दिया रकुआ और दुखा के नाम पर–वे उनके जंगल से बाँस के अंकुर तोड़ रहे थे!''

''कानून कौन जानता है?''

धानी आगे आया, ''मैं जानता हूँ।''

''तुम! जेहल से क्यों भागे?''

''भात क्यों नहीं दिया? घर पर भी घाटो खाऊँ, जेहल में भी घाटो? फिर बाद में वाडर ने मुझे स्यार क्यों कहा?''

''गलत किया था।''

''अब नहीं करूँगा।''

''कानून की बात क्या जानते हो?''

''सब मालूम है। एक-एक कर बताऊँ?''

“बताओ।”

“लगान बढ़ाने का कानून बना, लगान वसूल करने का कानून बना। एक ही कानून में कह दिया—लगान बढ़ाएँगे, और जब देखेंगे कि रैयत की सामर्थ्य नहीं है, तो लगान माफ कर देंगे। जमींदार का मुँह देखकर लगान बढ़ाया। जमींदार ने समझा कि आजकल मँहगाई ज्यादा है। लगान के बढ़े बिना जमींदार मर जाएगा। कानून में कह दिया कि रैयत ज्यादा लगान न दे सकेगी, वह बेगारी देगी। जिसके साथ बेगारी की बात हो, वह बेगारी न देकर रुपए देकर रिहाई पा जाएगा।”

“काम का क्या हुआ?”

“तब सोमारा ने पाँच लोगों को लेकर जेकब को चिट्ठी लिखाई। जेकब राँची आया। क्यों, तुमने नहीं सुना?”

“सुना था, जेकब ने सरकार से बहुत लिखा-पढ़ी की। अपने खर्च से मुण्डा लोगों की ओर से अदालत में मामला दायर किया, जिससे एतराज रिकॉर्ड किए जा सके। वह कानून पास होने से मुण्डाओं को एक आने की सुविधा होती। जमींदार की सुविधा पन्द्रह आनों की थी। तुम भी तो समझते हो। मुण्डा रहते हैं जंगल में। बोला, सरकार ने लगान लगाया है, यह लगान माफ करो। हमारी सामर्थ्य नहीं है। मुण्डा अगर मुण्डारी में चिल्लाएँ तभी सरकार को पता चलेगा!”

“न। नहीं सुनेगी। सरकार कान की बहरी है।”

“तब?”

“मुकदमा दायर कर सरकार को समझाना पड़ेगा।”

“हाँ, मुकदमा दायर करने की सामर्थ्य मुण्डा लोगों की नहीं है, कभी न होगी। तब जेकब ने ये सारी बातें सरकार को बताईं। कुछ भी न हुआ। कानून पास हो गया। सो बाद में क्या हुआ, बताऊँ? एक नई मशाल देना।”

नई मशाल जला दी गई।

बीरसा कहने लगा, “कमिश्नर स्ट्रटफील्ड ने जेकब की सारी आपत्तियाँ फाइल करा दीं। बोला, “बीरसा, मैं सब रिकॉर्ड कर रहा हूँ।” यह कानून फिर नए सिरे से बनेगा। लेकिन कलकत्ता से जॉन वुडबन छोटे लाट राँची चले आए हैं। कह दिया कि बीरसा मुण्डा जो गड़बड़ करा रहा है उसी से मुण्डा किसान बिगड़े हुए हैं। अब उनकी सुविधा के लिए कोई बात कानून में नए सिरे से नहीं डाली जाएगी।”

गया मुण्डा बोला, “उससे ही देखो। जमींदार अब बेगार ले रहा है, लगान भी

ले रहा है। कौन देगा लगान? किसके घर में चाँदी के दो रुपए हैं? आज दो बरस से तुम जेहल में थे। तुम धरती के आबा हो। तुम जेहल में थे। धरती फसल दे सकती है? दो बरस में धरती जलकर खाक हो गई—रात-दिन क्या धन उगल रही थी? जंगल जल गए; नदियों में पानी नहीं रहा। जमींदार कहता है—तुम लोगों के लिए सरकार कानून बना रही है, जाकर मुकदमा करो। उससे ही हम चोर कहे जाएँगे।"

"चोर होने से?"

"हाँ भगवान! तुम जेहल में थे। इधर दो बरस फसल न हुई, खैरात नहीं बँटी, कर्ज-उधार नहीं मिला, लगान बढ़ गए, बेगारी का बड़ा शोर मचा तो उस पर धानी बोला, "चल, धान लूट लें। जमींदार के घर में धान रहते हम भूखों मरें?" उस पर हम लोगों ने धान की चोरी की। उसी से तो सरकार ने जुर्माने का दण्ड लगाया। जिस गाँव में धान की चोरी होगी, उस गाँव पर दण्ड लगेगा। सो हम अब पहले ही सलाह कर कोठा तोड़ते हैं, चावल लेते हैं, रातों-रात जंगल में भाग जाते हैं। मुण्डाओं को बता जाते हैं कि कोई दण्ड देने के लिए गाँव में न रहे, जंगल में भाग जाए।"

धानी बोला, "फिर घर आ जाते। फिर भाग जाते। अब मुण्डा लोगों को पता चल गया है कि तुम्हारे बिना उनकी गति नहीं है।"

बीरसा बोला, "बोर्तोदि में साली के घर सब पुकारना। वहाँ जाकर सब ठीक करूँगा।"

"करोगे?"

"हाँ!"

एक-एक कर सब चले गए। फिर भी बीरसा को नींद न आई। खटिया पर लेटे-लेटे वह आसमान की ओर देखता रहा। वह भगवान है। भगवान ही तो है! भगवान न होता तो उसकी पुकार पर सारे मुण्डा क्यों चले आते? जब एक युग का अन्त होता है तो भगवान आता है! अब भी तो युग के अन्त होने के लक्षण दिखाई दे रहे हैं। सेंगेल-दा की आग में मुण्डाओं का देश जल गया! बीच में जाल की तरह दिकू लोगों की दुनिया फैली है। तभी तो भगवान की जरूरत थी!

लेकिन अपने अन्दर से बीरसा को जो निर्देश मिलता, वह निर्देश अभी भी क्यों नहीं मिल रहा है? कारागार में शरीर अपवित्र हो गया, क्या इस कारण से?

धीरे-से उसके पैरों से सारे शरीर पर जैसे रजाई उढ़ा दी गई।

"कौन, माँ?"

"हाँ रे, सोया नहीं?"

"नहीं, माँ! यह रजाई कहाँ से मिली?"

"तेरे लिए बनाई है, बाप! पुआल भर दिया है। रुई कहाँ से मिलेगी? तेरी दीदी कपड़ा ले आई थी। हम माँ-बेटी ने मिलकर सिया।"

"ऐसी रजाई तो तूने बचपन में भी नहीं दी?"

"बचपन में सब पुआल में घुसकर सोते थे।"

"तब कैसे होता?"

"रजाई उठा नहीं पाते थे, दुलार कर नहीं पाते थे, परब में सिर में लगाएँगे, इसके लिए नई कंघी भी नहीं ले सकते थे।"

"दादा बहुत रोता था!"

"रोता, जिद करता। अब दुःख देगा, इसलिए तूने पहले मुझे कोई दुःख नहीं दिया, बाप!"

"इतना दुःख क्यों है, माँ?"

"हाँ रे, बीरसा! दुनिया का दुःख तू समझता है, लेकिन जो माँ तुझे दुनिया में लाई उसका दुःख नहीं समझता? तू भगवान बना, यह अच्छा है! लेकिन अब बाप, तू जिस राह पर चला है, उस राह पर जाने से सरकार तुझे मार डालेगी।"

"सरकार नहीं रहेगी, माँ।"

"नहीं रहेगी?"

"नहीं, माँ! हमारा देश फिर हमारा होगा। तुझे स—ब मिल जाएगा। सारा मुण्डा देश जीतकर तुझे ला दूँगा। तू दुःख क्यों मना रही है?"

करमी रोते-रोते बोली, "कल से तू फिर सबका हो जाएगा। मुझे तेरे पास कोई जाने भी न देगा। आज मेरे पास थोड़ा सो ले। तुझे एक बार कलेजे से लगा लूँ।"

ठूँठ वृद्धा करमी पृथ्वी के इस देवता को कलेजे से लगाकर लेटी रही। बाहर ठण्डक थी; उत्तरी हवा चल रही थी। करमी के मौन रुदन की तरह जंगल हवा के थपेड़ों से विलाप करने लगा।

भगवान आएगा, उसके घर आएगा। साली, मानी पहानी ने दूसरी औरतों को

लेकर आँगन झाड़-पोंछकर झक कर दिया। डोन्का और दूसरे मर्द बीरसाइतों ने आँगन के एक कोने में नई कोठरी बनाई। इसमें भगवान रहेंगे। जंगल के घने अन्दर बोर्तोदि का छोटा-सा कुण्ड था। उस कुण्ड में पानी कभी सूखता नहीं था। गाँव में सबने सज्जी में भिगोकर कपड़े धोए; तेल लगाकर बाल काढ़े। हल्दी पीसकर सबने माथे और गले में लगाई।

हर घर में चावल नहीं थे। इस वक्त जो जिसके यहाँ था, वही ले आया। मुखिया की हैसियत से बैठी साली ने सारा चावल, नमक, दाल टोकरों में रखे! अब फिर बीरसाइत आएँगे। क्या कहेंगे भगवान—अगर कहें कि यहाँ भी एक चौकी होगी? उसके बाद महुआ के तेल से सिर भिगोकर, रीठे का काढ़ा लेकर साली कुण्ड में स्नान करने गई। रीठे के काढ़े से बदन खूब साफ किया। एक बोरा रीठा साली के घर में ही था। तरोई के खोंसे से बदन-हाथ-मुँह रगड़कर साली ने स्नान किया। कुण्ड से निकलकर साफ कपड़े पहन एक चौड़े पत्थर पर बैठकर बाल खोले। बाल सुखाएगी; लकड़ी की कंघी से बाल बाँधेगी!

टपू से किसी ने उसके पैरों के पास पत्थर फेंका। हाथ में बलोया लेकर साली उठी। उसके बाद बोली, "कौन? परमी? धुराई मुण्डा की बहन?"

"हाँ।"

"यहाँ आई है?"

"तेरे साथ बात करने के लिए।"

"मेरे साथ!"

"हाँ, तू मुझे बता दे कि मैं क्या करूँ।"

"क्यों?"

"देख, भगवान जेहल जाने के पहले बाप को बाला[1], खाडू[2], साड़ी दे गए थे। कह गए थे कि तेरी लड़की के साथ मेरी सगाई होगी।"

"तेरे भाग्य!"

परमी ने मुँह फेर लिया। रोने लगी।

"रो क्यों रही है?"

"इस तरह की सगाई मैं नहीं चाहती रे। वह कहाँ रहेगा, मैं कहाँ रहूँगी! पति-पत्नी जैसे रहते हैं वैसे नहीं रहेंगे। सिर्फ बीरसाइत लोगों के लिए भात राँधा

1. चूड़ियाँ
2. कंगन

करूँगी, हल्दी पीसूँगी, उन लोगों के लिए भाग-दौड़ करूँगी। ऐसी सगाई मुझे नहीं चाहिए।''

''कनू क्या कहता है?''

''और क्या कहेगा! वह भी बीरसाइत हो गया है। बाप वही, दादा वही! भगवान के बाला, खाड़ू लौटा दूँगी, वह बात भी–फिर भी कनू मेरी सगाई करेगा?''

''तो मुझसे क्यों कह रही है?''

''तेरे घर में आ रहे हैं, तेरे कहने से भगवान मान जाएँगे। तू बोल दे, साली।''

''यह बात?''

साली के कलेजे से मानो पत्थर उतर गया। साली बोली, ''कहूँगी। देख परमी! कुण्ड इतनी दूर है। इसलिए कोई आता नहीं। कुँदरू कितने पक गए हैं। चिड़ियों को भी पता नहीं है, नहीं तो तोड़कर ले जातीं। कड़ुए के तेल में मिर्च और कुँदरू छौंकूँगी।''

''ठहर! पत्ते तोड़कर दो दोने बना लूँ।''

दोनों कुँदरू तोड़ने लगीं।

साली ने बीरसा के पैरों पर पानी छोड़ा, आँचल से पानी पोंछा। बैठने के लिए नई चौकी दी। दूसरी औरतें हाथ जोड़कर बैठी रहीं।

''भगवान! एक बात है।''

''कहो?''

''परमी से बाला, खाड़ू वापस ले लो। वह घर चाहती है; बाल-बच्चे चाहती है; पाँच ब्याहताओं से सिर में तेल-सिन्दूर लगवाना चाहती है।''

''वही होगा।''

''तुम उसके नजदीक नहीं जाओगे।''

''न।''

''बस, और कोई बात नहीं है।''

''तू मुझे कुछ नहीं देगी?''

''क्या दूँ? मेरे मरद को ले लिया है। तुम्हारे बाप के लिए यह घर-आँगन-

कोठा दे दिया है। अब तो बस लड़का ही है।''

''उसे नहीं देगी?''

''स–ब ले लोगे?''

''स–ब!''

साली ने बच्चे को गोद में उठाया। बोली, ''लो, तुम्हें दिया। इतना नन्हा-सा बच्चा लेकर तुम करोगे क्या?''

''उससे मेरा नाम रहेगा।''

साली की आँखें नीची हो गईं। बीरसा ने साली के लड़के के सिर पर हाथ रखा। बोला, ''तुम लोग जान लो कि साली और डोन्का के बेटे को मैंने गोद ले लिया। उसे नाम दिया, परिबा। तुम उसे मेरा ही समझोगे।''

हल्दी से रंगा सूत बीरसा ने परिबा के हाथ में बाँध दिया। साली की आँखें भर आईं।

''रो क्यों रही है?''

''मुझे अपना काम करने दो।''

''तू कर तो रही है।''

''करती तो हूँ।''

साली आँखें पोंछकर हँस पड़ी। बोली, ''मैं, मानी, फुलूना, हम सभी करती हैं। पहले लोग बहुत हँसते थे। तुम औरतें! तुम जाकर भगवान का काम करोगी? पुलिस तो दो बरस से आदमियों के पीछे फिर रही है। हम औरतें काम करती थीं। अब कोई नहीं हँसता। चलो, बाहर चलो। सब लोग आ गए हैं। समराई, रमाई, बुद्धू, बाँगिया, सब बुजुर्ग सरदार आ गए हैं। बुद्धू जिन्दा है, यह नहीं मालूम था।''

''चल।''

नए घर के बरामदे में बीरसा उठ खड़ा हुआ। उसके आदेश से नगाड़े पर चोट मारकर डोन्का मुण्डा ने सबको रोक दिया। बीरसा उजला सफेद कपड़ा पहने था। सिर पर पगड़ी, बदन में फिरन[1], पैरों में खड़ाऊँ थी।

बीरसा बोलने लगा, ''मुण्डा लोगो, सुनो! तुम लोग बड़े अच्छे समय पर आए हो। जेहल में बैठे-बैठे मैं यही सोचता रहा कि कैसे तुम लोगों को किस राह पर ले जाऊँ! अब राह मिल गई है। तुमको राह दिखाऊँगा।''

''दिखाओ, हे धरती के आबा!''

''पहले ही कह दूँ कि उस राह पर चलने से शरीर रहेगा या चला जाएगा, यह

1. ढीला चोगा

सोचने से काम नहीं चलेगा।"

"नहीं सोचेंगे।"

"तो सुनो! आज से जो मुझे पूजेगा, वही बीरसाइत है। तुम्हारे पास समय नहीं है। इतने दिनों तक सोचा कि मुण्डाओं का दुश्मन कौन है? कौन उनका दुश्मन है? यही जमींदार-जोतदार-महाजन? जो लोग आकर हमारे खेत-खलिहान पर जमकर बैठ गए हैं, क्या वे ही दुश्मन हैं? या वह सरकार भी जिसने हमारे गाँव जमींदारों के हाथों में रख दिए?"

"तुम बताओ, कौन दुश्मन है?"

"सभी दुश्मन हैं। हमारी लड़ाई सबके साथ है! ऐसी लड़ाई मुण्डा लोगों ने कभी नहीं लड़ी। सारे दिकू लोगों के साथ लड़ाई है। लड़ाई सरकार के साथ भी है।"

"बाद में...?"

"हमारे जंगल हैं। हम जंगल-जंगल, पहाड़-पहाड़ जाएँगे, चौकियाँ बनाएँगे। उनके पास बन्दूकें हैं, लेकिन कितने लोग बन्दूक चलाएँगे? हम हजारों में हैं।"

"तो बताओ।"

"तो सुनो। इस वक्त दो तरफ काम है। हमारा धर्म का काम, हमारी लड़ाई का काम। जलमाई के सोमा मुण्डा को तुम जानते हो। सरदार सोमा। मुलकी लड़ाई के समय से बहुत मार खाई है, बहुत जेहल काटी। उसे हमने धर्म के काम में एक ओर रखा है। हमारे धर्म में किसी संन्यासी से काम नहीं निकलेगा। जो लड़ सकता है, उसी की जरूरत है।"

"अच्छा कहा, हे भगवान!"

"आज से सारे बीरसाइतों का घर इस लड़ाई का गढ़ होगा। वहाँ बिरस्पत को और इतवार को सब मिलेंगे। धर्म की बातें, लड़ाई की बातें—करेंगे। जब मिलेंगे तो रात में ही मिलेंगे।"

"रात में ही मिलेंगे।"

"आज इस गाँव में, कल पाँच कोस दूसरे गाँव में, हर दिशा में हमारी सभाएँ होंगी। यह सब खबर तुमको दोनों कनू से मिलेंगी—मेरा भाई कनू मुण्डा और शंकरा गाँव का कनू मुण्डा।"

"हम क्या करेंगे?"

"एक दल, जिनका घर जंगल के बहुत भीतर है, थाने से बहुत दूर, वे बनेंगे प्रचारक। उन्हें प्रचारक, गुरु या जो चाहे कहो। उनके घरों में पहले इतवार को, फिर बिरस्पतवार को बीरसाइत लोग रात में मिलेंगे। जो बीरसाइत का घर है, वह

सबको सोने की जगह देगा। जो जाएँगे, वे जो भी हो सकेगा साथ ले जाएँगे; सब एक साथ पकाकर बाँटकर खाएँगे।''

''यह बात अच्छी है। नहीं तो किसी की सामर्थ्य नहीं कि दस मुँहों को दाना दे।''

''एक दल तुम लोग। सरदार लोग, जो बुजुर्ग हैं, तुमने ही हमको लड़ाई की बातें सिखाई हैं। मैं भगवान हूँ, यह तुम लोगों को ही पहले मालूम हुआ। तुम पुराणक हो। तुम लोग लड़ाई की बातें सिखाओगे। कहाँ भागेंगे, छिपेंगे, किस तरह चौकियाँ बनाएँगे, किस तरह से हथियार जमा करेंगे—यह सब लोगों में सिखाने की सामर्थ्य नहीं है। तुम लोग असली काम करोगे?''

''करेंगे भगवान, करेंगे।''

''सोमा देखेगा, डोन्का देखेगा, काम के आदमी चुन लेगा। बीरसाइत बनाएगा। अब रह गए नए बीरसाइत। वे नए हैं। नए लोग इतवार को, बिरस्पत को पंचायतों में नहीं आएँगे। वे बीरसाइत रहेंगे। पुराने लोगों से लड़ाई सीखेंगे।''

''अच्छा कहा, भगवान!''

''अब ऐसे धीमे-धीमे काम नहीं चलेगा। पहले हम एक-साथ काम करेंगे। लड़ाई सीखना, नयों की भरती करना, पंचायत, चौकी की तैयारी, रसद जमा करना—सारे काम साथ-साथ चलेंगे। लेकिन हमें पहले अपना दखल पाना होगा। पुराना देवस्थान चाहिए। इसीलिए। चुटिया और जगन्नाथपुर के मन्दिर छीन लेंगे। मन्दिर हमारे थे—उन मन्दिरों में अब हम घुस नहीं सकते। दिकू राजा, दिकू जमींदार, जैसे उनके सामने हमें बड़ी धोती, पगड़ी, जूता नहीं पहनने देते—जिस तरह हमें काँसे-पीतल के बर्तनों में खाने नहीं देते—जिस तरह हमें ऊँचे आसनों पर बैठने नहीं देते—उसी तरह हमारे पितर-पुरखों के मन्दिरों में घुसने भी नहीं देते!''

''मन्दिर छीन लेंगे।''

''मुण्डाओं की आदि राजधानी नौरतनगढ़ के किले से पानी लाएँगे, मिट्टी लाएँगे, दखल करेंगे।''

''दखल करेंगे।''

बीरसा ने दोनों हाथ उठाए; उनके बीच उतरकर आया। बोला, ''अब और धीमी-धीमी लड़ाई नहीं होगी। एक साथ सारे मुण्डा पूरे देश-भर में लड़ेंगे। हमारी इस लड़ाई का नाम होगा उलगुलान। समझे? उलगुलान!''

''उलगुलान?''

“उलगुलान!”

बीरसा ने दोनों हाथों में लकड़ी लेकर नगाड़े पर जोरों से चोट की। सैकड़ों गलों से आवाज उठी, “उलगुलान।”

उलगुलान! नए लड़कों—नानकों—की दीक्षा के मन्त्र बने यही पाँच अक्षर! हाट में, जंगल में, पहाड़ पर, शहर में, दो अनजान मुण्डा मिलने पर कहते, “उल।”

दूसरा कहता, “गुलान।”

तब दोनों एक साथ कहते, “उलगुलान।” उसके बाद अपने-अपने कामों से चले जाते।

हाट-बाजार में बाँसुरी बजाकर घूमना उन लोगों की हमेशा की आदत थी। अब देखा गया, बहुत-से गाँवों के मुण्डा एक साथ होने पर एक आदमी गाने का एक थोड़ा-सा हिस्सा बजाता। फिर दूसरा आदमी बाद का सुर निकालता और तीसरा अगला सुर। उसके बाद कोई चौथा आदमी पूरा गाना बाँसुरी पर बजाता।

पलुस प्रचारक ने मोहनराम आढ़तिए से कहा, “यह बाँसुरी बजाने का क्या तरीका है जी? ऐसा तो कभी नहीं सुना था।”

“इन सालों ने शहरी ढंग अपना लिया है। जेहलखाना करने शहर जाते हैं, मेला देखते हैं, नौटंकी—गाना बजाना, कुछ भी सुनने को रह गया है?”

पलुस प्रचारक से भरतसिंह दारोगा बोला, “तू तो मुण्डा है। तेरी समझ में कुछ आता है?”

पलुस बोला, “नहीं, नहीं समझता।”

पलुस ने मन-ही-मन सोचा, “अगर समझता हूँ तो तुम्हें बताने नहीं जाऊँगा। अब मैं निकाला हुआ हूँ। मुण्डा मेरा विश्वास नहीं करते, लेकिन मेरे मन में कोई खुशी नहीं है। मेरे अपने कई लोग सब इस अकाल में मर गए। सबको तो किरस्तान होने पर भी अन्न नहीं मिला। नया कानून बनने से लुकास, मैथ्यू,

किरस्तान वगैरह रैयतों की तकलीफें भी बढ़ गईं। मैं भला नहीं कर सकता तो बुरा करने भी न जाऊँगा।'

भरत से पूछा, "तुम किसे खोज रहे हो?"

"सुनारा को। सूरजसिंह के मुण्डा को। साले ने बेगारी के पट्टे पर निशान लगाया था, फिर भी ऐसा पाजी है कि सूरज के घर में आग लगाकर भाग गया! उस घर में कुछ टोकरियों के सिवा कुछ न था। पर चोरी तो की। मुकदमा हो गया।"

"क्या चोरी की?"

"चीना-दाना एक बोरी, एक डला नमक। साला बेवकूफ है। जो वजन चीना-दाना का होता है वही चावल का होता है। यह लिया, वह क्यों नहीं लिया? मुकदमे में भी फँस गया!"

"वह कहाँ है?"

"पकड़ जो लिया गया?"

"दो महीने की जेल होगी, और नहीं तो क्या?"

"जेहल, यही न?"

"हाँ। बीरसा की तो सरकार ने कमर तोड़ दी। अब मुण्डा लोगों की छाती में जोर नहीं रहा। जेल हो जाने से और लोग भी डरने लगे।"

पलुस प्रचारक ने ताज्जुब से सिर हिलाया। मुण्डाओं का क्या हुआ? बेगारी का पट्टा लिखकर कोई मुण्डा मालिक के घर में आग लगाकर भाग भी सकता है?

भरत दारोगा बोला, "मुण्डा चोर नहीं थे; चोरी नहीं जानते थे। यह आए दिन हो क्या गया?"

"जाओ, जाओ। अब बेकार की बातें मत करो। मुझे दो-तीन जगह यीशु की वाणी सुनानी होगी।"

रोगोता की यह हाट बड़ी हाट थी। हाट में घूमते मुण्डाओं को देखकर पलुस प्रचारक की आँखों में आँसू आने लगे। इस तरह अगहन में फसल बेचकर रुपए लेकर मुण्डा हाट आते थे। मजे उड़ाकर चूड़ी-खिलौने-बाँसुरी खरीदते थे। सफेद गुड़, पेड़ा खरीदते थे। गमछा, कपड़ा बेचते। इस बार किसी के हाथों में पैसे नहीं थे। खरीदने की रुचि भी नहीं थी। छोटे बच्चों को भी मानो पता चल गया था कि

जिद करने से कोई जिद मानी नहीं जाएगी। इसी से वह उतरा-सा चेहरा लिए उदास चले जा रहे हैं—बूढ़े लोग पेड़े-जलेबी की ओर आँख तक नहीं उठाते। मुण्डा लड़कियों के चेहरों पर हँसी तक नहीं थी।

घर लौटते-लौटते पलुस का मन खराब हो गया। वह एक पत्थर पर बैठ गया। पत्थर की टेक लगा ली। टेक लगाकर बैठा था—इसलिए बाँसुरी पर जो गाना बज रहा था उसे उसने सुना।

वह ऊँचे पत्थर की ओट में बैठा था। नीचे सड़क थी। मुण्डा लोग गाँवों के दल बनाकर चले जा रहे थे। एक गाँव के लोग पीछे थे। झुण्ड के साथ बात नहीं करते थे। एक कड़ी इन्होंने गाई; दूसरी कड़ी उन्होंने गाई :

बोलोपे बेलोपे हेगा मिसि होन् को...
यह सरदुला के रहने वाले थे।
होइउ *डुडुगार हिजु ताना...*
यह करदी के निवासी थे।
ओते रे डुडुगार सिरया रे कोआन् सि...[1]
यह माहूरी के लोग थे।
दिसूम् ताबु बुआल ताना...।
आमजोरा के लोगों ने गाया।
ताइओम् ते दो होरा कापे नामिआ...।
ये जामदा के लोग थे।
दिसूम् ताबु नुवा जाना।...
सिरुबुआ की लड़कियों ने गाया।

उनकी आवाजें धीमी, सिर झुके हुए थे। सभी ने गाया; फिर गाना रुका। वे चले जा रहे थे, चलते ही जा रहे थे। पलुस प्रचारक के कलेजे में अव्यक्त पीड़ा उठ खड़ी हुई थी। वे सबको पुकार रहे थे, क्योंकि यह महाप्रलय की आशंका में एकत्रित होने का गीत था। पलुस प्रचारक ने आँखें पोंछीं। वह दल से अलग हो गया था। अब मुण्डा लोग जब एक होंगे तो वे पलुस प्रचारक को अपने दल में न लेंगे!

कुछ समझकर, कुछ समझे बिना उसके हृदय में गर्व भर आया। फिर भी तो सुनारा, एक अभागा भूखा लड़का, नौकरीपट्टे के भयानक अनुशासन में चिंगारी

1. यह गीत पहले भी आ चुका है—देखें पृ. 29

लगाकर भाग खड़ा हुआ है! नौकरीपट्टा जमींदार-महाजन-जोतदार-आढ़तिए जिस भाषा में लिखते, वह भाषा मुण्डा लोग नहीं समझते थे। मुण्डा लोगों को नहीं मालूम था कि नौकरीपट्टा गैर-कानूनी था। वे अँगूठे की निशानी लगाकर जनम-जनम के लिए गुलाम बन जाते! मुण्डाओं को अगर मालूम भी हो, तब भी कुछ कर नहीं सकते थे, क्योंकि तब मालिक नौकरीपट्टे का अस्तित्व अस्वीकार कर देता। मुण्डा बेवकूफ बन जाता।

मुण्डा चिल्लाता, "तो क्या मैं झूठ बोल रहा हूँ?"

अदालत में सब हँसने लगते।

"तो वकील बाबू ने क्यों कहा था कि तुम पर मुकदमा कर देंगे?"

अदालत में सब हँसते रहते।

"अरे नौकरीपट्टे पर कोई अँगूठे का निशान न लगाना—यह बात कहने से भी कोई फायदा नहीं, क्योंकि अकाल होने पर, सूखा पड़ने पर, बाढ़ आने पर गाँव-गाँव जाएँगे ही। कहेंगे : नौकरीपट्टे पर छाप लगवाकर हमें खरीद लो! घाटो देकर जान बचाओ। जनम-भर आपके खेत में, गोठ में, घर में काम करेंगे।"

मुण्डा लोगों का जीवन ही यह है। सभी जानते हैं, नौकरीपट्टा मुण्डा लोगों के जीवन को लपेटे हुए बहुत-से नागपाशों में एक और पाश है! दिकू लोग शंखचूड़[1] की तरह विषैले हैं!

वे मुँह बाए बैठे हैं। भूखे शंखचूड़ को भोजन की तलाश में कहीं जाना नहीं पड़ता! दूसरे साँप अपने-आप उसके मुँह में चले जाते हैं।

एक लड़का चकमक ठोंक, आग जलाकर भाग गया। पलुस पत्थर पर से उतरा। अपने गाँव की राह पकड़ी।

और वही लड़का सुनारा उतने दिनों में बीरसा के पास चीना-दाना का बोरा और नमक का डला रखकर नानक बन गया। करमी बोली, "तेरे भी क्या कोई नहीं है, बेटा?"

"क्यों, भगवान है न?"

"सब खालभरों[2] के मुँह पर वही एक बात है। पूछती हूँ, बाप नहीं है? माँ नहीं है? भाई-बहन नहीं हैं?"

"नहीं! मैं सेवक बन गया हूँ।"

---

1. काला नाग
2. औरतों द्वारा दी जानेवाली एक गाली

करमी ने सिर हिलाया। लेकिन सुनारा चालकाड़ छोड़कर नहीं गया। एक दिन करमी बोली, "भगवान के पीछे न जाकर जंगल में मेरे पीछे क्यों आया?"

सुनारा लकड़ी काट, बोझा बाँध, घसीटकर ले आया। बोला, "तुम घर जाओ। लकड़ियाँ मैं ला दूँगा।"

"तेरे भगवान से कह दूँगी!"

"भगवान ने कहा है।"

"क्या?"

"मेरी माँ को देखना।"

"उसकी माँ? देखेगा तू!"

"देखना ही पड़ेगा। घर तो तुम्हारा नहीं है। भगवान का घर है। भगवान जो-जो कहेगा, वही करना होगा।"

"घर में वह रहता नहीं, माँ की फिकर उसके मन में रहती है?"

"रहती है जी।"

सुनारा घसीटकर लकड़ियाँ ले आया। झरने से पानी ला दिया। ओखली में जुआर कूटकर सत्तू बना दिए। जंगल से आँवले, कन्द, शकरकन्द, बाँस की कलियाँ जमा कर ले आया। एक दिन करमी को बाय की दवा भी ला दी।

"बेटों ने देखभाल नहीं की, सो तू कर रहा है!"

"तुम्हारे कोम्ता बेटा है, कनू बेटा है, सब भगवान का काम कर रहे हैं? वे कैसे देखभाल करेंगे?"

"तू क्यों देखभाल करता है?"

"मैं नानक हूँ। जब वक्त आएगा लड़ाई पर जाऊँगा।"

"लड़ाई पर जाएगा? खरगोश मारने पर तू रोने नहीं बैठ जाता है?"

"उससे क्या?"

करमी ने गहरी साँस ली। बोली, "ले, बकरियों को घर ले जा। आज बीरसा घर आएगा। काम है।"

"लेकिन कल मैं नहीं रहूँगा।"

"कहाँ जाएगा?"

"जहाँ भगवान कहेंगे।"

“फिर नहीं आएगा?”

“मुझे क्या पता?”

“कहाँ जाएगा?”

“जहाँ भगवान बताएँगे।”

शाम को बीरसा, कोम्ता, कनू–तीनों बेटों को एक साथ देख करमी ने आँखें झपकाईं। बोली, “दासूकी और चम्पा, दोनों बहनें कहाँ हैं? उनके वर कहाँ हैं?”

बीरसा मुस्कुराया। बोला, “क्यों?”

“सब आ गए, वे क्यों रह गए?”

“वे भी आएँगे।”

“तू भगवान हो गया, ऐं! कोम्ता, कनू ने सगाई की, लड़कियाँ दूल्हों के घर गईं। सबको क्यों खींच रहा है?”

साफ-साफ गुस्से की बात थी। लेकिन रात में जब बीरसा लकड़ी के मचान पर चढ़कर खड़ा हुआ तो आनेवाली लड़ाई के बारे में बोलने लगा–उस समय करमी सब काम छोड़कर अँधेरे में पीछे आकर बैठ गई। बेटे के लिए उसे जितना गर्व था, उतना ही डर भी था। अज्ञात भय से कलेजे में धमक होने लगती! करमी को याद है–छुटपन में उनके घर में दिबाई मुण्डा का, उसके पिता का, एक बड़ा-सा नगाड़ा था। उसे कोई हाथ नहीं लगाता था। तब उन लोगों का मकान पहाड़ की ढलान पर था। जब जंगल में आग लगती, नदी में जोरों की बाढ़ आती, जंगली हाथियों का झुण्ड निकलता, तो दिबाई मुण्डा उस नगाड़े पर चोट लगाता–दिम्-दिम्-दिम्!

तब सभी को पता चल जाता कि मुसीबत आ गई है।

करमी के कलेजे में मानो नगाड़े का वही संकेत निःशब्द बजता रहता है–दिम्-दिम्-दिम्!

बीरसाइत लोग खड़े हो गए। सब बीरसाइतों का पहनावा था सफेद धोती। घुटनों तक नीची पहने हुई सफेद धोती! पैरों में घर के बने कच्ची लकड़ी के खड़ाऊँ। खड़ाऊँओं का अभ्यास नहीं था, इसलिए उन्हें पैरों में डोरी से कसकर बाँधा गया था। ये केवल पंचायत के वक्त पहननी होती थीं। हर एक के गले में जनेऊ, माथे पर तिलक था।

सामने की पाँत में पुराने पुरखे खड़े हुए थे। बाद की पाँत में प्रचारक, उसके बाद नानक।

पुराने पुरखे बोलने लगे, ''सबके ऊपर स्वर्ग के भगवान की जय! पृथिवी के भगवान बीरसा की जय! हम धरती के आबा से प्रार्थना करते हैं—हमारे तीरों और हमारे फरसों में धार रहे, तेजी बनी रहे। हमारे दुश्मनों की बन्दूकों, गोलियों और तलवारों का नाश हो!''

अब सब लोग हाथ जोड़कर बोलने लगे :

हे धरती के आबा, राह के जितने काँटे
दुश्मनों की हिंसा, द्वेष...हमारी पीड़ाएँ
दुःख के दिन, दुःस्वप्न...
सारे रोग—सारे पाप
और अँगरेज सरकार...
सारे काँटे दूर हों! दूर हों! दूर हों!

अब प्रचारक लोग एक साथ बोले :

हे आबा! हे बीरसा! तुम्हारे धर्म में जैसे बताया है,
उसी तरह हमारे होरोमो-रोया-जी
(शरीर-विदेह, सत्ता-प्राण-आत्मा-मन)
आकाश से पृथ्वी तक फैल जाएँ!

नानक बोले :

हे धरती के आबा! एक तुम ही हमारे त्राता हो। हमें पवित्र करो!

बीरसा ने आकाश की ओर हाथ उठाए। ऊपर की ओर ताका। उसके बाद कहना शुरू किया, ''बड़ा शुभ दिन है। मेरा युग शुरू हो रहा है। आज जमींदार लोग मुण्डा लोगों को देखकर हँसते हैं। लेकिन उनका समय खतम हो रहा है। हमारा समय आ गया है।''

बीरसा का स्वर भीषण और गम्भीर था।

''हमारा युग आ गया है। तुम लोगों को मैं देश लौटा दूँगा। हमारे राज में खेत-खेत के बीच में मेड़ें नहीं होंगी। पूरी धरती सबकी है। पूरी खेती एक साथ होगी। सारी खेती सबकी होगी। अगर उठाकर हाथ में कोई फसल दे भी दो तो भी मेरे राज में कोई मुण्डा अकेले मालिक न होगा। मेरे राज में लड़ाई न रहेगी। धर्म का राज होगा। हमारे पुरखों ने जिस तरह धर्म के अनुसार राज किया, अपने राज में हम वैसे ही राज करेंगे। लाठियों और हथियारों से राज नहीं चलाएँगे।''

करमी की आँखें बन्द होने लगीं। कलेजे में ठण्डी हवा बहने लगी थी। जलवाही पवन! सूखे की तपन शान्त करनेवाली! कलेजे में वर्षा हो रही थी। खेतों में धान के पौधे खड़े हो रहे थे—''बीरसा, तू बोलता रह, तू सचमुच भगवान है!''

''जमींदार जमीन छीनकर अपनी मिल्कियत जमाना चाहते हैं। जिनका हक है, जमीन उन्हें ही मिलेगी। जिनके शरीर से दूध की धार की तरह रक्त बहेगा, जमीन उन्हें ही मिलेगी।

''सारे दुश्मनों को भगा देंगे! अँगरेज, राजा, जमींदार...इस देश में जितने शैतान हैं, पिशाच हैं, सबको भगाएँगे।

''मुण्डा लोगों को दुश्मनों का सामना करना होगा, नहीं तो सैकड़ों बरसों में भी देश को वापस नहीं पा सकेंगे। भयंकर लड़ाई होगी, तभी दुश्मनों का राज खतम होगा, नहीं तो नहीं। आज तमाम लोग हँसते हैं; हजारों मुण्डा लोगों के दिन रोने में बीत जाते हैं। अपना राज हो जाने पर ही मुण्डा हँस सकेंगे।

''सावधान रहो तुम सब लोग।''

बीरसा थोड़ा-थोड़ा हिलने लगा। इस माघ की ठण्डक में भी उसके माथे से पसीना बह रहा था। करमी को लगा कि उसका मुँह सूखा है और दोनों भौंहों के बीच की रेखा चिरस्थायी हो गई है, और तीखी नाक के नथुनों के दोनों ओर की रेखाएँ ओठों के कोनों के बराबर तिरछी होकर झुक रही है। करमी को लगा कि उसके जन्म के बाद की चौबीस होलियाँ नहीं बीती है, अभी बीरसा अपने बाप-दादा-परदादा की उमर के मुण्डाओं से भी जैसे बुजुर्ग हो गया है! लगता था—मेरा जवान बेटा नई सगाई कर, नई बहू लाकर गृहस्थी बसाएगा। लेकिन नियति ऐसी है कि मुण्डा लोगों के सारे दारिद्र्य-वंचन-अनाहार का बोझ उसने अपने कन्धों पर ले लिया है।

''सावधान हो जाओ तुम लोग। इस धरती का महाप्रलय में नाश होगा। मैं धरती फोड़कर पाताल का जल बहा दूँगा। पहाड़ों को तोड़कर बराबर कर दूँगा। दुश्मनों की फौजें कहीं भी भागें, मैं खींचकर सामने ला खड़ा करूँगा। वे भागेंगी कहाँ?

''जीत हमारी ही होगी। उस दिन तुम लोग छाती फुलाकर, हाथ उठाकर, मूँछें ऐंठकर आनन्द मनाओगे। जो लोग मुझे न मानेंगे वे मिट्टी हो जाएँगे। जो लोग मुझे मानेंगे मैं उनका खयाल रखूँगा।''

अँजुली-भर पानी लेकर बीरसा ने सबकी ओर छिड़का। बोला, ''कल से हम हर ओर जाएँगे। उलगुलान के लिए पुरखों का आशीर्वाद चाहिए। कल सब चुटिया

जाएँगे। हमारे पुरखे उसी पूर्ती मुण्डा चुटिया ने जिस जगह सिंबोङा की पूजा के लिए बेदी बनाई थी, वहीं रघुनाथ राजा ने तीन सौ बरस पहले मन्दिर बनवाया था। जो मन्दिर बनवाया था, उस मन्दिर से तुलसी लेंगे। मन्दिर से तुलसी लेंगे।

''और...।''

करमी उठकर खड़ी हो गई।

''तुम क्या कह रही हो!''

''कनू का बाप कहेगा।''

सुगाना उठ खड़ा हुआ। बोला, ''और वहाँ तुम्हारी पट्टी है। ताँबे की पट्टी पर लिखा है, जिसे दिकू छोटा नागपुर कहते हैं, रेकड[1] किया हुआ है वहाँ मुण्डा लोगों का पूरा अधिकार है। वह पट्टी मन्दिर में है, हमें लेनी होगी। तुम धरती के आबा हो। मैं तुम्हारा बाप होकर भी तुम्हारा बीरसाइत हूँ। वह पट्टी लेनी होगी।''

''लेंगे। कल हम बोर्तोदि जाएँगे। वहाँ से चुटिया जाने के लिए तीन दलों में बँट जाएँगे। पहले दल के सिरे पर होंगे बनगिरि के रोकन मुण्डा। दूसरे दल के आगे होंगे मेरे बड़े भाई कोम्ता। मैं तीसरे दल के आगे रहूँगा। आज सब जान रखो, धर्म में रहने से वे देखते हैं! पहान के पैर पकड़कर हम बलि न देंगे। रोग-भोग में डाइन-ओझा-देओंरा के पास नहीं जाएँगे। लेकिन पुरखों ने जो बताया है कि स्वर्ग में सिंबोङा, धरती पर पंचायत, बीच में है सरकार–यही बात याद करके हम चलेंगे। मैं धरती का आबा, सिंबोङा को नहीं चाहता। सरकार हम बना लेंगे। लेकिन कुछ लोगों की पंचायत बनेगी जो समाज को देखेगी। कल हम सब जाएँगे। पुरखों को मालूम होगा कि मुण्डा सिर्फ सोते ही नहीं हैं, बँधकर मार नहीं खाते, वे जाग गए हैं!''

सब बीरसाइत एक साथ गाने लगे :

सिरमारे फिरून राजा जय!
धरतिर पुड़ोइ राजा जय![2]

अब सब चुप हो गए। औरतें गुनगुनाकर गाने लगीं :

सिरमारे फिरून राजा जय!
धरतिर पुड़ोइ राजा जय!

करमी नहीं गई; कोई बीरसाइत औरत नहीं गई। ''पहले घर आकर बता जाना, बाप''–करमी ने बीरसा से कहा था।

---

1. रिकॉर्ड
2. जय स्वर्ग के ईश्वर की–जय पृथ्वी के भगवान की

वे लोग यहाँ आएँगे, इस आशा में करमी ने घर-द्वार लीप-पोत डाला। बीरसा चालकाड़ आकर नई कोठरी में रहता था। आँगन के उस ओर और भी कोठे बन गए थे। तमाम घरों में नई-नई कोठरियाँ बन गई थीं। पहले मुण्डा लड़के-लड़कियाँ, ब्याह के पहले तबीयत होने पर, गिटिओरा[1] में रहते थे। अब बीरसा के प्रभाव से बहुत-से पुराने रीति-रिवाजों के साथ गिटिओरा में रहना भी खत्म हो गया था। इसीलिए जिसके कई लड़के होते उसे ही कमरे की जरूरत होती।

करमी के घर के चारों ओर नए-नए कमरे थे। बीरसा के धर्म में सबके लिए साफ रहना जरूरी था। घर-घर में लकड़ी के तख्त थे। तख्त पर चटाई बिछाई जाती थी। बीरसा के कमरे के फर्श और दीवारों को करमी ने एक बार गेरू से लीप दिया। फिर गेरू को सुखाकर राख के रंग की मिट्टी को कूँची से उस पर लेपा। सूखकर सब चमकने लगा।

बृहस्पतिवार को बीरसा का जन्मदिन था। उस दिन कोई जीव-हत्या नहीं की जाती। जाल काटकर करमी ने दो खरगोश छोड़ दिए, उसके बाद पलाश के पेड़ के नीचे चटाई के आसन पर बैठ गई। बीरसा इसी राह आएगा।

लेकिन बीरसा नहीं आया। आया सुनारा।

"हाँ रे, वह नहीं आया?"

"नहीं! यहाँ आएगा? बोर्तोदि की ओर यात्रा की है, वहीं लौटना होगा।"

"वहीं लौटना होगा?"

"हाँ रे, मैं यही खबर देने आया हूँ। भगवान ने भेजा है।"

गाँव की दूसरी औरतें, बूढ़े, लड़के-लड़कियाँ—सब आ गए। सभी सुनारा को घेरकर खड़े हो गए। सुनारा को बड़ा गर्व हुआ। सभी उसको देख रहे थे, उसकी बात सुनने के लिए खड़े थे। भगवान के आने पर उसे कौन देखता, कौन उनकी बातें सुनता? करमी के छोटे बेटे कनू के आने पर भी कोई सुनारा की बातें न सुनता। कनू जब बोलता तो सब काम छोड़कर सुनना होता।

"बोल रे नानक?"

"ठहरो भाई, जरा आराम तो कर लूँ! कोई एक बात है।"

"आराम बाद में करना। पहले बताओ।"

"तो सुनो। हम तो बोर्तोदि से कतार बाँधकर चले। रास्ता बहुत था। एक दिन में पूरा होने लायक नहीं। कहाँ बोर्तोदि और कहाँ चुटिया! भगवान ने जैसा

---

1. बहुत-से लोगों की सोने की जगह

कह दिया था, उसी तरह कोम्ता-रोकन दोनों ही ने पूछकर उनसे कहा, ''हम जम्बुल से आएँगे। चुटिया जाएँगे, उसे अछूता रखकर बाहर से पूजा करेंगे। यह बात सुनकर हममें से किसी ने कुछ न कहा। हमें हाटिया पहुँचने में साँझ हो गई। वहाँ कटहल के गाछ के नीचे हमने आग जलाकर खाना पकाया, खाया। वहाँ भगवान ने हमें बातें बताईं। कैसी बातें, पता है?''

''बताओ।''

''वह पत्थर-मिट्टी की बात है। नीचे तीन पत्थर, पत्थरों पर मिट्टी का ढेर, चूल्हा बन गया! भगवान जमीन पर टेक लगाकर लेटे थे। बोले : ''देखो! पत्थर उठता जाता है, मिट्टी नीची होती जाती है!''

''जय भगवान!''

''सबने एक-एक कर दो बार देखा—पत्थर नीचे हो रहे थे; मिट्टी उठ रही थी। भगवान से वह बात कही। लेकिन भगवान फिर बोले : देख आओ, पत्थर उठ रहा है, मिट्टी धँस रही है। सबने जाकर देखा, चूल्हा जैसे जलता है उसी तरह उसमें सूखकर मिट्टी का डला जाकर पत्थर के नीचे पड़ा है! हाँ, भाई!''

''अच्छा?''

''तब भगवान ने सबको समझा दिया। दिकू लोग आज तुम लोगों पर सवार हैं, तुम्हें नीचे ढकेल रहे हैं। लेकिन उलगुलान में सब जल जाएँगे। तब उनकी आँच से तुम ऊँचे उठोगे, वे दब जाएँगे।''

बीरसिं मुण्डा की पत्नी गिरि मुण्डानी रो पड़ी। वह करमी से बोली, ''हाँ रे, तुम औरत-मरद को यहाँ रखा मेरे मरद ने। भगवान को नन्हा-सा लेकर तू आई थी। मेरे पास रखकर जंगल में लकड़ी इकट्ठा करने जाती थी। मछली पकड़ने झरने पर जाती थी। तुझसे बताया नहीं था कि यह लड़का चमत्कार करेगा। इसके मुँह पर चाँद-सूर्य चमकते हैं!''

बीरसिं मुण्डा बोला, ''हो, जैसे तूने ही पहचान लिया था! मैं अगर नहीं पहचानता, तो उसे लाता ही क्यों?''

करमी विरक्त हो उठी, लेकिन भगवान की माँ होने से क्षमा करना भी सीखना पड़ता है। विरक्ति दिखाना ठीक नहीं था। वह बोली, ''तुमने ठौर दिया था, जान बचाई थी, जितने दिन घर नहीं बना, रहने को घर दिया था, वह बात तो मैं सबसे कहती हूँ।''

बीरसिं मुण्डा बोला, ''अब सुनो, नानक क्या कहते हैं! आहा! मेरे जाने से,

मैं पुराण-पुरुष हूँ, अपनी आँखों से देखता, लेकिन देह में ज्वर है। रोग होने से देह अशुचि रहती है, इसी से घर पड़ा रहा। तू आगे कह, बेटा।''

सुनारा बोला, ''हाटिया से हम चुटिया गए। राँची बहुत पास था। सभी ने मन-ही-मन सोचा—साहब को पता चलेगा तो क्या होगा? लेकिन भगवान का मुँह देखकर सब डर चला गया। चुटिया में हम पिता-पुरुष, आदि देवता, धरती के आबा—सभी गाने गा-गाकर खूब नाचे। ओः, बूढ़ा धानी खूब नाचा; बूढ़ा उछल सकता है, मैं उस तरह कुछ नहीं कर सकता। उसके बाद मन्दिर में घुसकर हमने सारे ठाकुरों का नाश कर दिया, तुलसी ली, लेकिन ताँबे की पट्टी खोजने पर भी नहीं मिली।''

''नहीं मिली?''

''नहीं।''

''उसके बाद?''

''उसके बाद बहुत आदमी आ गए। बहु—त हल्ला हुआ। भगवान बोले : ''हमारे पुरखों का मन्दिर है, हमने कब्जे में ले लिया है। दिकू के जितने देवता थे सबको अशुद्ध कर दिया है। मूल-तुलसी गाछ उखाड़ लिए हैं।''

''उसके बाद?''

''हम चले गए सिरुमटोली। राह में भगवान सबसे कह आए—अब मत चलो। काम हो गया। सिरुमटोली में हम सोए; वहाँ पलुस प्रचारक शायद मिशन के काम से गया था। उसने जाकर भगवान को उठाया, पता नहीं क्या कहा। भगवान हमको जगाकर रात के अँधेरे में बोर्तोदि ले आए। बोले, 'चुटिया से पुजारी ने घुड़सवार भेजकर राँची खबर भेजी है। राँची में साहब ने कहा है—सवेरे से मुनादी होगी—भगवान ने फिर मुण्डा लोगों को भड़काया है, दंगा करा रहे हैं; उन्हें जो पकड़वाएगा, इनाम पाएगा। सब आए—शुधा, चैता, काशी। रमई मुण्डा नहीं आए; वे हमारे साथ नहीं थे।' ''

''वे पकड़े गए?''

''हाँ भाई। सब बात जान आया। उसी से तो एक दिन की देरी हो गई। कनू प्रचारक ने बताया कि चैता, काशी, रमई कह रहे थे, हम क्या करें? जो किया, वह भगवान के हुकुम से। हमने कोई दंगा नहीं किया। दारोगा ने डाँटकर कहा, 'मन्दिर में क्यों गए थे?' उन्होंने कहा, 'गए तो थे, लेकिन सबको पता है, यह मन्दिर मुण्डा लोगों के पुरखों का देवथान है!' ''

''अब वे लोग?''

''बोर्तोदि में हैं।''

"वहाँ पुलिस नहीं जाएगी?"

"नहीं, पता नहीं चलेगा! अकाल के समय से उधर कोई दारोगा नहीं जाता। सब दस मील दूर थाने में बैठकर रिपोर्ट लिख देते हैं—जाकर देख आया—सब ठण्डा हो गया है। कई घोड़े धानी आदि ने मार डाले न? उससे वे लोग डरते हैं।"

कुछ सोचकर करमी ने कहा, "पलुस प्रचारक? वह बीरसा का कब से भला चाहने लगा? इसी आँगन में तो वह पुलिस के साथ आया था।"

बीरसिं मुण्डा और दूसरों ने हलकी भर्त्सना में कहा, "तुम बड़ी भुलक्कड़ हो। मन-ही-मन जो भी कहो, मुँह से बीरसा क्यों कहती हो? यह अच्छा नहीं है।"

"गलती हो जाती है। उसकी फिकर में मेरा दिमाग ठीक नहीं रहता। लेकिन तुमने मेरी बात का जवाब नहीं दिया।"

बीरसिं मुण्डा सूखे गले से बोला, "उसकी जाति के बहुत-से बीरसाइत पिछले साल अकाल में मर गए। अब साहब लोग सोचते हैं कि वह दिखावे ही की सहानुभूति रखता है—मन-ही-मन मुण्डा लोगों के साथ बीरसाइत हो गया है। मुण्डा लोग उसे अपने मत का बनाए रखते हैं। सो बाद में मिशन के मुण्डा भी जुरमाने से नहीं बचे। अब पलुस कुछ बुरा न करेगा।"

"बाद में करेगा?"

"अभी नहीं करेगा। वह हवा को पहचानता है। हवा बदल जाने पर क्या करेगा, यह पता नहीं। माने अगर हवा बदलती, उलटी चलती तो पता नहीं क्या करता। अभी वैसा कुछ नहीं करेगा।

करमी ने सिर हिलाया। बोली, "तू क्या करेगा, सुनारा?"

"कल सवेरे लौट जाऊँगा।"

"क्यों?"

"जगन्नाथपुर से चन्दन लाऊँगा, नौरतनगढ़ से मिट्टी।"

"अभी वे लोग नहीं आएँगे।"

"मालूम नहीं। नानक को कुछ पता रहता है? जो हुकुम हो, उसी तरह हम काम करते हैं। तुम्हें कितना तो समझाया!"

"समझाता तो है। मैं भूल जाती हूँ।"

बीरसिं मुण्डा बोला, "भगवान ने ठीक काम किया है। हमारे पुरखों की जितनी जगहें हैं, सबसे आशीर्वाद लेंगे। करमी, तू बड़ी भाग्यशालिनी है रे!"

"भाग्यशालिनी?"

धीमे-से कहकर करमी घर में चली गई। कोम्ता की बहू बोली, "भगवान के लिए माँ रात में चोरी से रोती है। उनके छुटपन की बातें कहती हैं, और बहुत

रोती है। कहती है—उसके लिए माँ का कलेजा दुखता है!"

"नासमझ है।"

सब एक-एक कर चले गए।

वे लोग जगन्नाथपुर चले गए। उसके बाद कोई खबर नहीं, कोई भी खबर नहीं। बीरसिं मुण्डा और दूसरे आदमी भी चले गए थे। करमी घर छोड़कर नहीं जा सकती। बीरसा ने उससे कहा था, "माँ! तुम घर पकड़े रहो।" करमी को बस ऐसा लगता—पता नहीं, क्या मुसीबत आएगी!

रो नहीं सकती थी—कहीं अमंगल न हो! सुगाना को गाली देकर पहले शान्ति मिलती थी, अब नहीं मिलती। नातिनों के बाल बाँधने का, उनसे बातें करने का मन नहीं होता था। बहू ने कहा, "माँ, तू क्या उपास करके सूख जाएगी? खाती क्यों नहीं है?"

"देह अच्छी नहीं है।"

"जंगल जाऊँ? दवाई ले आऊँ? बताओ तो क्या हुआ है?"

"कुछ नहीं रे।"

"सोती क्यों नहीं?"

"नींद नहीं आती।"

"वे लोग आएँगे? धरती के आबा के साथ गए थे, उसमें ही तो मेरा मरद गया है। फिर भी मन में डर नहीं है।"

सवेरे उठकर करमी ने एक खंती और एक टोकरी ली। नातिनों से बोली : "चल, बन से कन्द ले आएँ। खाकर देखेगी कि राँधने से कैसा होता है। चल, टोकरी ले। बेर ले आएँ, आँवले सूखे पड़े हैं, ले आएँ। बाद में झरने में नहा भी आएँगे।"

वे बन में गए। इस बन में पलाश, सेमल, केन्दू, पियाल, महुआ, पियासाल, साल के पेड़ों की बहुतायत थी। कहीं-कहीं पहाड़ के ढालों पर आँवला और बहेड़ा के पेड़ थे। वृक्ष-हीन जगहों पर जंगली फूलों के ढेर उगे हुए थे।

खंती से कन्द खोदकर करमी बोली, "सबको पता नहीं है—इसी से बचा रह गया। नहीं तो जंगल-भर खोद डालते।"

झरने के जल में उन्होंने स्नान किया। करमी बोली, "तुम घर जाओ। मैं कुछ देर धूप में बैठती हूँ। बूढ़ी हड्डियों को ज्यादा ठण्ड लगती है। हाड़ काँपते हैं।"

उनके चले जाने पर धूप की हलकी गरमी में करमी ने अपने पके बाल सुखाए। पहले मुण्डा लोग जो-जो काम करते थे, अब कुछ नहीं करते। होली पर 'जापि' नाच-गान नहीं होता; मुण्डा लोग शिकार को नहीं जाते। पौष पूर्णिमा को मागे[1] उत्सव बन्द हो गया। घर के वास्तु-देवता, पितर, सबको अर्घ्य देना बन्द करने से करमी को डर तो लगता था, लेकिन बीरसा के धर्म में मागे कोई परब नहीं था!

शाल गाछ में फूल खिलने पर जवानी में करमी आदि बा-परब[2] मनाते थे। सिर पर फूल लगाकर आदमी और औरतें खूब नाचते थे। बीरसा ने वह भी बन्द करवा दिया। जिन पर्वों में बोङा-बोङी की पूजा, बलिदान, हँडिया पीना, नाच थे—सब की बीरसा ने मनाही कर दी। करम-पूजा का नाच, पाइका[3] का नाच—सब बीरसा ने रुकवा दिए। औरतों के फूल लगाना, आदमियों के सिर पर कंघी फेरना, कानों में गहने पहनना—सब बन्द हो गया।

"हार रे, तूने स—ब बन्द कर दिया?"

बीरसा ने माँ से कहा, "मुण्डा के जीवन में केवल दुःख है। इतने बोङा-बोङी पूजकर, नाच-गाकर वह दुःख क्या कुछ भी कम हुआ? 'करम' उनकी पूजा नहीं है। हँड़िया वे बिलकुल नहीं पीते। हमारा नया धर्म दूसरी तरह का है, माँ। हम उन्हें न तो झुलाते हैं, न भुलाते हैं। उन्हें जिन्दा रहना सिखाएँगे, उन्हें मरना भी सिखाएँगे। और मारना भी सिखाएँगे। तभी मेरे धर्म में नए रीति-रिवाज चलेंगे।"

"तू बता तो।"

"वह ऐसा कुछ धर्म नहीं है। बीरसाइत बनने के लिए नया जन्म लेना होगा। पुराने रीति-रिवाज छोड़ने पड़ेंगे। कष्ट उठाने पड़ेंगे।"

जाड़े की धूप में, हलकी ठण्डी हवा में, पत्तों की झरझर-सरसर सुनते-सुनते करमी

1. माघ मास का
2. फूलों का उत्सव
3. एक प्रकार की कृपाण

को पिछली बातें याद आ गईं। माँ उनको गोदी में लेकर आँगन में बैठती। चने का साग बीनते-बीनते पिछली पाथर-माँ की कहानी सुनाती।

करमी की माँ खूब कहानियाँ सुनाया करती थी। गाछ, लता, घर, बरामदा, ढेंकी, सूप—सबको लेकर एक-एक कहानी कहती। पाथर-माँ की कहानी कहती, वह किस युग में किस माँ के किस बेटे ने कहा था, 'माँ तू भात राँध, मैं भात का फेन सूखने के पहले शिकार मारकर आ जाऊँगा।'' वे पहले के जमाने थे। सारे मुण्डा भात खाते थे।

लेकिन तभी देश में मजूरों का ठेकेदार आ गया था। वह ठेकेदार नौजवान लड़कों को लेकर चला जाता। लड़के फिर लौटकर नहीं आते। बेटे का आसरा देखते-देखते माँ पत्थर की हो गई!

करमी हिल-डुल कर उठी। उसे ये सब कुलक्षण की बातें क्यों सूझती हैं!

वे कब की बातें हैं—जब करमी की पीठ सीधी थी, बाल काले थे। सिर पर पोटली लेकर पति और देवर के साथ खेत-मजूरी के काम की तलाश में कुरुमदा गई थी। कितने बरस हुए? बड़ा लड़का कोम्ता, बड़ी लड़की दासूकी पैदा हुए थे। तब करमी सोचती कि यही तो अच्छा जीवन है। मजूरी लाते हैं, घाटो खाते हैं, सब तरह से अच्छे हैं!

वहाँ से बाम्बा। चम्पा हुई, बीरसा हुआ। बाँस का घर, टट्टर की दीवार, छप्पर छाया रहता। करमी सोचती, यही तो अच्छी जिन्दगी है। मजूरी लाते हैं, घाटो खाते हैं, सब तरह से अच्छे हैं। बेटे, बेटी, उनका बाप तो साथ में है।

वहाँ से चालकाड़। कोई नहीं पूछता था। किसी को पता नहीं कि घर में भगवान ने जन्म लिया है। मेले में बनियों के लड़कों के शरीर पर लाल कुरता देखकर करमी की कितनी साध हुई थी कि ऐसा लाल कपड़ा अपने बेटे को भी पहनाए!

बेटे-बेटियों को पेट खाली होने पर भूख लगती। करमी गोद के बेटे कनू को पीठ पर बाँधकर, बलोया हाथ में लेकर, जंगल में जाकर, बेर, बेल, आँवला, अरबी, कन्द, खरगोश, साही—जो कुछ मिलता वही लाकर उन्हें खिलाती। यह कभी नहीं कहा, ''नहीं, घर में कुछ नहीं है।''

तब सुख था, या अब? अब सभी जानते हैं, फौरन पहचान लेते हैं। सब आदर करते हैं; पेड़ के फल, तरकारी, बकरी-गाय का पहला दूध, पहले करमी को देते हैं, तब खुद लेते हैं! कोल दुलहिन की सास बहू को साथ लाकर करमी

से कहती, ''जरा छू दो, जच्चा ठीक रहे, भगवान की माँ!'' कहती, ''कौन जानता था कि माँ ऐसे अद्‌भुत बेटे को जन्म देगी। अखाड़े में नाचता था, बाँसुरी बजाता था। देखो, उसकी नाक कैसी ऊँची है, कोई भी अंग मुण्डा लोगों की तरह नहीं है, उसे लेकर कितनी बातें कहती हूँ। सोचती, तुम चुटिया-नागु के वंशधर हो, इसी से! नहीं रे! अब समझ में आता है कि भगवान थे, इसलिए उसका इतना रूप हुआ!''

अभी सुख है। करमी ने सिर हिलाया। पहले इतने लड़के-लड़कियों में अकेला बीरसा इस तरह कलेजे से लगकर नहीं बैठता था। अब बैठता है। उसने आँखें पोंछी। भगवान की माँ को रोना नहीं चाहिए।

सहसा उसके कान खड़े हुए। नगाड़ा बज रहा था। जय-जय ध्वनि हो रही थी। करमी ने भागना शुरू किया।

बीरसा आया है। नए कमरे के बरामदे में खड़ा है; पैर धूल से भरे हैं। करमी को देखकर बीरसा उतर आया। बोला, ''कहाँ गई थी? तुझे नहीं दिया, इसीलिए चालकाड़ में और किसी को भी जगन्नाथपुर का चन्दन अभी तक नहीं दिया। चन्दन लगाएगी—क्या इसीलिए नहाई है?''

''हाँ, वही तो। दे।''

हाथ जोड़कर करमी ने माथे पर चन्दन लगाया। सबके ही माथे पर बूँदें छपकीं।

बीरसा बोला, ''नए चावल, पैसे लेकर जगन्नाथपुर गया था। तीन सौ बरस पहले देवता का कानूनी शाही मन्दिर बनवाया था हमारे पुरखों ने। मुण्डा उस मन्दिर में कभी गए नहीं। कहीं घुस न जाएँ, इसीलिए किले की तरह चारों ओर दीवार उठा दी थी। मन्दिर में घुसा; मेरे हाथ में जो था चारों ओर छिड़क दिया। उसके बाद मन्दिर से लेकर सबके चन्दन लगाया।''

''इतनी देर कर दी?''

''वहाँ से बोर्तोदि गया। उसके बाद कुछ लोगों को लेकर कोयेल नदी पर नागफेनी गया। वहाँ से पालकोट होकर आया। अब नौरतनगढ़ से मिट्टी लाना है। लेकिन नौरतनगढ़ से मिट्टी लाने के बाद उलगुलान करने में और देर नहीं करनी है। यही। सारे मुण्डा। अब से काम शुरू होगा। काम बोर्तोदि से शुरू होगा। चालकाड़ से बनगाँव के पास। अभी आसानी से आना होता है। बोर्तोदि जंगल के कलेजे में है, पहाड़ों से घिरा हुआ। वहीं हमारी पहली चौकी बनेगी।''

सुनकर करमी की छाती में ढेंकी की-सी चोट लगी।

बीरसा बोला, ''उलगुलान आ गया है।''

करमी ने कानों पर हाथ रख लिए। वह समझी कि चालकाड़ के जीवन में बीरसा रुकावट लगा रहा है। उलगुलान में उतर पड़ने पर फिर बीरसा उसके पास उसका बेटा बनकर नहीं लौटेगा। अगर आएगा, तो भगवान बनकर, योद्धा बनकर आएगा।

तो करमी क्या पाथर-माँ हो जाएगी? अपरूप-अलौकिक-आश्चर्यजनक तो कोई चीज न होगी। अलौकिक के संसार को तो बीरसा ने मुण्डा जीवन से निर्वासित कर दिया है!

तो इसीलिए करमी निष्प्राण पत्थर न होगी। फटी धरती के काले पत्थर की तरह रेखाएँ-खिंचा चेहरा लिए निश्चल बैठी रहेगी। सब लोग उसे देखकर कहेंगे, ''उसका बेटा आदमी था, भगवान हो गया, उलगुलान का दीवाना भगवान! इसी से माँ पत्थर की हो गई।'

सहसा करमी को होश आया। सब लोग हाथ जोड़कर गा रहे थे। करमी ने भी हाथ जोड़े। रुआँसी आवाज में गाने लगी :

सिरमारे फिरून राजा जय!
धरतिर पुड़ोइ राजा जय!

चालकाड़ से बोर्तोदि।

करमी ने डरते-डरते सुगाना से पूछा, ''मुझसे क्या कोई कसूर हो गया है?''

''क्यों? कसूर क्यों होगा?''

सुगाना जरा ताज्जुब में पड़ गया। आजकल सुगाना एक व्यापक आनन्द के नशे में रात-दिन खुश रहता था। इतना सुख होगा, उसको ही होगा, जीवन में यह कभी सोचा भी नहीं था। वह गरीब, अभागा था। अब वह भगवान का पिता है! उसके घर में चावल रहते हैं, नमक रहता है। वह साफ कपड़े पहनता है, गाँव के बहुत-से लोग उसका आदर करते हैं। इतना सुख! इससे नशा हो जाता है। किसी

महुआ, ताड़ी, हँड़िया से इतना नशा नहीं होता—वह नशा तो रात बीतने पर दूर हो जाता है। यह नशा नहीं उतरता। करमी को खुश न देखकर सुगाना हैरान हुआ।

सुगाना हैरान हुआ। उनका समाज पुरुष-शासित नहीं था। इस समाज में स्त्री-पुरुष समान रूप से मेहनत करते थे, बराबर कमाते थे, बराबर सम्मान पाते थे। मुण्डा समाज में माता का सम्मान बहुत होता है। करमी ने बहुत दिनों वह सम्मान पाया। गर्व से सिर उठाए करमी घूमती-फिरती थी।

लेकिन करमी आज ऐसी दीन और करुण क्यों हो रही है? इस तरह डरकर वह बीरसा के बारे में बातें क्यों करती है?

सुगाना ने फिर पूछा, "कसूर की क्या बात कहती है?"

"वह चालकाड़ से डेरा उठाकर बोर्तोदि क्यों जा रहा है? इसी से पूछती हूँ—क्या मुझसे कुछ कसूर हुआ है?"

"ना, ना!"

"फिर? वहाँ डोन्का मुण्डा का घर उसकी चौकी क्यों बना?"

"तू नहीं समझती।"

"समझती हूँ। डोन्का की बहू साली को देखा है?"

"देखा है। तेज औरत है।"

"खू—ब तेज। नदी की तरह तेज है। आषाढ़ की नदी-सी।'

"वही।"

"बीरसा को देखकर नदी में बाढ़ आने लगती है!"

"छिः!"

"छिः क्या? उसके मुँह पर चमक आ जाती है।"

"छिः!"

"अपने बेटे को मैं जानती हूँ। लेकिन—उसको पास रखने में मुसीबत हो सकती है, जेहल तक जाना पड़ सकता है। हम बाप-माँ हैं; हम मुसीबत मोल ले सकते हैं। वह क्यों मुसीबत उठाए?"

"वे लोग बीरसाइत हो गए हैं।"

"तुम्हारा यह बेटा आग लगा देगा। उसकी मुसकान देखने के लिए मुण्डा

औरतें जाकर आग में हाथ जला रही हैं। मुझे सब पता है।''

''ऐसी बात फिर मत कहना।''

''वह तो पत्थर है। नहीं तो किसी अच्छी लड़की से सगाई कर लेता। कोम्ता और कनू की तरह घर बसाता।''

बड़ा लड़का कोम्ता हँसकर बोला, ''माँ! तू इतनी नामसझ क्यों हुई? जितने चाँद पार करने के बाद आदमी अबूझा हो जाता है, उतने चाँद तो तूने पार नहीं किए?''

''देख कोम्ता, मुझे गुस्सा मत दिला।''

''तू गुस्सा हो गई?''

''हाँ, हो गई।''

''क्यों?''

''एक बात कही। उसका जवाब नहीं मिला। बीरसाइतों के धर्म में है कि सबको सब बातों को समझाना चाहिए। यह देउँरा-पहान का धर्म नहीं है। वे कोई बात नहीं समझाते। वे हुकुम देते हैं, मुण्डा हुकुम मानते हैं। तुम क्यों नहीं समझाओगे? बता, कोम्ता?''

''छोड़! मुझे इतनी बातें नहीं आतीं।''

''किसलिए जा रहा है?''

''घर में टट्टर लगाऊँगा।''

''अभी?''

''बोर्तोदि कब जाना पड़ जाए, उस समय क्या मौका मिलेगा? तब भगवान समय देंगे?''

करमी नाक सिकोड़कर बोली, ''तू टट्टर बनाएगा? तूने बनाया, कनू ने बनाया, टट्टर खुल जाता है। वह टट्टर बाँधता था, कभी खुलता नहीं था।''

कोम्ता थोड़ा चिढ़ गया। बोला, ''माँ, उसके दुःख में तेरी अकल मारी गई है। उसने कब टट्टर बनाया है? दुनिया में कौन-सा काम किया है? काम किए हैं मैंने, काम किए हैं कनू ने!''

सुगाना समझ गया कि बहुत दुःख में करमी उलटी-सीधी बातें कह रही है। वह बोला, ''इधर आ, बात सुन। पास बैठ।''

''ए, ए, हाथ मत लगाना। बीरसाइत हो गए हो।''

''न-न, निषेध को भूला नहीं हूँ। बैठ यहाँ।''

''लो, बैठ गई।''

''देख, चालकाड़ का नाम अब सरकारी कागजों में चढ़ गया है।''

"क्यों?"

"उसका घर यहाँ है, इसलिए।"

कोम्ता की बड़ी लड़की बोली, "गाना नहीं सुना है! चालकाड़ पर तमाम गीत हैं।"

कौन देस में नए राजा का जनम हुआ हे?
अरे, तू मुँह उठाकर देख—आसमान में वह है धूमकेतु!
चालकाड़ में नए राजा का जनम हुआ रे!
पच्छिम में वह धूमकेतु!
मुण्डाराज लौटेगा—सो नए राजा का जनम हे!
धरती को शुद्ध कर देगा वह धूमकेतु!

"कह क्या रही है? चालकाड़ पर गाना है?"

"ब—हुत-से गाने हैं।"

"जंगल के बीच चालकाड़ ग्राम में धरती के आबा ने जन्म लिया है।" और—'सूर्य के समान चालकाड़ में उदय हुए बीरसा।' फिर तुम्हारी बात सुनने को आए हम दूर से हे चालकाड़!' और—'दिन-रात धरती का आबा गान करे! पहाड़ बन की गोद में...चालकाड़ चले जाएँ...धरती के आबा वहाँ गीत गाएँ!"

करमी बोली, "उसका जन्म तो यहाँ नहीं हुआ।"

"यह किसे मालूम है? बाम्बा में जन्म हुआ, यह कौन जानता है? सबको पता है कि जन्म यहीं हुआ।"

"क्या मुसीबत है, माँ! उसके जन्म को लेकर इतने गान हैं! कहाँ, कैसे हो गए, यह पता नहीं!"

सुगाना बोला, "तो देख। चालकाड़ का नाम तमाम लोगों को मालूम हो गया है। राँची से, बनगाँव से, खूँटी से क्षण-भर में चालकाड़ आना-जाना हो सकता है। पुलिस क्षण-भर में आकर उसे पकड़ सकती है।"

"सो तो पकड़ सकती है।"

"बोर्तोदि में पुलिस आसानी से नहीं जा सकती। बहुत दूर है। जंगल के रास्ते बहुत मुश्किल हैं। बोर्तोदि के पास डोम्बारी पहाड़ है। उसी डोम्बारी पहाड़ के पास बोर्तोदि की चौकी बनाई गई है। तूने डोम्बारी तो देखा नहीं है?"

"न, सुना है वह और पहाड़ों से घिरा हुआ है...सैलराकार[1]—केराओरा, बिचा-

1. एक पर्वत-शृंखला का नाम

बुरू, तिरिलकूटि-बुरू। एक ओर थोड़ा खुला है...वहाँ से डोम्बारी के इलाके में घुसा जाता है। वह मुहाना पत्थर जमाकर बन्द कर देने से पुलिस नहीं घुस सकती।''

''तुम लोग वहाँ जाओगे?''

''जब उलगुलान होगा, भागकर रहने की कोई जगह तो चाहिए। वहाँ पहाड़ों में, जंगलों में भागने की बड़ी सुविधा है। बोर्तोदि से वे सब जगहें पास होंगी। इसी से बोर्तोदि गए हैं। तुम्हारे-हमारे कारण चालकाड़ नहीं छोड़ा है।''

''इसीलए वहाँ गया है?''

''हाँ।''

''डो—म्...बा...री।''

डोम्बारी!

दुर्गम, कष्टसाध्य पहाड़ों से भरी डोम्बारी की घाटी है। यहाँ जंगल घने और दुर्भेद्य हैं। इन जंगलों में किसी दिन किसी भी ठेकेदार ने पेड़ नहीं काटे। किसी पेड़ पर कुल्हाड़ी की कोई चोट कभी नहीं पड़ी।

प्राचीन शाल, पियासाल-केन्दू, बहेड़ा, इमली, छितवन, पलाश, सिधा, शीशम, कुसुम, सेमल के पेड़ों के जंगल हैं। बाँस की झाड़ियाँ, कन्टकारि और केंवाँच की सटी झाड़ियाँ! कहीं हंसपदी लता के जाल से जंगल का रास्ता छाया हुआ था। जाड़े में इस जंगल में खिलकर बन-शेफाली उजाला फैलाए रहती! बरसात होने पर गढ़ैया की छाती पर अलंजी लता छती रहती। उस लता के फूल से महा-आकर्षक सुगन्धि फैलती।

इस जंगल में आदमियों की कोई बस्ती नहीं थी। पेड़ों के नीचे की जमीन सड़े पत्तों के कारण उपजाऊ, और सरस थी। उसकी जमीन में से बहुत सुरक्षित कन्द और मूल किसी मुण्डा औरत ने जमा नहीं किए। आँवले और पके बेरों को पक्षी ही खाते। बाँस के अंकुर भी इसी तरह बढ़ते रहते।

केवल बीच-बीच में पत्थर के ढोके दिखाई पड़ते—एक के बाद एक रखे हुए। ऐसा लगता था कि यहाँ कभी मुण्डा लोगों का कोई गाँव था। ये समाधि के ऊपर रखे पत्थर हैं। बाद में मुण्डा लोग गाँव छोड़कर चले गए होंगे।

इस जंगल में बाघ, भालू, चीते, जंगली सूअर, हिरन, भेड़िए, लकड़बग्घे निडर घूमते थे। शिकार-उत्सव के दिन भी कोई मुण्डा-युवक उन्हें तीर या बरछी से नहीं मारता था। पहाड़ों की गहराई में से होकर गम्भीर गर्जन के साथ एक नदी बहती

थी। उस नदी के पानी में रूपहली मछलियाँ अठखेलियाँ करती रहतीं!

इस जंगल में घुसने के रास्ते के नाम पर पतली-सी एक पगडण्डी थी। जानवरों के आने-जाने वाले रास्तों से मुण्डा जा सकते थे, दिकू नहीं। दिकू लोग वही सारे रास्ते खोजते जिनके आसपास हाट-बाजार-थाना-डाकघर हों। वे लोग वही जगहें खोजते जहाँ पास में अच्छा कच्चा-पक्का रास्ता हो।

यह जंगल आज भी मुण्डा लोगों का है। पहाड़ों की गोद में, जंगल के हृदय में, जलधारा के पास, बोर्तोदि के बहुत-से छोटे-छोटे गाँव बन गए थे। वे सारे गाँव पत्थरों के ढोकों और नागफनी के बेड़ों से घिरे थे—दुर्ग की तरह सुरक्षित।

डोम्बारी पहाड़ के नीचे जागरी मुण्डा के घर पर बीरसाइतों ने पहली सभा की। फरवरी का महीना था। कड़ाके की सरदी! जागरी मुण्डा का घर खूब लीप-पोतकर साफ किया गया था।

आँगन में धर्म-चूल्हा जला। सारे बीरसाइत दाल-चावल, चीना-दाना, खड़ी मसूर, जंगली सेम, सेम के बीज—जिसकी जैसी सामर्थ्य थी—ले आए थे। सब-कुछ एक ही कड़ाही में पकाया गया। सबने एक साथ बैठकर खाया।

उसके बाद सभी घर में अन्दर आकर बैठ गए।

बीरसा बोला, "देखो! साफ-साफ कह रहा हूँ। जो करने जा रहा हूँ, वह सब लोग समझ लो। आँखें बन्द कर तुम लोग उलगुलान में उतरो, यह मेरी इच्छा नहीं है।"

"कहो, हे भगवान!"

"दो रास्ते हैं।"

"किस तरह?"

"एक रास्ता है—शान्ति का रास्ता।"

निबाई मुण्डा बीते दिनों का सरदार था। वह बहुत बार अनेक आन्दोलनों में शामिल हुआ था। निबाई की नाक पर गुस्सा रहता था, और वह झगड़ालू भी बहुत ही था। वह बोला, "शान्ति की राह से तुम मुण्डा लोगों के हाथों में मुण्डारी राज ला दोगे?"

"राह जब है, तो मुझे बताना ही होगा।"

"तो कहो, हम सुनेंगे।"

"शान्ति की राह पर जाने से कितने दिनों में फल मिले—पता नहीं। उस राह पर चलने से काम पूरा होने में समय लगता है।

"वह कौन-सी राह है?"

"निबाई! तुम पुराने सरदार हो। तुमको मैं क्या बताऊँ? तुम, सरदार लोग,

अभी तक उसी राह चलते आए हो। वह है—अर्जी भेजो, कानून की राह से लड़ो।''

''बहुत लड़े। जितने कागजों पर सरदारों ने अर्जियाँ लिखाईं, वे कागज बिछा देने से छोटा नागपुर ढका जा सकता है। जितनी स्याही लगी, वह स्याही एक जगह होने से नदी में हड़पा बान[1] में उतना पानी नहीं होता!''

जागरी मुण्डा बोला, ''सुनने दो न हे। निबाई, तुम बहुत बोलते हो!''

डोन्का बोला, ''बोलो, हे भगवान!''

बीरसा बोला, ''जंगल काटकर जमीन मत लो, पर घर के छामू में सब्जी उगाओ। आम, कटहल के गाछ में बेड़ा बाँधों, फल-पौधे बेचो। महाजन के बुलाने से बेगार दो। तीर-बलोया, बल्लम, बरछे, कुल्हाड़ी उठाकर रख दो। कानून की राह से हक के लिए लड़ो। यह हुई शान्ति की राह! दिकू लोगों में, मिशन के साहबों में, राँची और चाईबासा के बाबुओं में बहुतेरे हैं जो मुण्डा लोगों के बारे में फिक्र करते हैं और मुण्डा लोगों के दुःख किस तरह दूर हों, वही सोचकर मेज पर, कुर्सी पर बैठकर चाय-दूध पी-पी कर, दुःख प्रगट करते हैं! शान्ति की राह पर चलने से वे खुश होंगे—सोच लो।''

जागरी मुण्डा बोला, ''शान्ति की राह में बहुत काँटे हैं, भगवान! कानून की राह पर जाकर हम कई बार ठगे जा चुके हैं।''

तिराई मुण्डा बोला, ''दूसरी राह कौन-सी है?''

बीरसा मुस्कुराया। मुस्कुराने से उसके अन्दर का प्रकाश प्रदीप्त हो उठता था। चेहरे की मुस्कान दूर हो जाने पर भी दोनों आँखें बड़ी देर तक मुस्कान से चमकती रहतीं। हँसकर, मधुर और प्रसन्न आवाज में बीरसा बोला, ''क्यों? लड़ाई की राह!''

''उस राह में काँटे नहीं हैं?''

''जरूर हैं।''

''तब?''

बीरसा बोला, ''लड़ाई की राह में काँटे बहुत हैं, तकलीफें और भी ज्यादा हैं। हो सकता है—देह तक छोड़नी पड़े। भूखों मरना पड़े। जेहल में रहना पड़े। लेकिन दूसरी कोई राह भी तो नहीं है।''

''सचमुच नहीं है।''

निबाई बोला, ''तो तुम उस राह पर ले चलना चाहते हो?''

''क्यों नहीं ले चलूँगा?''

---

1. अचानक आई भीषण बाढ़

“क्यों ले चलोगे, भगवान?”

“मैं तुम्हारा भगवान हूँ न! मैं किसी को गोद में लेकर झुलाऊँगा नहीं। धोखे में नहीं रखूँगा। मेरे लिए तुमने प्रतीक्षा की, तुम मुझे पा गए। मैं तुम्हें रुलाऊँगा, दुःख दूँगा, तुम्हें हँसाऊँगा, सुख दूँगा।”

“कैसा सुख?”

“स्वाधीन मुण्डाराज में स्वाधीन होकर जीते रहने का सुख!”

निबाई रुक-रुककर बोला, “स्वा–धी–न मुण–डा–रा–ज! स्वा–धी–न हो–क–र जी–ना?”

“जी हाँ, निबाई।”

बीरसा ने भट्टी में लकड़ी फेंकी। आग भक से जल उठी। आग की आँच से बदन में गरमी लगती है। आग ही मुण्डा लोगों का जाड़ों का कपड़ा है। मुण्डा किसी दूसरे गर्म कपड़े से परिचित नहीं।

निबाई जैसे अभिभूत हो गया। बोला, “मेरी बहुत उमर हुई। बहुत चाँद पार कर दिए। ऐसे किसी दिन की याद नहीं आती कि मुण्डा के अधिकारों के लिए लड़ा न होऊँ। लेकिन एक बार भी कोई चीज मिली हो ऐसा याद नहीं आता। मुझे ले चलो भगवान, अपनी राह पर ले चलो।”

निबाई ने सबकी ओर देखा। बोला, “पता नहीं, तुम लोग क्या कहोगे? मैं कहता हूँ—लड़ाई का रास्ता। देखो! जब कोमल फूल-सा था, तब से सबके मुँह से सुना था कि किसी दिन मुण्डा लोगों का भगवान मुण्डा के घर में जन्म लेगा। वह यीशु नहीं, किश्न नहीं, वह मुण्डा होगा। बीरसा हम लोगों का वह भगवान है! चलो भगवान! तुम्हारी बतलाई राह पर चलें। इस शरीर ने बड़े कष्ट उठाए हैं, बहुत सुख भोगे हैं, अब यह तुम्हारे काम में लगे।”

बीरसा बोला, “तुम लोग क्या कहते हो?”

“लड़ाई की राह जाएँगे।”

“हाँ, भगवान, लड़ाई की राह जाने से फिर बेगारी का पट्टा नहीं लिखा जाएगा। बेगार देने के लिए नहीं जाना होगा।”

गोत्ना मुण्डा किशोर उम्र का, निबाई का नाती था। वह बोला, “ओः, भगवान का राज होने से हरिराम बनिए को बहुत मारूँगा। साला मुझे खड़े रखकर सबको सौदा देता है। कहता है, तू तो मुण्डा है। तीन पैसे का सौदा माँगता है!”

बीरसा बोला, “हर दिशा में सभा करनी होगी। हर ओर सब का मत लूँगा। अबकी सभा होगी सिम्बुआ पहाड़ पर, होली के दिन।”

सिम्बुआ पहाड़ सरोभाड़ा[1] मिशन के आमने-सामने था। होली की रात को उस पहाड़ पर आग जली। उससे मिशनरियों को कुछ ताज्जुब न हुआ। होली में मुण्डा आग जलाते हैं, आग के चारों ओर नाचते और गाते हैं। इस बार भी आग जली, गाने हुए। लेकिन इस बार और त्योहारों के गाने नहीं थे। तीन सौ मुण्डा तीर-धनुक लेकर आए थे।

इस बार होली का गान मुण्डा-जाति के दो वीर—दुखन साइ और रोतन साइ के गान से शुरू हुआ।

दुंदिगारा का दुखन साइ नहीं किसी से डरता है,
रामगारा का रोतन साइ नहीं किसी से डरता है।

उसे बाद मुण्डा लोगों ने कोल विद्रोह का गाना गाया :

निकल के चींटे जैसे जाते वैसे बाँध के पाँत
काँधों पर हथियार लिए वे कहाँ रहे हैं जा?
कहाँ छोड़ते तीर?
बड़े-बड़े चींटों-सी बाँधें पाँत, लिए कन्धों पर हथियार?
अरे अरे, वह तो लड़ते बुन्दू में
अरे अरे, वे तीर छोड़ते जाकर तामार।

बीरसा बोला, ''अँगरेज रानी की मूर्ति वह केले का पेड़ है! होली में हम उस मन्दोदरी का सिर काटेंगे...रावण का राज खतम करेंगे।''

जगाई मुण्डा ने एक वार में केले का पेड़ काटकर गिरा डाला। बीरसा बोला, ''इसी तरह राजा और हाकिमों को काटना होगा। अब हो गया! नगाड़ा बजाकर नाचो।''

लेकिन होली की आग बहुत ज्यादा समय तक जलती रही। बाद में पुलिस आकर जाँच कर गई। कुछ समझी नहीं।

उसके बाद सभा होगी डोम्बारी पहाड़ पर। बीरसा ने फिर कहा, ''दो रास्तों की बात फिर से कह रहा हूँ। किस राह चलोगे? तुम्हीं लोग बताओ?''

एक नानक बोला, ''लड़ाई की राह पर। जिन्होंने राज ले लिया है, वे छोड़ेंगे क्यों? हम छीन लेंगे।''

''यह बात भी आखिरी बात नहीं है। डोम्बारी पहाड़ पर सभा होगी। हर दिशा में सभा का प्रचार करेंगे। फिर उसके पहले नौरतनगढ़ जाकर माटी लाएँगे।

1. एक जगह का नाम

डोम्बारी की सभा के पहले मनिहातू में सभा करो। वहाँ के बीरसाइतों से मेरी जान-पहचान नहीं हुई है।"

मनिहातू की सभा में मानी पहानी बोली, "मेरी एक बात है, भगवान!"

"कहो।"

"मैं भी तुम्हारी भक्त हूँ। लड़ाई होने पर मैं भी लड़ूँगी। तुमने मुझे किसी काम में नहीं लिया, कहीं जाने नहीं दिया, इससे मेरे मन को दुःख पहुँचा है।"

"तुम भी नौरतन चलोगी।"

"चलूँगी?"

"सभी जाएँगे। सारे बूढ़े, औरतें-बच्चे—सभी जाएँगे। मैं कह दूँगा। मेरे पुरखों ने नौरतन गढ़ में पहला गढ़ बनाया था।"

"मालूम है।"

"बाद में स—ब दिकू लोगों ने दखल कर लिया।"

सरकार चुप नहीं बैठी थी, लेकिन इस बार सरकारी पहिया इतने धीमे क्यों घूम रहा था, यह अमूल्य बाबू की समझ में नहीं आ रहा था। पाँच-सात दिन सोचकर अमूल्य बाबू डिप्टी मुकर्जी के घर गए। मुकर्जी बोले, "बदली होकर जा रहा हूँ, इसलिए मिलने आए हो, अमूल्य बाबू?"

"हाँ, आप क्या चक्रधरपुर चले?"

"हाँ।"

"पहले कलकत्ता जाएँगे?"

"यही इरादा है।"

"मेरा एक उपकार करेंगे?"

"कहो। तुमने मेरे बेटे की जान बचाई थी तो मैंने हाथ में जनेऊ लेकर कहा था कि जो बस में होगा तुम्हारे कहने पर वह करूँगा।"

"एक लिफाफा कलकत्ता जाकर डाक के बक्से में छोड़ देना होगा। और... ।"

"और क्या?"

"यह बात किसी से नहीं कहेंगे।"

"ठीक। लेकिन देखो, मुझ पर किसी तरह कोई मुसीबत न आए।"

"मुसीबत की क्या बात है? पर सरकारी काम करने में किसी-किसी बात में

गोपनीयता रखनी पड़ती है न!''

अमूल्य बाबू ने उनकी आँखों की ओर देखा। मुकर्जी ने आँखें झुका लीं—एक बार मुण्डा लोगों का जुरमाने का रुपया छिपाकर खुद ही दे दिया था और दोनों को छोड़ दिया था। सरकारी काम में गोपनीयता रखकर तो चलना ही पड़ेगा!'

बोले, ''ठीक है, चिट्ठी कहाँ है?''

''कल ला दूँगा। बात हो गई, अब लिखूँगा।''

''जेकब को चिट्ठी लिख रहे हो?''

''आपने कैसे समझा?''

''समझता हूँ भाई, समझता हूँ। तुमसे उम्र में बीस बरस बड़ा हूँ, फिर भी नहीं समझूँगा? मुण्डा लोगों के मामले के बारे में मैंने भी बहुत सोचा है। करूँ क्या! वह बेचारे एक अक्षर नहीं समझते कि अदालत में क्या हो रहा है। कानून बनना चाहिए कि जो मुण्डारी जानता हो—ऐसा ही वकील इनके मामले हाथ में ले सके। जो मुण्डारी जाने, वही आदमी इनकी पैरवी करे। वे क्या समझते हैं, बताओ?''

''ऐसा कानून क्या किसी दिन बनेगा?''

''बनना उचित है। असल में उनकी ओर से बोलनेवाला भी तो कोई नहीं है। उनका भाग्य ही ऐसा है! बीरसा मुण्डा ने लिखना-पढ़ना सीखा था। और अधिक सीखने पर उनकी बातें कहनेवाला एक सही आदमी बन जाता। जिस तरह की अक्ल है, उसी तरह दिमाग भी ठण्डा है। फिर व्यवहार तो बहुत ही अच्छा है, लेकिन वह भगवान बन बैठा!''

अमूल्य बाबू मुस्कुराए; बाहर निकल आए। जेल में अपने घर आकर उन्होंने लिखा, ''विश्वस्त सूत्रों से पता लगा है कि बीरसा का कोई पता नहीं है। चुटिया और जगन्नाथपुर—दोनों जगह जाने के बाद वह गायब हो गया है। राँची और सिंहभूम की पुलिस मिलकर बीरसा की तलाश कर रही है। बनगाँव में पुलिस चौकी बैठी है। सिंहभूम के डी.एस.पी.[1] बनगाँव जाकर जमींदार जगमोहनसिंह के साथ बात कर आए हैं। मुखिया लोगों पर हुक्म जारी हुआ है कि बीरसा को पकड़वा देने पर बख्शीश मिलेगी। यह बात उन लोगों ने फैला दी है। सुना जा रहा है कि मीअर्स भी बनगाँव जा रहे हैं। उन्होंने ही बीरसा को पहले गिरफ्तार किया था।''

---

1. डिप्टी-सुपरिंटेंडेण्ट ऑफ पुलिस

मीअर्स बनगाँव गए। चारों ओर पुलिस भी फैला दी है। गिडियन, मार्कुस, प्रभुदयाल—तीन आदमियों को पकड़कर पुलिस वापस आ गई। सिंहभूम के पुलिस-सुपरिंटेंडेण्ट से मीअर्स ने पूछा, "इन तीन बुड्ढे सरदारों को पकड़ने से ही हो जाएगा?"

सुपरिंटेंडेण्ट बोले, "बेकार भागदौड़ से क्या फायदा?"

"दैट बीरसा इज ए पोटेंशल डेंजर।"[1]

सुपरिंटेंडेण्ट बोले, "उसको पकड़ने से इनाम मिलेगा, यह बात तो हर बाजार में फैला ही दी गई है।"

"क्या उससे काम हो जाएगा?"

"अभी वह पकड़ा नहीं जाएगा। उस अंचल में जंगल बहुत हैं। लोगों की बस्तियाँ नहीं हैं। जंगलों में इस वक्त खाने को काफी मिलेगा। छिपने के लिए यही समय सुविधा का है।"

"हूँ!"

मीअर्स भौंहें सिकोड़कर चुप रहे। सुपरिंटेंडेण्ट बोले, "सरकारी काम में खूँटी थाने के दारोगा मृत्युंजयनाथ लाल ने लापरवाही की। उससे पूछिए न!"

मृत्युंजय दारोगा बोला, "क्या लापरवाही की, साहब?"

"बीरसा पहाड़ पर लोगों को जमा कर नाच-गान करेगा, यह खबर नहीं मिली थी? तलाश करने वाले से तुमने नहीं कहा कि पहाड़ पर नाच रहा है, नाचता रहे। जब कानून तोड़ेगा तभी तो पकड़ूँगा!"

दारोगा ने डर से हाथ जोड़कर कहा, "गुस्ताखी माफ हो, हुजूर। इस तलाश करनेवाले ने कहा, यहाँ बीरसा देखा गया। बुन्दू भागा। अजगर-सा जंगल है हुजूर, दिन-दहाड़े बाघ घूमते हैं। वहाँ एक बुड्ढा गाय चरा रहा था, उसका नाम भी बीरसा है। वह बेटा विष्युवेला[2] में पैदा हुआ, इसलिए बीरसा पुकारा जाता है। वहाँ से लौटते वक्त बाघ की गरज सुनकर घोड़ा डर गया। मुझे जंगल में गिरा देता न! फिर उस खोजी ने कहा कि बीरसा रोगोतो के बाजार में घूम रहा है। बहुत भाग-दौड़ की हुजूर, उसी से परेशान हो गया था।"

"जगमोहन सिंह की क्या बात है?"

डर के मारे दारोगा पैर रगड़ने लगा। सिर झुकाकर बोला, "हुजूर, मैं उससे डरता हूँ।"

"तुमको क्या डर? सरकारी नौकर हो?"

---

1. असली खतरे की आशंका तो उस बीरसा से है
1. वह समय जब दिन-रात का मेल होता है

"मुझे कुछ नहीं मालूम। भरतसिंह बताएगा। भरत उसकी जात का है। उससे जगमोहन कुछ न कहेगा।"

भरतसिंह बोला, "जगमोहन को डर है कि बीरसा उससे गवाही देने के लिए बदला लेगा। इसीलिए बीरसा को पकड़ने के लिए बनगाँव के पी.डब्लू.डी. बँगले का खींचनेवाला पंखा फाड़कर, प्याले-रकाबी तोड़कर उसने शोर मचाया था कि बीरसा ने जाकर दंगा किया था। केस नहीं चल सका, हुजूर।"

"हाउ सिली[1]!" सुपरिंटेंडेण्ट बोले।

मीअर्स गुस्से में आ गए। बोले, "बीरसा को पकड़ने के मामले को सिंहभूम की पुलिस काफी महत्त्व नहीं दे रही है। खबर मिली है कि सबूत के अभाव में प्रभुदयाल मुण्डा आदि तीनों जनें छूट गए हैं।"

सुपरिंटेंडेण्ट बोले, "राँची-पुलिस ही क्या सहयोग दे रही है?"

मीअर्स बोले, "तो तलाश जारी रखी जाए।"

सुपरिंटेंडेण्ट चक्रधरपुर लौट गए। मीअर्स राँची वापस लौट आए। कई दिन बाद सारे कांस्टेबल भी लौट आए।

मीअर्स बोले, "और कुछ कहना नहीं है। लौट क्यों आए?"

"सिर्फ कांस्टेबलों को तकलीफ होती है। उनका भय-विश्वास, उनका शाप लग गया है, हुजूर। इसी से तकलीफ होती है।"

"व्हॅट डु यू मीन?"[2]

"बीरसा शाप देता है, हुजूर।"

मीअर्स तेज हो उठे। बोले, "बीरसा पाँच फीट चार इंच का लंबा मामूली-सा मुण्डा है। टूटी-फूटी अंग्रेजी सीखकर आडम्बर रच रहा है। उसी का भय है?"

कांस्टेबल चुप रहे।

रोमन कैथॅलिक मिशन के रेवरेण्ड जॉन हफमैन मुण्डारी भाषा जानते थे। उन्होंने रोमन अक्षरों में उस भाषा का कोश तैयार किया था। मुण्डा लोगों के बारे में सरकार उन्हें सुविज्ञ मानती थी।

हफमैन ने रिपोर्ट लिखी। आश्चर्य है, भरतसिंह ने अपनी रिपोर्ट की बात

1. कितनी बेवकूफी की बात है!

2. तुम्हारा मतलब?

समझे बिना उस रिपोर्ट का सारांश दिया। प्रबल प्रतापशाली जमींदार जगमोहनसिंह कचहरी में एक दिन टट्टू पर सवार होकर गए। दारोगा भी था, आत्मीय भी थे। ठीक दोपहर का वक्त था; जगमोहनसिंह ने आराम करने के लिए जाने को कहा।

जगमोहनसिंह का मकान गढ़ की तरह ऊँची दीवारों से घिरा हुआ है। दोमंजिला कच्चा घर है। मोटी दीवार है। बड़ी-बड़ी कीलों पर जड़ा हुआ ऊँचा दरवाजा है। खपरैल की छत। दीवारों पर कूँची से बनाए हुए अजीब आकार के हाथी, घोड़े, राम और महावीर बने हैं। आँगन में धान, गेहूँ, बाजरा, अरहर के ढेर जमा हैं। एक कोठरी में मक्की का ढेर है। मिर्चों का पहाड़। गोशाला में बहुत-सी भैंसे हैं। बाहर कई घोड़े और टट्टू बँधे रहते हैं। बड़े-बड़े पीतलों के बरतनों में तेल और घी भरे हैं। मिट्टी के कोठलों में गुड़, सत्तू के बहुत-से बोरे रहते हैं।

रोटी, बथुआ का साग, अरहर की दाल, खट्टे दही और गुड़ से भरतसिंह ने खाना खाया। उसके बाद जगमोहनसिंह के पास जाकर बैठ गया। बोला, ''बहुत दिनों से कुछ हुकुम नहीं हुआ।''

''और हुकुम? तुम्हारे थाने को मैं जान गया हूँ। बीरसा को अभी तक नहीं पकड़ा। अब मेरी जान जाती है। पता है, मैं डर के मारे जमींदारी में नहीं निकलता।''

''किसका डर? बीरसा कहाँ है?''

''मुझे पता है? हमेशा ऐसा लगता रहता है कि वह सब-कुछ जानता है। अब तीर मार देगा!''

''दो बरस अकाल रहा। तुम कभी दो बाँसों के गट्ठर के लिए, कभी एक मुट्ठी भुट्टों के लिए मुण्डाओं को मुकदमों में फँसाओगे। धान रहने पर सरकार के सूखे की खैरात चाहने पर भी एक मुट्ठी-भर नहीं दोगे। तुम सरकार को देख रहे हो, या सरकार तुमको देखेगी?''

''खैरात देना सरकार का काम है कि हमारा?''

''अपना नाम बहुत बदनाम कर रखा है। अरे बाबा, सरकार को भी डर है; सरकार को उसे पकड़ना चाहिए—पकड़ती उसे तब, जब राँची-सिंहभूम की पुलिस एक साथ मिलकर काम करती। वह किया क्या? जिसके आँख-नाक-कान हैं, वही चालकाड़ तामार के थाने को समझेगा। तामार के थाने से चक्रधरपुर थाना, राँची और चाईबासा—तीनों जगह बीरसा घूम रहा है। यह तो बेवकूफ भी समझता है। मैं क्या कहूँ? मैंने देखा, साहब साहब में नहीं बनती। किसी ने किसी से रिपोर्ट नहीं ली, किसी को रिपोर्ट नहीं दी। हमने समझ लिया, सरकार भी डर गई है। या सरकार उसे पकड़ना नहीं चाहती। या सरकार काम-काज करना भूल गई है।

सोचा, तो हम ही क्यों उछल-कूद करके मरें?''

''तुम सरकार के आदमी हो।''

''इसके मतलब उसे पकड़ने के लिए पहाड़-जंगल पीटते फिरें कि बाद में वह एक तीर से मार दे?''

''तुम्हारे पास तो बन्दूक है।''

''बन्दूक तो तुम्हारे पास भी है। उस दिन बनगाँव में पी.डब्ल्यू.डी. बँगले में तुमने जो तमाशा किया, उससे साहब गुस्से में आगबबूला हो गए थे। समझे? बहुत खफा थे।''

''खफा होने से क्या होगा? सरकार जानती है कि इस राँची-चाईबासा में हम—आरा, छपरा, दरभंगा, भागलपुर, मुँगेर के जमींदार—सरकारी खूँटे हैं।''

''बाबा! जो जानवर दूध देते हैं उनके आगे थोड़ी घास, जरा-सा पानी डालना ही पड़ता है। तुम मुण्डा लोगों की जमीन, बेगार, सूद का रुपया लोगे और अकाल पड़ने पर मुट्ठी-भर चावल नहीं दोगे? यह क्या ठीक है? यह सब मुझसे बतला रहे हो?''

जगमोहनसिंह जरा भी खफा नहीं हुए। बोले, ''बताओ तो अब क्या करें? डर बहुत समा गया है।''

''जल्दी ही सब ठीक हो जाएगा। न हो तो तीर्थ चले जाओ। घूम-घाम आओ।''

''वह न कर सकूँगा। घर में... ।''

''क्यों, रिकॉर्ड में लिखाया है कि धान नहीं है—इसलिए?''

''रिकॉर्ड तो जो चाहो, दस रुपए देने पर ही हो जाता है!''

''तो पहरा दो।''

''पहरा देने पर मुण्डा चुप हो जाएँगे?''

''पता नहीं। पहले उन्हें समझता था, अब नहीं समझ पाता। पहले वे बात करते थे, अब नहीं करते। पर यह समझ गया कि सरकार ने नासमझी की है। कुछ गड़बड़ जरूर होगी। राँची से साहब आए, चक्रधरपुर से साहब आए, वे हारकर लौट गए। मैं बताए जा रहा हूँ, कुछ मुँह से नहीं कहूँगा, लेकिन बहुत-से सिपाही जमा किए बिना हम पहाड़-जंगल पीटकर बीरसा को पकड़ने नहीं जाएँगे। जंगल में बैठकर उसके साथ झगड़ा किया जा सकता है, अगर हमारे आगे-पीछे सिपाही घूमें।''

''तो समझ लो, तुम भी डरे हुए हो।''

''तुम्हारी तरह परिवार के रहते न डरें, ऐसा हो सकता है? थाने के सब लोग

तुमसे खफा हैं।''

''क्यों?''

''यह नहीं मालूम, क्यों। बीरसा को पुलिस पकड़ ले, इसके लिए बँगले पर हमला किया गया; कुछ न हुआ। अब पुलिस चौकी बैठी। सदर से तीस कांस्टेबल आए। पानी में गोबर मिला दिया! सोचा कि उन लोगों को तकलीफ होगी। सरकार सोचेगी कि यह बीरसाइत लोगों का काम है—और अधिक पुलिस भेजेगी। नतीजा यह हुआ कि सब ही भाग गए। अपनी अकल से काम करो। किसी से पूछो मत। अब भी सँभल जाओ। थाने से कोई तुम्हें बुलाएगा नहीं।''

''जो सोचा था वह नहीं हुआ, खराबी ज्यादा हो गई।''

''मुण्डा लोगों को जब पता चलेगा कि उनके नाम पर मढ़ने के लिए यह काम किया गया था, तो वे बहुत खुश होंगे न!''

जगमोहनसिंह को डराकर भरतसिंह बहुत खुश होकर निकल आया। आते वक्त कह आया, ''मुण्डा क्या ऐसे बुद्धू हैं? वे सुनेंगे कि कांस्टेबल तुम्हारी फैलाई बातें कह रहे हैं, तो कहेंगे कि यह भी बीरसा के शाप से हुआ है!''

जगमोहनसिंह बोले, ''बताओ तो और क्या करें? दो बन्दूकें और सदर से मँगाऊँगा।''

''बाबा! सरकार सबके ऊपर है। उसके साथ धोखेबाजी करने चले हो! यह तो छोटे नागपुर का राजा भी नहीं करता।''

बीरसा को सरकार पकड़ नहीं पा रही थी। राँची और चाईबासा के जंगलों के आसपास जितने थाने थे, उन सब जगहों में पुलिस भी पकड़ना नहीं चाहती थी, डरती थी। बीरसा ने बीरसाइतों से कहा, ''यह मत सोचना कि सरकार चुप होकर बैठी है।''

''तो पकड़ क्यों नहीं रही है?''

''वक्त पर पकड़ने आएगी।''

''कब?''

''जब वक्त होगा।''

''तब?''

''उन्हें वह वक्त नहीं दूँगा।''

"नहीं दोगे?"

"न! उसके पहले ही आग भड़क उठेगी।"

•

नौरतनगढ़ जाने के लिए झुण्ड-की-झुण्ड औरतें यहाँ आ गई थीं। वे आँगन में जमा होकर बैठी बातें कर रही थीं; साली का लड़का परिबा और लड़कों के साथ खेल रहा था। उन्हें खेलते देखकर बीरसा बोला, "आग भड़क उठेगी।"

दूसरे दिन रात होने पर वे लोग निकले। नानक, जवान औरतें, प्रचारक, बूढ़ी, सबके अन्त में पुराण-पुरुष थे। औरतों के सिर पर छोटे-छोटे नए बर्तन थे। उन्हीं बर्तनों में नौरतन के झरने से पवित्र जल—वीर-दा—लाएँगी।

बड़ा लम्बा जुलूस था। चुपचाप, सतर्क, जल्दी-जल्दी कदम पड़ रहे थे। अँधेरे में जाना होगा, नहीं तो लोगों की नजरें पड़ेंगी। वे चलते जा रहे थे। किसी दिन मुण्डा लोगों के आदि-पुरुषों और उनके लड़कों ने यह नौरतनगढ़ बसाया था। सवेरा हो गया, तब भी वे चले जा रहे थे। सूरज जब बहुत ऊपर चढ़ गया, तो बीरसा ने हाथ उठाए।

सामने ही सरना[1] था। जरिया गाँव का सरना बहुत प्रसिद्ध था। सरना पवित्र जंगल था। उस जंगल में मुण्डा लोग खास-खास दिन आकर रूठे देवता को बलि देते थे। और समय कोई उस बन में नहीं घुसता था। अब अगहन था। इस घने भीषण निर्जन वन में बीरसाइत लोगों ने आश्रय लिया। कोई बोल नहीं रहा था; सब चुप थे। बन के अन्दर एक गहरी गढ़ैया थी। सभी ने वहाँ विश्राम किया; आँचल में बँधा सत्तू नमक के साथ खाया।

सुनारा पेड़ की चोटी पर चढ़कर नजर रख रहा था। सहसा वह उतर आया। बोला, "लोग आ रहे हैं।"

एक बूढ़ा, साथ में कई आदमी थे। बूढ़ा आगे आकर बोला, "कहाँ हैं, बीरसा भगवान कहाँ हैं?"

"यह रहे।"

बीरसा आगे आया।

"कहाँ?"

"यह हैं।"

बूढ़ा बोला, "पास आओ। मेरी आँखें नहीं हैं।"

बीरसा नजदीक चला गया।

---

1. एक जंगल का नाम

बूढ़ा बोला, "तुम आ गए। हम जरिया गाँव से आए हैं। मैं उस गाँव का मुखिया हूँ। तुम यहाँ रहो, कोई चिन्ता की बात नहीं। जब चुटिया गए थे, जगन्नाथपुर गए थे, तब पता था कि नौरतन आओगे। कृष्ण पक्ष की रात है—अभी कोई बाधा नहीं है। इसीलिए हम कितने दिनों से राह देख रहे थे—हर महीने— कृष्ण पक्ष में। तुम आज ही मिले!"

"तुम बीरसाइत नहीं बने?"

"न। पर जो हुआ, और जो नहीं हुआ, तुम सबके भगवान हो—सब मुण्डा लोगों के।"

बीरसा ने उसके हाथ पकड़ लिए।

बूढ़े ने बीरसा के शरीर पर हाथ फेरा। बोला, "कल लौटते वक्त जरिया में आराम करके जाना। तुम कैसे समय आए भगवान, और उलगुलान की बात कही—जब मेरी आँखें नहीं हैं। मुण्डा लोगों का राज होगा! दिकू चले जाएँगे! सारे जंगल हमारे होंगे! स—ब होगा, लेकिन मैं कुछ देख ही न पाऊँगा।"

बूढ़ा हाथ उठाकर पीछे हट गया; उसने साष्टांग प्रणाम किया। उसके साथियों ने भी प्रणाम किया। उसके बाद कपड़े की खूँट से कुछ गुड़ के डले, जौ के सत्तू का माँड़ निकालकर पत्थर के ऊपर रख दिया। बोला, "हम चलें, जरिया से कोई डर नहीं है। हम कुल मिलाकर तीस घर हैं।"

बीरसा ने हाथ उठाकर उन्हें बिदा दी। उसकी आँखें विषादयुक्त थी; उनकी गहराई अथाह थी। जो उसके धर्म में दीक्षित थे और जो दीक्षित नहीं थे, सारे मुण्डा उसे भगवान मानते थे। आज कितने दिन से यह विश्वास उसके लिए रक्षा-कवच बना हुआ था। जिन पहान, जिन देओंराओं ने, बीरसा को अस्वीकार कर दिया था, वे भी सिम्बुआ पहाड़ की सभा के बाद उससे चुपचाप कह गए थे कि सिंबोङा और बीरसा में अगर बाद में विरोध हो तो वे सब देवताओं से समझ लेंगे! उलगुलान के काम में पहान और देओंरा[1] भी सम्मिलित होना चाहते हैं, क्योंकि वे मुण्डा हैं। मुण्डा राज होगा—उस राज को गढ़ने के काम में वे भी भाग लेना चाहते हैं।

बीरसा ने कहा था, "समय पर सबकी मदद की जरूरत होगी।"

अब अकेले पत्थर के ऊपर बैठकर, पानी में पैर डाल पानी हिलाते-हिलाते बीरसा सोच रहा था कि वह अब तक मुण्डा लोगों को स्वतन्त्रता नहीं दिला सका, लेकिन उसके जीवन में बहुत-से नागपाश तो उसने खोल दिए हैं। उसने असुर-पूजा, देओंरा और पहान की अलौकिक क्षमताओं में विश्वास, हजारों संस्कार और उनके बन्धनों को तो निःस्सत्व कर दिया है।

1. एक देवता विशेष को माननेवाले

अकेले बीरसा जानता था कि उसने कैसा असाध्य गंतव्य चुना है। प्राचीन जड़ता, अन्धे कुसंस्कारों से मुण्डाओं को मुक्त कर आज की दुनिया में, आधुनिक युग में उसने ले आना चाहा है। लेकिन वह एक ऐसी 'आधुनिक' सृष्टि भी करना चाहता है जिसके 'वर्तमान' में अँगरेजों का बनाया समाज या शासन नहीं रहे। बीरसा मुण्डा लोगों को लाखों बरसों के अन्धकार को एकाएक पार करवा के आधुनिक काल में ले आना चाहता है, किन्तु ऐसे आधुनिक काल में जहाँ पहुँचकर मुण्डा लोग अपनी आदिम सरलता, न्यायबोध, साम्य की नीति को अटूट रख सकें—एक नए मानव-धर्म में आश्रय पा सकें।

मुण्डा-रक्त बहुत प्राचीन है। मुण्डा लोग उस कृष्ण-वर्ण के भारत की सन्तान हैं, जबकि भारत में श्वेत जाति ने कदम तक नहीं रखे थे। बीरसा ने एक दुःसाध्य व्रत लिया था, मानो वह नदी की धारा को उलटा बहा देना चाहता हो। बाहर से आए हुए लोगों से सीखी हुई करम पूजा और अन्य रीति-नीति, प्राचीन असुर-धर्म की जादू-प्रक्रिया और रक्तोत्सव—सब एकबारगी हटाना चाहता था। धर्म का आचार, तन्त्र-मन्त्र, जादू, रीति-नीति का बोझ छाती पर रहने से मुण्डा लोग सिर न उठा सकेंगे—इसीलिए एक सहज, सुन्दर, कर्मकाण्ड और रूढ़िगत विश्वासों के बोझ से रहित धर्म की आवश्यकता है। इसीलिए बीरसा ने भगवान बनकर धर्म में, आस्था में क्रान्ति लाना प्रारम्भ किया।

मुण्डा लोगों को जंगलों का अधिकार चाहिए—आदिम युगों की भाँति! आदिम ग्राम-व्यवस्था चाहिए; अबाध जीवन की भाँति जीवन का रहन-सहन चाहिए। और एक भूखे मुण्डा और उसके प्रार्थित लक्ष्य के बीचोंबीच जो पाँत-की-पाँत दीवारें—जमींदार-महाजन-बनिए-मजदूरों के ठेकेदार-साहबों की दीवारें—और जिन अंग्रेजों के बल पर ये दीवारें धीरे-धीरे ऊँची हुई हैं, उन्हें मिटा देने के उद्‌देश्य से बीरसा ने भगवान बनकर मुण्डाओं को क्रान्ति-पथ पर अग्रसर किया है।

बीरसा ने उनसे कहा था कि उनके सब ध्येयों की पूर्ति अवश्य होगी। बीरसा जानता था कि तीर-धनुक-बरछा-बल्लम लेकर बन्दूक से लड़ना मुश्किल है। लेकिन उसे यह भी मालूम था कि मुण्डा लोगों की एकता अस्त्र-शस्त्रों के कुल अभाव को मिटा सकती थी!

मुण्डा लोग अपने को मुण्डा कहने का गौरव प्रायः भूल चुके थे। उनका आत्मविश्वास लौटाना होगा। फिर अपने को मुण्डा कहकर परिचय देने में गर्व हो—यह बीरसा के निकट एक बहुत ही प्रिय और महान इष्ट था।

इसीलिए बीरसा भगवान बना था!

बीरसा पानी से उठ आया। पत्थर की टेक लगाकर चित लेट गया। औरतें गोला बनाकर बैठी थीं; धीमी आवाज में बातें कर रही थीं। वे एक-दूसरे के बाल बाँध रही थीं। कोई दूसरे की गोद में सिर टिकाए लेटी थीं।

देखते-देखते बीरसा की आँखों के आगे धुँधलापन छा गया। भगवान बनने का बहुत मूल्य चुकाना पड़ता है। भगवान का जीवन किसी बारात के समान नहीं कि बाजे बजाकर, आम्र-पल्लव से जल छिड़ककर औरतें वर को उतारकर, चूमने का पत्नियों-सा व्यवहार करें! बीरसा को तेल-हल्दी में नहलाकर, किसी लड़की का बाप गोद में न बैठाएगा! पाँच पंचेश[1] आकर ब्याह में नहीं देंगे! किसी दुलहिन के साथ तिलक और जनेऊ का विनिमय बीरसा नहीं करेगा—जल, अग्नि, धान, दूध, तलवार, तीर और धनुक—सात चीजों के सामने रहने पर भी वह किसी को स्वीकार नहीं करेगा।

उस जीवन में, केवल रात के अँधेरे में मीलों पैदल चलते रहना था। एक के बाद एक सभा बुलाकर उलगुलान का मन्त्र मुण्डा लोगों के कान में फूँकना था। मनुष्य बीरसा को जो-जो अच्छा लगता था, वह सब भुला देना पड़ेगा। वह भगवान था न!

बीरसा ने आँखें बन्द कर लीं।

दूसरे दिन सवेरे नौरतनगढ़ जाकर अछूते जंगल के गढ़ से बीरसा ने वहाँ की मिट्टी ली। औरतें नए बर्तन में पवित्र झरने का जल भरकर लौट आईं। लौटती बार जरिया में आराम कर तब वे बोर्तोदि लौटीं। बीरसा बोला, "कल सवेरे मुण्डा लोग डोम्बारी पहाड़ पर जाएँगे। जितने लोग आ सकेंगे, आएँ। अब अगहन मास है। पूस लगने में अभी भी बीस दिन बाकी हैं। पूस लगने से पहले और भी सोलह-अठारह सभाएँ करनी हैं।"

सोमा बोला, "कल ही?"

"समय कहाँ है? समय तो है नहीं।"

कोम्ता जमीन में पैर रगड़कर बोला, "घर पर माँ फिकर में बहुत सूखी जा रही है। एक बार जाकर देख आता!"

"तो जाओ, फिर लौटना मत। पीछे का मोह रहने पर इस काम में मत

1. जैसे उत्तरी भारत में उपनयन-संस्कार के समय पाँच ब्राह्मण मिलकर यज्ञोपवीत पहनाते हैं

आना। पहले ही कह दिया था।''

बीरसा की बात सुनकर कोम्ता बहुत ही आहत हुआ। बोला, ''भगवान! गलती हुई।''

कोम्ता की क्षुब्ध आवाज सुनकर सभी एक-दूसरे की ओर देखने लगे। बीरसा बोला, ''मेरी माँ है इसलिए मैं उसकी ज्यादा फिकर करूँगा? या तुम फिकर करोगे? अगर सोचते हो, तो समझ लो कि जिसने फिकर की, उसी चिन्ता की राह से तुम्हारे मन में दीमक पैठ गई। जैसे-जैसे दिन बीतेंगे, चिन्ता की दीमक तुम्हें खा-खाकर खोखला कर देगी। फिर तुमसे उलगुलान का काम न हो सकेगा।''

डोम्बारी में पहाड़ की चोटी नाम की कोई चीज नहीं थी। वह ऊपर समतल, फैला हुआ था, प्रायः तीन सौ फीट ऊँचा। पत्थर की दरारों में पैर रखकर, सूखी घास के गुच्छों को पकड़कर ऊपर चढ़ना होता था।

डोम्बारी के ऊपर सौ से अधिक मुण्डाओं के जमा होने पर बीरसा ने एक सफेद झण्डा ऊँचा किया। पूरब की ओर एक दरार में उसे लगा दिया। एक लाल झण्डा पच्छिम की ओर लगा दिया। बोला, ''सफेद झण्डा मुण्डा लोगों का है। लाल झण्डा है दिकू लोगों के जुल्मों का। अब लाल झण्डा मैंने फाड़कर फेंक दिया। अब तुम लोग लड़ाई करने चले हो। डोम्बारी के पत्थर इसी तरह खून से लाल हो उठेंगे। अब तुम लोग किस राह पर चलोगे?''

''उलगुलान! उलगुलान!''

''अब समझ लो, सारे बीरसाइतों के घर गढ़ बनेंगे, यह कह रहा हूँ। और भी समझ लो। डोम्बारी के पीछे बहुत बड़ा पहाड़ डोमरा देख रहे हो? उस पहाड़ की जैसी चढ़ाई है वैसी ही ऊँचाई भी है। बाघ के भगाने से हिरन के पैर फिसलते हैं, लेकिन मुण्डा उस पहाड़ पर चढ़ते हैं—उनके पैर नहीं फिसलते। वह पहाड़ कैसे बना है?''

''सेंगेल-दा। सेंगेल-दा!''

''सेंगेल-दा! आग की वर्षा हरहराकर उतरी थी—यन्त्रणा से धरती का शरीर काँप उठा था। उसी कम्पन से ये सब पहाड़ बने हैं। अब उसी पहाड़ की गुफाओं में तुम चले जाओगे। सारे बीरसाइतों के घर गढ़ बनेंगे। उन घरों में आज से, यहाँ जितने लोग हैं, वे केवल बलोया-फरसा-तीर-धनुक जमा करेंगे। यह काम नानक करेंगे। क्यों करेंगे?''

''उलगुलान! उलगुलान!''

"प्रचारक लोग औरतों की मदद लेंगे। तुम रोगोतो, बोर्तोदि, हर ओर—गाँव छोड़कर जंगलों में फैल जाओगे। घने में, जंगलों के हृदय में घुसकर घर बनाओगे। घर ऐसा होगा जो मचान पर बनाया जाएगा। चार मानुस ऊँचा मचान, बाँस की सीढ़ी होगी, मचान पर घर रहेगा। जरूरत पढ़ने पर उस घर से भागना पड़ेगा। क्यों घर बनाओगे?"

"उलगुलान! उलगुलान!"

"तुम्हारा यही काम है। तुम सदा मुझसे मिल न सकोगे। अभी बसिया, सिसाई, कोलेरि, बानो, लोहारडगा, तुरपा, करा, खूँटी, मुरुहू, तामार, बुन्दू, सोनाहातू, जोरहाट, जिलितू-सेरेतू, क्रोन्तेया, चरारी, मनिसाई, बीरता, कोटाम, सोनपुरगढ़, ताउ, तिलाई-मरचा, नागफेनी, पालकोट, तिरला, मनिहातू, चातादी, कुसुमटोली, दिम्बूकेल, कमरा, पीपी, दोर्मा, गुराइदी, बिचाकुटि, कारिका, कोटागर—जहाँ-जहाँ मुण्डा हैं—सारी जगहों पर मैं जाऊँगा; एक ही बात कहूँगा। क्यों जाऊँगा? किसने हाथ उठाया? बताएगा?"

"मैंने! एतकेदि का गया मुण्डा।"

"क्या कहना है?"

"भगवान! सारे मुण्डा लोगों ने तुम्हारा धर्म नहीं लिया है। वे उलगुलान में आएँगे?"

"तुम नौरतन नहीं गए। जाने पर जरिया गाँव का मुखिया, एक अन्धा मुण्डा, तुम्हारी आँखें खोल देता। मुण्डा-राज जब होगा तो वह अकेला बीरसाइत होगा! हमारे सबके पुरखे जब मुण्डा-समाज में, मुण्डा-राज में थे, वे नमक मिलने पर भी बराबर का हिस्सा पाते, सोना पाने पर भी बराबर-बराबर हिस्सा करते थे। मुण्डाराज लाने पर सारे मुण्डा लोगों को शामिल करना पड़ेगा, समझे?"

"शामिल होंगे?"

"होंगे, होना पड़ेगा। दिकू लोगों के हाथों सभी मुण्डा एक-से मरते हैं, एक-सा कष्ट पाते हैं। मैं सबको बुलाऊँगा जी, यही मेरा काम है।"

"समझा।"

"तुम्हें जिस तरह अलग-अलग काम दिया है, वे भी वही करेंगे। तो समझ लो! राँची जिला में उलगुलान चलेगा। चाईबासा में उलगुलान चलेगा। वे लोग कितने सिपाही लगाएँगे? कितनी बन्दूकें दागेंगे?"

"तुम अकेले किस-किस ओर जाओगे?"

"मैं अकेला हूँ? तुम सब साथ नहीं हो?"

"हैं, हैं...भगवान!"

“तो सुनो, आज अगहन की दस तारीख को कह रहा हूँ। पौष की दस तारीख को साहब लोगों का बड़ा दिन होगा। उस दिन से उलगुलान शुरू होगा। सात तारीख से चारों दिशाओं में, पहाड़ों पर, जंगलों में आग जलेगी, वही इशारा होगा। और!”

“कहो हे!”

“सारा मुण्डा क्षेत्र घूम आकर उलगुलान के पहले मैं फिर डोम्बारी में तुमसे मिलूँगा। क्यों मिलूँगा?”

“उलगुलान! उलगुलान! उलगुलान!”

“वही ‘बोलोपे बेलोपे’ गान गाओ। रात देखो न तुम्हारे-हमारे शरीर की तरह काली है, तारे गान सुनेंगे इसलिए उतरकर देख रहे हैं, जंगल में बतास बह रही है, जंगल जाग उठे हैं, पत्तों की सरसराहट सुनो!”

“बोलोपे बेलोपे हेगा मिसि होनू को...” काली रात, काले पत्थर, काले शरीर! काले-काले हाथ हाथों में पकड़कर तीन झुण्ड बीरसा को घेरकर गान गाने लगे, धीरे-धीरे चक्कर लगाने लगे। मन्त्र की तरह गान छाती की गहराई से निकलने लगा। रात बढ़ रही थी। आकाश से तारे धीरे-धीरे खिसकने लगे थे। हवा में ठण्डक थी। जंगल के काले शरीर पर कुहासा छा रहा था।

चुटिया और जगन्नाथपुर के मन्दिर पर कब्जा कर, फिर वह कब्जा बनाए रखे बिना ही बीरसा चला गया था। न उसे पकड़ा गया; न उसका पता चला। कंघी से जिस तरह बाल काढ़े जाते हैं, उसी तरह पुलिस ने जंगल और पहाड़ छान डाले।

कोई पता नहीं चल रहा था, इससे मीअर्स परेशान हो गए। सारी परेशानी उनकी ही थी। ऊपरवालों को कुछ समझा नहीं पा रहे थे। उन्हें क्यों लग रहा था कि मुण्डा अंचल अब अग्नि-गर्भ की तरह फटने को है। किसी भी दिन, किसी भी समय आग भड़क उठेगी!

“लेकिन मुण्डा हैं कहाँ?”

मुण्डा लोग जंगल और पहाड़ों में छिपे थे। पुलिस के व्यर्थ के यत्न करने और चक्कर लगाने को देखकर वे हँसी से चुपचाप लोट-पोट हुए जा रहे थे। पुलिस के चले जाने पर वे गान गाते। उनके खून में नशा छाया हुआ था। ऐसा नशा किसी शराब से नहीं होता। उलगुलान या पूर्ण क्रान्ति के नशे में मुण्डा पागल हो रहे थे;

सब जगहों पर बीरसा सशरीर उपस्थित नहीं था। फिर भी सब गान बीरसा को लेकर ही थे।

वे गाते थे :

बीरसा भगवान ने पुकारा, ओ भाई चलो, चलें
चुटिया मन्दिर।
उस मन्दिर से निकलकर बोले
चलो, चलें जगन्नाथपुर के मन्दिर।
हम गए, रहे तीन रात
देवता को प्रणाम किया।
चुटिया काँप उठा
देखो, काँप रहे राँची और डुराण्डा।

जैसे कहीं से उनके मानव मन में अपार शक्ति उतर आई हो! रक्त में कठोर विश्वास जाग्रत हो उठा था—विश्वास की ज्वालाएँ लपलपाने लगी थीं।

वे गा रहे थे :

जमींदार के अत्याचारों की यन्त्रणा से
मानव के दुःख से देश आज उछल रहा है।
चलो, उठा लो धनुक, तीर और बलोया
जीने से मरना भला आज।
हमारे नेता बीरसा भगवान
हमारे लिए ही वे आए यहाँ
जीने से मरना भला आज।
चल तैयार हों तूणीर, तीर और तलवार ले
डोम्बारी पहाड़ पर जमा हों सब
धरती के आबा बात करेंगे वहाँ।
बन्दरों की किचकिच से डरेंगे नहीं हम
किसी तरह छोड़ेंगे नहीं जमींदार, महाजन,
बनियों-विदेशियों को।
उन्हीं ने तो छीन लिया है हमारा देश!

अपना अधिकार छोड़ेंगे नहीं
चीता, बाघ के दाँतों, साँप के आक्रमण से पाया था देश।
इस सुन्दर देश को उन्होंने छीन लिया।

ऐसे गान सुनकर बीरसा की छाती भी रह-रहकर काँप उठती थी। मुण्डा लोग यह क्या कह रहे हैं? जीवन से मृत्यु अच्छी है? किसने ये गान रचे? किसने इन्हें स्वर दिए?

कोई बता न सका। बीरसा समझ गया कि इन गानों को रचनेवाला समय स्वयं है—स्वर भी समय के दिए हुए हैं!

क्योंकि समय बहुत विस्फोटक, अस्थिर, व्यग्र होता है—समय के हाथों में तीर, हृदय में ज्वाला, आँखों में एकाग्र लक्ष्य रहता है! बीरसा की समझ में आया कि सुगाना या करमी उपलक्ष्य मात्र थे—उसे युग ने उत्पन्न किया है। मुण्डा लोगों के जीवन में होली की अग्नि हर बरस जलती है। उलगुलान की आग बीरसा के सिवा कोई जला नहीं सकता था। अब आवश्यकता थी अग्नि के उत्सव की, इसलिए समय बीरसा को आगे ले आया है।

बीरसा सोच रहा था : पाँच बरस हो रहे हैं : साल 1895 में मुण्डा लोगों ने सोचा था—जो कुछ सरदारों ने उन्हें समझाया था, वही समझा था।

मुण्डा लोगों ने सोचा था कि लड़ेंगे तो निश्चय ही। लेकिन लड़ाई के माने क्या हैं? उसके अर्थ, अभीष्ट क्या हैं?

जमींदारों को लगान नहीं देंगे!
बिना कर के जमीन चाहिए!
जंगलों पर फिर से आदि-जातियों का अधिकार होना चाहिए!

हाँ, बीरसा सरदारों के प्रति अत्यन्त कृतज्ञ था। उन लोगों ने आन्दोलन को जीवित रखा था जिससे मुण्डा लोगों के सपनों में यह बात उभरने लगी थी, उनके लिए अनजान नहीं रही थी। बीरसा का काम उससे बहुत आसान हो गया था।

बीरसा ने अपने से प्रश्न किया। बीरसा ने क्या भगवान बनना चाहा था? उसके निकट आकर मुण्डा लोगों ने उसे स्वीकार क्यों कर लिया था?

सरदारों ने उसकी कामना क्यों की थी? उनका लड़ाई करने का मन है—सेनानी नहीं हैं इसीलिए न?

उनका रास्ता कानून का रास्ता था—बीरसा का रास्ता युद्ध का है। दोनों रास्ते मिले कैसे?"

आज तो बीरसा मुण्डा जाति को लेकर सशस्त्र संग्राम के पथ पर उतर पड़ा

है। फिर भी सरदार लोग उसके साथ क्यों शामिल हैं?

बीरसा ने क्या चाहा था? प्राचीन मन्दिर में क्यों गया था? बीरसा को पता होगा, क्यों गया! आदिम मुण्डा-धर्म ने आदिम सरलता खो दी थी। मुण्डा लोगों के मन में अपने ऊपर आस्था लौटा लाने की आवश्यकता थी।

मुण्डा लोगों के जीवन से सारे खर-पतवार उखाड़ फेंकने की जरूरत है। जाति के जो शत्रु हैं, चाहे अर्थनीति में हों, या धर्म में, उनके बहिष्कार की आवश्यकता है।

और कोई राह नहीं है। क्योंकि बीरसा का वह आदिम जंगल—धर्षिता, अशुद्ध, अशुचि माँ—रो रही थी : "मुझे शुचि करो, बाप!" मुण्डाओं को संगठित कर, उनके हाथों में अस्त्र देकर घूमते-फिरते प्रति क्षण बीरसा समझ रहा था कि उनका शरीर ही छोटा नागपुर की धरती है, उनका रक्त कौताजने[1] और कांची नदी का प्रवाह है, उन नदियों के तटों पर ही उनकी जंगल-माँ रो रही है!

इसीलिए तो चार-पाँच बरस में बीरसा खुद समझ गया था कि वह मुण्डाओं को विश्वास दिला सका था, कि वे जो चाहते थे वही हुआ :

जो आदिवासी नहीं वे जबरन दखल करनेवाले हैं!

मुण्डा ही धरती के असली मालिक हैं!

और इस स्वर्ग-समान स्वप्न को मुट्ठी में भर लेना चाहिए—एक मुण्डा-अधिकृत मुण्डारी देश, जिस देश में साहब-सरकारी कर्मचारी और मिशनरी न हों। मुण्डा लोगों के निकट अब सबसे अधिक वांछनीय धन है बीरसा का राज। बीरसा का राज—माने बीरसा का धर्म। बीरसा का धर्म—माने बीरसा का राज। इस स्वर्ग-समान स्वप्न को प्राप्त करने के लिए अपना रक्त बहाना होगा, दूसरों का रक्त लेना पड़ेगा!

हर सभा में बीरसा ने एक ही बात कही। डोम्बारी में अगहन मास में भी सभा हुई थी।

भयानक ठण्ड थी—थकाने वाली रात में, चन्द्रमा रात को बारह बजे के बाद निकला था। डोम्बारी पहाड़ के ऊपर बीरसा एक समतल पत्थर पर बैठा था। एक-एक कर सत्तर-अस्सी लोग इकट्ठा थे—कूड़ाग्राम का रतन मुण्डा सबसे बाद में आया।

बीरसा ने पूछा, "कहो, तुम्हें कुछ कहना है?"

1. नदियों के नाम

कुड्डा के जगाई आदि तीन-चार लोग एक साथ बोल पड़े, ''जमींदार, जागीरदार, ठेकेदारों के अत्याचार की कहानी।''

बीरसा बोला, ''तो तीर-धनुक-बलोया तैयार रखो।''

वे बोले, ''रखेंगे।''

बीरसा ने कहा, ''हथियार किस काम आएँगे?''

वे बोले, ''तुम बता दो।''

बीरसा ने तब कहा, ''हथियारों से तुम लोग ठेकेदार, जागीरदार, राजा-हाकिम, किरस्तानों को मारो-काटोगे।''

वे बोले, ''राजा, हाकिम, किरस्तान अगर हम पर बन्दूकें दागें?''

बीरसा ने फिर कहा, ''उनकी बन्दूक-गोली पानी की फुहार बन जाएँगी। देखो, चौदह दिन बाद मैं फिर तुमसे मिलूँगा। उस दिन किरस्तानों का बड़ा दिन है। तुम लोग हथियार तैयार रखो।''

बातें करते-करते भोर हो गई।

सभा-सभा-सभा! सभा के बाद सभा! बीरसा कितनी राह चल चुका था? साल 1899 के अक्तूबर से दिसम्बर के बीच राँची और चाईबासा की कितनी ही जगहों पर बीरसा गया था।

चालकाड़ में बैठकर करमी रोती थी, ''बीरसा! बीरसा! बीरसा!''

करमी को पता नहीं था कि बीरसा माने छोटा नागपुर—बीरसा का रक्त अब छोटा नागपुर की बरसात की नदी के समान था। करमी को पता नहीं था, कि बीरसा के रक्त में बैठी है एक नंगी जंगल-माता। वह करमी की तरह नहीं थी, साली की तरह नहीं थी, सबसे अलग, भिन्न—वह स्वयं में सम्पूर्ण थी। उसी माता का रोना सुन रहा है, इसलिए बीरसा इतनी राहें पार कर सका है।

उसी माँ का रोना सुन रहा है, इसलिए बीरसा मुण्डा लोगों को विश्वास करा सका था कि बीरसाइत मुण्डा एक अलग जाति है!

वे सारे मुण्डा लोगों के लिए मर सकते हैं। उनके निकट जीवित रहने से मरना बहुत श्रेयस्कर और प्रिय है। उनकी राह खून से लथपथ राह है।

किन्तु बीरसाइत मुण्डा, बीरसाइत न होने से बाप-माँ-भाई-बहन किसी के हाथ का नहीं खाते, किसी के घर नहीं रहते।

बीरसा ने उनके मन में यह गर्व भर दिया था। बीरसाइत बनने के बाद उसी अहंकार से सिर ऊँचा करके वे चलते थे। बूढ़ा धानी मुण्डा, पगला दीवाना, सबसे

बेसुरे गले से गान गाता, और हाथ उठाकर नाच-नाचकर कहता, "मुण्डा बनकर पैदा हुआ, कभी इतना गरम खून रगों में गरजेगा, यह पहले नहीं मालूम था। हे भगवान, यह पता चल गया तो मेरे हाथ में चाँद आ गया; अब और कुछ न मिलने पर भी तुमसे कुछ न माँगूँगा!"

रात में पहाड़ों पर पहाड़ और जंगलों से होकर मील के बाद मील चलते-चलते बीरसा बोला, मेरी माँ, अब मत रोओ। तू मेरे खून में थी, इसीलिए टुइला-बाँसुरी बजाकर अखाड़े में नाचने को मन नहीं करता था। हमेशा मन में होता रहता था कि मुझे और भी कुछ करना है। मैं दुनिया में यही काम करने आया हूँ।

मेरा मन नहीं भरा, मिशन में जाकर, बनगाँव से। मन भरा नहीं, माँ—नहीं तो साली की तरह, परमी की तरह किसी लड़की से सगाई करता—गाँव के पहान का हुक्म मानकर—करमी-सुगाना का वंश चलाकर—जीवन बिता सकता था। कैसा दंश मुझे हो रहा था—तब मुझे पता नहीं था! बस, मन में यही होता था कि कोई और काम करने को आया हूँ। अब मालूम हुआ कि तेरा ही दुख मेरी रगों में आग लगा रहा था!

अपने गाँव से उखड़ते-उखड़ते, सारे अधिकारों से वंचित होते-होते मुण्डा लोगों की रीढ़ में बिलकुल शक्ति नहीं रही।

माँ, इसीलिए मैं इतना कठोर हो गया हूँ। जिस-जिस चीज, भाव, रीतिरिवाज को लेकर मुण्डा सब भूले रहते थे, मैंने वे सब छोड़ दिए हैं। हाँ, मैं तेरा भगवान हूँ।

फिर नाच-गाना—

करम-होली-सोहराइ[1] परब में मस्ती नहीं।
सिर पर फूल—बालों में फूल—हँडिया-ताड़ी का नशा अब नहीं।
सब भूलकर एक मन, एक लक्ष्य रहो।

इस तरह मुण्डा लोगों को एक बन्धन में बाँधा है, उन्हें मरना सिखाया है।

जो सिखाया है, वह उन्होंने सीखा भी है या नहीं, इसकी परीक्षा लूँगा 24 दिसम्बर को।

---

1. पौष मास का एक उत्सव

24वीं दिसम्बर...24वीं दिसम्बर...24वीं दिसम्बर...मुण्डा मन-ही-मन जप रहे थे!

साहब लोगों को कुछ पता न था।

साहब लोग क्या कर रहे थे?

राँची के यूरोपियन क्लब की बिलियर्ड टेबल असाधारण थी—खूब लम्बी-चौड़ी। जैसी पॉलिश थी, वैसी ही श्रेष्ठ उसकी कारीगरी भी थी। डिप्टी-कमिश्नर को बिलियर्ड का खेल बहुत अच्छा लगता था। बिलियर्ड का क्यू हाथ में लेकर सफेद गेंदों को जमा कर पॉकेट में डालकर उनके उत्तेजित स्नायु ठण्डे हो जाते थे। राँची के श्वेतांग-समाज ने डिप्टी-कमिश्नर की ओट में उनके बिलियर्ड-प्रेम की एक व्याख्या दी थी!

राँची की तरह की एक जंगली जगह पर पड़े रहने से डिप्टी-कमिश्नर की मेमसाहब खुश नहीं है। यहाँ है क्या? पहाड़? जंगल? सुन्दर आबोहवा? उसके लिए वह यहाँ क्यों पड़ी रहे? डिप्टी-कमिश्नर आदमी हैं। वह शिकार-उकार करके खुश रह सकते हैं। लेकिन उनकी पत्नी को यह सब-कुछ क्यों अच्छा लगे?

डिप्टी-कमिश्नर मेमसाहब को समझा नहीं पाते थे कि प्रमोशन हुए बिना राँची से बदली होना असम्भव है। भारत में रहने लायक शहर, इस पूर्व भारत में, एकमात्र कलकत्ता है। कलकत्ता कौन नहीं जाना चाहता? लेकिन लाल फीते का फन्दा बहुत भयंकर रहता है न! उसे तोड़कर आगे बढ़ जाना मुश्किल है।

मेमसाहब के साथ होनेवाली बहस में डिप्टी-कमिश्नर के स्नायु तन जाते! तब वे बिलियर्ड का खेल शुरू करते और खेलते रहते।

इस बार भी वे जैसा खेलते हैं, खेल रहे थे। पुलिस-सुपरिंटेंडेण्ट जिस तरह देखते थे, देख रहे थे। भयंकर ठण्डक थी, जैसी कि राँची में ही पड़ती है। बेयरा कायदे से पेय दिए जा रहा था।

डिप्टी-कमिश्नर ने सुपरिंटेंडेण्ट से कहा, "दैट बोगीमैन, दैट बीरसा?[1] क्या मर गया?"

"मरा ही-सा है।"

"क्यों?"

1. वह शैतान का बच्चा, वह बीरसा

"एकदम खामोश है। रीढ़ तोड़ दी है न उसकी! समझ गया है कि ज्यादा टें-टें करने से फायदा नहीं होगा।"

"मीअर्स का क्या कहना है?"

"मीअर्स? बीरसा के बारे में जो शोर फैलता है सब पर विश्वास कर लेना उसकी विवशता है।"

"मीअर्स बेकार आदमी नहीं है जी।"

"उस बार, ओहो, साल 1898 के मई महीने में सिंहभूम पुलिस के साथ क्या मीअर्स ने झगड़ा नहीं खड़ा कर दिया था?

"वह भी तो बीरसा को पकड़ने के बारे में ही था। सिंहभूम की पुलिस बिगड़ गई थी कि बीरसा राँची में छिपा है, क्योंकि गिडियन और प्रभुदयाल को पकड़ने के लिए सरकार ने इनाम नहीं दिया। राँची पुलिस को रेवरेण्ड हफमैन ने चिढ़ा दिया। कहा, 'बीरसा ने तामार थाने की झोंपड़ी छोड़कर चक्रधरपुर थाने के उत्तर की ओर के पहाड़ पर चौकी बाँधी है, और सिंहभूम की पुलिस कुछ नहीं कर रही है।' "

"अच्छा, ऐसा भी तो हो सकता है कि बीरसा राँची और सिंहभूम दोनों जगह काम चला रहा हो? अगर वैसा हो तो?"

"वह सुपरमैन तो नहीं है[1]।"

"मुण्डा लोग उसे सुपरमैन ही मानते हैं।"

"हफमैन क्या कहता है?"

"कुछ कहता तो खैरियत थी। लिखता है, लगातार लिखता जा रहा है। उसके सर पर बीरसा का भूत सवार है। चारों ओर उसे बीरसा का प्रभाव दिख रहा है। मिशन के जितने मुण्डा हैं, सब जैसे बीरसाइत होते जा रहे हैं!"

"हो रहे हैं, पता लगाया है क्या?"

"क्या पता? मुण्डा लोग इस बार जरूरत से ज्यादा खामोश हैं। होली के बाद शिकार तक नहीं खेला।"

"लक्षण तो अच्छे नहीं हैं!"

"जाड़े का मौसम है। इन दिनों उनकी तकलीफ बहुत बढ़ जाती है। मिशन में झुण्ड-के-झुण्ड जाया करते हैं।"

"हर मिशन में कहलवा दिया है कि इस बार बड़े दिन पर ज्यादा कम्बल और कपड़े बाँटना।"

"यह ठीक है, धर्म क्या करता है, यह देखने से क्या पुलिस की चलती है?

1. वह दैवी शक्ति से सम्पन्न तो नहीं है

धर्म को कौन छेड़ने जाए? जरूर तुम भी नहीं जाओगे। छोटा नागपुर की मालगुजारी जमा करने के सवाल को लेकर ही दिमाग खराब होने को है। उस पर हफमैन की एक के बाद एक चिट्ठी!''

''हफमैन भी फालतू आदमी नहीं है।''

''वह तुम्हारे लिए। उसने तो 'एन्साइक्लोपीडिया मुण्डारिका[1] लिखा है कि उसे सब मालूम है।''

''हफमैन मुण्डा लोगों के समाज, स्थिति, सबको बहुत अच्छी तरह ही समझता है, समझा है। वह अगर डरता है तो हालत सीरियस[2] है। दो अकाल पड़ चुके हैं; देश की हालत यों ही खराब है।''

''बिना खाए मुण्डा मरेंगे नहीं। उन्हें खाने को मिला ही कब, कि खाना न मिलने पर मर जाएँगे? वे पैदा भी होते हैं सूअर की तरह—झोल-के-झोल बच्चे पैदा करते हैं! देखा नहीं है?''

''न, बीरसा ने एक काम-सा काम किया है! मुण्डा लोगों को क्या समझा दिया—पता नहीं। उन लोगों के यहाँ बच्चे अब पहले की तरह पैदा नहीं होते।''

''अरे बाबा! बड़ा दिन सामने है। डिन्नर, नाच, फेट, शिकार—इस सब के बारे में नहीं सोच सकते? तुम भी हफमैन की-सी बातें करते हो!''

हफमैन, कैथॅलिक मिशन के रेवरेण्ड हफमैन ने हाउज में बैठकर हाथ ऐंठे, हाथ सिर पर फेरा। उन्हें अमंगल का आभास हो रहा था, लेकिन वह डिप्टी-कमिश्नर को समझा नहीं पा रहे थे। हफमैन ने डिप्टी-कमिश्नर को लिखा, ''मुण्डा लोगों के प्रति मुझमें कोई विद्वेष की भावना नहीं है। लेकिन दिखाई दे रहा है कि अँगरेज या दूसरे हिन्दुओं, विदेशियों पर उनको बहुत आक्रोश है। दो बरसों से उन्हें समझा रहा हूँ कि इस सरकार को तुम नहीं बदल सकोगे। रुपए देकर सामू मुण्डा और दूसरे बीरसाइतों की मदद की। अब सुन रहा हूँ कि साहब होने के कारण वे लोग मेरा और फादर कार्बेरी का भी खून कर डालेंगे। जो जेल गए थे उनमें कितने ही के परिवारों की भी मदद करके देखा, पर कोई फायदा नहीं हुआ...।''

हफमैन जानते हैं कि राँची में सब उन्हें पागल समझते हैं। फिर भी उन्होंने डिप्टी-कमिश्नर को चिट्ठी लिखी है।

---

1. जॉन हफमैन द्वारा लिखित मुण्डा जीवन पर बृहत्‌कोश
2. खतरनाक

ताज्जुब है कि डिप्टी-कमिश्नर ने इस बार हफमैन की बात को बिलकुल उड़ा नहीं दिया। मुण्डारी जाननेवाले एक दारोगा और कांस्टेबल को जाँच करने के लिए भेजा है। खुद भी टूर पर निकले हैं।

''कुछ भी पता नहीं चला। सिर्फ घूमना ही पल्ले पड़ा।'' राँची से लौटकर डिप्टी-कमिश्नर ने सुपरिंटेंडेण्ट से कहा, ''अगिया बैताल! अगिया बैताल के पीछे भागना असम्भव है!''

''क्या सुन आए?''

''सुना है कि बीरसा ने एक दिन निर्जन में बैठकर तपस्या की। अब वह प्रगट होगा।''

''कब?''

''कब, यह नहीं पता चला। पर सुना है कि बीरसा को सैकड़ों मील के इलाके में देखा जाएगा।''

''इसके मतलब?''

''पता नहीं।''

डिप्टी-कमिश्नर और सुपरिंटेंडेण्ट जब बातें कर रहे थे तब तारीख 23 दिसम्बर, 1899 थी। बीरसा ने मुण्डा लोगों से कह दिया था कि उलगुलान के दो खण्ड हैं। पहले खण्ड में आग जलाकर, तीर छोड़कर किरस्तानों को डराना होगा। दूसरे खण्ड में शुरू होगा सशस्त्र संग्राम!''

24 दिसम्बर–क्रिसमिस ईव[1] है। यूरोपियन क्लब रोशनी में जगमगा रहा है। ट्रे में शीशे के गिलास और बोतलें सजाकर बेयरे चक्कर लगा रहे हैं। रंगीन कागज की लड़ियाँ लटक रही हैं, मालाएँ झूल रही हैं। सजे हुए क्रिसमस के पेड़ के चारों ओर बहुत-से लोग और महिलाएँ बातें कर रही हैं।

सहसा बाहर गड़बड़ सुनाई पड़ी।

नाच रुक गया। बाजा भी। सबने एक-दूसरे की ओर देखा। भागा-भागा हाँफता हुआ खानसामा अन्दर आया। डिप्टी-कमिश्नर से बोला, ''हुजूर, हम जा रहे हैं हुजूर, बीरसाइत शहर में तीर चला रहे हैं। साहबों की तलाश कर रहे हैं।''

सुपरिंटेंडेण्ट ने डाँटकर कहा, ''झूठी बात! इस शहर में एक भी बीरसाइत नहीं है।''

''हुजूर, खाना लेने जो लोग आए थे, इधर-उधर बैठे थे, वही तो बीरसाइत

1. बड़े दिन के उत्सव से पहले की शाम

हैं। जर्मन मिशन पर तीर छोड़े। छेदी मिस्त्री तीर लगने से मर गया, हुजूर।"

"झूठी बात!"

"आपके बँगले के सामने तीर चल रहे हैं। आपका गारद जख्मी हो गया है। हम भागते हैं, हुजूर। अब यहाँ रहने से वे मार डालेंगे।"

सहसा जेल में पगली घण्टी बजने लगी। वहाँ क्या हुआ?

डिप्टी-कमिश्नर बोले, "सुपरिंटेंडेण्ट, जेल जाइए। मैं पुलिस की बैरकों में जा रहा हूँ। वहाँ से ऑफिस।"

डिप्टी-कमिश्नर की तबीयत हुई कि हाथ काट डालें। बड़ा दिन है। सारे दफ्तरों में लोगों की छुट्टी है। सरकारी दफ्तर बन्द हैं। किस तरह पता चलेगा? कैसे इन्तजाम होगा?"

"घोड़ा लाने को कहो।"

उसके डिप्टी बोले, "किससे कहूँ? नौकर-चाकर-अर्दली तो सब भाग गए।"

"रियली? फूल्स! इसके कोई माइने होते हैं?"

डिप्टी-कमिश्नर बाहर आए। पुलिस-बैरक में आए। बोले, "शहर में राउण्ड लगाओ। हालत देखो। गड़बड़ देखो तो जब तक बहुत जरूरी न हो गोली मत चलाना। मैं दफ्तर जा रहा हूँ।"

घर से लगा हुआ दफ्तर था। डिप्टी-कमिश्नर की पत्नी कलकत्ता में थी। देखा कि घर की रोशनी बुझाकर नौकर-खानसामा, बेयरा, भिश्ती, मेहतर, माली, साईस, बावर्ची—सभी बैठक में बैठे हैं। उनसे कहा, "कचहरी के कमरे में बिस्तर लगा दो। दरवाजा खुला रहे। मैं बन्द कर लूँगा।"

"हुजूर!"

"क्या है?"

"हम...!"

"डरने की कोई बात नहीं है।"

"लेकिन...।"

"चौबीस घण्टे में सब ठीक किए दे रहा हूँ।"

रात बीती। सवेरे से समाचार आने लगे। शहर में गोली चलाने की कोई जरूरत ही नहीं पड़ी, क्योंकि कोई तीर चलानेवाला मुण्डा दिखाई नहीं पड़ा। बीरसा का नाम जिस तरह अगिया बैताल की तरह जलता है, भुलावे में डालता है, गायब हो जाता है, मुण्डा लोगों के अभिव्यक्तिशून्य चेहरों की तरह अन्धकार के मौन में बीरसाइत लोग भी गायब हो गए। फिर मौन अन्धकार छा गया। राँची शहर में वे कहीं नहीं थे।

जेल के डिप्टी-सुपरिंटेंडेण्ट अमूल्य बाबू अँधेरे में खड़े रहे। देखा कि हटियार की राह पकड़कर झुके हुए बदन को दोहरा किए मुण्डा चले जा रहे हैं। देखकर वे जेल में लौट आए। आज रात को जेल-अधिकारियों को मुस्तैद रहने का हुक्म था। जेल से कैदी भाग सकते थे। सुपरिंटेंडेण्ट ने कहा, ''न, आज क्वार्टर पर नहीं जाऊँगा।''

सवेरे से समाचार आने लगे। दिन-भर राँची में घुड़सवार आते रहे। डिप्टी-कमिश्नर और पुलिस-सुपरिंटेंडेण्ट समाचार पाने लगे। सिंहभूम जिला के अधीन हर थाने से खबर आई है कि तीर छूट रहे हैं, आग लग रही है।

मीअर्स बोले, ''मुझे पता था।''

''क्या पता था? कि क्रिसमस ईव पर मुण्डा विद्रोह करेंगे?''

''न, जानता था कि जिसे हम शान्त हालात समझे थे, वह प्रलय की आँधी के पहले का सन्नाटा था।''

डिप्टी-कमिश्नर जानते थे कि उनको सब लोग—गोरे अफसर, मिशनरी, जमींदारी—मुण्डा लोगों के बारे में ज्यादती करने के दोष में मन-ही-मन दोषी मानते थे।

वह बोले, ''मैं कर ही क्या सकता था?''

''मैं इस बात पर कुछ भी कहने का अधिकारी नहीं हूँ।''

''गाँवों पर जुरमाना नहीं ठोका?''

''उसे रोका गया था।''

''सरकारी कामों में बहुत-से नियम-कानून मानने पड़ते हैं। जुरमाना अनिश्चित समय के लिए तो नहीं लगाया जा सकता!''

''तभी से हालत विस्फोटक हो रही है।''

डिप्टी-कमिश्नर ने उँगलियों से बालों को खींचा। रूखी आवाज में बोले, ''हाँ, दो बरस का सूखा-अकाल, खेती का नुकसान, जमींदार और महाजनों का अबाध

लालच–छोटा नागपुर का रेंट लॉ–सबने ही ईंधन जुटाया।''

''लेकिन अब?''

''बीरसा ने वचन दिया था।''

डिप्टी-कमिश्नर किसी तरह यह न कह सके कि अब वह जरूरत पड़ने पर फौज की मदद से विद्रोह का दमन करेंगे। फिर भी, फिर भी बीरसा पर उन्हें श्रद्धा हो रही थी! लौण्डे ने गरीब मुण्डा होकर एक विशाल, विराट शक्तिशाली, प्रबल प्रशासनिक व्यवस्था को बड़ा धोखा दिया। हाँ, श्रद्धा होती है। दिन के अन्त में जरा से चीना घास का घाटो जिसको खाने को मिले, पहनने को जिसके पास लँगोटी भर हो, जिसके पास हथियार केवल तीर और धनुक हों, जिसके कन्धे दर-सूद के बोझ से दबे रहें, उसी मुण्डा जाति को अंग्रेजी सरकार के शेर के उठे पंजे के विरुद्ध खड़ा कर दिया! और वह कैसा शान्त, नम्र, निरीह लगता था...!''

याद आया कि चालकाड़ से चले आने के पहले घोड़े पर सवार होकर उन्होंने कहा था, ''सरकार से वादा किया है गड़बड़ नहीं करोगे, याद रखो। वादा तोड़ने पर सजा मिलेगी।''

दिसम्बर का महीना। जमींदार के घर फसल उठाकर लाई जा रही थी–मुण्डा लोगों के आँगन में घुने धान, जौ और बाजरा! औरतें जमा होकर कहतीं–फसल साफ कर रही हैं। जाड़े की हवा तेज रुख से बह रही थी। बीरसा के बदन पर चादर थी, पैर नंगे थे; बीरसा उनके एक घोड़े के शरीर पर हाथ फेर रहा था।

वह बोले, ''याद रखो!''

बीरसा ने आँखें उठाईं। हँसी से दोनों आँखें चमक रही थीं। बोला, ''याद है।'' उसके बाद उनके साथ-साथ पैदल ही वह गाँव की हद तक गया। लड़के-लड़कियाँ, बूढ़े-बुढ़िया–सभी खड़े हो उसे देख रहे थे। बीरसा खड़ा रहा, वह चले गए। गरदन घुमाकर देखा, वह इमली के पेड़ के नीचे हाथ उठाए खड़ा है। उसे फिर न देखा। फिर देखेंगे–इसकी आशा भी नहीं थी!

मीअर्स ने कहा था, ''जेल में भी बीरसा का रहना, बातें करना, सारी बातों में एक

सर्वनाशी आत्म-विश्वास का भाव दिखाई पड़ता था। जैसा राजा वैसे ही उसके विचार!''

किन्तु राजा की तरह सहज, स्वाभाविक आभिजात्य, चलना-फिरना, बातचीत–बीरसा में ही क्यों–स्ट्रटफील्ड को भरमी, सोना, डोन्का और तमाम लोगों में देखने में आया था। हर बार उन्हें नए-नए आश्चर्य में पड़ जाना पड़ा था। निःस्व, दीन–अभागे मुण्डाओं में यह सहज, स्वाभाविक आभिजात्य कहाँ से आ गया? वे तो एक प्राचीन सभ्यता की धारा में प्रवाही जीव थे? इसीलिए? लेकिन उनकी वह सभ्यता है क्या? वे तो बर्बर, असभ्य हैं...!

डिप्टी-कमिश्नर ने फिर सिर हिलाया। जैसे अभी सब-कुछ समझ जाएँगे, बीरसा के बारे में सब समझ लेंगे, मुण्डा लोग उसे क्यों मानते हैं–वह विद्रोह क्यों कर रहा है–लेकिन किसी तरह यह समझ में नहीं आ रहा था। पारा जिस तरह फिसल-फिसल जाता है, उसी तरह उनके हाथों से असली सत्य फिसला जा रहा है...।

लेकिन वह डिप्टी-कमिश्नर हैं। बीरसा विद्रोही है। सबूत मिलने पर, नालिश हो जाने पर वह निश्चय ही उसे बहुत बड़ी सजा देंगे। छोटा नागपुर के जिस रेन्ट लॉ से मुण्डा लोगों का कोई भी स्वार्थ संरक्षित नहीं रहता था, उस कानून को संशोधित करने का तो उन्होंने भी प्रयत्न किया था। कानून संशोधन करने में बरसों लग जाते हैं। कुछ बरस और इन्तजार कर लेने में क्या लगता है? सरकार क्या जमींदारों की मदद कर रही है? जमींदार और सरकार–दोनों ही क्या मुण्डा लोगों का शोषण कर रहे हैं? उसमें धीरज खोने की क्या बात है? कब मुण्डाओं का शोषण नहीं हुआ! कब उन्हें भरपेट खाना मिला? न्याय ही कब मिला?

डिप्टी-कमिश्नर सूखे गले से बोले, ''रिपोर्ट पढ़ो।''

''तामार थाने में दो जगह किरस्तानों पर हमले हुए। बीरसा के आदिम स्थान उलिहातू में गाँव के गिरजे में तीर छोड़े गए। तोरपात में भी किरस्तानों पर तीर छोड़े गए। मारचा गाँव में पहान की, बस जान-भर ही बची। बासिया में जर्मन मिशन के चर्च में तीर चले, काजारा में भी। रामटोलिया में एक किरस्तान लड़का घायल हो गया।''

''और भी है?''

''खूँटी थाने में बहुत-से गाँवों में आग लगा दी गई।''

''वह गाँव मुण्डा लोगों का है?''

''न। मुरहू में ऐंग्लिकन चर्च स्कूल में रेवरेण्ड लास्टी पर तीर छोड़ा गया।

कोई घायल नहीं हुआ।"

"बीरसा के पहले गिरफ्तार होने के वक्त लास्टी चालकाड़ गए हुए थे। वह भी घायल नहीं हुए।" फिर आगे पढ़ा :

"न। दिस आई डोन्ट क्वाइट अंडरस्टैण्ड।"[1]

"आई डू।"[2]

"क्या?"

"मार डालना या गहरा जख्म करना इस वक्त उनके कार्यक्रम में नहीं है। वैसा हो सकता है। लेकिन इस वक्त सारे कार्यक्रम का, इस हालत में, अभी दूसरा ही उद्‌देश्य है।"

"तब?"

"देअर इज मोर टू फालो।[3] रिपोर्ट पढ़ो।"

"सरयाड़ा मिशन के गोदाम में आग लगाई गई। रेवरेण्ड हफमैन और रेवरेण्ड कार्बेरी को निशाना बनाकर तीर छोड़े गए। एक दूसरे आदमी की छाती में चोट लगी। चन्दागुटू का एक प्रचारक भी तीर की चोट से घायल हुआ। हफमैन, कार्बेरी और दूसरे लोग ईंट-पत्थर जमा-जुटाकर विद्रोहियों को रोकने के लिए पहले से ही तैयार थे।"

"हर जगह पुलिस भेजो।...उसके बाद?"

"सिंहभूम की घटनाएँ और भी गम्भीर हैं। कुन्दरूगुटू में जर्मनों का मिशन चर्च जलकर राख हो गया। लागरा में एक कांस्टेबल मारा गया। चक्रधरपुर में जर्मन चर्च में एक चौकीदार मारा गया। सोमपुर अंचल में एक जर्मन व्यवसायी मारा गया। बीरसाइत लोग युद्ध के नारे लगा रहे हैं, 'हेन्द्रे रान्ब्रा केचे-केचे। पुण्ड्रि रान्ब्रा केचे-केचे।' इसके क्या माने होते हैं?"

"काले किरस्तानों को काट फेंको। सफेद किरस्तानों को काट फेंको। उसके बाद?"

"अभी तक यही खबर है।"

"डुराण्डा को खबर भेजो।"

"कहाँ?"

"आर्मी ऑफिस में। कमाण्डिंग अफसर से कहो, छोटा नागपुर के डिप्टी-कमिश्नर ने खासतौर पर बुलाया है...हाँ जुबानी ही बुलाने का हुक्म दे रहा हूँ,

---

1. यह मेरी समझ में नहीं आता
2. मैं समझ रहा हूँ
3. आगे भी तो पढ़िए। देखिए—क्या है

लिखकर नहीं...। कैप्टेन रोश को छुट्टी से वापस बुला लिया जाए। मैं रोश को लेकर, सिक्स्थ जाट राइफल्स को लेकर उपद्रवग्रस्त इलाके में स्वयं जाऊँगा।''

''हाँ, सर! लेकिन...।''

''आर्मी को जुबानी बुलाना विधिवत् नहीं है, यही न? लेकिन आर्मी छोटा नागपुर में है क्यों? विद्रोह होने पर दमन करने के लिए ही न! मैं सोचता हूँ कि यह मुण्डाओं के विद्रोह की शुरुआत है, बीरसा इसका नेता है। कमाण्डिंग अफसर आर्मी-दफ्तर के साथ समझ लेगा। अभी उनसे यही कहना, मुझे सिक्स्थ जाट राइफल्स की जरूरत है।''

''यस, सर।''

यह बातचीत 25 दिसम्बर, 1899 को हुई।

29 दिसम्बर को डुराण्डा के कमाण्डिंग अफसर के पास से एक डिस्पैच[1] एडजुटेण्ट-जनरल इन इंडिया, होम डिपार्टमेण्ट को गया,

''छोटा नागपुर के कमिश्नर की मौखिक माँग पर डुराण्डा के कमाण्डिंग अफसर ने आज सवेरे (29-12-1899 को) कैप्टेन रोश के नेतृत्व में सिक्स्थ जाट राइफल्स के अस्सी लोगों की फौज की टुकड़ी को डुराण्डा से लगभग बीस मील दक्षिण चाईबासा रोड पर स्थित खूँटी को भेजा है, क्योंकि उस इलाके में आदिवासियों में असन्तोष की आशंका की जाती है। पार्टी ने रेगुलेशन के अनुसार गोला-बारूद भी ले लिया है...।''

29वीं दिसम्बर को स्ट्रटफील्ड और कैप्टेन रोश सेना को लेकर निकल पड़े। उद्देश्य था उपद्रव-ग्रस्त इलाके का निरीक्षण और विद्रोह को फैलने से पहले दबा देना।

इसी सन्दर्भ में स्ट्रटफील्ड ने लेफ्टिनेंट-गवर्नर को एक नोट भेजा। इसके मसौदे में उसने लिखा : ''बनगाँव, सिंहभूम में तथा और जगहों पर जाँच से पता चला, बीरसाइत संगठन इन इलाकों में बहुत शक्तिशाली हो गया है। सिंहभूम जिले के 150 वर्गमील के इलाके, खूँटी और तामार थाने के 300 वर्गमील के इलाके और राँची जिले के बसिया थाना के 100 वर्गमील इलाके में फौरन पुलिस के दल भेज दिए जाएँ। पुलिस इन सब इलाकों के सारे गाँवों में गश्त लगाएगी और गाँव के लोग इस पुलिस या सेना के रहने का खर्च उठाने को बाध्य होंगे।

1. टेलीग्राम नं. 350, तारीख 29-12-1899, प्रोग्रेस नं. 326। द्रष्टव्य : होम डिपार्टमेन्ट मीमो नं. 453—कैम्प। तारीख 30-12-1899

दो जिलों के मध्य सीमान्त पर स्थित बनगाँव इस नियन्त्रण-व्यवस्था का केन्द्र होगा। समाचारों से पता चला है कि दुमका और चुँचुड़ा से मिलिटरी-पुलिस की एक टुकड़ी राँची की ओर रवाना हुई है।''

इसी समय राँची में रहनेवाले एक वकील लछमनप्रसाद को सब-इंस्पेक्टर हजारीप्रसाद ने एक चिट्ठी दी, ''योग्य सम्मान के निवेदन के बाद और हजारों प्रणाम करने के उपरान्त काकाजी, बिनती है कि मेरी बदली के लिए आप दफ्तर में जैसे भी हो कोशिश करें। अपनी जान चली गई तो नौकरी लेकर मैं करूँगा क्या! आपसे जो रुपए लिए थे उन्हें ससुर की जमीन बेचकर चुका दूँगा। जिस मुसीबत में पड़ा हूँ, महावीरजी भी उससे उद्धार करेंगे—ऐसी आशा दिखाई नहीं देती।

''काकाजी! कमिश्नर साहब खफा हो गए हैं—बीरसा को पकड़ेंगे! मेरी सारी जमीन-जायदाद, जो कुछ ससुर ने दी थी, सब आपकी कृपा से आदिम गाँवों को उजाड़कर ही मिली थी। बीरसाइत लोगों ने पहले ही मेरा खलिहान जला डाला था। अब हमारे खलिहान में तीर छेदकर ससुर की कचहरी में रखा गया है! इस तरह की हालत में इस इलाके में दौरा करने के मलतब हैं आत्महत्या करना। बहुत मुसीबत में ये सब बातें कह रहा हूँ।

''चौथी से छठी जनवरी तक बीरसा की तलाश में हम जमकोपाई, रोगोतो और संकरा गाँवों में घूमे। जमकोपाई से रात के अँधेरे में रिजर्व फॉरेस्ट के नाले का किनारा पकड़कर कुछ दूर जाकर गाइड भाग गया। बीरसा के डर से वे जाना-पहचाना रास्ता भी भूल गए। संकरा गाँव में जाकर देखा कि सब घर बिना किसी प्राणी के खाँय-खाँय कर रहे थे। समझ में आया कि गाइड ने खबर दे दी थी कि तलाशी होगी। सभी भाग गए थे। पेड़ के ऊपर बैठकर बालक बीरसाइतों ने देखा था, सतर्क किया था। समझ में आया कि बड़ी फौज लेकर, रोशनी जलाकर, शोर मचाकर तलाशी लेने पर बीरसा को पकड़ा नहीं जा सकेगा। मैं क्या करूँ! रोगोतो गाँव भी जन-शून्य है। मालगो मुण्डा के घर से बीरसा की इस्तेमाल की हुई तीन चारपाइयाँ और एक घोड़ा जब्त कर ले आया। लेकिन मुण्डा मार देंगे—इस डर से मैं खुद मरा जा रहा हूँ। अधिक क्या! जमादार ईश्वरसिंह राँची से डाक लेकर जा रहा है, उसके हाथों यह चिट्ठी दी है।''

कैप्टेन रोश की डायरी का एक पन्ना इस तरह लिखा गया :

'जहाँ मुण्डा लोगों को पकड़ा गया, वहाँ जिरह करने पर जो कुछ पता चलता है वह भरोसे के काबिल नहीं है।' जिरह का पूरा विवरण यूँ है :

डिप्टी-कमिश्नर : "तुमने मिशन में आग क्यों लगानी चाही थी?"

"बीरसा ने कहा था–भगवान ने कहा था।"

"बीरसा ने डर दिखाकर कहा था?"

"न, डर क्यों दिखाएगा?"

"तुमने खुद सुना था? अपने कानों से?"

"न, मैंने उसे आँखों से नहीं देखा। मेरा घर बहु–त दूर है।"

"लँगड़े पैरों से जंगल के रास्ते क्यों आ रहा था?"

"मिशन में आग लगाने के लिए। मुझे क्या पता कि सब कुछ पहले ही भस्म हो गया है!"

इसी समय स्ट्रटफील्ड ने लेफ्टिनेंट-गवर्नर को एक चिट्ठी में लिखा : 'केवल आतंक पैदा करनेवाली हरकतों से डर दिखाकर अगर बीरसा जन-साधारण के बड़े हिस्से को अपनी ओर खींच लेने में समर्थ हो तो आक्रमण का कार्यक्रम बढ़ता ही रहेगा–यह आन्दोलन एक व्यापक विद्रोह में परिणत होने तक बढ़ता ही जाएगा–इसमें मुझे कोई सन्देह नहीं है।'

पोराहाट के दुर्गम जंगलों में बीरसा की तलाश में स्ट्रटफील्ड चक्कर लगाने लगे। इस समय बीरसा उनके लिए एक चुनौती, बड़े अपमान का कारण बन रहा था। अब स्ट्रटफील्ड को लगने लगा कि जैसे बीरसा को सब पता है–वह पास ही कहीं मुँह छिपाकर हँस रहा है!

रोश कुछ गरम होकर बोले, "अगर गोली नहीं चलाने देते तो, व्हाई कॉल द आर्मी? व्हाई?"[1]

स्ट्रटफील्ड बोले, "नहीं, गोली नहीं चलेगी।"

"क्यों?"

"किस पर गोली चलाएँगे? बुढ़िया-बूढ़ों, बच्चों पर?"

"बट दिस इज रिबेलियन।"[2]

1. अगर गोली दागने की मनाही है तो फौज को बुलाया ही क्यों गया है?
2. लेकिन यह तो एक विद्रोह है।

"इज इट? आपने क्या डिक्शनरी देखी है?"

"नहीं।"

"डिक्शनरी में कहा है, प्रतिष्ठित सरकार के विरुद्ध संघबद्ध सशस्त्र विरोध का नाम रिबेलियन है। अभी तक वैसा कुछ नहीं हुआ है। व्यापक रूप से आक्रामक आगजनी के काम हुए हैं। लेकिन वे किरस्तान और साहबों के विरुद्ध हुए हैं। प्रतिष्ठित सरकार के विरुद्ध सशस्त्र और संघबद्ध विरोध इसे नहीं कहा जा सकता।"

"उसमें देरी क्या है?"

"न, जितना मेरी समझ में आ रहा है, अब ज्यादा देर नहीं है।"

"कोई खबर मिली है?"

"न, दो और दो मिलाकर देख रहा हूँ कि चार होते हैं।"

"रोश ने सिर हिलाया। सिविल प्रशासन की युक्तियाँ उनकी समझ में नहीं आती थी। छोटा नागपुर के लिए वर्तमान डिप्टी-कमिश्नर शायद बहुत योग्य नहीं हैं!

लेकिन डिप्टी-कमिश्नर ने समझने में बहुत गलती नहीं की थी। पाँचवीं जनवरी तक डिप्टी-कमिश्नर चक्कर लगाने लगे। डिप्टी-कमिश्नर के सैकड़ों पुलिस और गुप्तचरों का एक बड़ा भाग खूँटी में रात-दिन बीरसा की तलाश करने लगा।

उसी खूँटी से ही 27वीं दिसम्बर को बीरसा का आह्वान फैल गया :

"बड़े दिन के बाद दो दिन बीत गए। सरकार अब मुण्डा लोगों के, विद्रोही मुण्डा लोगों के दमन के लिए तैयार हो गई है। इस बार हम लोगों ने किरस्तान मुण्डा लोगों पर तीर जरूर छोड़े, पर अब से बीरसाइत और किसी मुण्डा पर हमला नहीं करेंगे। उनके दुश्मन दिकू और सरकार हैं—खासतौर पर सरकार। साहब और सरकार ही हमारे दुश्मन हैं। मुण्डा, वे किरस्तान हों या न हों, उन्हें कोई डर नहीं रहना चाहिए।"

बुर्जू मिशन के रेवरेण्ड पाट्सिंग ने डिप्टी-कमिश्नर से कहा, डिप्टी-कमिश्नर मुण्डा लोगों का नामोनिशान तक नहीं पा रहे हैं, यह बड़े ताज्जुब की बात है। उन्हें खबर मिली है कि मुण्डा जंगल में जमा हो रहे हैं—उद्देश्य है पुलिस और मिलिटरी

के साथ लड़ाई। छठी जनवरी को बुर्जू मिशन के पास जंगल में लकड़ी के ठेकेदार जियेस साहब और उनके नौकर की तीरों से बिंधी लाश मिली।

जिउरा के दुष्कर, घने जंगल में, दिन में मुण्डा नहीं घुसते। जिउरा के जंगल में, ताज्जुब है, मीलों तक हर पेड़ प्रायः बहुत ऊँचा था। सारे पेड़ ही देखने में एक-से थे। कोई जलाशय नहीं, इसीलिए अधिक जीव-जन्तु भी दिखाई नहीं पड़ते थे। उसके सिवा, लोगों का कहना था कि यह जंगल जंगल-माँ की रक्षयित्री परियों की लीलाभूमि है—किसी आदमी को देखते ही वे हाथ के इशारे से जंगल में एक बार अन्दर ले जाकर बालों के फन्दे से उसका दम घोंट के मार डालती हैं!

रात को जिउरा के जंगल में बीरसाइत जमा हुए। चन्द्रमा का प्रकाश भी जंगल में प्रवेश नहीं पाता था, पर दूधिया-सा अँधेरा फैल गया था।

बीरसा बोला, ''इसके बाद साहब, सफेद चमड़ी के साहब और सरकार के साथ लड़ाई शुरू है। जितनी बातें पहले कही, तुम लोगों ने सब याद रखीं। सरकार किसी को पकड़ न सकी। हमारे हथियारों से उनके हथियार बहुत अच्छे हैं। वे तार से खबर भेजते हैं, रेल से सिपाही मँगाते हैं। बहु—त बन्दूकें, बहु—त रुपए, बहु—त सिपाही उनके पास हैं। लेकिन हम लोगों की अपनी दुनिया भी चलती है। उनकी दुनिया की क्या बात! सिपाही पैसा लेकर लड़ते हैं। हाँ! सरकार आसानी से छोटा नागपुर को हमारे हाथों में नहीं देगी। लेकिन हमने कभी नहीं सोचा, मैंने तुमसे कभी नहीं कहा कि यह लड़ाई आसान होगी। उलगुलान आसान होनेवाली चीज नहीं है।''

मुण्डा चुप थे।

''एतकेदी में गया मुण्डा के घर साठ बीरसाइत जाएँगे। वहाँ सभा कर लड़ाई की बात साठों लोग साठ दिशाओं में जाकर सुना आएँगे।''

''भगवान!''

''कहो, गया!''

''मैं मुण्डा लोगों का सरदार हूँ, इसलिए बीरसाइत बना। हमारे सभा करते-करते ही अगर सिपाही आ पहुँचें?''

''जैसी हालत हो, उस तरह अपनी समझ से लड़ना, गया! सारे बीरसाइतों के साथ मैं हर समय शरीर से हाजिर नहीं, मन से हाजिर रहता हूँ। बस, सभा खतम। जैसे चुपचाप आए हो, वैसे ही चुपचाप चले जाओ।''

गया बोला : ''जो सभा नहीं करते, हमारे साथ बात करके काम नहीं करते,

वे, वे सारे मुण्डा भी, हमारी तरह ही भगवान की राह पर उलगुलान करते हैं, फिर उत्तेजित होकर एतकेदी की पुलिस की ओर निगाह डालते हैं। हमारा एक दिन तीर छोड़ने का, आग लगाने का काम हुआ। हम फिर रुक गए। लेकिन इधर-उधर साइको में तमाम मुण्डा बेलगाम हो गए—तीर छोड़ते हुए जहाँ-तहाँ आग लगाकर मुसीबत खड़ी कर रहे हैं।''

बीरसा बोला, ''कोई उपाय नहीं। ऐसा तो होगा ही, भाई!''

खूँटी का हेड-कांस्टेबल चौथी जनवरी को एतकेदी पहुँचा।

एतकेदी से कुछ दूर पर तम्बू लगाया। सामने ताजने नदी थी। नदी का पानी बड़े-बड़े पत्थरों के बाँध से स्वयं अटककर एक सुन्दर-सा कुण्ड बन गया था। साइको और एतकेदी गाँवों के लोगों के लिए यह पूरे बरस-भर का आसरा था।

शाम को औरतें नदी पर पानी लेने गईं। बोलीं, ''घोड़ा हटाओ जी, लात मारकर हमारे घड़े फोड़ देगा।''

''घोड़ा कहाँ है, तुम कहाँ हो?''

''हमें डर लगता है। कनात क्यों लगाई हैं?''

''तमाशा दिखाऊँगा। कल देखना।''

दाँतू मुण्डा की माँ हमेशा से कड़ुआ बोलनेवाली बेपरवाह, गुस्सेवर स्त्री थी। वह बोली, ''दो बरस तक तुम लोगों के तमाशे देख-देखकर अब उनमें हमारी तबीयत नहीं जमती। तमाशा दिखाया तो हमारा भी तमाशा देख लोगे!''

''क्या करेगी?''

''तेरी कनात में मधुमक्खियों का छत्ता फोड़ दूँगी। पेड़ की डाल पर छत्ता लगा है—डाल काटकर ले आऊँगी!''

''अरे, हम तो सरकारी काम से आए हैं।''

सवेरे खबर मिली कि हेड-कांस्टेबल तम्बू में बैठा है। दो कांस्टेबल और तीन चौकीदार गाँव में आएँगे, इसलिए नदी के कछार पर उतरे हैं।

कछार की बालू और पत्थर तोड़ते-तोड़ते कांस्टेबलों ने सिर उठाया। वे निचाई पर थे। ऊपर किनारे की ऊँचाई पर पत्थरों पर कतार-की-कतार मुण्डा खड़े थे। हाथों में बलोया और तीर-धनुक थे।

गया ने हाथ उठाकर कहा, ''सामारे हिजूले नाको मार गोयेको ये! शायद हिरन आए हैं, उन्हें मारो।''

कांस्टेबल और चौकीदारों ने भागने की कोशिश की। कांस्टेबलों के हाथों में

बन्दूकें थीं। ऊपर से पानी की धार की तरह मुण्डा उतर पड़े। गया बोला, "अरे, जयराम को मैं मारूँगा! उसने मेरे धान के कोठे को तोड़कर जमींदार का हाथी घुसाकर सब धान खिला दिया था।"

"मुझे मारना मत, गया..." जयराम की बात पूरी न हो पाई। बलोया की झलक चमक रही थी...इस्पात झकझक कर रहा था...दमकता फौलाद नीचे आया...उठा...फिर गिरा...उठा...!

उसके बाद मुण्डा लौट गए। कांस्टेबलों के शरीर वहीं पड़े रहे। दोपहर को हेड-कांस्टेबल ने देखा कि चारों ओर सन्नाटा छा गया है, "कुछ नहीं छोड़ा!" वितृष्णा में यह कहकर, जयराम और बुद्धू की देह को बोरों में भरकर, घोड़े की पीठ पर लाद वह वापस राँची चला गया। सीधी राह पर बीरसाइत थे।

मुण्डा गाँव में लौट आए। उनके खून में नगाड़े, ढोल, मादल—सब एक साथ बज रहे थे। यह होली के बाद सफल शिकार के आनन्द की तीव्र अनुभूति थी—प्राचीन धर्म के रक्तोत्सव का अपार आनन्द!

औरतों ने आदमियों के पैरों को पानी से धोया। आदमी और औरतें मिलकर गाना गाने लगे।

बनगाँव में तम्बू में बैठकर रोश ने स्ट्रटफील्ड से कहा, "अब?"

डिप्टी-कमिश्नर बोले, "रिबेलियन!"

"फिर?"

"हैज टु बी क्रश्ड।"[1]

"कौन जाएगा?"

"मैं।"

"कमिश्नर फॉबूर्स?"

"नहीं, मैं जाऊँगा।"

---

1. इसे बलपूर्वक दबाना होगा

हजार होने पर भी सरकारी प्रशासन में एक नियम से ही सबकुछ चलता है। संकट के मुँह में पहले जाता है कांस्टेबल, उसके बाद हेड-कांस्टेबल, उसके बाद छोटे दारोगा, उसके बाद क्रम से ऊपर के अफसर।

इसी हिसाब से पहले डिप्टी-कमिश्नर, फिर कमिश्नर।

उधर एतकेदी में गया मुण्डा की पत्नी माकी कमर पर हाथ रखकर गया को डाँट-डाँटकर रुई की तरह धुनने लगी।

"हाँः रे! तेरे किसी दिन भी अकल नहीं रही; बस जिद बनी रहती है। पुलिस को मार दिया। अब साहब तुझे छोड़ेंगे? घर में बैठकर बलोया तेज कर उलगुलान कर रहा है। जा, जंगल में भाग जा।"

"हाँः, तेरे भागने के सिर पर झाड़ू! भगवान ने मुझे एतकेदी को सँभालकर बैठने को कहा है।"

"अरे बुद्धू! गन्दे! अरे गँवार! भगवान ने यह नहीं कहा कि हालत देखकर काम कर? अब न जाने किस वक्त वे लोग आ जाएँ? फिर भी एतकेदी पकड़कर बैठा रहेगा। आदमियों को मरवाएगा?"

"तुझे छोड़ जाऊँ?"

माकी बोली, "पत्थर से पैर तोड़ दूँगी। मुझे छोड़कर नहीं जाएगा? तू कितने दिन घर रहता है! मुलकी लड़ाई से आज तक घर किसके सहारे चलता रहा है? मेरे सहारे! मेरे ऊपर अभी तक भरोसा नहीं है?"

गया मुण्डा अविचल था। बाहर जाकर अपने बेटे सामरे से बोला, "तेरी माँ बहुत बिगड़ गई है।"

"तुम भी खफा हो जाओ। माँ की बात का जवाब नहीं देना। कल मुझे जंगल जाने के लिए मारने तक को उठी थी।"

"बहुत तेज है रे! एक बार बाघ ने मेरा पैर पकड़ लिया था; तू उसकी पीठ पर बँधा था। बलोया से बाघ का मुँह फाड़ मुझे खींचकर ले आई थी!"

डिप्टी-कमिश्नर बनगाँव कैम्प से चले आए। मुण्डा लोगों को बुलाकर कहा, "तुम लोग आत्म-समर्पण करो। मैं यहाँ का डिप्टी-कमिश्नर कह रहा हूँ।"

अन्दर से गया जोर से बोला, "डी.सी.[1] हो, डी.सी. रहो! मेरे घर में घुसने का

1. डिप्टी-कमिश्नर

अधिकार नहीं है तुम्हें। जरा भी अधिकार नहीं है।"

"आत्म-समर्पण करो।"

"अभी सवेरा है। मुझे काम है, तुम जाओ।"

इस घटना[1] की जो रिपोर्ट डी.सी. ने कमिश्नर को दी थी, वह है :

"मैंने भरसक समझाया, बतलाया कि मैं कौन हूँ, पर कोई नतीजा नहीं निकला। अन्त में सब-इंस्पेक्टर अलताफ हुसैन घर के भीतर जो लोग थे उन्हें समझाकर कहने के लिए घर और बरामदे के बीच की कच्ची दीवार के पास पहुँचा। साथ ही एक भारी फरसा अलताफ के सिर का निशाना बाँध करके फेंका गया। काठ के शहतीर से टकरा जाने से फरसे की चोट नहीं लगी, नहीं तो अलताफ वहीं मर जाता। अलताफ की पगड़ी से फरसा लगा था, और पगड़ी बरामदे में छिटककर गिर गई।"

अलताफ चिल्लाया, "साहब, गोली चलाइए।"

"गॉड! घर-भर में औरतें-बच्चे हैं।"

डी.सी. ने छत की शहतीर की तरफ गोली छोड़ी। माकी चिल्लाकर बोली, "हम निकलेंगे नहीं, तेरे इधर आने पर मार देंगे।"

गया के हाथ में तलवार थी। वह बोला, "आ तो, देखता हूँ कैसा साहब है। मार गोली।"

डी.सी. ने गया के हाथ को लक्ष्य करके गोली छोड़ी कि वह तलवार फेंक दे। गोली खाली गई।

"घर जला दूँगा, गया," डी.सी. ने दियासलाई दिखाई।

"जला दे। दो सौ बीरसाइत यहाँ आ जाएँगे!"

डी.सी. ने दियासलाई जलाई; घर के छप्पर पर फेंकी। छप्पर हू-हू कर जल उठा। पछुआ हवा बह रही थी।

घर में से आवाज आई, "है, तेरा साहब मरद है रे—किसे डरा रहा है?"

1. कमिश्नर के लिए डी.सी. स्ट्रटफील्ड/ता. बनगाँव/7-1-1900/चिट्ठी के साथ—पत्र नं. वन-टी-बी., ता. कैम्प साइको/10-1-1900/ए. फाबूर्स के पास से सी.एम. गवर्नमेन्ट ऑफ बंगाल के लिए। प्रोग्रेस नं. 335/अगस्त 1900/होम डिपार्टमेन्ट/एन-ए-वन

वे निकल आए। गया के हाथ में तलवार थी, माकी के हाथ में बड़ी-सी लाठी थी, उनके छोटे लड़के के हाथ में बलोया था, चौदह बरस के नाती रामू के हाथ में तीर-धनुक था, दोनों पतोहुओं के हाथों में छोटे-दा[1] और टाँगी[2] थी। तीनों लड़कियों–धीगी, नागी और लेम्बू–के हाथों में लाठी, तलवार और टाँगी थीं। गया बोला, "सामने चले आओ।"

डी.सी. ने रिवॉल्वर छोड़ा। गया के दाहिने कन्धे में गोली लगी। डी.सी. समझे–अब गया गिर जाएगा, लुढ़क पड़ेगा। लेकिन नहीं, गया तलवार फेंककर भागकर उन पर झपट पड़ा। पीछे से गया की पत्नी माकी डी.सी. के सिर पर लाठी मारने लगी। अब पुलिस गुस्से से पागल होकर औरतों और बच्चों पर झपट पड़ी। गया की पतोहू की पीठ पर नन्हा-सा बच्चा बँधा था। उसके हाथ में लाठी, टाँगी और तलवार थी। पुलिस के पास संगीनें थीं। घर जोरों से जल रहा था। पछुआ हवा बह रही थी।

अब गाँव से जो खाली हाथ मुण्डा भागे आए, उनमें से कोई भी बीरसाइत नहीं था। और भी पुलिस दौड़ी-दौड़ी आ पहुँची। संगीनें चलने लगीं। दो घण्टे तक लड़ाई जारी रहने के बाद संगीनों से घायल गया, माकी, लड़कियों, पतोहुओं, बच्चों को कैद कर लिया गया। दूसरे मुण्डा लोगों को भी गिरफ्तार कर लिया गया।

चार महीने बाद, मई महीने में, राँची की अदालत में बैरिस्टर जेकब ने पूछा, "औरतें और बच्चे हैं–यह जानकर भी गोलियाँ छोड़ने के लिए डी.सी. का क्या कहना है? किस तर्क से वह अपने को उचित ठहरा सकते हैं?"

"गया को मारना ही मेरा उद्देश्य था। सबसे कम खून-खराबा कर मौके को काबू में लाने के लिए ही मैंने गोलियाँ छोड़ी थीं।"

बंगाल के शासक लेफ्टीनेंट-गवर्नर छोटे लाट साहब ने डी.सी. का समर्थन किया। जेकब द्वारा सचाई को प्रगट करने का प्रयत्न बेकार कर दिया।

राँची लौटकर डी.सी. ने बताया कि गया का साहस और युद्ध, औरतों का प्रतिरोध–सब-कुछ उन्हें अत्यन्त आश्चर्यजनक लगता है। बीरसाइत लोग निश्चय ही अब मिशन पर हमला करेंगे।

1. एक तरह का फरसा
2. दाँती

लेकिन बीरसा की फौज खूँटी थाने की ओर सातवीं जनवरी को बढ़ गई। डी.सी. को यह पता न था। गया ने जमीन पर थूककर कहा था : "डी.सी. को रोक रखा। भगवान ने यही कहा था। नहीं तो खूँटी में लड़ाई होती।"

बीरसाइतों को पहनने को उजली नीची धोती, सिर पर पगड़ी थी। तीर और धनुक, ढाल और तलवार, बरछी और बलोया सूर्य की ओर उठाकर वे नाचते हुए आ रहे थे—बीच-बीच में उछल पड़ते थे—डोन्का और माझिया आगे और पीछे थे। वे गा रहे थे :

जिलिबा जिलिबा
जोलोबा जोलोबा
पानतियाकानाले बीरसा हो!
तिरोदा सेनदेरा
लेंगा तिरिया
जोम तिरेसार
पानतियाकानाले बीरसा हो![1]

बीच-बीच में डोन्का गाने के बीच में बोलता था, "मुण्डा इलाके में खूँटी का यह थाना सरकार बनकर बैठा है।"

चिल्लाकर कहता था, "चलो हे मुण्डा लोगो! हथियार लेकर चलो। खूँटी में अरहर पक गई है, चलकर काटेंगे हे! हम तामार थाना से, हागादा थाने से आए हैं, चलो हे!"

हुटुबदाग, पतरा, गौरमारा—सारी जगहों से मुण्डा आकर मिल रहे थे; मुण्डा लोगों का जुलूस लम्बा हो रहा था। आकाश में सूरज चमक रहा था, और उनके हाथों में हथियार!

खूँटी में केवल पाँच कांस्टेबल—दो साईस, और दो बन्दूकें थीं। खूँटी के लोग कहते थे, "कोई नहीं है। बीरसाइतों को पकड़ने के लिए बाकी सब चारों ओर गए

---

1. हमारे हथियार हाथों में चमक रहे हैं। ओ बीरसा! हम पाँत बाँधकर चले हैं! बाएँ हाथ में धनुष, दाहिने हाथ में तीर—हमारे हाथों में हथियार चमक रहे हैं। ओ बीरसा! हम पाँत बाँधकर चले हैं।

हैं।'' यह बात सुनकर मुण्डा लोग युद्ध की ललकार—'कुलकुलि'—दे रहे थे, सूरज की ओर हथियार उठाकर छलाँगें लगा रहे थे। उनकी चिल्लाहट सुनकर ही कांस्टेबल और साईस थाना छोड़कर भागे, लेकिन कांस्टेबल रघुनीराम भाग न सका, गिर गया और जान की भीख माँगने लगा! डोन्का ने कहा, ''तूने मुण्डा लोगों पर कब दया दिखाई रे? दया क्या पेड़ पर फलती है जो तोड़कर ला दें?' डोन्का और माझिया का हाथ उठा, गिरा, उठा, गिरा। उसके बाद रघुनीराम का खून और मांस राह में फैल जाने पर बीरसाइतों ने खुशी से नाचते हुए—''यह है वही थाना! यहीं से मुण्डाओं को मारने के लिए पुलिस जाती है,'' कहकर फूस का गोला तीर के फल में बाँधकर, उसमें आग लगाकर, थाने को जलाने के लिए छप्पर की ओर उसे छोड़ दिया। आग भरभराकर जल उठी।

थाने में वेतन का रुपया था। बहुत-सा रुपया था। बीरसाइतों ने वह छुआ तक नहीं। फिर वे लौटकर महुआ टोली की ओर चले। वे गाँव के एक भी मकान में नहीं घुसे; कोई सामान नहीं लूटा। वे गा रहे थे, बीच-बीच में सूरज की ओर हथियार उठाकर छलाँगें लगाते थे।

12 जनवरी को बड़े लाट ने सेक्रेटरी ऑफ स्टेट फॉर इंडिया को तार भेजा : ''जन-विद्रोह फैल रहा है।''

सबकुछ हो जाने से बहुत-बहुत बाद, रेवरेण्ड हफमैन की बात को काफी महत्त्व न देने के लिए सुपरिंटेंडेण्ट ने अपना हाथ काट लिया था।

24 दिसम्बर की घटना के बाद हफमैन ने लिखा था : सिम्बुआ गाँव के एक नए बीरसाइत को उसके भाई ने समझा-बुझाकर शान्त किया था। उससे सुना, 24 दिसम्बर के बाद एक के बाद एक तीन इतवारों को तीन पंचायतों में किरस्तानों पर हमला करने की योजना बनाई गई थी। पहली पंचायत में पुराण-पुरुष मौजूद थे।

"तभी तारीखें निश्चित की गई थीं। तीन या चार बीरसाइतों के अलग-अलग दल अलग-अलग दिशाओं में बिखर गए थे। उन्हें 24 दिसम्बर को किरस्तानों के घरों में आग लगाने और तीर छोड़ने का आदेश मिला था। अन्तिम पंचायत में नानक या नए दीक्षित बीरसाइतों को यह बात मालूम हुई। मैं जिसकी बात कह रहा हूँ, वह उस दिन ही अपने भाई के पास गया और कहा कि आज से उसका भाई का सम्बन्ध टूट गया।"

लेकिन हफमैन की रिपोर्ट को राँची की सरकार ने कभी उचित महत्त्व नहीं दिया था।

छोटा नागपुर की इवैंजॅलिकल पत्रिका का नाम 'घर-बन्धु' है। उसके 15 जनवरी, 1900 के अंक में एक समाचार प्रकाशित हुआ : 'आठ जनवरी को बीरसाइत राँची पर हमला करेंगे, यह पढ़कर शहर में आतंक फैल गया। स्वयंसेवक, पुलिस-कांस्टेबल और अफसर कन्धे पर बन्दूकें रखकर चौबीस घण्टे शहर में आने के रास्तों पर पहरा देने लगे हैं!"

खूँटी थाने पर हमले की खबर मिलते ही राँची की सुरक्षा के लिए चार सौ सैनिक बुलवा लिए गए। अँधेरा होते-होते रास्ते सुनसान हो गए। 'द इंग्लिशमैन' ने लिखा : 'नगरवासियों को डर था कि झाड़ियों की ओट से बीरसाइत जहर में बुझाए हुए तीर छोड़ेंगे। 16 जनवरी के बीच हर अंग्रेज-अफसर के बँगले के आगे हथियारबन्द पहरा बैठ गया। राँची में पुलिस और सैनिक नियमित रूप से गश्त लगाने लगे। सिक्स्थ जाट राइफल्स डुराण्डा सेना-छावनी का पहरा देती रही...।"

लेकिन बीरसा कुछ और ही सोच रहा था।

डुराण्डा के कमाण्डिंग अफसर सिक्स्थ जाट के डेढ़ सौ राइफलधारी सैनिकों को लेकर खूँटी चला गया। कमिश्नर फॉबूर्स खुद राँची से आ गए। राह में उनके

साथ हो लिए सेना के कर्नल वेस्टमोरलैण्ड। खूँटी में 'तूफानी जाँच' हुई। सब-इंस्पेक्टर रामवृक्षसिंह दस सिपाही लेकर बागियों की तलाश में निकल गया। फॉबूर्स और कर्नल बुर्जू चले आए, और स्ट्रटफील्ड के साथ मिल गए।

फॉबूर्स बोले, "डॉक्टर नॅट्रट ने पहले ही कहा था...हाँ, मिशन के नॅट्रेट ने... कि मुण्डा लोग जन-विद्रोह जरूर करेंगे। बुर्जू से छः मील दूर साइको में वे जमा होंगे, ऐसी उनकी धारणा थी।"

"लेकिन...!"

"नहीं, डी.सी.। हर एक की धारणा नकारकर अपनी धारणा पर अड़े रहने का नतीजा पहले भी बहुत अच्छा नहीं हुआ।"

"हुँ!"

"अब मैं चार्ज में हूँ। मौजूदा हालात अच्छे नहीं हैं। देखो, जब दो बरस पहले प्लेग फैली थी, उस वक्त क्या कुछ नहीं हो गया था! दूर सही, फिर भी महाराष्ट्र में टेररिज्म[1] चल रहा है। चापेकर ब्रदर्स को फाँसी तक लग गई। गवर्नर-जनरल कर्जन प्रदेश को सीरियसली विभाजित कर, छोटा करने की बात सोच रहे हैं। कलकत्ता में नेटिव प्रेस में भी काफी असन्तोष पढ़ने में आता है।"

"वह तो शिक्षित लोगों का विरोध है।"

"डीयर डी.सी.! शिक्षित लोग हजार विरोध करें, लेकिन उनसे भी हताश अवस्था का पता लगता है जब कुछ बर्बर आदिवासी प्रतिष्ठित सरकार को ललकारते हैं!"

"फिर?"

"'पंच' का कार्टून याद है? बारूद के ढेर पर बैठकर दो अंग्रेज अफसर पाइप पी रहे हैं, राख-आग झाड़ रहे हैं, बारूद से धुआँ उठने लगा है!"

"हाँ, लेकिन...।"

"तुम और मैं—वही दोनों आदमी हैं। छोटा नागपुर अब बारूद का ढेर है। अब हर चीज मुझ पर छोड़ दो। हजार होने पर भी लेफ्टिनेंट-गवर्नर को जवाबदेही मुझे ही करनी होगी, तुमको नहीं।"

"ठीक।"

"राँची की रिजर्व पुलिस साइको चली जाए। मैं बनगाँव जा रहा हूँ। वहाँ सिंहभूम के डी.सी. टॉमसन हैं। सिंहभूम के बनगाँव, बेरिंग, कुंदरू-गुटू, लागरा, सांग्दा, गिर्गा और डोर्का गाँवों से बीरसाइतों को उखाड़ निकालना ही होगा। फौज की आठों टुकड़ियाँ गाँव-गाँव में बैठी रहेंगी। बाकी सिपाही लेकर सब-इंस्पेक्टर

1. आतंक

घूम-घूमकर इन टुकड़ियों को मिले समाचार लेगा, सदर भेजेगा, हथियार जब्त करेगा। उसके बाद देखा जाएगा।''

''मैं क्या राँची लौट जाऊँ?''

''तुम कैप्टन रोश के साथ रिजर्व पुलिस और जाट राइफल्स के चालीस आदमियों को लेकर साइको चले जाओ।''

''अच्छा। तो अब से...।''

''जस्ट ओबे मी!''[1]

स्ट्रटफील्ड शाम को सात बजे साइको पहुँचे। दूसरे दिन, 9 जनवरी को सवेरे आठ बजे सब-इंस्पेक्टर रामवृक्षसिंह कैम्प में आया। सूखे गले से बोला, ''हुजूर, सैलराकार पहाड़ बीरसाइतों से एकदम भर गया है।''

''खुद देखा है?''

''रात को पेड़ पर चढ़कर बैठा था, हुजूर। रात-भर वे आते रहे। पत्तों की खड़खड़ से उनके पाँवों की आवाज मिलती रही। लगता है—औरतें भी हैं, हुजूर। दूर से छोटे बच्चों के रोने की आवाज भी आ रही थी।''

''कमिश्नर को बताना होगा।''

''उन्हें मालूम है। वह आ रहे हैं।''

स्ट्रटफील्ड ने रोश से कहा, ''साइको के बाद दाऊदी। दाहिनी ओर डोम्बारी-बुरू है।''

''व्हॉट?''[2]

''बुरू। छोटा पहाड़। डोम्बारी-बुरू के उत्तर-पूर्व में बोर्तोदि एक गाँव है। सैलराकार के दक्षिण-पूर्व में बिचा-बुरू, उत्तर में कुरुम्बा-बुरू, गुटूहाटू गाँव हैं—पच्छिम में तिरिलकूटि-बुरू, केराउरा-बुरू हैं।''

''व्हाई टेल मी आल दिस?''[3]

''सैलराकार के चारों ओर के पहाड़ों में, गाँवों और जंगलों में विद्रोहियों के अड्डे बने हैं।''

''सो?''

''अब गोली चलाने का मौका मिलेगा।''

---

1. बस, मेरी आज्ञा मानो
2. क्या?
3. यह सब मुझे क्यों बता रहे हैं?

"तुम्हारी तरह अब बैठकों में रहनेवाली लड़कियों पर नहीं छोड़ूँगा!"

"देखा जाएगा।"

पच्छिम में खूँटी से फौज आई, दक्खिन में साइको से पुलिस की फौज। सिर पर फौलाद की जाली की टोपी, कन्धों पर किरचें और बन्दूकें थीं। कमिश्नर, डी.सी., पुलिस-सुपरिंटेंडेण्ट, फौज के कर्नल, कैप्टन—सभी कदम मिलाकर बढ़ रहे थे। आधे मील की दूरी जाने पर ही सैलराकार पर आदमियों का चलना-फिरना देखने-समझने में आ गया।

सरकारी फौज जंगल में घुस पड़ी। नाले के किनारे-किनारे चलती रही। जोजोहाटू के मागन मुण्डा ने साल के पेड़ पर से बैठकर उन्हें देखते ही नीचे की ओर सीटी बजाई। कुछ दूर पर एक दूसरे साल के पेड़ की चोटी से एक नानक ने सीटी सुनकर फिर सीटी बजाई। पेड़ों के सिरों-सिरों पर से सीटियों का इशारा चलता रहा। सैलराकार से सीटी की आवाज आई। उसके बाद सब चुप हो गए।

पहाड़ के दक्खिन में बड़ी-सी दरार थी। उसी दरार में खड़े होकर बीरसा देखने लगा। वे बढ़े आ रहे हैं, बढ़ते आ रहे हैं। पुलिस की फौज ने बढ़कर पहाड़ घेर लिया। भागने के रास्ते बन्द कर रहे हैं।

"क्या समझे?" धानी ने पूछा।

"असली दल रूखा की ढलान की ओर गया है। पुलिस को घेराव करने का वक्त दिया जा रहा है।"

"उनके आगे बढ़ने पर बताना।"

"अब बढ़ रहे हैं। किसी ओर चढ़ने की राह नहीं है। यह कमिश्नर पच्छिम में तिरिलकूटी-बुरू पर चढ़ रहा है। शायद वहीं से गोली चलाएगा।"

"बीच में नाला है।"

"लेकिन उनके पास बन्दूकें जो हैं।"

"उसके पहले उन्होंने बहुत-सी गोलियाँ छोड़ी हैं। तुम्हारे नाम पर वे गोलियाँ पिघलकर हवा बन गई थीं। को—ई नहीं मरा था।"

"अब मैं खुद हाजिर हूँ...डोन्का कहाँ है?"

"डोन्का, गुटूहाटू का हाथीराम, हरि—सब सामने हैं।"

"बर्तोली के बीरसाइत?"

"सभी पूरब में हैं।"

"जिउरा के मुण्डा कहाँ हैं?"

"वहाँ।"

जिउरा का बस्कान मुण्डा, मंझिया मुण्डा, दुडांग मुण्डा की पत्नी बोले, "वहीं। उनका काम पत्थर इकट्ठे करके फेंकना है। उन्हें कोई रोक नहीं सकता।"

"हम बीरसाइत बने हैं बच्चों की देखभाल के लिए? भगवान साथ रहेंगे; मरने पर हम स्वर्ग में जाएँगे!"

बीरसा ने माथा और आँखें पोंछी। बदन में खून के कण-कण में अधीरता उछल रही थी। 25वीं दिसम्बर से सैलराकार पर बीरसाइत आते ही जा रहे थे; गुफा-गुफा में पानी और परिवार लेकर घुसते हैं। "अरे, तुम्हारी गोद में बच्चा है," यह बात कह कर भी उन्हें कोई रोक नहीं सकता। पहाड़ के चारों ओर बीच-बीच में छोटे-छोटे पत्थर ला-लाकर बुर्ज बनाने पड़ते हैं। बुर्ज के पीछे भारी-भारी पत्थर इकट्ठे किए गए हैं। बलोया-तीर धनुक और गुलती[1]—सब प्रबन्ध करने पड़ रहे हैं।

बीरसा जानता है कि बन्दूक में क्या सामर्थ्य है! लेकिन वह तो भगवान है। उसके कहने पर ही मुण्डा मरने या जीतने पर तुल गए हैं! उन्हें पता है कि बीरसा कुचला के तीरों से उन्हें जिताकर दुश्मन की गोलियों को बेकार कर देगा! लेकिन बीरसा को पता है कि बन्दूक की गोली की क्षमता कुचला के तीरों से बहुत अधिक है। साथ ही बीरसा यह भी जानता है कि केवल अपेक्षातर आधुनिक हथियार लेकर सब युद्ध नहीं जीते जाते हैं। बीरसा यह भी जानता है कि केवल हार-जीत, सफलता-असफलता की सम्भावनाओं को सामने रखकर ही सब युद्धों की योजनाएँ नहीं बनाई जातीं! सन्थाल हूल में नहीं जीते! सत्तावन बरस पहले कोल में नहीं जीते! सरदार नहीं जीते! खरुआ में नहीं जीते! हमेशा अंग्रेज जीते—हमेशा, सभी लड़ाइयों में!

साहब नहीं जीते हमेशा, सभी लड़ाइयों में।

सन्थाल, कोल, खरुआ, सरदार जीते क्योंकि हर पराजय ने प्रमाणित कर

1. धनुष जिससे गोली छोड़ी जाती है।

दिया कि जीतनेवाले के नाम का रिकॉर्ड रहता है—पराजित का नाम मनुष्य के रक्त में, बेगारी में, अभाव में, भूख में, शोषण में, धान के पौधे की तरह रोपा रहता है—वह नाम काले आदमी के हर गान में, स्मृति में, घाटो के फीके, नीरस स्वाद में, नंगे मुण्डा शिशु की विवर्ण चमड़ी में, मुण्डा-माता के फूले पेट में और महाजन के धान के बोरे को एक बार ढोने की मेहनत में...!

बीरसा ने आँखें पोंछी। आँखों में ज्योति नाच रही थी; किरच के फल में सूर्य चमक रहा था। उससे किसी ने कहा, "दो साहब बढ़े क्यों आ रहे हैं?"

बीरसा ने घूमकर देखा, सुनारा—वही किशोर लड़का था। उसके होंठ सफेद थे। आँखों में आश्चर्य था!

लड़के को मुर्गी कटती देखकर भी डर लगता था। उससे एक दिकू ने बेगारी का पट्टा लिखा लिया था। वही दिकू उसका महाजन था—उसके इस जीवन और अगले जीवन का मालिक था। मुण्डा से बेगारी का पट्टा लिखाना बहुत आसान है न! अँगूठे की निशानी लगाते ही वह महाजन या जमींदार या जोतदार का गुलाम बन जाता है! दास-प्रथा व्यवसाय नहीं है, यह कहने भी से कोई फायदा नहीं। कोई मुण्डा कचहरी में मुकदमा करने नहीं जाएगा, क्योंकि पट्टे का मालिक सब कुछ अस्वीकार कर देगा। मुण्डा जानते हैं कि दिकू का पंजा बाघ के पंजे से भी भयंकर होता है। वह पंजा मुण्डा के इहकाल और परकाल पर हमेशा तना रहता है!

यह लड़का उस सबको हेच करके आया है। सैलराकार पहाड़ पर बन्दूक हाथ में लिए खड़ा है; बीरसा की ओर देखकर कह रहा है, "दो साहब बढ़े क्यों आ रहे हैं?"

बीरसा ने समझा कि उसने इसी असम्भव को सम्भव किया है। वह ईश्वर है। अभी एक अणु-क्षण में उसे लगा—"मैं भगवान हूँ। मिशन में सीखा था कि यीशु ने एक रोटी से अगणित लोगों को खिलाया था! आनन्द पाण्डे ने सिखाया था कि प्रह्लाद की भक्ति से खम्भा चीरकर नरसिंह रूप में भगवान विष्णु निकल पड़े थे! यह देखो, मैं उनका-सा ही हूँ। मैं भगवान हूँ! लँगोटी पहने, दासों के दास, अत्यन्त गरीब मुण्डा लोगों को हाथों में बाँस के धनुष, और केवल कुचला-तीरों के साथ मैंने आधी दुनिया के मालिकों की फौज के सामने का खड़ा किया है! उनके मन

से डर दूर कर दिया है! मैं भगवान हूँ, मैं भगवान...।

"मैं मुण्डा हूँ। मिशन में सीखी थोड़ी-सी अंग्रेजी की तरह हमारी भाषा नहीं है—उस भाषा में हजारों-लाखों शब्द हैं। दिकू लोगों की भाषा में भी हजारों-लाखों शब्द होते हैं। हमारी मुण्डारी में इतने शब्द नहीं हैं, लिखने के अक्षर भी नहीं हैं। जितने शब्द देखते-सुनते हो, सभी हमारी आँतों को नोचकर, रक्त में भिगोकर सिरजे गए हैं। हम लिखते नहीं हैं—गान सिरजते हैं। जिनके लिखने के अक्षर नहीं हैं वे क्या बर्बर हैं, असभ्य हैं? उस तरह के बर्बर लोगों को मैंने ढेले और गुलती थमाकर खड़ा कर दिया है! मैं भगवान हूँ...।

"हे, भगवान हूँ मैं! जो वे ढेले मारकर बढ़ते हैं, उनके देश में, इस मुण्डा देश में उनके घरों में तमाम गलीचे, पंखे, खाट, बिस्तर, काँच, कुर्सी, शीशे की बत्तियाँ, चाँदी के थाल, शराब की बोतलें, गाड़ी, घोड़ों की जोड़ियाँ और सैकड़ों नौकर हैं। हम मुण्डा लोगों के घरों में कुछ नहीं है; कुछ नहीं रहता। अकाल आता है; सूखे में सब जल जाता है। मेरे बाबा ने कहा था : रिकॉर्ड में मुण्डा लोगों को 'चोर बदमाश' के सिवा किसी दूसरे नाम से कभी नहीं पुकारा गया! मुण्डा लोगों के प्राण और मन नहीं होते। वे घर जलने पर आग नहीं बुझाते, घर छोड़कर चले जाते हैं। मुण्डा लोगों का घर जब जलता है, उस समय जलता क्या है? इस मुण्डा देश में मुण्डा के घर काठ-पत्ते-लता, ऊबड़-खाबड़ मिट्टी-पत्थर से बने रहते हैं। उस घर में रहती हैं घास की बनाई चट्टियाँ, मिट्टी की हाँड़ियाँ—और रहता ही क्या है? जो लाठी मारकर आगे बढ़ते हैं, वे ही असल में बढ़ते हैं, वे ही दुश्मन हैं; दिकू लोग उनके साथ मिले रहते हैं; मुण्डा लोगों के खून में मैंने यह बात डाल दी है। मैं भगवान हूँ। भगवान!"

बीरसा ने मुँह फेरा। सुनारा के सिर पर हाथ रखा। बोला, "वे कमिश्नर और डी.सी. हैं। बातें करेंगे।"

"क्यों?"

बीरसा हँसा। बोला, "वे साहब हैं न! गया को पकड़ने से पहले कहा था, मेरे लिए भी कहेंगे। यह उन लोगों का अजीब कायदा है। पहले दो-तीन बातें कहकर आरोप लगाएँगे।"

"उसके बाद?"

"गोली छोड़ेंगे। खूब गोलियाँ छोड़ेंगे, हमें मारेंगे। लेकिन रिकॉर्ड में लिखवाएँगे कि पहले हमने कायदे से मुण्डा लोगों से अपनी पकड़ाई देने को कह

दिया था। वे पकड़े जाने के लिए तैयार नहीं हुए—इसी से गोली चलानी पड़ी!"

"पकड़वा देने पर गोली नहीं चलाएँगे?"

"चलाएँगे। तब कहेंगे कि हमारे बोलने से मुण्डा खफा होकर बढ़े आ रहे थे, इसीलिए गोली चलानी पड़ी। तब वही बात रिकॉर्ड में लिखाएँगे।"

"वह कौन है?"

"दुभाषिया। साहब लोग मुण्डारी नहीं जानते न!"

"नहीं जानते? दिकू कहते हैं कि साहब सब जानते हैं?"

"ना रे। मुण्डारी नहीं जानते। मुण्डा लोगों का मुकदमा करते हैं। दुभाषिया जो समझा देता है, वही समझते हैं।"

स्ट्रटफील्ड खड़े हो गए। हाथ उठाए। अब उन लोगों को वे साफ-साफ देख सकते थे। आँखों में प्रकाश सुलग रहा था। उनके बलोया के फलों पर सूर्य चमक रहा था। वे हाथ उठाए बलोया लिए खड़े हैं। दुभाषिए को इशारा कर कुछ कहा। दुभाषिया उनकी ओर से बोलने लगा,

"तुम अपने को पकड़वा दो। सब लोग हथियार रख दो।"

बीरसाइतों ने सूर्य की ओर बलोया उठाया। चिल्लाकर बोले, "हथियार रखकर तुम चले जाओ, हे।"

"इस लड़ाई में जो सरदार है, वह आगे आओ। बात करो।"

"हम सारे मुण्डा इस लड़ाई में सरदार हैं।"

"बीरसा को हमारे हवाले कर दो।"

अब नरसिंह मुण्डा आगे आया, बोला, "राज किसका है? साहब लोगों का? हमारा राज है! हम उनके देश में राज करने गए? या वे यहाँ आए? तो हथियार कौन डाले? हम? साहब लोग हथियार डालकर चले जाएँ! हम हथियार डालने के लिए यहाँ आए हैं? अपना राज लेने के लिए आए हैं!"

और कुछ बात करने को न थी, कुछ भी नहीं। फॉबूर्स बोले, "पहाड़ घेर लिया है। अब उत्तर की ओर से चढ़ाई करने से विद्रोही परास्त हो सकते हैं। तब गोली चलाने की जरूरत भी नहीं होगी।"

लेकिन कैप्टेन रोश ने कहा, "इतने करीब जाने से सिपाहियों की जान मुसीबत में पड़ सकती है। पच्छिम में तिरिलकूटि-बुरू से गोली चलाई जाए।" तब तीन बार गोलियाँ चलाई गईं। किसी को लगी नहीं। मुण्डा लोगों ने चिल्लाकर कहा, "भगवान, तुमने दुश्मनों की बन्दूकों को बेकार कर दिया है। गोली निष्फल हो गई हैं। देखो, सारी गोलियाँ बेकार हो गईं। कोई भी गिरा नहीं, कोई भी मरा नहीं।"

लेकिन मिलिटरी रेजिमेन्ट के हाथों में राइफलें रहने से कुछ देर तो उनके हाथ राइफलों को चलाते हैं, उसके बाद राइफलें हाथों को चलाने लगती है! हाथों को रोककर एक-के-बाद एक गोली चेम्बर में भरी जाती है—उँगलियाँ को ट्रिगर दबाने पर लाचार करते हैं। कैप्टेन रोश का आँखों की तारीफ, आवाज की तरीफ—'बक् अप बॉयज'[1]—चिल्लाना बेजान राइफलों में भी जान डाल देता है। तब दिल अगर कहे भी कि मुण्डा प्रायः निरस्त्र हैं, तो बुद्धि कहती है कि राइफल की बात सुनने से अनिवार्यतः प्रमोशन ही मिलेगा!

इसीलिए गोलियाँ फिर चलीं। अब हवा में बारूद की गन्ध भर गई थी। आश्चर्यजनक रूप से रूखी, खटाखट आवाज आ रही थी। गुटूहाटू का हाथीराम, बर्तोली का सिंगराई पत्थरों पर गिर गए। बीरसा को बीरसाइतों ने खींचकर पीछे कर दिया। लाल-लाल खून काले-काले शरीरों से निकलकर काले पत्थरों पर बहने लगा था।

"मंगल मुण्डा का हाथीराम के अलावा एक लड़का और है"—लँगोटी पहने, धनुक उठाए हाथीराम का भाई हरि आगे बढ़ आया। एक और किशोर बालक—"हातू कौन है?" "नानक हूँ हे!" "उमर कितनी है?" "बारह हो गई है।" "तो आ, मुण्डा कसी उमर में भी मर सकते हैं...।" "वे क्यों मरे?" "पत्थर पर चढ़ जा, गुलती उठा।" "गुलती का पत्थर चूके नहीं। वह क्यों मर गया?" "पता नहीं।" "मेरे पास रह, अकेले मरने में बड़ा डर लगता है।" "पास? हुं!"

1. शाबाश, मेरे बहादुरो!

गोलियों की आवाजें! बारूद की गन्ध! गोलियों की आवाजें! बच्चे धनुष की तरह झुककर नीचे गिर गए—हरि पत्थर के ऊपर लुढ़का।

पुलिस और सेना की टुकड़ियाँ आगे बढ़ रही हैं। फॉबूर्स की आवाज : "स्टॉप फायरिंग[1]। अब चारों ओर से पहाड़ पर चढ़ो। गोली मत चलाओ। न, फिर से ऑर्डर देने तक कोई गोली नहीं चलाएगा। नो मोर किलिंग[2]।"

संगीनें आगे कर बन्दूकें उठाए हुए सैनिक चढ़ रहे हैं, पुलिस भी। गौरी मुण्डानी की पीठ पर बच्चा है, हाथों में पत्थर। "मनझिया की मुण्डानी कहाँ है? बन्धन की मुण्डानी?" अब गौरी मुण्डानी अपने बाईस बरस के भरे यौवन की सारी शक्ति से दोनों हाथों को मुँह पर लाकर चिल्लाई : "जिउड़ी गाँव का कौन है, हे। आगे आओ।" घूमकर : "बुड्ढे, तुम कौन हो?"

"नाम से क्या होता है रे, मैं पुराण-पुरुष हूँ! पकड़, हाथों में पत्थर थमाए देता हूँ।"

पत्थर धड़ाधड़ बरस रहे थे। संगीन-बन्दूकें आगे बढ़ रही थीं। रेजिमेण्ट की पुकार—"कैप्टेन साहेब! क्या ऑर्डर है?" कैप्टेन रोश का जवाब, "बक् अप, बॉयज।" "कैप्टेन साहब! क्या ऑर्डर है?" फॉबूर्स की चीख, "डोन्ट शूट!"[3] कैप्टन रोश का जवाब, "फायर!"[4] सिपाहियों की चिल्लाहट, "उनके बच्चे, औरतें! पीठ पर बच्चे बँधे हैं!" लेकिन राइफलें बोलीं, "शूट!" किसी ने कहा, "छोटा बच्चा रो रहा है।" लेकिन राइफल ने कहा, "शूट!" अब एक-के-बाद एक गोली। अब सिपाही-पुलिस, बीरसाइत आदमी-औरतें एकदम आमने-सामने थे। डोन्का मुण्डा की चिल्लाहट : "भागो।" सोमा मुण्डा की चीख : "औरतो! पीठ पर बच्चा बँधा है।" लेकिन राइफलें बोलीं, "शूट!" गोली-संगीनें। संगीनें-गोलियाँ। गौरी ने समझा कि संगीन का फल उसके बच्चे को छेदकर उसकी पीठ में घुसा है, छाती में गोली लगी—तभी गौरी निश्चल हुई! उसके बाद किरचें, गोलियाँ, चीत्कार, आर्त्तनाद, उल्लास, बूटों की आवाज, बारूद की गन्ध—कॉक्नी[5] में गाली-गलौज! "मा रे!" कोई बच्चा चिल्लाया—फिर गोली!

---

1. गोलियाँ चलाना बन्द करो
2. और मार-धाड़ नहीं होगी
3. गोली मत चलाओ
4. गोली चलाओ
5. लन्दन की बाजारू भाषा

ऑपरेशन सैलराकार ओवर! येस...ओवर। ओवर-ओवर-ओवर-ओवर-ओवर...![1]

बाद में, बहुत बाद में, मुण्डारी औरतों की हत्या के लिए फॉबूर्स, रोश और स्ट्रटफील्ड को हलकी-सी डाँट पड़ी। लेकिन तीनों ने ही कहा, ''गोली न चलाने का हुक्म ठीक से समझ में नहीं आया। मुण्डा आदमी और औरतें लम्बे बाल रखते हैं; उनका रंग घोर काला होता है। इसी से आदमी-औरतों में फरक नहीं किया जा सका। न, छोटे बच्चों का रोना सुनकर भी फरक नहीं किया जा सका। लेकिन फौजी और दीवानी दफ्तरों ने तीनों को निर्दोष करार दिया, प्रत्येक के साहस और वक्त पर जरूरी विवेक की प्रशंसा की। स्वयं गवर्नर-जनरल ने भी प्रशंसा की!

इसी तरह हताहतों की ठीक संख्या को लेकर भी भिन्न-भिन्न अनुमान मिले। 20 जनवरी के 'द इंग्लिशमैन' समाचार-पत्र ने बताया, ''सरकारी मुखपत्र हताहतों की संख्या के विषय में मौन हैं। अफवाह है कि पन्द्रह से बीस लोग तक मारे गए हैं। यह संख्या कहीं अधिक होना स्वाभाविक है, क्योंकि मुण्डा लोग जंगल में भाग गए, वहाँ भी मरे होंगे, और रात के अँधेरे में पहाड़ से कुछ साथियों की लाशें ले जाकर समाधि भी दी होगी।''

25 मार्च को 'द स्टेट्समैन' अखबार ने लिखा, ''कम-से-कम चार सौ मुण्डा मारे गए। आवश्यक जाँच होनी चाहिए।'' बैरिस्टर जेकब ने इसी अनुमान को सही माना।

16 फरवरी के 'बंगाल पुलिस इंटेलिजेंस' ने लिखा, ''सरदारों ने बताया कि सात सौ मुण्डा मारे गए।''

'द स्टैटमैन' ने फिर लिखा कि चालीस आदमी मरे। रेवरेण्ड हफमैन बोले, ''सिर्फ बीस मरे।'' अब सरकारी विज्ञप्ति में कहा गया : सैलराकार पर दस लोग मरे और सात लोग घायल हुए। सरकारी विज्ञप्ति के विरोध में कई पाठकों ने 'द इंग्लिशमैन' के सम्पादक को चिट्ठी लिखी, 'हमारे साथ बहुत दिनों का परिचय जिनसे है ऐसे सारे विश्वस्त सूत्रों ने बताया है कि जंगल में जाकर, छिपाकर कहाँ-कहाँ मुण्डा लोगों को समाधि दी गई है—वह दिखाएँगे। बात बहुत महत्त्वपूर्ण

1. सैलराकार का अभियान समाप्त हो गया है—समाप्त, समाप्त, समाप्त!

है। अब इसकी विस्तृत जाँच जरूरी है।' 'एक पाठक' की चिट्ठी वर्ष 1900 की 17 अप्रैल को प्रकाशित हुई। उसके बाद पता चला कि सरकारी विज्ञप्ति ही अन्तिम रूप से सही है। इस सम्बन्ध में और कोई चिट्ठी किसी समाचार-पत्र में प्रकाशित न होगी।

शाम तक सिपाही लौट गए थे। पुलिस सैलराकार पर पहरा दे रही थी। शाम तक उन्होंने सैलराकार की गुफाओं से औरतें, बच्चे, हथियार, धान, चीना-दाना, घास की चट्टी, मिट्टी की हाँड़ियाँ निकाल लीं। शाम तक कैदी बीरसाइतों ने लकड़ी काटकर डोलियाँ बनाईं। शाम को डोलियों में ढोकर घायलों को ले जाने का काम भी हो गया।

उसके बाद अँधेरा उतरा। शरद् की रात। उसके बाद हवा ने बहना शुरू किया। आसमान में फटे-फटे बादल, हलकी बूँदा-बाँदी, जंगली पत्तों पर बरसात, धीमी मीठी उसाँस—जंगल ने उसाँस छोड़ी है!

जंगल के भीतर घने अन्धकार में, धरती से मुँह उठाकर नरसिंह मुण्डा बोला, "किसने माटी खोदी रे, गोमी?"

"हमारे लड़कों ने खोदी, दादा!"

"क्यों?"

"जो यहाँ मरे, उन्हें गोर[1] में गाड़ेंगे।"

"मुझे भी गोर में गाड़ेगा?"

"प्रेत के पास नहीं ले जाऊँगा?"

"ना! जहाँ बीरसाइतों की गोर है वहीं मुझे रखना। तू मुझे घसीटकर लाया, या और कोई?"

"घसीटकर मैं लाया। अभी वे लोग औरों को भी ला रहे हैं। सैलराकार से जंगल तक बहुत लोग पड़े हैं—अनगिनत!"

"कि—सी को पता न चले, कहाँ गोर में गाड़ा है रे, गोमी। गोरों को गुस्सा बहुत होता है। जिसकी लाश देखेंगे, उसी की लाश जला देंगे। परिवार-के-परिवार उजाड़ डालेंगे!"

"किसी को पता नहीं चलेगा।"

"तुम लोग?"

1. कब्र

"भाग जाएँगे।"

"भागो। मेरे मुँह पर हाथ रख दे।"

"क्यों! दादा?"

"भीतर से कराह निकल रही है रे, गोमी! रात में बहु—त दूर तक आवाज जाएगी। गोरे सुन लेंगे।"

"रखे देता हूँ।"

नरसिंह मुण्डा के मुँह पर गोमी ने हाथ रखा, दाहिना हाथ। अपना खून से सना बायाँ हाथ अपने मुँह पर रखा। उसके कलेजे में से भी हाहाकार उठने को हो रहा था...!

मिट्टी खोदने, लाश घसीटने की आवाजें। पत्तों पर वर्षा का मर्मर! गोमी का हाथ हटाकर नरसिंह बोला, "यहाँ जंगल उग आएगा। कोई निशान नहीं रहेगा। पेड़ देखकर मुण्डा समझ जाएँगे कि यहाँ किसी की लहास है।"

11वीं जनवरी। फॉब्र्स ने खूँटी से मुण्डा लोगों को, मुखिया लोगों को बुलाया, उनसे बातें कीं।

स्ट्रटफील्ड बोले, "रेवरेण्ड हफमैन जो कुछ कहेंगे, वही हमारी राय है। रेवरेण्ड हफमैन मुण्डारी जानते हैं। मुण्डा लोगों को जानते हैं। वह मिशन के आदमी हैं। उनका दृष्टिकोण उदार है; मन भी करुणा से भरा है!"

हफमैन बोले, "उन पर दया दिखाना सहरा में बीज बोना होगा!

बीरसा के भक्त मरदों की बात कर रहे हैं न? उनकी औरतें एक सामूहिक लक्ष्य क्या होता है, इतना ही जानती हैं। न, इन सबको कड़ी सजा दीजिए।"

"क्या सजा?"

"बीरसा लोगों की जायदाद जब्त कर लें। औरतें गाँव के बाहर न जा सकें। जो पकड़ा जाए, उसे मार डालें। पहला दल तुरन्त मारा जाता तो अच्छी मिसाल बनता।"

"नाइस!"[1]

"जब तक प्रत्येक सशस्त्र बीरसाइत को पकड़ा नहीं जाता, तब तक दूसरे बीरसाइतों को कैद में रखें। मुखिया लोग बीरसाइतों के मुचलके लिखकर दें कि

1. खूब

उनके दल को अभी या भविष्य में आश्रय नहीं देंगे।''

''डी.सी. की भी यही राय है?''

''हाँ!''

''ताज्जुब है। एक मिशनरी, और दूसरा डी.सी.! उपयुक्त प्रस्ताव है। सुनिए, इतनी उत्तेजना में सोचा गया अत्याचार नहीं चलेगा, क्योंकि वैसा करना बीरसाइतों को फिर से विद्रोह के रास्ते पर ढकेलना होगा। कानून तोड़ने के सब प्रयत्नों को अवश्य रोकना होगा। पर, बीरसा के फैलाए धर्म पर सरकार को कोई आक्रोश नहीं है। अब नई नीति से काम निकालना होगा।''

''जैसे...?''

फॉबूर्स ने एक कागज बढ़ा दिया जिस पर लिखा था :

'आन्दोलन-कारियों के दल को आवश्यकता होने पर बल के प्रयोग द्वारा तोड़ना होगा। जिन लोगों ने दंगा या कुछ और दण्डनीय अपराध किए हैं, उन्हें कैद में डाल सजा देनी होगी।

'हत्या, हत्या के प्रयत्न और पुलिस के अनुसार अन्य अपराधों में अभियुक्त व्यक्तियों को गिरफ्तार किया जाएगा और उन पर मुकदमे चलाए जाएँगे।

'वर्तमान घटनाओं के समय जो लोग अपने गाँवों से गैर-हाजिर थे—जिन बीरसाइतों के बारे में इसके प्रमाण मिलेंगे उनकी उल्लिखित अनुपस्थिति के लिए सन्तोषजनक कैफियत तलब की जाएगी। क्यों वे शान्तिपूर्ण आचरण के लिए जमानत न दें—इसके लिए उन्हें कारण बताना होगा।

'इन सारे क्षेत्रों में इसलिए अतिरिक्त पुलिस रखनी पड़ेगी जिससे भविष्य में शान्ति और व्यवस्था बनी रहे।'

हफमैन बोले, ''बहुत ठीक! आप लोगों ने जो चाहा था उससे भी अधिक सजा दी गई है। सिर्फ गोली से मारा नहीं जाएगा।''

''पुलिस अगर गाँवों में घूमती ही रहे तो स्लो डेथ[1] है।''

''बिलकुल ठीक! पुलिस रखने के और मतलब क्या हैं? पुलिस रहेगी, मिलिटरी रहेगी, उनके घोड़े घास खाएँगे, उनके लकड़ी, पानी, खाने का खर्च उन पर लगेगा। मुण्डा लोगों के लिए वह तिल-तिलकर मरना नहीं है तो क्या है?''

1. धीमी-धीमी मौत ही है

"विद्रोहियों के पकड़े जाने से पहले थानों और मिशनों पर पहरे का इन्तजाम?"
"सब हो गया है।"

फॉबूर्स हँसे। बीरसा! बीरसा दाऊद! बीरसा भगवान! बीरसा उनके जीवन में क्या सचमुच भगवान बनकर आया है? छोटा नागपुर की-सी एक अभागी जगह पर कमिश्नर बनकर आने के बाद ऐसा सौभाग्य मिलेगा—यह किसे पता था? राजद्रोह को दमन करने का सुयोग मिलना क्या इतनी आसान बात है?

बोले, "राँची और सिंहभूम के सारे उपद्रव-ग्रस्त इलाके में, हर थाने में, हर गाँव में, हर मिशन में राइफलधारी पुलिस, मिलिटरी है। दुमका और दूसरी जगहों से मिलिटरी-पुलिस आ रही है। हालात क्या हैं—कुछ समझ में आ रहा है?"

"बहुत बड़ा काम है।"

फॉबूर्स फिर हँसे। बीरसा! बीरसा दाऊद! बीरसा भगवान! बोले, "डी.सी.! नेवर इग्नोर द ब्रिटिश लॉ![1] ब्रिटिश कानून को कभी हेय मत समझना। कानून के शिकंजे में डालने से मुण्डा लोगों को जो सजा मिलेगी, वह और किसी भी तरह नहीं मिलेगी। पहली सुविधा है कि जज मुण्डारी नहीं समझते। दूसरी सुविधा है कि मुण्डा लोग कानून और अंग्रेजी नहीं समझते। तीसरी सुविधा है : पहले गिरफ्तार कर उन्हें जेल में डाल दो। मुकदमा खड़ा करने के लिए जाँच चलती रहे। महीनों जेल में रहने से मुण्डा लोगों की रीढ़ अपने आप टूट जाएगी!

फॉबूर्स हँसे। मन की आँखों से देखने लगे कि राजद्रोह दबाने के लिए पुरस्कार मिल रहा है। न, 1857 के गदर का-सा सुअवसर फिर नहीं आएगा! तब इधर प्रमोशन हुआ, उधर राजा-जमींदारों के मकान लूटकर वे खुद राजा बन बैठे थे! मुण्डा लोगों के मकान लूटने से राजा नहीं बना जा सकेगा। लेकिन प्रमोशन तो होगा ही। प्रमोशन जरूर होगा। फॉबूर्स बोर्ड ऑफ रेवेन्यू के मेम्बर बनेंगे; अब कौन रोक सकता है?

"एक नोटिस देना चाहिए?"

"डी.सी.! सब इन्तजाम कर लिया है। नोटिस पढ़िए। यह हर गाँव के मुखिया, हाट, सरकार को और अन्यत्र भेजा जाएगा। सरगुजा, उदयपुर, जसपुर, रामगढ़ बनाई—इन सारी देशी रियासतों को भी जाएगा। सरायकेला और पोराहाट

1. अंग्रेजी कानून-व्यवस्था की कभी उपेक्षा न करना

के राजा लोग सिपाही भेजेंगे; खुद बीरसा की खोज करेंगे। नोटिस सरकारी ऑर्डर का हिन्दी और मुण्डारी में अनुवाद है। जरा जोर से पढ़िए।''

स्ट्रटफील्ड पढ़ने लगे, ''इस विज्ञप्ति द्वारा घोषित किया जाता है कि बीरसाइतों द्वारा की गई ज्यादतियों के लिए सरकार-बहादुर ने बीरसा और उसके मुख्य अनुयायियों की जरूरी गिरफ्तारी का परवाना जारी किया है। उक्त उददेश्य से बनगाँव, खूँटी और सिंहभूम और राँची के अलावा भी और जगहों पर सरकारी फौजें भेजी गई हैं। आदेश दिया जाता है कि सब लोग सरकारी कर्मचारियों की सब तरह से सहायता करें। बीरसा और उसके मुख्य लोग अगर तुम्हारे गाँव के पास आएँ या दीखें; या पास के किसी जंगल में छिपे हुए हों तो फौरन तुम राँची या सिंहभूम के डी.सी. को या सिपाही/पुलिस के किसी जिम्मेदार सरकारी कर्मचारी को सूचना दो; और तुम और तुम्हारे गाँव के रहनेवालों को जब जरूरत हो, तभी बीरसा और उसके अनुयायियों की तलाश और गिरफ्तारी के लिए सरकारी कारिन्दों के साथ तुम जाओगे। यदि उक्त आदेश की किसी भी प्रकार अवहेलना हुई तो तुम खुद जिम्मेदार होगे और तुम्हारे बारे में उपयुक्त व्यवस्था की जाएगी; तुम्हारे साथ गाँव के सभी रहनेवाले पुलिस का खर्च उठाने के लिए बाध्य होंगे। अगर तुम और तुम्हारे गाँववाले समर्थ हों, तो बीरसा को खुद गिरफ्तार करो और उसे कैदी बनाकर डी.सी. के पास ले आओ।

'कोई व्यक्ति बीरसा या निम्नलिखित व्यक्तियों के गिरफ्तार करने पर, या गिरफ्तारी में सहायता दे सकनेवाली किसी प्रकार की खबर देने पर निम्नलिखित दर से पुरस्कार पाएगा :

बीरसा की गिरफ्तारी के लिए ....500 रुपए

डोन्का मुण्डा :

ग्राम बोर्तोदि, थाना खूँटी, की गिरफ्तारी के लिए ...100 रुपए

माझिया मुण्डा :

ग्राम सेरान्दी, थाना तामार, की गिरफ्तारी के लिए ...100 रुपए

बुद्धू मुण्डा :

ग्राम सितीवी, की गिरफ्तारी के लिए ...100 रुपए

परान पहान :

ग्राम कार्टिकेल, की गिरफ्तारी के लिए ...100 रुपए

(ह.) ए. फॉब्र्स

12-1-1900

छोटा नागपुर के

कमिश्नर।'

स्ट्रटफील्ड ने नोटिस फॉब्र्स को लौटा दिया। फॉब्र्स बोले, "सिंहभूम के कमिश्नर और डी.सी.—सिक्स्थ बंगाल इनफैंट्री की एक कम्पनी लेकर कैप्टेन रोश बनगाँव और सिंहभूम के सिवा दूसरी जगह घूमेंगे। डी.सी., तुम और कर्नल वेस्टमोरलैण्ड पूर्व की ओर खूँटी और तामार थाने के इलाकों में घूमोगे। असिस्टेंट एस.पी. स्टीफन्स और लेफ्टिनेंट मिडलमैन तुरपा और बसिया थाने के इलाकों में घूमेंगे। प्रत्येक बीरसाइत गाँव की कोने-कोने की तलाशी लेनी होगी। मिलिटरी-पुलिस घायल और दूसरे बीरसाइतों को पकड़ेगी। फरार बीरसाइतों के धान, गेहूँ, दाल, बाजरा और दूसरी हर किस्म की जायदाद जब्त कर ली जाएगी जिससे कि विद्रोहियों को खाने के लिए एक दाना भी न मिले। प्रदेश सरकार की इच्छा से मुण्डा देश में सरकारी आतंक और सामर्थ्य कुछ ज्यादा मात्रा में प्रदर्शित किया जाए। बीरसा और उसके मुख्य चेलों को पकड़ने के बारे में किसी तरह की भी ढील देना ठीक न होगा।"

स्ट्रटफील्ड हलकी और दुर्बोध हँसी हँसे।

"डी.सी. क्या सोच रहे हैं, क्या ऑपरेशन फेल होगा?"

"नहीं, वैसा नहीं सोच रहा हूँ।"

"तब?"

"कुछ नहीं।"

बीरसा को देखने पर डी.सी. गिरफ्तार करेंगे, गिरफ्तारी में रुकावट होने पर गोली चलाएँगे! डी.सी. मुण्डा लोगों के लिए फॉब्र्स से भी अधिक निर्दयी सिद्ध होंगे। फिर, उसी के साथ डी.सी. यह भी जानते हैं कि बीरसा को पकड़े न जाने पर वह शायद नाखुश न होंगे। हजार होने पर भी ऑपरेशन-बीरसा से लाभान्वित होंगे, फॉब्र्स ही, वह नहीं!

सब-कुछ हुआ। ढोल बजाकर जगह-जगह ऐलान पढ़ा गया। सब जगह छपे हुए इश्तहार लगा दिए गए। मिलिटरी, पुलिस, अंग्रेज अफसर, देशी राजे, सभी—सैकड़ों गाँवों को चूसने लगे। बीरसाइतों के गाँवों को लूटकर धान का अन्तिम दाना तक उठा ले गए; बीरसाइत भूखों मरने लगे। बहुत लोग पकड़े गए; बहुतेरे लोगों को निर्दयता से पीटा गया, लेकिन बीरसा नहीं मिला। जिउरी गाँव का बूढ़ा, अन्धा मुखिया बोला, "बीरसा पर नजर रखने के लिए मैं रुपए पाऊँगा? तुमको मिले तो तुम पकड़ लो।" तब उसकी पीठ पर लोहा-भरे चमड़े की चोट की शुरुआत की गई—कलकत्ता की एक बड़ी दुकान से बनवाया हुआ वह स्पेशल

चाबुक था। नील के व्यापारी साहबों ने इस चाबुक को 'श्यामचाँद' का नाम दिया था। चालीस बरस बाद दुकान को फिर श्यामचाँद का ऑर्डर मिला!

बूढ़ा मुखिया चाबुक की सांघातिक मार खाते-खाते बोला, "जंगल ने उसे छिपा रखा है, तुम जंगल से बड़े हो?"

बीरसा नहीं मिला। ऑपरेशन-बीरसा चलता रहा। फॉबूर्स बोले, "चल रहा है, चलेगा, और भी चलेगा।"

सैलराकार से बोर्तोदि, बोर्तोदि से आयूभातू, आयूभातू से बीरसा माराँगहाड़ा घूम रहा था। साथ में डोन्का, माझिया, सुनारा और दूसरे लोग थे। दिन में जंगल में रहते, गझिन जंगल में। पेड़ की सबसे ऊँची डाली पर बैठकर कोई नानक नजर रखता। धीरे से सीटी बजाता, गाँव से जो लोग गोरू चराने आते थे आँखें उठाकर ऊपर की ओर न देख, सीटी बजा इशारा कर लौट जाते। दिन-रात गाँवों में पुलिस का पहरा था। रात को अँधेरे में कोई तीन औरतें बाहर जा रही हैं"—कहकर निकल आतीं। "हो गया जी"—कहकर दो लौट आतीं। बाकी एक कभी बालिका, कभी युवती, कभी वृद्धा, सफेद कपड़ा उतार, नंगी होकर, काला शरीर अँधेरे के कालेपन को समर्पित कर, जंगल में जाकर खाना और पानी रखकर चली आती। कह जाती, "यहाँ से उस गाँव में डर कम है। पुलिस अभी नहीं पहुँची है। उधर से होकर हाथियों का झुण्ड गया है, इसी से सिपाही डर से मरे जा रहे हैं। परसों जाएँगे।"

वे लोग ठीक ही चले जा रहे थे। बीरसा भी जाता; उन्नीस दिन से वे पुलिस और मिलिटरी की आँखों को धोखा-चकमा दे रहे थे। लेकिन सुनारा को बीरसा को कन्धे पर डालकर चलना पड़ रहा था, इसलिए उन्नीसवें दिन इच्छा रहते भी वे जा न सके। तिलाडुबू के जंगल में वे रुक गए। सुनारा बोला, "मैं अब न जाऊँगा, भगवान। मुझे रखकर चले जाओ। सैलराकार पर छाती में पत्थर लग गया था; आज इतने दिनों तक मुझे उठाकर तुम लेते चले, लेकिन मुझे लगता है कि अब मैं बचूँगा नहीं।"

बीरसा को बुरा लगा। यहाँ जंगल वैसा घना न था। उसके सिवा जंगल दो बड़े-बड़े हाटों के आने-जाने वाले रास्ते पर पड़ता था। सुनारा को उठाकर ले जाना सचमुच कष्टकर था। वह सुनारा से बोला, "इस पत्थर पर लेटे रहो। मैं सुन तो

लूँ कि तिमाडुबू से मुरू मुण्डा क्या कहता है। उसने खबर भेजी है कि आएगा।''

''यहाँ क्यों आए? यह जंगल घना नहीं है।''

''मुरू तुझे दवा ला देगा।''

''दवा का क्या होगा? तुम इधर आओ।''

''मैं यहीं तो हूँ।''

''भगवान!'' सुनारा फीके होंठों को पीड़ा से दबाकर हँसा, ''याद है—बनगाँव में मैंने तुम्हें एक गाना सुनाया था?''

''अच्छा हो, सुनारा। मैं तुम्हें वह गान सुनाऊँगा, अब मैंने भी अच्छी तरह सीख लिया है।''

बीरसा हलकी आवाज से बोला, उठकर आया। डोन्का और माझिया सर पर हाथ रखकर बैठे हैं—सामने साली, परमी थीं।

''तुम लोग?''

''मुरू नहीं आएगा, वह सवेरे पकड़ा गया है। मुखिया के भाई ने उसे पकड़वा दिया है, भगवान।''

परमी की ओर देखने में बीरसा को कष्ट हुआ। बीरसा ने परमी के पिता के अनुरोध पर कभी कहा था कि उससे सगाई करूँगा, लेकिन परमी का मन बहुत दिनों से बँधा था बीरसाइत कनू से, रोगोतो के कनू मुण्डा से। कनू सैलराकार की लड़ाई में मारा गया।

डोन्का ने पूछा, ''परिबा कहाँ है?''

''माँ के पास।''

''क्या खबर है?'' बीरसा ने पूछा।

साली बोली, ''तुम्हारे धर्म में जिनका विश्वास है, उन सब मुखियाओं के पट्टे सरकार ने छीन लिए हैं। नए मुखियाओं को मुचलके लिखवाकर पट्टे दे रहे हैं। गुइपाई, रोगोता, कोटागारा, संकरा—बारह गाँवों के मुखियाओं के पट्टे चले गए हैं। जो तुमको पकड़वा देगा उसे नया पट्टा मिलेगा, वह मुखिया बनेगा।''

''और बता,'' डोन्का बोला।

''सा—रा धान—जौ, दाल, नमक—मेरे घर से—सबके घरों से ले गए हैं। मुण्डा लोगों को भूखा मारेंगे, और...।''

''और क्या?''

''कोड़े मार-मारकर जान निकाले डाल रहे हैं। और...।''

"जब तुम लोगों को नहीं पाते तो कोड़े मार-मारकर, धान-चावल छीनकर हर घर में भूख, अकाल, रोना डाल दिया है। और औरतों-बच्चों की इज्जत...।" साली का गला भर आया।

कुछ देर बाद साली ने आँखें उठाकर कहा, "बोर्तोदि में मेरे मुण्डा के लिए, सेरांग्दि में माझिया के लिए—सारे घर पोराहाटी के राजा के हाथी से तुड़वा डाले हैं। मैं अब न जाऊँगी। जाने से इज्जत नहीं बचेगी।"

बीरसा ने डोन्का और माझिया की ओर देखा। उनकी आँखों में वेदना, प्रश्न, दुःख और लज्जा थी। डोन्का और माझिया ने भी एक-दूसरे की ओर देखा। डोन्का बोला, "जितने मुण्डा पकड़े गए हैं, उनसे अधिक भागे हुए हैं। तुम्हारे बाहर रहने पर उलगुलान का काम होगा। मेरे पकड़े जाने पर गाँव बच जाएगा। मुण्डा बच जाएँगे।"

"तेरे अकेले से?"

डोन्का ने हाथ की लकड़ी जमीन पर फेंकी। बोला, "मैं इस काठ की तरह था, भगवान। तुमने मुझे पहले प्रचारक, बाद में सिपाही बनाया। मेरे पकड़े जाने पर कोई नुकसान नहीं होगा।"

साली से बोला, "अब मैं तेरे भगवान के हाथों खो गया!"

डोन्का और माझिया सुनारा को कन्धों पर डालकर उसी रात तिलाडुबू का जंगल छोड़कर चले गए। रात रहते सवेरे, पैदल वहाँ से नौ मील दूर तुरपा-आउटपोस्ट पर ले जाकर अपने को पकड़वा दिया। बोला, "बीरसा वहाँ तुराबू के जंगल में छिपा है।" तुराबू तिलाडुबू से उलटी दिशा में बीस मील उत्तर में जमकोपाई इलाके में है।

जमकोपाई और आस-पास के गाँव पीटते हुए पोराहाट के राजकुमार, कमिश्नर, डी.सी., टॉम्सन, बॉक्सवेल, पुलिस-मिलिटरी और एक हजार गाँववालों को लेकर निकल पड़े।

डोन्का बोला, "मुझे पकड़वाने के लिए मानी पहानी ने कहा है, बोर्तोदि की मानी पहानी। कहा है, पकड़वाएगा नहीं तो मैं पकड़वा दूँगी। उसे कुछ दे देना। जैसे सबको रुपए दिए हैं।"

मानी पहानी को बुलवाया गया। उससे कुछ कहे बिना बीस रुपए ले लिए।

डोन्का बोला, "सेंत्रा में अपने भाई के पास जाकर रह। बीरसाइत को पकड़वाया है; बोर्तोदि में रहेगी तो लोग थूकेंगे।"

"क्यों! तेरा भगवान कहाँ है? धरती का आबा?"

मानी चली गई।

सरकारी कागजों में जो मुण्डा गाँव विशेषरूप से विद्रोही बताकर चिह्नित कर दिए गए हैं, रोगोता उनमें अन्यतम है। इस गाँव में कम-से-कम दस बार पुलिस और मिलिटरी चक्कर लगा गई है। उस सेंगेल-दा की अग्निवृष्टि के बाद धरती पीड़ा से सिकुड़कर काँप उठी थी; उसके बाद, उसी अनादि अतीत में सिंबोङा ने जंगल के आँचल से व्यथा के स्थानों को ढक दिया था। भू-स्तर के अनुयायी घने-पतले जंगल कहीं ऊँचे, कहीं नीचे थे। रोगोता गाँव के पास के जंगल में साल के पेड़ों की लकड़ी पर मचान, मचान के ऊपर घर थे। साली वहाँ रहना नहीं चाहती थी, लेकिन बीरसा ने पहले पीड़ा-भरी आवाज में कहा, "भागकर जिन्दा रहूँगा?" उसके बाद कहा था, "यहीं रह। सरकार फिकर भी नहीं करेगी—जिन्हें पकड़ने के लिए मुण्डा देश रौंद डाला है, वे यहाँ है।"

सीढ़ी चढ़कर मानी पहानी ऊपर गई। बोली, "डोन्का और माझिया को पकड़वा देने को कहा था, उससे यही बीस रुपए मिले हैं। साली चावल ले आई है, उन्हें चबाकर पानी पी ले—पकाना मत, धुआँ उठेगा। सबको पता चल जाएगा।" मानी ने बीरसा को प्रणाम किया।

"खबर क्या है?"

"बहुत खराब। देउँरा, पहान, जमींदार, बनिया—सभी मुण्डा लोगों को डराते हैं; पुलिस कोड़ों से पीटती है। साहब के कोड़े में कैसी तो तेजी है! डर के मारे सब किरस्तान बने जा रहे हैं।"

"फिर?" साली ने पूछा।

"उससे क्या? मुण्डा यों ही किरस्तान बनते हैं, फिर मिशन छोड़ देते हैं। जब फिर उलगुलान होगा, फिर चले आएँगे। उलगुलान होगा न, क्या कहते हो, भगवान?"

मानी पहानी के बुढ़ापे में झुर्रियों से भरे चेहरे पर बेफिक्री की मुसकान देखकर बीरसा की छाती फट गई। मुण्डा देश की छाती पर सेना-पुलिस-राजा के हाथी का मदमत्त अभियान चल रहा था। होली के बाद जिस तरह मुण्डा धर्म के अनुसार शिकार पर जाते थे, सरकार उसी तरह मुण्डा के गाँवों और धान के खलिहानों को जलाकर होली की आग जला रही थी—बीरसा और बीरसाइतों को जंगल छानकर निकाल पकड़ने के उत्सव में दीवानी हो रही थी। केवल इस बार उत्सव का नाम था रक्तोत्सव!

मुण्डा लोगों की छाती में संगीन के फल और बन्दूकों की गोलियाँ खुभी थीं। जंगल में छिपाकर जिन मुण्डा लोगों की समाधि हुई, किसी को पता नहीं चलेगा कि वे कभी बीरसा के उलगुलान की पुकार सुनकर लँगोटी पहने, हाथों में कुचला से बुझे तीर लिए, समुद्र-पर्यन्त धरती के मालिक की फौजों के साथ लड़ने गए थे! केवल भविष्य के मानव देख-देखकर आश्चर्य में पड़ जाएँगे। काली जंगल-माँ के कलेजे में कहीं-कहीं कोई-कोई सालपियाल-काँदू पेड़ों के सिरे मानो बहुत अधिक ऊँचे हैं। उन्हें नहीं मालूम होगा कि उलगुलान के दीवाने मुण्डा के शरीरों के रक्त, मांस, मज्जा, हड्डियों ने पेड़ों की धात्री धरती को पुष्ट किया है, इसीलिए ही वे इतने ऊँचे हो सके हैं!

फिर भी मानी पहानी हँस रही है, कहती है कि उलगुलान फिर होगा। तब बीरसा निश्चित रूप से भगवान, धरती का आबा है!

मानी बोली, "साहब और पोराहाट के राजा के दस हाथी, हजार आदमी, सिपाही लेकर जंगल पीटते-पीटते इधर आ रहे हैं। डोन्का ने कहा है कि तुम सेंत्रा के जंगल में चले जाओ। जो भागे हुए हैं, वे भी धीरे-धीरे पहुँच जाएँगे। देखो भगवान! सरायखेला, कराईखेला के राजा क्यों डरते हैं? उनके देश में मुण्डा हैं? उन्होंने क्यों सरकार से हाथ मिला लिया है?"

"सब एक-से हैं।"

मानी चली गई। परमी पत्थर पर चावल पीसने लगी। पिसा हुआ चावल चबाकर पानी पी लेगी। आश्चर्य है; रोगोता के कनू मुण्डा के मर जाने के बाद से परमी कनू के कहने से भगवान के साथ घूमती है। बीरसा की कोई बात अमान्य नहीं करती। वह बीरसा की किसी बात को नकारती नहीं। लेकिन चावल देखकर

उसके मन में आया कि बीरसा की बात न मानकर भी अभी लकड़ी जलाकर भात राँधे, भात खाए! बीरसा उसे भात नहीं पकाने देता, इसलिए बीच-बीच में मन में उठता कि पकाए, भात खाए—उससे भगवान पकड़े जाएँ तो पकड़े जाएँ! रोगोता के कनू मुण्डा को तो मुण्डा-राज होने पर भात खाने को मिलेगा ही—यही सोचकर न उलगुलान करने गया था। परमी ने भी सोचा था कि सब मुण्डा लोग मुण्डा-राज में दोनों वक्त भात खाएँगे। लेंकिन इस समय वह ठण्डी साँस लेकर पत्थर पर चावल पीसती रही।

परमी को देखते-देखते ठण्डी साँस लेकर बीरसा खिन्न हँसी हँसकर बोला, ''बहुत लोगों की बड़ी साध लेकर आग जला दी थी साली, लेकिन उलगुलान की रीत अलग है। तेरा बेटा, मरद, धान, घर—सब छीन लिया गया। परमी का भी सब-कुछ ले लिया।''

''दुःख कर रहे हो क्या?''

''न। तमाम लोग नहीं रहे, बाकी भी नहीं रहेंगे। समझता हूँ कि मैं भी इस शरीर में नहीं रहूँगा। लेकिन उलगुलान सफल न होने से उलगुलान समाप्त नहीं होगा। मेरा मरण नहीं होगा। तू यह बात सबसे कह देना, साली।''

रात में वे रोगोता के जंगल को छोड़कर सेंत्रा के जंगल की ओर चले गए।

बाद में, बहुत बाद में बैरिस्टर जेकब ने अमूल्य बाबू से पूछा था, ''बीरसा की अन्तिम परिणति क्या होगी, क्या तुम इसकी चिन्ता में पड़ गए थे? तुमने जो सोचा था, क्या उसकी वही परिणति हुई? क्या बात है कि उसका नाम लेते ही तुम्हारा चेहरा चमक उठता है?

''पहले एक बात का जवाब दीजिए।''

''कहो।''

''क्या आप विश्वास करते हैं कि वह भगवान है?''

''नहीं। मैं सोचता हूँ कि बीरसा दलित मुण्डाओं का उपयुक्त नेता, योग्य अगुआ है।''

''मैं अब सोचता हूँ कि वह ईश्वर है।''

''किस कारण से?''

''क्यों? धोखाधड़ी के, उससे हुए विश्वासघात के कारण से! आदमी जब

भगवान बन जाता है, तो किसी-न-किसी प्रकार की बेईमानी उसके पराभव का कारण बन जाती है—तब वह भगवान ही हो जाता है। अन्त में विश्वासघाती लोगों ने ही उसे पकड़वाया, यही न?''

''ऐसा कह सकते हो; ताज्जुब है!''

''क्या?''

''जब मुण्डा मर रहे थे, शोषित हो रहे थे, बेगार दे रहे थे, गुलामी के पट्टों पर अँगूठे लगा रहे थे, अपने गाँव के गाँव खो रहे थे, जमींदार, महाजन, सरकार से, तीनों तरफ से मार खा रहे थे, तब किसी ने उनकी बात नहीं सोची!''

''जब वे लड़ रहे थे, उस समय भी नहीं सोचा।''

''अब बीरसा के आन्दोलन के टूट-फूट जाने के बाद मुण्डा लोगों के बारे में लोगों का झुकाव बढ़ रहा है, सहानुभूति भी।''

''और कैसी असम्भव बातें हुईं! चार सौ बयासी लोग पकड़े गए। एक बरस तक गवाही और सबूत जमा करने के बहाने उन्हें जेल में रखा गया। गवाही और सबूत जमा कर मुकदमा दाखिल करते-करते बीरसा के अलावा चौदह आदमी जेल में, हवालाती हालत में ही, जख्मों के जहरीले हो जाने से मर गए। मुकदमा आखिर में चला सिर्फ अस्सी लोगों के बर्खिलाफ!''

''तब भी बहुतेरे मामलों में हलके-से अपराधों के लिए बड़ी-बड़ी सजाएँ हुईं। मिशनरियों की तरफ तीर फेंकने के लिए परान मुण्डा को आजीवन कालापानी हुआ। गया की औरत, लड़के की पत्नी, आठ बरस के नाती को भी जेल हुई।''

''जो कुछ भी हुआ उस पर 'बेंगाली' अखबार में सुरेन बैनर्जी ने, उधर 'स्टेट्समैन' अखबार ने बड़ा शोर मचाया। जाँच कर पाया गया कि जो लोग सरकारी लापरवाही से जेल में सड़कर मर गए, उनमें से बहुत बेकसूर बरी हो सकते थे। सुरेन बैनर्जी को जानते हो न? उनकी तरह तो कोई परिवाद नहीं कर सकेगा। बंगाल लेजिस्लेटिव कौंसिल में खड़े होकर जब एक-एक कर पूछा :

''क्या यह बात सच है कि मुण्डा लोगों के खिलाफ फौजदारी कानून की धारा 107 में जो मुकदमा चल रहा था, वह उठा लिया गया है?

''अगर उठा लिया गया है तो मुकदमा उठा लेने के पहले कितने दिनों तक मुण्डा, कितने महीने जेल में कैद रहे?''

''हवालाती हालत में कितने मुण्डा मर-खप गए?

''अखबारों में जो कुछ छपा है, क्या वह सच है, कि बहुत-से मुण्डा लोगों को फिर नए मामलों में पकड़ लिया गया है?

''अगर पकड़ लिया गया है, तो सरकार क्या जाँच कराएगी और बताएगी

कि क्यों जेल में पाँच महीने सड़ने से पहले वही अभियोग उनके विरुद्ध नहीं दायर किए गए?

जिन लोगों ने उस दिन सुरेन बैनर्जी का भाषण सुना था, उन्होंने कहा, ''बाई जोव[1]! इस बूढ़े ने तो फिर आग भड़का दी है।''

''फायदा क्या हुआ? हाँ, मुकदमा उसके बाद जरूर चला। लेकिन उसके पहले फिर कई एक हवालाती हालत में कैदी के रूप में ही मर गए। जनवरी में खूँटी थाने पर हमले से गिरफ्तारियाँ शुरू हुईं। मुकदमे का फैसला जाकर हो सका दिसम्बर में। जिन कमिश्नर, डी.सी., पुलिस ने उन्हें बिना मुकदमे के जेल में सड़ाया, इतनी अधिक ज्यादती की, लेफ्टिनेंट-गवर्नर के आदमी वुडबर्न खुद राँची आकर उनकी प्रशंसा कर गए! गवर्नर-जनरल कर्जन भी कुछ न बोले।''

''सभी अंग्रेज हैं न! बीरसा ने चाईबासा स्कूल में क्या कहा था?''

''वह तो मेरे सामने ही कहा था। कहा था, 'पता है, पता है। साहब-साहब सब एक ही टोपी के हैं,' बस! इस तरह उसे डाँट दिया।''

''मैं कानून की राह पर ही लड़ा, लेकिन मुण्डाओं के मुकदमे के दिनों और बाद में अंग्रेजी न्याय का जो रूप सामने आया, ऐसा कभी नहीं सोचा था। कहने में भी अच्छा नहीं लगता!''

''आप भी तो अंग्रेज हैं!''

''अंग्रेज लोग मुझे पसन्द नहीं करते।''

''मुण्डा लोगों की सा—री कोशिशें बेकार हुईं!''

''नहीं, अमूल्य बाबू।''

जेकब ने स्नेह के साथ अमूल्य बाबू के हाथों पर हाथ रखा। बोले, ''ऐसा कभी मत सोचना। मैं सरदार-आन्दोलन के वक्त से मुण्डा लोगों की ओर से लड़ रहा हूँ। मैं क्या कोई मुकदमा जीत सका? नहीं, नहीं जीता। फिर भी समझ लो—सारे युद्ध, सारे आन्दोलन कब व्यर्थ हुए या कब सार्थक हुए—यहाँ गणित का कोई हिसाब नहीं लगाया जा सकता है!''

''पता है कि आप कहेंगे कि व्यर्थ होकर भी यह आन्दोलन व्यर्थ नहीं हुआ। लेकिन मुझे बहुत ही विश्वास था अंग्रेजों के न्याय पर। मैंने जब देखा कि कुछ भी नहीं हो रहा है—कमिश्नर, डी.सी., एस.पी. सब मजा ले रहे हैं, जब देखा कि मुण्डा लोगों को कुछ भी पता नहीं है कि उन्हें कैद क्यों किया गया है, किस

1. हे परमात्मा

अभियोग में, तो बड़ी कोशिशों के बाद 'बेंगाली' के एक रिपोर्टर को लाया। उसी ने लिखा, 'मुण्डा लोगों के हाथों में हथकड़ी, पैरों और कमर में जंजीरें हैं। इतना बोझ खींच-खींचकर वे जेल से मैजिस्ट्रेट के दफ्तर आने-जाने की तकलीफ से ही थककर मुँह के बल गिर पड़ते हैं! और अभी वे विचाराधीन हैं! मुकदमा तैयार नहीं है, इसलिए उन्हें महीनों पर महीने इसी तरह जाना पड़ता है!' ''

''पता है।''

''जब उसने लिखा तो सभी ने धिक्कारा। लेकिन जंजीरें तो नहीं खुलीं। बीरसा भी तो...बीरसा को भी तो...।''

''जिन लोगों ने पकड़वाया उनके प्रति ऐसे निर्मम मत बनना। मुण्डा के निकट पाँच सौ रुपए बहुत होते हैं। सोचकर देखो, सैकड़ों मुण्डा कैद की दीवारों से बन्द रहने पर भी बीरसा को पकड़वाने नहीं गए। उसे पकड़वाकर वे बच जाते!''

''लेकिन शशिभूषण राय और छः मुण्डाओं ने बीरसा को पकड़वा दिया, अपने भगवान को! क्योंकि पाँच सौ रुपए बहुत होते हैं। पकड़वा दिया परमी ने, क्योंकि भात पाने-खाने का-सा लालच और कोई नहीं होता!''

बीरसा दो दिन, दो रात—पैदल चला था। सेंत्रा के जंगल में आश्रय लेने के बाद साली और परमी को सोने को कहकर बीरसा जागता बैठा रहा। इस समय उसके हाथों में दो तलवारें थीं। पता नहीं कि समय आने पर वह एक भी चला पाएगा या नहीं। शरीर शिथिल होकर नींद आ रही थी—बस, नींद ही आ रही थी।

साली ने कहा, ''भगवान, नींद नहीं आई?''

''तू जाग रही है?''

''नींद नहीं आती।''

''जागती रह, बिहाने सोना।''

''परमी सो रही है।''

''सोने दे।''

बीरसा ने और कुछ नहीं कहा, वह जंगल की आवाजें सुन रहा था। पत्तों के मर्मर में, हवा के रुदन में, बाघ के जल्दी-जल्दी चलने-फिरने में जंगल उससे बातें कर रहा था। कह रहा था : वह सब जानता है, सब समझता है। वह जानता है कि बीरसा ने सारे मुण्डा लोगों को उसकी गोद में लौटा देना चाहा था। वह समझता है, कि बीरसा वैसा कर नहीं सका।

करमी की समझ से, अबोध मुण्डा माँओं की स्वीकृति से जंगल-माँ

गुनगुनाकर बीरसा को सान्त्वना दे रही थी। "बाप! तुमने जो चाहा था, तुम्हें तो पता नहीं था कि सबकुछ तुम्हारे हाथों में नहीं है। मैं, यह बनभूमि क्या अब मेरी है? तुम्हारे पुरखों ने जब इस अछूते जंगल का पेट काटकर इसे आबाद किया था, उस समय मैं अपना था। उसके बाद, मुण्डा लोगों के हाथों से दिकू लोगों के हाथों, दिकू लोगों के हाथों से सरकार के हाथों इसे खरीदा-बेचा, बेचा-खरीदा जाते-जाते मैं, तुम्हारी आदि-माँ, अशुद्ध, अपवित्र हो गई, बीरसा। तुम्हारा कोई दोष नहीं है, बाप!"

आदि-माँ का कण्ठस्वर बीरसा के अन्तर में फुहार की तरह पड़ता था। उसी को सुनते-सुनते भोर हो गई। बीरसा की आँखें लाल हो रही थीं। वह बोला, "साली, तू सो। मैं भी सोता हूँ रे। मुझे कालघूम[1] आ रही है, नींद के विष से शरीर गिरा जा रहा है। परमी, तू जाग रही है। आग मत जलाना, रे।"

लेकिन परमी ने आग जलाई। हवा में धुआँ उठा था। परमी भात राँध रही थी। भात की गन्ध को सूँघ रही थी।

वे लोग धुआँ देखते ही बढ़ आए थे। पाँच सौ रुपए बहुत होते हैं! देखा कि बीरसा शीर्ण, क्लान्त सो रहा है। दूर जमीन पर साली सो रही है। उन्होंने बीरसा को धर दबोचा। पाँच सौ रुपए! साली पकड़-धकड़ की आवाज से, परमी के करुण, भयार्त्त चीत्कार से जग गई थी। वह पहले ही चीख उठी, क्योंकि उसने शशिभूषण राय और तमरिया माझी को कुछ और लोगों के साथ देखा। शशिभूषण और माझी ने इस सुअवसर पर बीरसा के सिवा और मुण्डाओं को पकड़वाकर दोनों हाथ रुपए पीटे थे; दो सौ पच्चानवे और रुपए पाए थे। उनके, बीरसा के दाम पाँच सौ थे। साली चीख उठी—बिजली छू जाने-सा बीरसा हथियार तलाश कर रहा था, उठने की कोशिश कर रहा था, लेकिन बीरसा ने उससे भागने को कहा, "मेरा हुकुम है!" साली भागी, क्योंकि बीरसा उसकी आँखों में आँखें डालकर हँस रहा था। चिल्लाकर कहा, "तू बड़ा आदमी हो गया है माझी, पाँच सौ रुपया, जमीन का पट्टा। कहाँ ले जाएगा?"

"बनगाँव।"

---

1. चिरनिद्रा, मृत्यु

साली इतना ही सुन पाई। तभी बीरसा ने ताका। उसके बाद साली इतने दिनों की सावधानी भूलकर सेंत्रा गाँव की राह पकड़कर चीखती-चिल्लाती चली गई। "भगवान को शशिभूषण राय ने पकड़ लिया, माझी-तमरिया ने। बनगाँव लिए जा रहे हैं। मुण्डा लोग, मर गए हो, जिन्दा नहीं हो? देखो, पाँच सौ रुपयों के लिए वे भगवान को पकड़कर ले गए।" आर्त्त चीत्कार के साथ छाती पीटते-पीटते साली गाँव की राह पकड़कर चली गई। जितने मुण्डा बचे थे, निकल आए। सेंत्रा से बनगाँव के रास्ते गाँव-पर-गाँव—हेसादी, कारिका, सोत्रा, जलमाई में खबर फैल गई।

बनगाँव से खूँटी, खूँटी से राँची की राह के दोनों ओर आदमी-ही-आदमी थे। पुलिस को नहीं मालूम था कि इतने अत्याचारों के बाद भी इतने मुण्डा गाँव-गाँव में बाकी बचे थे। राइफल-धारी पुलिस और मिलिटरी बीरसा के आगे-पीछे पहरा देती जैसे राजसम्मान से लिए जा रही थी! बीरसा के सिर पर पगड़ी, बदन पर चादर, हाथों में जंजीर, माथा ऊँचा, चेहरे पर मुस्कुराहट, दृष्टि भविष्य की ओर थी। उस अकेले को पता था कि राँची से खूँटी, खूँटी से बनगाँव होते चालकाड़ को जानेवाली राह से अब वह किसी दिन घर नहीं लौटेगा!

वह चालकाड़ कभी न लौटेगा, माँ के पास जाकर कभी खड़ा न होगा। और न खड़ा होगा बीरसाइतों के सामने। काले जंगल, लाल मिट्टी, पर्वत-श्रेणियाँ—जो बहुत ऊँची न थीं—सब दिखाकर न कह सकेगा, "इन सबको हम लौटा लेंगे।" और जंगलों में से होकर रात के अँधेरे में एक गाँव से दूसरे गाँव को भी कभी नहीं जाएगा।

बीरसा को लाया जा रहा है। एक कोठरी अलग से उसके लिए खाली हो, इस हुक्म पर पहले तो अमूल्य बाबू ने विश्वास नहीं किया। उसके बाद मागूराम वार्डर उनसे चुपचाप कह गया कि भरमी और धानी ने उससे मिलने को कहा है। धानी की आँखों से आँसू बह रहे थे। धानी बोला, "एक दिन उसे मेरे साथ रखो।" अमूल्य बाबू बोले, "नहलाने के लिए उसे बाहर लाएँगे, तभी बातें कर लेना।" उदास-सी हँसी हँसकर धानी बोला, "मुझसे तो वह बात करेगा नहीं, नहीं तो मैं ही बोल लेता।"

कोठरी तैयार करने में अमूल्य बाबू को बीस मिनट लगे। बीस मिनट तक बीरसा भरमी आदि की कोठरी में रहा। बीरसा नीची आवाज में बोला, "रोना बाद में, बात बाद में करना, अभी वक्त नहीं है। जो कहता हूँ, सुनो। मैजिस्ट्रेट के

सामने जाकर जब जिरह होगी, तुम चार सौ मुण्डा यही कहना कि तुम मुझे नहीं पहचानते। मैंने क्या कहा था तुम नहीं समझते थे। कुछ भी समझे बिना यह उलगुलान किया था।''

''भगवान...!''

''मुझे ठग कहो, धोखेबाज—सब लोग गाली दो तो नुकसान नहीं है। लेकिन तुम सब बच जाओ। मुझे इसी से शान्ति मिलेगी।''

''और तुम?''

''मुझे ये लोग जेल से जिन्दा नहीं निकलने देंगे।''

''अकेली कोठरी में रखेंगे भगवान?''

''रखें। मैं भगवान हूँ इसी से तुम्हारा साथी बना, यहाँ आया, भरमी। तुम्हें छोड़ा नहीं। कितने लोग मर गए?''

''करा का दूना मुण्डा, लोहाजिभी का सुखराम।''

''कोई दवा दी थी?''

''जो दी वह उसी बंगाली बाबू ने।''

बीरसा थोड़ा-सा मुस्कुराया।

बाद में तनहाई कोठरी में लोहार ने आकर बीरसा की कमर और पैरों में जंजीरें डाल दीं; धीमी आवाज में बोला, ''मुझे शाप न देना।'' बीरसा समझ गया, अब वह जिन्दा जेल से नहीं निकलेगा। हाथों में हथकड़ी, कमर और पाँवों में जंजीरें—छोटी-सी कोठरी की दीवारें भी पत्थर की थीं। सामने गारद का दरवाजा था। दरवाजे के सामने चौबीस घण्टे हथियारबन्द पहरेदार रहते थे। दरवाजे के सामने छता हुआ बरामदा; बाहरी रोशनी और हवा की राह बन्द थी। दीवार में ऊँचे पर एक ही छेद था। सरकारी निर्णय था कि मामूली फौजदारी आसामी की तरह उस पर मुकदमा चलाया जाएगा। अपराध था—बहुत दिनों से आदमियों की हत्या और आगजनी में सहायता करना। सरकारी निर्णय था—उसे मुण्डा लोगों के आगे एक सामान्य फौजदारी अभियुक्त सिद्ध करना, लेकिन सावधानी और सतर्कता ली जा रही थी एक महत्त्वपूर्ण राजनीतिक अभियोगी की तरह। बीरसा समझ गया कि अंग्रेज सरकार उसे माफ नहीं करेगी!

डी.सी. खुद उससे कह गए थे कि वह पुलिस-अफसरों की मदद से मौके की जाँच करके सबूत और गवाह इकट्ठा करेंगे—इसलिए उपद्रवग्रस्त इलाके में जा रहे हैं। बीरसा समझ गया कि अब डी.सी. वक्त लगाएँगे। बीरसा ने सुना कि जेकब आए हैं। उसके बाद, जिस दिन उसे मैजिस्ट्रेट के सामने पेश किया गया, उस दिन जेकब उसे केवल देख सके। उसे जेकब से कोई बात नहीं करने दी गई। जेकब

ने बार-बार कहा, "कैदी को बिना मुकदमे के जनवरी से अप्रैल तक कैद कर रखा गया है, और आज तक भी मुकदमा तैयार नहीं हुआ है। अंग्रेजी न्याय के नाम पर मुण्डा लोगों पर यह हद दर्जे का अत्याचार हो रहा है। उनकी पैरवी के लिए सरकार ने कोई इन्तजाम नहीं किया है। मैं स्वयं अपनी ओर से आया हूँ। जो अपराध मुण्डा लोगों ने नहीं किए, उन दोषों के लिए उन्हें अपराधी बनाया जा सके, इसलिए चार महीनों से महज सबूत ही जमा किए जा रहे हैं! असल में एक कांस्टेबल की हत्या होने से पुलिस विक्षुब्ध हो उठी है। बिना मुकदमे के कैद रखना मुण्डा लोगों को केवल परेशान करना ही है। बिना मुकदमे के कैद रखने से एक-एक कर आठ आदमी मर भी चुके हैं। अब हर हालत में मुकदमा शुरू होना चाहिए।"

बीरसा ने सुना कि मैजिस्ट्रेट कह रहे हैं : पुलिस द्वारा इस्तगासा फाइल हुए बिना वह कुछ नहीं कर सकते।

इसी तरह महीनों पर महीने बीतते गए। मानो यह भी कोई-कोई तमाशा हो! 'बेंगाली' और 'स्टेट्समैन' अखबार मुण्डाओं के मुकदमे को लेकर लगातार लिखकर सरकार का विवेक जगाने का प्रयत्न करते रहे। मुण्डा लोग हाथों-पैरों और कमर में बँधी जंजीरें घसीटकर मई महीने की भीषण गरमी में भी कचहरी में हाजिरी देते रहे। फिर, उनमें से एक-न-एक बीच-बीच में मरता भी रहा।

बीरसा पैरों और कमर की जंजीरें घसीटते-घसीटते कोठरी में ही घूमता रहा! पड़ोस की कोठरियों में जंजीर में बँधे हुए, अँधेरे में चुप बैठे धानी और भरमी, गया और सोना, डोन्का और माझिया—मुण्डा लोग सुनते रहे; झन्-झन्-झन्—लोहे और पत्थर में परस्पर लगातार घिसटने की आवाज! पत्थर पर जंजीर खींचकर चलने की आवाज! बीरसा जानता था कि उसके पाँवों में इतनी ताकत नहीं थी कि वह बराबर इसी तरह खींचकर चलता रहेगा। जंजीरें भारी थीं। लेकिन बीरसा को यह भी मालूम था कि डरे हुए, घबराए हुए बन्दी मुण्डा पास की कोठरियों से इन्हीं जंजीरों की आवाज को सुनने के लिए कान लगाए रहते हैं। उसने जिन्हें विस्तृत बन शृंखला और असीम पर्वत-भूमि देनी चाही थी, उन्हें दे सका केवल जेल की कोठरियाँ! अब उसे देने को कुछ नहीं है—बस, जंजीरों की यही आवाज—वह भी यह बताने के लिए कि वह मरा नहीं है।

यह अकेली निस्संग कोठरी—नितान्त सूनी, निःशब्द, निर्वाक् थी। सवेरे

दरवाजा खुल जाता। बाहर निकलकर, आकाश के नीचे जंजीर घसीटते-घसीटते, बीरसा कचहरी जाता। बैसाख-जेठ की भयंकर गरमी में जंजीरें खींचते हुए बारह बजे के वक्त जब वह लौटता तो गरमी से बेहोश-सा हो जाता; उसका चेहरा लटक जाता!

जाते समय किसी से बात न हो पाती, आने के वक्त भी नहीं। बीरसा समझता था कि मुण्डा लोगों को अँधेरी कोठरियों में कैद कर रखना प्राणदण्ड के समान ही निष्करुण सजा थी। उसे लगने लगा—सिर्फ मन में ही आने लगा—अब वह जंजीरें खोलकर कभी बाहर न जा सकेगा; अब यहीं अन्त होगा। इसीलिए, गोली का घाव सड़ जाने पर जिस दिन डेमखानेल का मनदेउ मुण्डा मर गया, मरने के पहले रोकर चीख उठा, ''गोली के घाव से नहीं मरा, शशी दारोगा ने कोड़े मार-मारकर मुझे भगवान के नाम पर हाकिम के सामने झूठ कहलवाया, उसी पाप से मर रहा हूँ।''

उस दिन गारद के शरीर पर हथकड़ी ठोंककर बीरसा ने चिल्लाकर कहा था, ''सुनो ए मुण्डा लोगो। मैं धरती का आबा हूँ, मिट्टी की रची यह देह छोड़े बिना तुम्हारा उद्धार नहीं है। हिम्मत मत छोड़ो; यह मत कहना कि भगवान हमें जेहल में ठूँसकर चले गए। सारे हथियार तुम्हें दिए थे, कलेजे में साहस दिया था, पहचनवा दिया था कि कौन तुम्हारे दुश्मन हैं। हथियार मत छोड़ देना; एक दिन तुम ही जीतोगे।''

मागूराम वार्डर भागा-भागा आया, बोला, ''चुप रहो, बीरसा।''

''मुझे क्या दिया है—मेरा कण्ठ जल रहा है, गला सूखा जा रहा है, नसों से खून उतरा जा रहा है?''

''चुप रहो।''

''मैं चुप नहीं रहूँगा। एक दिन लौटकर आऊँगा। थाने-थाने में होली की आग जला दूँगा—सोमपुर में आँधी उठा दूँगा!''

जेलखाने में घण्टा बजना शुरू हुआ; सन्तरी भागे-भागे आए; दरवाजा खोलकर घुसे। बीरसा पीड़ा से तड़प रहा था, उसने संदिग्ध आँखों से उनकी ओर ताका। बोला, ''मुझ पर पहरा दे रहे हो? किसी दिन तुम भी देखना, इस मुण्डा देश के

लिए, देश की धरती के लिए मैं सब तहस-नहस कर दूँगा। दुश्मनों को मैं छोटा नागपुर के बावनों परगनों से खदेड़ दूँगा। मुझे क्या दिया है? मेरा कण्ठ जला जा रहा है? क्या दिया है?''

''साहब को बुलाऊँ?''

''साहब के दवाई देने से मैं खाऊँगा? मेरा गला क्यों सूखा जा रहा है?'' फिर बोला, ''जा रहा हूँ, अभी जा रहा हूँ। माघ मास की दस तारीख से आज तक! ज्येष्ठ मास खतम हो रहा है। कचहरी जाता हूँ, जाऊँगा। लेकिन साहब ने जो सोचा है, वह नहीं होगा। मेरा मरण नहीं होगा।''

अमूल्य बाबू बोले, ''उसे ले जाए बिना कोई काम नहीं चलता?''

सुपरिंटेंडेण्ट बोले, ''क्यों?''

''वह बीमार है।''

''मुझे लगता है कि वह बिलकुल स्वस्थ है।''

जून महीने की गरमी। जंजीरों की गरमी और उनका बोझ! निर्मम सूर्य की तपन! बादल-वर्षा का नाम नहीं। सुनने में आया कि बीरसा को कचहरी में मूर्छा आ गई थी।

सवेरे सुपरिंटेंडेण्ट ने सोचा था कि वह बिलकुल स्वस्थ है। तीसरे पहर जेकब ने बहुत शोर मचाया। डी.सी. भागे हुए आए। तब सुपरिंटेंडेण्ट को अमूल्य बाबू ने बुलाया। अमूल्य बाबू बोले, ''उसकी नाड़ी धीमी है; आँखें गड्ढों में धँस गई हैं; उसे भयंकर प्यास सताती रहती है।''

सुपरिंटेंडेण्ट ने डी.सी. को अब कहा, ''उसे हैजा हो गया है; उसके बचने की आशा कम है।''

अमूल्य बाबू ने यह बात सुनी। सुनकर उनके अन्दर डर से कँपकँपी उठ खड़ी हुई। उलटी नहीं, दस्त नहीं, हैजे का कोई लक्षण नहीं! हैजा होने का कोई कारण नहीं। सुपरिंटेंडेण्ट के निर्देश के बिना बीरसा को एक दाना भात, एक गिलास पानी तक नहीं मिलता था। डॉक्टर होकर भी सुपरिंटेंडेण्ट क्यों कह रहे हैं कि उसे हैजा हुआ है? क्यों कह रहे हैं कि उसके बचने की आशा कम है?

प्रशासन की नाराजगी की उपेक्षा कर अमूल्य बाबू डी.सी. से बोले, ''मैं उसे देख सकता हूँ?''

''येस डू।''[1]

अमूल्य बाबू दरवाजा खोलकर घुसे। बीरसा के मुँह के पास तक झुककर कहा, ''तू मुझसे बात नहीं करेगा; मुझे कुछ बताएगा नहीं। लेकिन मागूराम वार्डर जो दे उसे छोड़कर कोई दवा, कोई खाना मत लेना। बीरसा, पानी भी मत पीना। आज पहली जून है। तेरे मुकदमे के लिए बहुत शोर मचा हुआ है। अब लगता है कि फैसला हो जाएगा।''

बीरसा क्षीण हँसी हँसा। धीमे-धीमे बोला, ''बात नहीं करता हूँ, वह गुस्से से नहीं। मुझसे बात करने से तुम मुसीबत में पड़ जाओगे, इससे। मैं जानता हूँ कि तुम मुण्डा लोगों के दुश्मन नहीं हो। लेकिन सब चेष्टा विरथा है।''

''क्यों?''

''मुझे हैजा नहीं हुआ। वह बात सुपर साहब से ज्यादा किसी को नहीं मालूम। समझते नहीं, वह मुझे यहाँ से जिन्दा निकलने देना नहीं चाहते!''

''मैं जा रहा हूँ।''

''जाओ। चेष्टा विरथा है। मेरी बात सच होती है या नहीं, देख लेना।''

''मुण्डा बहुत टूट गए हैं!''

''उनका क्या कसूर? साहब कैसे और क्या हैं, उन्हें क्या पता था?''

छह दिनों में ही बीरसा के स्वास्थ्य में सुधार हुआ। मुण्डा लोग समझे कि अब उनके भगवान बच गए।

लेकिन आठ जून को डी.सी. फिर आए। सुपरिंटेंडेण्ट और डी.सी. के बीच छिपकर बातें हुईं। सुपरिंटेंडेण्ट बोले, ''अब से बीरसा की कोठरी में मेरे सिवा और कोई नहीं जाएगा।''

अमूल्य बाबू ने देखा, बीरसा की कोठरी के सींखचों पर काले कम्बल का पर्दा खिंचा है। वह सिर हिलाकर चले गए।

नवीं जून को सवेरे सुना गया कि पिछली रात बीरसा को तीन बार दस्त हुए थे।

सवेरे आठ के वक्त बीरसा ने खून की कै की, बेहोश हो गया। सुपरिंटेंडेण्ट

1. जरूर, जरूर

ने उसकी नब्ज देखी; हाथ में घड़ी लेकर खड़े हो गए। अब राँची जेल की हर कोठरी से रोना सुनाई पड़ने लगा, लेकिन सुपरिंटेंडेण्ट ने उस पर ध्यान न दिया। अब निश्चित जान पड़ा कि बीरसा मर गया।

सुपरिंटेंडेण्ट ने मन-ही-मन सारा तमाशा दुहरा लिया। मृत्यु का कारण बताना होगा—हैजा। शाम को पोस्टमार्टम करना होगा। शाम के बाद लाश जला देनी होगी। पोस्टमार्टम में लिखना होगा : बीरसा की छाती को इस तरह ऊँचा-नीचा होते देखते ही सुपरिंटेंडेण्ट ने सोच लिया...कि लिखना होगा, ''पाकस्थली जगह-जगह पर सिकुड़कर जमा हो गई थी; क्षय होते-होते छोटी आँत पतली हो गई थी! बहुत परीक्षा के बाद भी पाकस्थली में जहर नहीं मिला। मृत्यु का कारण हैजा ही है।''

उसके बाद लाश जलानी होगी। मुण्डा लोग कब्र बनाते हैं, लाश को जलाते नहीं। जलाने से समझने लगेंगे कि बीरसा भगवान नहीं, मामूली आदमी था—नश्वर मानुस! किसी भी मनुष्य की तरह उसकी देह भी एक दिन प्राणहीन होनी थी।

लाश जलाने से जेकब और शोर मचानेवाले दूसरे लोग देह की चीर-फाड़ कराने की फिर माँग भी न कर सकेंगे।

सवेरे के नौ बजे। सुपरिंटेंडेण्ट झुके। बीरसा की नब्ज, छाती, आँखों की पुतलियाँ देखीं। उठ खड़े हुए।

जेलर से बोले, ''अभी लिखो, बीरसा मुण्डा, सुगाना मुण्डा का बेटा, जन्म 1875। उम्र पच्चीस बरस। डाइड ऑफ एशियाटिक कॉलरा।[1] तारीख—9 जून, 1900।''

वार्डर से कहा, ''मेहतर को बुलाओ। लाश ढँक दो।''

9वीं जून, 1900 ई.। राँची जेल। सवेरे नौ बजकर दस मिनट!

---

1. एशिया में होनेवाले हैजे से मरा है

उपसंहार

अमूल्य की नोटबुक से : 'आज 1901 का वर्ष समाप्त हुआ। मुझे नोटबुक में लिखना भी बन्द करना पड़ेगा। मेरे जीवनकाल में बीरसा, अगर कोई तुम्हारी आश्चर्यजनक, अद्‌भुत गाथा जानना चाहे तो उसे यह नोटबुक दे दूँगा। अगर नहीं चाहेगा, तो ऐसी व्यवस्था कर जाऊँगा जिससे भविष्य में अगर कोई तुम्हारे बारे में जानना चाहे तो वह इसकी मदद से पूरी कहानी जान सके।

'बैरिस्टर जेकब को धन्यवाद। उनकी सहायता से मुझे बहुत-से कागज मिल गए।

'मेरे सामने हैं—'प्रोसीडिंग्स ऑफ द होम डिपार्टमेंट—अगस्त 1900, प्रोग्रेस नं. 330, राँची जिले में मुण्डाओं का विद्रोह।' उसमें पढ़ने को मिल रहा है कि राँची में 1899 ई. की 24वीं दिसम्बर, रात 9 से 10 के बीच राँची थाने के इक्कीस गाँवों में, बसिया थाने के चार गाँवों में, खूँटी थाने के दो गाँवों में, तामार थाने के दो गाँवों में, तुरपा, बुन्दू और राँची के एक-एक गाँव में बीरसाइतों ने किरस्तानों पर तीर चलाए, आग लगाई, दो आदमियों की हत्या की, पन्द्रह लोगों को बुरी तरह घायल किया।

'सिंहभूम जिले में 24 से 28वीं दिसम्बर के बीच आठ थानों के 34 गाँवों में आग लगी, 36 लोग घायल हुए, दो मरे—घायलों में एक पुलिस कांस्टेबल भी था। सिंहभूम जिले में सब-कुछ चक्रधरपुर थाने में ही हुआ।

'पढ़ते-पढ़ते सोचता हूँ, बीरसा कि तुम्हारी सन्तानों ने अगर तीर ही छोड़े थे, तो ऐसे तीर क्यों नहीं छोड़े जिससे कि हर बार शिकार मरता?

'मैं जानता हूँ, तुम क्या कहोगे। कहोगे—साले अमूल्य बाबू, तुम दिकू हो, तुम्हारे हाथों ने कलम ही पकड़ी है, कभी धनुक नहीं लिया। कहोगे कि 24 दिसम्बर के विद्रोह का असली उद्‌देश्य ही था भय पैदा करना। सो हम लोगों ने कर दिखाया। ब्लडी सैलराकार—याद नहीं?

"याद है, खूब याद है। उसी तरह, जिस तरह याद हैं, तुम्हारी आश्चर्यजनक आँखें, आश्चर्यजनक मुस्कुराहट! आँखें इस तरह मुस्कुराती थीं कि तुम उस तरह बात भी नहीं कर सकते थे!

"और याद है जेल में तुम्हारी शक्ल।

'जानते हो कि लगता है—तुम्हारी मृत्यु अभी भी रहस्यपूर्ण लगती है! मैं तो जानता हूँ, क्या हुआ था। विचाराधीन अवस्था में ही तुम्हारी मृत्यु सरकार को अभीष्ट थी। जीवन-भर जेल की सजा भी तुम्हें जिलाए रखती। तुम्हारे जीवित रहने से मुण्डा लोगों बल मिलता रहता। तुम्हारी मृत्यु ही अभीप्सित थी—वह भी विचाराधीन अवस्था में!

तुम्हारी सन्तानों के मुकदमे का हाल लिख रहा हूँ।

सैलराकार में जो गोली चली थी, उससे ही अन्त का संकेत मिलता है। सैलराकार में गोली चलाने के बाद 10वीं जनवरी को कमिश्नर खुद ही गाँव-गाँव में घूमे, और विद्रोही मुण्डाओं को पकड़वाने को कहा।

उसके बाद जो कुछ हुआ, वह तुम्हें मालूम है।

जो नहीं जानते वह था—घायल कैदियों को पैदल लाने से, उनमें से कोई-कोई राह में ही मर गया।

गवर्नमेण्ट ऑफ इंडिया के सेक्रेटरी ने कहा : राँची के डी.सी. और भी गवाही-सबूत जमा करने के लिए विद्रोही इलाकों को लौट जाएँ।

गवर्नमेण्ट ने कह दिया कि वह खुद मामले का फैसला न करें। वैसा करने से अपील की कचहरी कह सकती कि डी.सी. की कोई व्यक्तिगत दिलचस्पी हो सकती है। डी.सी. द्वारा फैसला करने से उक्त कोर्ट आसामियों के प्रति उसे पूर्वाग्रही समझ सकती है।

बीरसा, इनके शासन की नींव ऐसी सख्त, कड़ी, जटिल है—कि मुण्डा लोगों के भगवान! क्या तुम्हारे लिए यह साध्य है कि अपने लोगों के भाग्य की बाजी लगाकर योद्धा भगवान बन तुम इस नींव को हिला डालो? तुम पच्चीस बरस-भर के एक ही तो मुण्डा युवक हो! तुम्हारे विरुद्ध उस दिन बड़े लाट की दफ्तर-मशीन ने पूरी ताकत जुटा दी थी।

ठीक तरह से विचार हो, झटपट फैसला हो—ऐसा यह सरकार नहीं चाहती थी। सरकार ने गवाही-सबूत इकट्ठा करने के नाम पर अनन्त काल विचाराधीन हालत में तुम्हें रखकर तुम लोगों की रीढ़ तोड़ देना चाहा था। विद्रोहियों को विचाराधीन अवस्था में रखकर, तरुण और किशोरों को चहारदीवारी में बन्दी बनाकर रखना सरकार के बड़े काम आया। आसमान न देखने देने से, रहने के

लिए अन्धकार में निर्वासित अवस्था में रहने पर बाध्य करने से मुण्डा लोगों के मन के भीतर अन्धकार उतर आएगा, सरकार को यही आशा थी।

सबसे अधिक जो सोचा था, वही हुआ—मुण्डा लोगों को पता भी नहीं लग पाया कि उन्होंने अपराध क्या किया था!

जिरह में उन्होंने कहा : भगवान ने पुकारा था, हम शामिल हो गए। अपने आदि-अधिकार चाहते थे हम। हम किसी दुःख से दुःखी नहीं। तुम क्या कह रहे हो, इतना क्या लिख रहे हो? हम कुछ नहीं समझते।

सरकार ने समझा था कि मुण्डाओं की जिन्दगी में यह भी नहीं समझाया जा सकेगा कि अपनी जमीन पर फिर से अपना अधिकार पा लेने की इच्छा एक भयानक, अमोघ, दण्डनीय अपराध है?

इसीलिए, वे लोग जो न्याय-व्यवस्था के बारे में कुछ भी नहीं समझते, उसके फन्दे और जाल में, उनके हाथ और पाँव जकड़कर, उनका मनोबल ही तोड़ देना सबसे अच्छा माना गया।

इसीलिए गवर्नमेण्ट ऑफ इंडिया के सेक्रेटरी के यहाँ से जो निर्देश आया, वही बहाल रहा।"

वर्ष 1900 के फरवरी और मार्च में पुलिस के दो स्पेशल एस.आई.[1] गवाही और सबूत जमा कर, झटपट मुकदमा समाप्त करने के उद्देश्य से डी.सी. की सहायता करने के काम के लिए भेजे गए।

जिनकी सहायता करने गए थे, उन्होंने कैम्प डाला 9वीं अप्रैल को। 14वीं मई तक उन्होंने दौरा किया। तब हम लोगों ने सुना, जितने मुण्डा जेल में हैं, उनके विरुद्ध कुल गवाही-सबूत जमा करने का काम समाप्त हो गया है।

बड़े लाट के आदेश से लीगल रिमेंबरेंसर ने 22वीं मई को राँची आकर जो बीरसाइतों के विरुद्ध साक्ष्य-प्रमाण इकट्ठा किया था, उसे जाँच-पढ़कर तरतीब से लगा डाला। बीरसाइतों का मुकदमा किस तरह पेश करें, लड़ें—वह भी बता गए। उन्होंने कहा, (1) जाँच पूरी करनी होगी, (2) किसी को बेकार के लिए सजा देने से काम नहीं चलेगा, लेकिन (3) सरकार की असावधानी से कोई दोषी छूट भी न जाएँ।

"समझ रहे हो न, बीरसा? पकड़े गए फरवरी में। लीगल रिमेंबरेंसर बड़े लाट के हुक्म से चले आए। मई महीने में उन्हें मालूम हो गया कि गवाही-सबूत को

1. सब-इंस्पेक्टर

इकट्ठा करने का काम खत्म हो गया है। तुम्हें क्या पता था कि तुम कितने महत्त्वपूर्ण आदमी हो? शिमला में बड़े लाट के दफ्तर को तुमने हिला दिया! उस समय तुम तनहा कोठरी में बन्द थे। जंजीरें घसीटकर तुम चला करते थे, मैं सुनता था।

''जंजीरें घसीटकर तुम चला करते थे। एक दिन—9वीं जून को—तुम मर गए!''

जून गया, जुलाई गई, अगस्त बीतते-बीतते, 22 अगस्त को लीगल रिमेंबरेंसर साहब फिर राँची आए! फिर देखकर वे खुश हुए कि गवाही-सबूत इकट्ठा करने का काम खत्म हो गया था! फाइलों का ढेर अब पहाड़-सा बन गया था।

लेकन गवाही और सबूत इकट्ठा किस तरह हुए थे? स्ट्रटफील्ड क्या जानते नहीं थे कि पुलिस के अत्याचार के डर से कम-से-कम एक सौ आदमी, जो कुछ भी कहलवाना जरूरी था, वही कह जाएँगे?

उन्हें अदालत में खड़ा करने पर क्या असली बात सामने आ सकती? उसी डर से क्या उन्होंने मई-जून महीनों में कुछ कैदियों को बिना शर्त छोड़ नहीं दिया था?

वह डी.सी. हैं। लेकिन जो केस बड़े लाट के निर्देश से चल रहा है, उस केस के आसामी को छोड़ने के वक्त उन्होंने अपने तत्काल ऊपरवाले कमिश्नर को भी कुछ नहीं बतलाया। कारण बताया था : ''इन्हें बहुत हड़बड़ी में पकड़ा गया था, इसीलिए रिहा कर दिया।''

कमिश्नर बिगड़ गए। उन्होंने छोटे लाट को सूचित किया। छोटे लाट बोले, ''हड़बड़ी में पकड़े नहीं गए थे, हड़बड़ी में रिहा किए गए!'' गवर्नमेण्ट ऑफ इंडिया भी खफा हो गई। सूचित किया : ''उन पर मुकदमा चलेगा या नहीं—यह छोड़ देने के पहले सोच-विचार लेना ठीक था।''

''बीरसा, बीरसा, तुम्हें और तुम्हारी सन्तानों को लेकर सरकारी हलकों में ऐसी रोमांचक-सी औपन्यासिक घटना घटी!

''कलकत्ता के अखबारों में अवश्य शोरगुल मचा। अन्त में बात कहाँ जाकर रुकी? चार सौ बयासी लोगों में से सिर्फ अट्ठानवे लोगों के खिलाफ मुकदमा चला।''

उस समय बड़े लाट के दफ्तर ने ही राँची की सरकार पर दोष थोप दिया। कहा : "प्रदेश के अफसरों की कारगुजारी ही गलत हुई है। समझने में आ रहा है: बदले की भावना से ही इतने लोगों को गिरफ्तार किया गया था! गवाही-सबूत देखने के वक्त ही प्रदेश के अफसरों को समझ लेना उचित था कि जिनके खिलाफ सात महीने कोशिश करने पर भी कोई मामला नहीं बनता—उन्हें कैद रखना अनुचित है।

जरूर ही एक बात पहले ही तय हुई थी—गवर्नमेण्ट ऑफ इंडिया का निर्णय कि बीरसा पर राजनीतिक कैदी के रूप में मुकदमा नहीं चलेगा। बहुत दिनों तक हत्या और आगजनी में मदद करने के लिए मामूली अपराधी की तरह मुकदमा किया जाएगा।

"उसके बाद अवश्य ही तुम्हारे विरुद्ध निर्णय उलट जाता है। क्यों उलट जाता है, जानते हो? चुपके-से बता रहा हूँ—फरवरी से मई तक जेल में डाले रखकर, पीठ पर कोड़े मार-मारकर, प्यास से तड़पने पर भी पानी न देने से मुण्डा लोगों का मनोबल नहीं टूटा—तुम पर से विश्वास नहीं हिला!"

"रात में जाकर मैं उनकी कोठरी की दीवार से कान लगाकर सुना करता था। कोड़ों के जख्मों से खून से लथपथ बदन पर—काले बदन पर खून बहुत लाल दिखाई पड़ता था—खून से लथपथ होने पर भी वे बड़बड़ाकर मन्त्राविष्ट की तरह कहते रहते : भगवान ने कहा था कि जब तक माटी की यह देह नहीं छूटेगी, तुम जिन्दा नहीं रहोगे। टूट मत जाना। सोचना भी मत कि तुम्हें बीच में छोड़कर मैं चला गया। तुम लोगों को इतने, सारी तरह के हथियारों का उपयोग मैंने सिखा दिया है न! तुम उन्हें ही लेकर लड़ते रहना। हाँ, भगवान ने कहा है। मारो कोड़े, सालो, और भी जो हो ले आओ। बीरसाइत मरने से नहीं डरते हैं! जो बीरसाइत नहीं हैं, वे ही मरने से डरते हैं। जिस दिन धरती का आबा बनकर बन से निकले, उसी दिन तो कहा था, तुम्हारे पास से हटकर कहीं जाऊँगा नहीं, तुम्हें भूलूँगा नहीं, तुम्हें मरना सिखाऊँगा। मार कोड़ा।"

"सुनते-सुनते मैं शुद्ध-पवित्र हो जाता—बीरसा! बीरसा! अपने अनाथाश्रम के

जीवन में किसी को प्यार नहीं किया था। तुम मेरे पहले और अन्तिम प्यार के अधिकारी मनुष्य थे! तुम मेरे मित्र, भाई, साथी थे! तुमने जेल में, मुण्डाओं की जेल में, मैं मुसीबत में न पड़ूँ—इसलिए मुझे पहचानना तक न चाहा। मागूराम ने एक दिन यही बात कही थी।

बोला, 'डॉक्टर बाबू, आज मन दुःखी हो गया।'

मैंने पूछा, 'क्यों?'

वह बोला, 'कल आँधी आई। एक गौरैया चिड़िया बीरसा की कोठरी में जा गिरी। उसने चिड़िया से बातें कीं! बोला, मेरी प्यारी, कोई डर नहीं है! आज सवेरे देखा कि गौरैया उड़ गई। पूछा, चिड़िया उड़ गई? बीरसा हँसा। बोला, वह क्यों यहाँ रहे? मेरी कोठरी में तो धूप की किरन तक नहीं आ सकती, हवा नहीं चलती। मेरा मन बहुत खराब हो गया।'

''बीरसा, तुम जेल में हो, तुम्हारी सन्तान जेल में है। मैं महा-पातक में पड़ा हुआ हूँ।

तभी भागा गया और रात में मुण्डा लोगों की कोठरियों की दीवारों पर मैं कान लगाकर सुनने लगा। कोड़े की मार से जख्मी और घायल हुए शरीरों के—काले शरीरों पर खून का रंग गहरा लाल दिखलाई पड़ता है—खून से लथपथ होने के बावजूद मन्त्राविष्ट की तरह दोहराते जाते थे :

भगवान ने कहा था : एक दिन मैं लौटकर जन्म लूँगा। होली की अग्नि जलाकर बुन्दू, तामार, सिंहभूम, केउँझड़, गपुर और बसिया को भस्मीभूत कर दूँगा! सोनपुर में धूल का अंधड़ खड़ा कर दूँगा! बानो थाने के कायकोटा गाँव के पहाड़ पर रेशम के कीड़ों ने अण्डे दिए हैं। हमारी बात सब तरफ फैला जाएँगे। मार कोड़ा, सालो! मार-मारकर लहू बहा दो! हम बीरसाइत हैं। हम मरने से नहीं डरते हैं। जो बीरसाइत नहीं हैं वे ही मरने से डरते हैं। यह देख, साले! बीरसा जिस दिन आँधी-तूफान की रात में बन से धरती के आबा होकर निकले, उसी दिन बोले—हाँ, मैं तुम लोगों का भगवान हूँ, लेकिन गोदी में उठाकर झुलानेवाला भगवान नहीं—मैं तुम्हें मरना सिखाऊँगा। हाँ रे सालो, यही कहा था उन्होंने। मार अपना कोड़ा! हमें मार डाल!''

''यह सब सुनते-सुनते मैं शुद्ध, पवित्र हो जाता। वे कहते, 'कितना मार सकता

है? तू नहीं जानता न?' उस दिन भगवान ने गारद से कहा था, 'आज तुम मेरे ऊपर पहरा देते हो। एक दिन देखोगे कि देश की धरती के लिए मैं क्या कुछ करता हूँ। जैसे जाँता में बाजरा पिसता है, वैसे ही मैं तुम्हें माटी में पिसूँगा! जैसे एड़ी जलती है, उसी तरह आग में तुम्हें भूनूँगा। देश टुकड़े-टुकड़े हो जाए; मैं जंगल की दावेदारी, उस पर दखल नहीं छोड़ूँगा! अपने बावन परगनों से छोटा नागपुर के दुश्मनों को भगाकर ही लौटूँगा; उनका नाश कर दूँगा। मैं किसी को नहीं छोड़ूँगा। देश को हिला दूँगा।' हाँ रे सालो! भगवान ने कहा है। तो मार मुझे; कितना मारेगा?"

"बीरसा! मुण्डा लोगों के मन की यह ताकत है—तुम पर इस कदर विश्वास है—यह देखकर, यह जानकर तुम्हारे बारे में मुझे राय बदलनी पड़ी। तब किसने फैसला किया था कि अगर तुम्हारी विचाराधीन कैदी की हालत में ही मृत्यु हो जाए, वही सबसे अच्छा रहेगा—यह मुझे नहीं मालूम!

जानने में भी डर लगता है, बीरसा! जब तुम तनहा कोठरी में जंजीरें घसीटते-घसीटते टहलते थे, तब कहीं तय हो रहा था—कुछ मुण्डाओं को छोड़ दिया जाए, क्योंकि उनकी गवाही जिरह में जमेगी नहीं, उड़ जाएगी—तभी कहीं तय हो रहा था कि तुम्हारा एशियाटिक हैजे से अचानक मर जाना सरकार के लिए सब तरह से ठीक सिद्ध होगा—सोचकर भी डर लगता है। क्योंकि लगता है कि तब पृथ्वी, चन्द्रमा, सूर्य—सब-के-सब झूठ हैं। सोचकर भी डर लगता है—जब तुम जीवित थे, 9वीं जून की सुबह तक, तभी कहीं तय हो गया था कि तुम्हारी मौत की रिपोर्ट कैसे लिखी जाएगी!

तुम्हारी मृत्यु के रहस्य को लेकर प्रश्न उठेंगे, विरोध-प्रतिवाद होंगे, उसी का पूर्वाभास पाकर मैंने पत्थरों की दीवारों से बहुत बार सिर टकराया है।

सुना : कमिश्नर, डी.सी., पुलिस-सुपरिंटेंडेण्ट, जेल के सुपरिंटेंडेण्ट—सभी बहुत खुश हैं। यूरोपियन क्लब में शायद बहुत शराब पी गई। डी.सी. ने कहा : उन्हें हमेशा डर था कि बीरसा के सामने खड़े होने पर उसके विरुद्ध मुण्डाओं ने जो कुछ पहले कहा है, उससे पलट जाएँगे।"

"तुम्हारे मुकदमे के लिए कितना-कितना आयोजन हुआ था।"

राँची में बीरसाइतों के मुकदमे के लिए जे.ए. प्लैंटेल को स्पेशल मैजिस्ट्रेट

नियुक्त किया गया।

राँची के डी.सी. से कहा गया कि वह खुद मुकदमा न करें। वैसा होने पर कोर्ट ऑफ अपील में आपत्ति हो सकती है। डी.सी. तो खुद कुल कार्यवाही में रहे थे—उनके सामने ही मुकदमा चलाए जाने पर वह कानून के आड़े आते।

और सिंहभूम में मुकदमे के वक्त कानून उलट गया। राँची के डी.सी. स्ट्रटफील्ड का हाथ अगर खुद सब कार्यवाही में था, तो सिंहभूम के डी.सी., डब्ल्यू. बी. टॉम्सन ने भी तो विद्रोहियों को स्वयं पकड़ा था लेकन सिंहभूम में मुकदमे का दायित्व उन्हें ही सौंपा गया।

1899 की 24वीं दिसम्बर से 1900 ई. की 9वीं जनवरी तक जो-जो हुआ, उसे लेकर कुल पन्द्रह मुकदमे दायर किए गए। एतकेदी में गैरकानूनी तौर पर इकट्ठे होना और कांस्टेबलों की हत्या—जाउरी में जयपालसिंह नाग का मकान जलाना—सरोपाड़ा में दो मिशनों पर हमला—भारी आगजनी और खून-खराबा कर वर्तमान सरकार को उखाड़कर बीरसा-राज स्थापित करने के उद्देश्य से उसके अनुयायियों का गैर-कानूनी रूप से जुटना-जमा होना—यही सब मामले उनमें प्रमुख थे।

सिंहभूम में दो मुकदमों को सबसे अधिक महत्त्व दिया गया। एक था—चक्रधरपुर में एक कांस्टेबल का खून; और दूसरा था—कुन्दरूगुटू के जर्मन मिशन को जलाना। सैलराकार में गैर-कानूनी जमाव के लिए कोई मुकदमा नहीं चलाया गया। मुण्डा लोगों के लिए सैलराकार कितना ही महत्त्वपूर्ण क्यों न हो, सरकार का खयाल इसके विपरीत था। सरकार मानती थी कि खूँटी के थाने पर हमला, सैलराकार में गैर-कानूनी इरादों से इकट्ठे होना बड़ी घटना थी। सैलराकार को मुकदमों के सिलसिले में घसीटने से वहाँ जो खून की होली हुई थी—लोगों की नजरों में वह बहुत ज्यादा सामने आ जाती।

उसके सिवा देखा गया—अदालत में बीरसा और बीरसाइतों पर राजद्रोह का अपराध सिद्ध करना बड़ा मुश्किल था। गवाहियों और सबूतों की फाइलें पहाड़ की-सी ऊँची हो गई थीं, लेकिन उनसे आसामियों के विरुद्ध प्रामाणिक माने जाने योग्य तथ्य प्रायः उनमें नहीं थे।

''मई मास से ही तुम अदालत में आते-जाते रहे, बीरसा! जेकब तुम लोगों की ओर से लड़ते रहे, लेकिन बराबर सरकार कहती रही—उसे और वक्त चाहिए! अभी भी सबूत जमा नहीं हुए हैं! इसी से तुम्हारा कचहरी में जाना-आना

आवश्यक था। विचाराधीन अवस्था में ही मुण्डा मरते रहे, तो मरते ही रहे। लेकिन विचाराधीन मुण्डाओं की बीच-बीच में मौत कोई ऐसी महत्त्व की घटना नहीं थी कि उसके लिए सरकार मुण्डाओं को परेशान और तंग करके उनके मनोबल को भंग करने की नीति का त्याग कर दे!

मुकदमे के वक्त राँची में एक कम्पनी मिलिटरी-पुलिस की रखी गई—जितने दिनों तक जेल की हवालात में बन्द कैदियों के विरुद्ध दायर किए विभिन्न मामलों का फैसला नहीं होता, विद्रोह की मनःस्थिति पूरी तौर पर ठंडी नहीं पड़ जाती, उतने दिनों तक उस कम्पनी को वहीं टिकना था!''

''बीरसा, बीरसा, तुमने और मुण्डाओं ने अपने को जितना महत्त्व दिया था, भारत सरकार ने भी तुम्हें उतना ही महत्त्व दिया था। समझते हो यह?''

''राँची में जेकब ने मैजिस्ट्रेट के इजलास को सरगरम रखा। वह तुम्हारे वकील हैं। सरदारों के वह पुराने मित्र हैं। कलकत्ता में बैरिस्टरी करके पैसे कमाते हैं, और मुण्डा लोगों की ओर से हमेशा बिना पैसे लिए मुकदमा लड़ते हैं।

''उनके निर्भीक डिफेंस और उनकी असाधारण जिरह के सामने सरकार के गवाहों की गवाही टूट-टूटकर बिखरने लगती।

''कलकत्ता के 'द बेंगाली' और 'द स्टेट्समैन' अखबार जेकब के बारे में सम्पादकीय लिखते रहते—उनकी सहानुभूति पक्षपातपूर्ण है—और इसलिए वह जब लड़ते हैं तो जान लगाकर लड़ते हैं। वह भले और विवेकी हैं, उनका लक्ष्य निश्चित रहता है। यह मुण्डा लोगों का सौभाग्य है कि उनका-सा व्यक्ति उनके साथ है।''

''हाँ बीरसा, मैं छिपाकर जेकब को रिपोर्टें भेजता था। वह उन खबरों को प्रचारित करते। सुरेन बैनर्जी का भी ऐसा ही आग्रह था। 'द बेंगाली' भी तुम्हारे बारे में समाचार छापता।''

न्याय ठीक से हो, मुण्डा लोगों को अपने पक्ष की पैरवी का उचित अवसर मिले, इसे लेकर जनमत का प्रबल दबाव था।

कहा गया था, यानी खबर थी, कि मुकदमे के लिए रुपए जमा करने के लिए सहानुभूति रखनेवाले मुंडा लोगों की सभा को पुलिस ने तितर-बितर कर दिया

था—रुपए छीन लिए थे!

समाचार प्रकाशित हुआ था कि जेल के अधिकारियों के प्रति सहानुभूति प्रदर्शित करते हुए सरकार ने गैर-कानूनी ढंग से, जेल में ही मुकदमा निपटाना चाहा था।

आसामियों की ओर से बात करनेवाला कोई नहीं है। उन्हें स्थानीय वकीलों की सहायता नहीं मिल रही है। अपने पक्ष के समर्थन का उनका अबाध अधिकार बेकार होता जा रहा है!

जो कसूर उन्होंने किया नहीं, जिसके लिए वे इतने दिनों से हवालात में बन्द हैं, यह बात खौफनाक है।

एक कांस्टेबल की हत्या का बदला लेने के लिए दृढ़-संकल्प पुलिस बचाव-पक्ष के लिए हर किस्म की बाधा उत्पन्न कर रही है। 'द स्टेट्समैन' में इस आशय का एक समाचार छपा था।

डी.सी. स्ट्रटफील्ड ने इसके जवाब में 'द स्टेट्समैन' अखबार के सम्पादक को चिट्ठी लिखी : महाशय, आपके संवाददाता द्वारा भेजी गई खबर झूठी है। मैं उसके द्वारा लगाए गए प्रत्येक अभियोग को अस्वीकार करता हूँ। अपने पक्ष के समर्थन के लिए अभियुक्तों को पूरा अवसर दिया गया है। उनके खिलाफ कोई निश्चित अभियोग नहीं है, यह बात मैं मानता हूँ। बाहर सम्भावित गड़बड़ी की रोकथाम के लिए उन्हें जेल में रखा गया है, क्योंकि गड़बड़ तो अब भी चल ही रही है। अधिकारी और जमींदार-एकजुट हैं, यह नीति और ज्ञान-हीनता केवल हंगामा मचानेवालों की साजिश की-सी बात है!

'द स्टेट्समैन' अखबार में चिट्ठी की तारीख थी 3 अप्रैल, 1900 ई.। उसी दिन 'हमारे संवाददाता का उत्तर' के साथ यह चिट्ठी भी प्रकाशित हुई। संवाददाता ने लिखा : इस प्रतिरोध की कोई बात नहीं मानी जा सकती। आत्म-पक्ष के समर्थन का पूरा मौका मुण्डा लोगों को दिया गया है, यह बात बिलकुल झूठ है।

''मुकदमा किस तरह चलता है, बीरसा! मुकदमे के दौरान ही प्लैटेल को दूसरी ओर फरीदपुर भेज दिया गया। बाकी वक्त स्ट्रैचेन ने मुकदमा सुना।''

''उस एक दिन की बात याद है, बीरसा?''

1900 ई. की सोलहवीं मई। 217 लोगों में से तीन लोगों की जमानत के लिए जेकब ने अर्जी दी।

बोले : उनके विरुद्ध कोई अभियोग नहीं है। है केवल डी.सी. स्ट्रटफील्ड की एक रिपोर्ट कि वे विद्रोह में शामिल हैं। यह मात्र अनुमान है। उनके विरुद्ध कोई गवाही-सबूत बाद में मिल जाएगा, इसी उम्मीद से उन्हें बहुत दिनों तक हवालात में रखा गया है। बहुत-से विचाराधीन कैदी मर भी गए हैं।

जेकब की बात के जवाब में हुआ वाक्-युद्ध!

जेकब : मैं जानना चाहता हूँ कि फौजदारी कानून की धारा 112 के मुताबिक मेरे मुवक्किलों को कभी कचहरी में आने का नोटिस दिया गया है? यह तो बहुत गम्भीर मामला है। अब तक बहुत-से मर भी गए हैं। इन्हें पता भी नहीं कि यह पाँच महीने-भर किस कसूर में, घर-बार से अलग, वकील के बिना, इस हालत में कैदी बना के रखे गए हैं? उनके प्रतिनिधि के रूप में मुझे यह बात जानने का अधिकार है। माननीय महोदय से मैं इसका कारण बतलाने के लिए कह रहा हूँ।

मैजिस्ट्रेट : आपको यह बात बताने के लिए मैं यहाँ नहीं आया हूँ।

जेकब : यह क्या! मेरे मुवक्किलों को किस अपराध में अभियुक्त बनाया गया है, आप यह भी नहीं बतलाएँगे, जिससे कि मैं अपने पक्ष के समर्थन को तैयार कर उनकी सहायता कर सकूँ?

मैजिस्ट्रेट : मुवक्किलों से ही वह बात पूछिए।

जेकब : उन्हें तो कुछ भी मालूम नहीं है कि उन्हें क्यों पकड़कर रखा गया है। वह अगर मुझे नहीं बतलाया जाएगा तो इस मुकदमे के विरुद्ध मुझे कहीं और अपील करनी पड़ेगी।

मैजिस्ट्रेट : आप जो चाहें कर सकते हैं।

जेकब : इस लम्बी मियाद की कैद के पहले कैदियों की अदालत में जिरह हुई थी या नहीं, यह जानने का भी मेरा अधिकार है।

मैजिस्ट्रेट : इसका कोई सवाल ही नहीं उठता!

मैजिस्ट्रेट : आपके मुवक्किल कौन हैं?

जेकब : उनके नामों की यह सूची है।

मैजिस्ट्रेट : अच्छा ठीक। पहले आसामी चाँद मुण्डा—इसके विरुद्ध कोई निश्चित अभियोग नहीं है।

जेकब : तो मैं उसे जमानत पर छुड़ा सकता हूँ?

मैजिस्ट्रेट : रिकॉर्ड में देख रहा हूँ कि मेरे पहले के मैजिस्ट्रेट ने 7वीं अप्रैल को एक ऑर्डर फाइल पर लिखा था जिसमें एक सौ रुपए देने पर उसकी जमानत का अधिकार मंजूर कर लिया गया था—उसका और बाकी अभियुक्तों का भी।

जेकब : यह क्या! अपराधों की गम्भीरता किसी की कुछ भी हो, सबकी एक ही शर्त पर जमानत की आज्ञा हुई थी?

मैजिस्ट्रेट : ठीक यही बात है।

जेकब : पूछ सकता हूँ कि इस ऑर्डर की बात उन लोगों को कभी बतलाई भी गई है या नहीं?

मैजिस्ट्रेट : यह मुझे नहीं मालूम।

जेकब : रेकॉर्ड में तो वह बात लिखी होगी?

मैजिस्ट्रेट : नहीं।

जेकब : यह तो ताज्जुब की बात है!

मैजिस्ट्रेट : यह मामले भी ताज्जुब के हैं।

जेकब : बहुत ताज्जुब के। आप क्या जमानत का ऑर्डर कन्फर्म[1] कर रहे हैं?

इंस्पेक्टर ऑफ पुलिस : हुजूर, मैं एक अर्जी पेश कर रहा हूँ। मेरी प्रार्थना है, कैदियों में 67 लोगों के विरुद्ध हत्या, हत्या में सहायता और दूसरे चार्ज भी लगाए जाएँ।

जेकब : यह क्या? अब? यह तो बहुत अन्याय है। 7वीं अप्रैल को अगर मेरे मुवक्किलों को मालूम हो जाता है कि उन्हें जमानत मिल सकती है, तो वे आज तक जेल में नहीं रहते। उसके सिवा इनके विरुद्ध चार्ज लगाने में पुलिस को पाँच महीने और लग गए, यह अन्याय शोचनीय है।

इंस्पेक्टर : हुजूर, अगर कल तक का वक्त दें तो और भी कुछ लोगों के विरुद्ध शायद एक ही चार्ज लगा सकूँगा।

मैजिस्ट्रेट : क्या कहते हैं, मि. जेकब?

जेकब : मैं सिर्फ यही कहूँगा कि ये सब कार्रवाई मुझे ताज्जुब में डाल रही है। जो लोग शायद बिलकुल बेकसूर हैं, उनके खिलाफ चार्ज लगाने तक में पाँच महीने हो गए! वे जेल में पड़े सड़ रहे हैं। और भी ताज्जुब की बात यह हो रही है कि पुलिस अब अर्जी दे रही है—दूसरों के खिलाफ चार्ज बनाने के लिए एक दिन का वक्त और चाहिए! बनाने में—मैं कह रहा हूँ 'बनाने में'! तो क्या आप मि. प्लैटेल के ऑर्डर का संशोधन करेंगे? वह आप नहीं कर सकते।

1. आज्ञा की सम्पुष्टि कर रहे हैं।

मैजिस्ट्रेट : क्यों? आपने ही तो उस ऑर्डर का संशोधन—रिव्यू चाहा है!

जेकब : कभी नहीं। मैंने यह बिलकुल नहीं कहा। 7वीं अप्रैल को ही मेरे मुवक्किल जमानत पर रिहा हो सकते थे—उन्हें यह नहीं मालूम था। इसीलिए कहा था कि अब उनकी जमानत तुरन्त हो जानी चाहिए—वही ऑर्डर लागू हो।

मैजिस्ट्रेट : वे 67 आदमी तो किसी तरह जमानत पाएँगे ही नहीं। औरों के बारे में इंस्पेक्टर ने क्या कहा, वह आपने सुन ही लिया है।

जेकब : उनके खिलाफ इस वक्त कोई भी चार्ज नहीं है। उन्हें आपने कैसे हिरासत में डाल रखा है? मेरा कहना है, कानून का बहुत बड़ा अपमान हुआ है—बहुत बड़ा अपमान। यहाँ 217 लोग प्रायः पाँच महीनों से कैद में हैं। किस कसूर में, यह उन्हें कभी बतलाया नहीं गया। अभी, आज ही, अचानक एक पुलिस की अर्जी के आधार पर उन पर एक नया और ऐसा अभियोग लगाया जा रहा है ताकि उन्हें जमानत भी मिल न सके।

जेकब ने फिर कहा : इन अभागों में 93 लोग मेरे मुवक्किल हैं। लेकिन कितनी ज्यादा बेइंसाफी हो रही है! उनमें 67 लोगों को आज ही जिस अपराध में अभियुक्त बनाया गया, उसे अगर सही मान भी लें, फिर भी प्रार्थना है—उनके विरुद्ध क्या-क्या गवाही और सबूत हैं वे मुझे बतलाए जाएँ, जिससे कि उन्हें जमानत पर छुड़ाने के लिए मैं अपील कर सकूँ।

मैजिस्ट्रेट : पुलिस की अर्जी पाकर ही मैंने हुक्म दे दिया है। वह जो 67 लोग अभियुक्त हैं, उन्हें जमानत नहीं मिलेगी। बाकी जो रहे, उनके नाम, उनके गाँव के नाम, सब ब्यौरा मिलने के बाद ही उनकी जमानत की बात पर सोच सकूँगा।

जेकब : लेकिन सम्मानित महोदय, उन 67 लोगों की रिहाई के बारे में भी मेरी बात आपको सुननी ही होगी, जिन्हें कि अभी-अभी जमानत न मिल सकनेवाले अपराध में अभियुक्त बनाया गया है।

मैजिस्ट्रेट : अरे! बताया न कि मैंने उनके बारे में हुक्म जारी कर दिया है। और लोगों के नाम, गाँव, पता वगैरह मुझे दें; उन सब लोगों के नाम प्रायः एक-से ही तो हैं।

जेकब : गाँव के नाम मिलने में कुछ वक्त लगेगा। वह काम चलता रहेगा, लेकिन मैं फिर कह रहा हूँ—जिन 67 लोगों को पुलिस ने अभी-अभी चार्ज किया है, उनकी जमानत के बारे में मेरी बात आपको सुननी ही पड़ेगी।

मैजिस्ट्रेट : उस बारे में मैं निर्णय दे चुका हूँ।

जेकब : लेकिन फौजदारी के कानून की धारा 499 के मुताबिक मैं यह प्रार्थना कर रहा हूँ कि मेरा वक्तव्य अदालत सुने। उसी धारा में, मैं पढ़ रहा हूँ,

आप सुनें—किसी भी व्यक्ति को जमानत के अयोग्य अपराध में अभियुक्त होकर थाने के अधिकार-प्राप्त अफसर द्वारा बिना वारण्ट के गिरफ्तार, या अदालत में ले जाए जाने पर, जमानत पर रिहाई दी जाएगी। जिस अपराध में वह अभियुक्त बना है, उससे उसे अपराधी कहकर विश्वास करने का तर्कसंगत कारण रहने पर ही उसे जमानत नहीं मिल सकेगी।

जेकब ने फिर पढ़ा : इसके बाद के पैरा में कहा गया है—इस तरह अफसर या अदालत के सामने जाँच या मुकदमा चलने के दौरान अगर लगे कि आसामी ने जमानत मिलने के अयोग्य अपराध किया है—यदि ऐसा लगने का यथेष्ट कारण नहीं हो और उसके अपराध के बारे में और भी जाँच की जरूरत हो, तो इस तरह जाँच के जारी रहने पर भी आसामी को जमानत पर रिहाई दी जाएगी।

जेकब ने जिरह जारी रखते हुए कहा : इसलिए महोदय, पुलिस ने जिन 67 लोगों को चार्ज किया है, उनके विरुद्ध लगाए अपराध अगर जमानत के अयोग्य भी हों, फिर भी उनकी जमानत पर रिहाई के बारे में मेरा वक्तव्य सुना जाए, यह मेरी प्रार्थना है।

बातचीत जब इतना आगे बढ़ गई, तब डी.सी. स्ट्रटफील्ड (जो सुनवाई चलने के वक्त एक पास के ही कमरे में बैठे थे) सहसा इजलास में घुस आए, और मैजिस्ट्रेट के साथ बहुत देर तक बातें करते रहे। उनकी बातें समाप्त होने पर मि. जेकब इजलास को सम्बोधित कर बोले।

जेकब : कानून की जो धारा पढ़कर सुनाई गई, उसके अनुसार क्या मेरी बात सुनेंगे?

मैजिस्ट्रेट : उस बारे में निर्णय दिया जा चुका है।

जेकब : लेकिन किस तर्कसंगत कारण से आप मेरी बात सुनना अस्वीकार कर रहे हैं?

मैजिस्ट्रेट : तर्कसंगत कारण न होने पर तो वे अभियुक्त भी न रहते।

जेकब : सिर्फ इसीलिए मेरी बात न सुनेंगे? इसी एकमात्र तर्क से?

मैजिस्ट्रेट : पुलिस की अर्जी भी है। इसे पढ़कर देख सकते हैं।

जेकब : धन्यवाद! मेरी बात सुनने में आपको राजी न होने का कोई तर्कसंगत कारण दिखाई पड़े—ऐसा इस अर्जी में कहीं नहीं कहा गया है। इसमें सिर्फ इतना ही कहा गया है कि कैदियों में 67 लोगों के नाम को जमानत के अयोग्य अपराध में अभियुक्त माना जाए। मैं यह और भी प्रार्थना कर रहा हूँ कि फौजदारी कार्यविधि कानून की 107-108-109-110 धाराओं के अनुसार इनके विरुद्ध लगाया गया अभियोग रद्द किया जाए (इन चार धाराओं के अनुसार

आसामी को कोई भी मैजिस्ट्रेट निश्चित समय के लिए ठीक चाल-चलन में रहने के लिए जमानत माँगने का आदेश दे सकते हैं—पुलिस हैंडबुक, पृ. 83-84)। मुझे नहीं मालूम कि उन्हें कब अभियुक्त बनाया गया; पता नहीं कि इस नए अभियोग में उन्हें अब तक जेल में बन्द रखा गया या नहीं। पुलिस ने चालाकी तो खूब दिखाई है, लेकिन वह सब व्यर्थ है। इस देश में कहीं-न-कहीं कानून का शासन है, न्याय का सम्मान है। इन 67 लोगों के अपराध पर विश्वास करने का यदि कोई तर्कसंगत कारण है उसे महामान्य महोदय मुझे बतलाएँगे?

मैजिस्ट्रेट : मैंने तो आपसे कहा, तर्कसंगत कारण न रहने पर पुलिस उन्हें हिरासत में ही न लेती।

जेकब : क्या यही आपकी एकमात्र युक्ति है? 67 अभियुक्तों के अपराधों पर यकीन हो, ऐसी एक बात भी पुलिस की इस दरखास्त में नहीं लिखी गई है। कितने अपराधों के लिए उन्हें जिम्मेदार ठहराया गया है और उन्हें और भी दिन हवालात में रखने की अनुमति माँगी गई है? कहाँ है वह तर्कसंगत कारण जिससे आप मेरी बात न सुनने के लिए प्रभावित हुए हैं? उनके खिलाफ जरा-सा भी सबूत क्या रिकॉर्ड में है?

मैजिस्ट्रेट : हाँ!

जेकब : किसकी गवाही?

मैजिस्ट्रेट : वह आपको अभी बतलाने के लिए मैं बाध्य नहीं हूँ।

जेकब : लेकिन मैं कहता हूँ, आप बाध्य हैं। उनकी रिहाई की पैरवी में मैं कैसे सवाल उठाऊँ, अगर यह न मालूम हो कि उनके अपराध की गम्भीरता में क्या-क्या तर्कसंगत कारण रिकॉर्ड किए गए हैं?

मैजिस्ट्रेट : औरों के बारे में आपको कुछ कहना है?

जेकब : तो इन 67 लोगों के अपराध में आपके विश्वास का तर्कसंगत कारण क्या है, आप मुझे यह नहीं बतलाएँगे?

मैजिस्ट्रेट : गवाहों का रिकॉर्ड है।

जेकब : यह एक नई बात मालूम हुई! आसामियों में कोई इसके बारे में जानता है? वह कैसी, किसकी गवाही है? यह मेरा जानने का अधिकार है।

मैजिस्ट्रेट : कानूनन दरख्वास्त दीजिए। गवाही है।

जेकब : मैं कहता हूँ कि उन गवाहों द्वारा लगाए गए मुख्य अभियोग को जानने का मेरा अधिकार है। गवाहियों की अधिकृत प्रतिलिपि माँगने की मैं अभी दरख्वास्त देता हूँ।

मैजिस्ट्रेट : दरख्वास्त दीजिए। एक मिनट ठहरिए। (कुछ मिनिट बाद उन्होंने

अदालत के चपरासी के हाथों एक पुर्जा स्ट्रटफील्ड को भेजा।) हाँ, कहिए मि. जेकब!

जेकब : जिन 67 लोगों को अभी अभियुक्त बनाया गया है, उनके विरुद्ध सबूत और बयान आप मुझे बतलाएँगे, महाशय? (फिर रुकावट पड़ी। कोर्ट का चपरासी एक पुर्जा लेकर लौटा। मैजिस्ट्रेट उसे पढ़ते रहे।)

मैजिस्ट्रेट : आखिर में आपने क्या कहा, सुन नहीं सका।

जेकब : मैंने कहा था, जिन सारे तर्कसंगत कारणों से आपको इनके अपराधी होने का विश्वास उत्पन्न हुआ है उन 67 दोषी लोगों पर–उसका सारांश मुझे बतलाएँ।

मैजिस्ट्रेट : डिप्टी-कमिश्नर मि. स्ट्रटफील्ड ने एक हलफिया वक्तव्य दिया है, वह है।

जेकब : कब दिया?

मैजिस्ट्रेट : जब प्रतिलिपि मिलेगी तो पता चल जाएगा।

जेकब : अच्छा! वकील साहब, अर्जी बनाइए।

मैजिस्ट्रेट : उन 67 लोगों के बारे में मैं कुछ और नहीं सुनना चाहता। आपकी फेहरिस्त तैयार है?

जेकब : तो क्या मैं यह मान लूँ कि 217 अभागे लोग–जो पिछले पाँच महीनों से जेल में हैं–वे डिप्टी-कमिश्नर के हलफिया वक्तव्य के आधार पर ही कैद हुए हैं? मेरे 93 मुवक्किलों के नाम आपने जानना चाहा था। गाँव अनगिनत हैं, और दूर-दूर पर हैं। जिन कथित अपराधों पर उन्हें पकड़ा गया है, जिसके लिए वे पाँच महीनों से जेल में हैं, तो क्या डिप्टी-कमिश्नर ने उन 217 लोगों को अपराध करते देखा है? हलफनामे में क्या हलफ लेकर यह कहा गया है?

मैजिस्ट्रेट : मैंने पुलिस की अर्जी पर ऑर्डर दे दिया है। उन 67 लोगों को जमानत नहीं मिलेगी।

(यहाँ मैजिस्ट्रेट का ध्यान दिलाते हुए यह कहा गया कि केस उनकी फाइल में ही नहीं है। डिप्टी-कमिश्नर तो साथ के कमरे में ही बैठे थे, इसलिए यह भूल क्षण भर में ही ठीक कर दी गई!)

जेकब : तो क्या मैं समझ लूँ कि पुलिस ने आज जिन 67 लोगों पर चार्ज लगाया है उनके सिवा और सभी (सभी फिर मेरे मुवक्किल नहीं हैं) जमानत पा सकेंगे?

मैजिस्ट्रेट : मैं पुलिस से पता लगा लूँ कि उनके खिलाफ और कोई चार्ज तो नहीं है।

मि. जेकब की लिस्ट में जिनके नाम हैं, आज जिन पर नए चार्ज लगाए गए हैं—सबके नाम मैजिस्ट्रेट और इंस्पेक्टर ने गौर से देखे।

मैजिस्ट्रेट : जिन्हें जमानत मिल सकती है यह है उन 26 नामों की लिस्ट। उनमें से हर एक को एक-एक सौ रुपयों के मुचलके देने होंगे।

जेकब : हर एक पर लगाए गए अलग-अलग अभियोगों और उनकी गम्भीरता पर ध्यान दिए बिना ही?

मैजिस्ट्रेट : ठीक ही कह रहे हैं।

जेकब : जमानत की रकम कम करने के बारे में मेरा बयान आप नहीं सुनेंगे?

मैजिस्ट्रेट : मेरे पहले के मैजिस्ट्रेट जमानत की रकम तय कर गए हैं।

जेकब : तो महोदय, मैं कहूँगा कि मेरे मुवक्किलों के विरुद्ध इजलास की कार्रवाइयाँ एकदम गैर-कानूनी हुई हैं। फौजदारी कार्यविधि कानून की धारा 112 साफ-साफ कहती है : 107-108-109-110 धारा के अनुसार कोई मैजिस्ट्रेट जब उक्त धाराओं के अनुसार किसी व्यक्ति को जमानत देने का विचार करें, तो वह एक लिखित ऑर्डर देंगे। 'देंगे' शब्द पर ध्यान दें। उसमें विस्तार से प्राप्त सूचना का सारांश लिखेंगे—कितने रुपयों की जमानत, कितने दिनों तक यह जमानत चलेगी, जमानतनामे की संख्या, किस्म, श्रेणी क्या है। मेरे मुवक्किलों को पाँच महीने हवालात में रहने के दौरान क्या किसी वक्त कभी यह ऑर्डर दिखलाया गया?

मैजिस्ट्रेट : रिकॉर्ड में कुछ नहीं है।

जेकब : तो क्या मान लूँ कि सरकार की निर्देशित कार्यपद्धति का इस मामले में पालन नहीं किया गया है?

मैजिस्ट्रेट : मेरे पहले के मैजिस्ट्रेट ने क्या किया, क्या नहीं किया, इस बारे में मेरी जानकारी नहीं है। आपने जिन सारे नियमों की बात कही है वे माने गए हैं या नहीं, उसका कोई रिकॉर्ड नहीं है। मैं मानकर चलता हूँ कि वे माने गए होंगे।

जेकब : लेकिन नियम के अनुसार काम होने पर उसका कुछ रिकॉर्ड तो होगा?

मैजिस्ट्रेट : रिकॉर्ड कोई नहीं है।

जेकब : बहुत ताज्जुब है! मि. प्लैटेल जैसे मैजिस्ट्रेट का इस मामले से बदली किया जाना बहुत ही दुर्भाग्यपूर्ण हुआ है। तो क्या समझ लूँ कि कायदे के मुताबिक काम नहीं हुआ है?

मैजिस्ट्रेट : मुझे नहीं मालूम। कहीं कुछ गलती हो भी सकती है; मैं यह नहीं कह सकता कि गलती ही हुई है।

जेकब : गलती? पुलिस उनके खिलाफ मामले बनाएगी, इसीलिए तो मेरे मुवक्किल हवालात में हैं। घटना-क्रम का सम्बन्ध विचित्र है! पाँच महीने से वे जेल में सड़ रहे हैं। उसके बाद उनकी ओर से मैं आज पैरवी करने आया हूँ कि किसलिए वे बेचारे जेल में सड़ रहे हैं, फिर पुलिस ने आज ही अभियोग ईजाद भी कर लिया! देखता हूँ कि डिप्टी-कमिश्नर भी अभी-अभी शहर से लौटकर आए हैं।

मैजिस्ट्रेट : मेहरबानी कर अपने मामले तक की ही बात रखें।

जेकब : मैं कहूँगा कि फौजदारी कार्यविधि कानून की धारा 117 के अनुसार 67 लोगों को इजलास में हाजिर किया जाए! उनका अपराध क्या है, वह समझाया जाए।

मैजिस्ट्रेट : ओह!

जेकब : उनके खिलाफ जो चार्ज लगाए गए हैं उनकी सचाई की जाँच करने के लिए उन्हें इजलास पर लाने तक का हुक्म भी आप क्या नहीं देंगे?

मैजिस्ट्रेट : ठीक ही कह रहे हैं।

जेकब : किस कानून की किस धारा के अनुसार?

मैजिस्ट्रेट : अपने और मुवक्किलों की बात कहिए। मुझे और भी मामलों पर अभी विचार करना है।

जेकब : जमानत की रकम को कम करने के बारे में मैं कहना चाहता हूँ।

मैजिस्ट्रेट : मैं उस बारे में ऑर्डर दे चुका हूँ।

जेकब : आपका तो कहना है कि जमानत मि. प्लैटेल ने निर्धारित की है!

मैजिस्ट्रेट : हाँ।

जेकब : लेकिन किस धारा के अनुसार कैदियों को किस अपराध में पकड़ा गया था?

मैजिस्ट्रेट : मैं इतना ही जानता हूँ। रिकॉर्ड में देख रहा हूँ कि अदालत ने ही जमानत तय की थी।

जेकब : 112 और 115 धाराओं के अनुसार उन पर कोई नोटिस जारी किया गया था?

मैजिस्ट्रेट : मुझे नहीं मालूम।

जेकब : मेहरबानी कर मुझे रिकॉर्ड देखने देंगे? क्या-क्या प्रमाण हैं?

मैजिस्ट्रेट : कोई प्रमाण नहीं है।

जेकब : उनके खिलाफ किसी भी गवाही या सबूत के बिना ही उन्हें एकदम पाँच महीने हवालात में रखा गया? कहिए, यह हुआ न?

मैजिस्ट्रेट : उनके खिलाफ अभी तक केस नहीं उठाया गया।

जेकब : उठाया नहीं गया? उन्हें क्या इसके पहले एक बार भी मैजिस्ट्रेट के सामने पेश किया गया?

मैजिस्ट्रेट : वह मैं नहीं बता सकता।

जेकब : रिकॉर्ड देखकर यह जरूर जाना जा सकता है।

मैजिस्ट्रेट : नहीं, नहीं जाना जाएगा। तो समझे ले रहा हूँ कि वे पेश किए गए थे, क्योंकि जमानत देने का हुक्म लिखा गया है।

जेकब : किसने जमानत तय की? अदालत ने या पुलिस ने?

मैजिस्ट्रेट : यह मि. प्लैटेल का ऑर्डर है।

जेकब : बस—यही बात क्या रिकॉर्ड में है?

मैजिस्ट्रेट : आपको बता तो रहा हूँ—कोई गवाही या सबूत रिकॉर्ड नहीं किए गए हैं।

जेकब : अब पुलिस ने जिन्हें अभियुक्त बनाया है, उन 67 लोगों की जमानत के बारे में अदालत क्या मेरा वक्तव्य सुनेगी या नहीं?

मैजिस्ट्रेट : उस बारे में मैंने ऑर्डर दे दिया है।

जेकब : लेकिन मैं आपसे कह रहा हूँ कि जिस खबर के आधार पर यह फैसला लिया गया है, उसकी सचाई के बारे में पता लगाने के लिए धारा 117 के मुताबिक आप बाध्य हैं। पाँच महीने तक उन्हें जेल में रखा गया, उनके विरुद्ध लगाई गई खबर सत्य है या झूठ—उसकी जाँच तक न होगी—यह सरासर अन्याय है। क्यों, कल ही तो पाँच महीने बाद 45 लोगों को हवालात से रिहाई मिली है! ये लोग भी तो बेकसूर प्रमाणित हो सकते हैं। फिर भी उन्हें पाँच महीने जेल में ठूँसकर रखा गया।

मैजिस्ट्रेट : समझ में नहीं आता कि आप कहना क्या चाहते हैं!

जेकब : उन 67 लोगों की जमानत के बारे में मेरी बात आपको सुननी होगी।

मैजिस्ट्रेट : ओह!

जेकब : ये लोग जितने दिनों से जेल में हैं उस बीच उन पर 107-112-119-117 धाराओं के अनुसार कभी कोई नोटिस जारी किया गया?

मैजिस्ट्रेट : कह नहीं सकता।

जेकब : धारा 107 के अनुसार विश्वसनीय प्रमाण रिकॉर्ड किए गए हैं? रिकॉर्ड में उनकी क्या कोई नजीर है? उनके न रहने पर इन्हें बन्द रखना सरासर गैर-कानूनी काम हुआ है।

मैजिस्ट्रेट : ओह!

जेकब : यह एक बहुत ही ताज्जुब पैदा करनेवाला मामला है।

मैजिस्ट्रेट : जी हाँ!

जेकब : किस कार्यविधि का सहारा लिया गया है वह भी बहुत ताज्जुब पैदा करनेवाली है।

मैजिस्ट्रेट : ओह!

जेकब : जिन 67 लोगों को अभी-अभी, अभी पहली बार ही, अभियुक्त बनाया जा रहा है, उनकी बात सुनने के लिए तो आप राजी नहीं हैं। जिनका जमानतनामा रखकर छोड़ने के लिए आप राजी हैं, क्या उनकी निर्धारित जमानत की रकम कम करने के बारे में मेरा कहना सुनेंगे? एक व्यक्ति के पीछे 100 रुपए के माने हुए केवल 26 लोगों के लिए 2600 रुपए! इतना रुपया इनके लिए जमा कर पाना असम्भव है। इस ऑर्डर के अर्थ होते हैं, किसी को छोड़ा नहीं जाएगा। यह एकदम इनकी सामर्थ्य के बाहर की जमानत की रकम है। जमानत कम करने के बारे में क्या अदालत मेरी बात सुनेगी? जमानत का मामला पूरी तौर पर अदालत के फैसले पर है। यह रकम इतनी ज्यादा नहीं होनी चाहिए।

मैजिस्ट्रेट : जिस ऑर्डर का रिकॉर्ड है उसमें दखल देने को मैं तैयार नहीं हूँ।

जेकब : बहुत ही अजीब बात है!

मैजिस्ट्रेट : अजीब या बहुत ही अजीब, यह भी मैं देखने के लिए तैयार नहीं हूँ।

जेकब : जमानत बहुत ही ज्यादा है। आप क्या उन्हें अदालत में बुला नहीं सकते? उनके बस में क्या कुछ सम्भव है, यह जान लेने पर हर एक की कम-बेशी जमानत तय नहीं कर सकते? उन 67 लोगों के बारे में पुलिस ने जो कुछ करने में पाँच महीने का वक्त लिया, वही वैसा ही इनके बारे में भी करेगी—इस आशा से ही उन्हें जेल में ठूँसकर रखा है—ऐसा मुण्डा लोगों को शक है।

मैजिस्ट्रेट : उन 26 लोगों की जमानत का इन्तजाम करने को आप तैयार हैं?

जेकब : जमानत की रकम में कमी करने के बारे में क्या मेरी बात आप नहीं सुनेंगे?

मैजिस्ट्रेट : मैंने ऑर्डर दे दिया है।

फिर मैजिस्ट्रेट ने ऑर्डर पढ़ा और इंस्पेक्टर से पूछा : उन 26 लोगों के खिलाफ आपका कोई अभियोग है?

इंस्पेक्टर : अभी तो नहीं है, लेकिन हुजूर अगर मुझे कल तक का वक्त दें—मैंने उसी लिए वक्त माँगा था—अगर वक्त दें, मैं रिकॉर्ड उलट-पलटकर देखूँगा कि उन्हें किस जुर्म में मुजरिम बनाया जाए।

जेकब : बहुत अन्याय है। पैशाचिक अन्याय है! 67 लोगों के विरुद्ध चार्ज तैयार करने में चार महीने लग गए, और बाकी कुछ लोगों को मुजरिम बनाने के लिए एक दिन चाहते हैं! (मैजिस्ट्रेट से) मैं हुजूर से कह रहा हूँ। यह दरखास्त नामंजूर कर दें। इसी तरह तो निर्दोष लोग जेल के अन्दर मरते हैं!

मैजिस्ट्रेट : (इंस्पेक्टर से) मि. जेकब की लिस्ट से अपनी लिस्ट चेक कीजिए। मुझे बताइए, अभी जिन पर चार्ज लगे हैं, वे 67 व्यक्ति कौन हैं?

जेकब : यह क्या हो रहा है, मेरी समझ में नहीं आ रहा है!

मैजिस्ट्रेट : नहीं समझ पा रहे हैं? बहुत अफसोस है। तो, आपका रास्ता खुला है।

जेकब : डिप्टी-कमिश्नर क्या कहते हैं, मैं सुनना चाहता हूँ। मेहरबानी कर मुझे रिकॉर्ड देखने देंगे? और भेद क्या है, यह जानने का मेरा अधिकार है।

मैजिस्ट्रेट : हमेशा जो होता है, उसके सिवा किसी भी दूसरी तरह आपको कुछ बतलाने के लिए यह अदालत नहीं बैठी है। दरखास्त दीजिए, वक्त के मुताबिक उसका फैसला किया जाएगा।

जेकब : मुँह से प्रार्थना की है, दरखास्त भी दे रहा हूँ। लेकिन वक्त बचाने के लिए मेहरबानी कर डिप्टी-कमिश्नर का हलफनामा मुझे एक नजर-भर देखने दें।

मैजिस्ट्रेट : दरखास्त दीजिए। अदालत अभी मुल्तवी कर रहा हूँ।

जेकब : जमानत कम करने के बारे में मेरी बात नहीं सुनेंगे?

मैजिस्ट्रेट : उस बारे में भी एक दरखास्त दीजिए। मामले पर सोच-विचार करने में वक्त लगेगा। अपना फैसला 22 को सुनाऊँगा।

''बीरसा! 'बेंगाली' अखबार से एक दिन बीती यह सत्य घटना तुम्हें सुना दी।

बीरसा, बीरसा! जेकब की मर्म पीड़ा मैंने देखी थी। देखा था कि वह डाक-बँगले में रहते हैं। कोई भी साहब उनसे बात नहीं करता।

देखा कि वह बीच-बीच में कलकत्ता चले जाते थे। कानून की किताबें और फाइलें लेकर लौट आते। बड़ी लगन के साथ लड़ते।

मुझसे कहते : 'ऑलराइट, ऑलराइट, बीरसा तुम्हारा दोस्त है, तुम बहुत परेशान हो। किन्तु ट्राई टू अण्डरस्टैण्ड दिस[1], माई बॉय।'

मैं कहता : 'क्या?'

---

1. यह समझने की कोशिश करो

बीरसा भगवान है, मुण्डा लोगों का मुक्तिदाता—बीरसा योद्धा है; बीरसा को लेकर हजारों लोकगीत बन गए हैं; बीरसा को याद करके ही मुण्डा लोग जेल में हो रहे अत्याचारों को सह पाते हैं।''

''हाँ।''

''वह जब तक बाहर था, उतने दिनों अंग्रेज नौकरशाही उससे डरती थी। लेकिन जेल में डालने के बाद बीरसा उनके निकट है क्या?''

''बीरसा तो मर गया।''

''न-न, उसका शरीर नहीं रहा, लेकिन उसका आदर्श मुण्डाओं के मन में वेरी मच[1] जीवित है।''

''आप मुण्डाओं की तरह बात कर रहे हैं।''

''चमड़ी के नीचे तो मैं भी आधा मुण्डा हो गया हूँ। कब से तो उनकी ओर से लड़ रहा हूँ!''

''उससे मुण्डाओं का—माने, जो जेल के भीतर और बाहर हैं, उनका—मनोबल बहुत कुछ लौट आया है।''

''लेकिन मैं कर तो कुछ भी नहीं पा रहा हूँ। माई बॉय, डोन्ट मेक वन मिस्टेक।''[2]

''क्या बात कह रहे हैं?'

''बीरसा मस्ट हैव बिन ए फोर्स।[3] क्योंकि एक बात कह रहा हूँ—जितनी बार मुण्डाओं की ओर से लड़ा हूँ, जाना कि मेरी असुविधा कहाँ है। मुण्डा लोगों की कोई लिखित भाषा नहीं है। वे आदिवासी हैं। हमेशा उन पर अत्याचार हुए हैं। बदमाश वकील उन्हें मामलों में फाँसकर बिलकुल गरीब बना देते थे। कचहरी-कानून—छाई हुई महिमा—अंग्रेजो की न्यायप्रियता, ईमानदारी की—उसके बारे में वे कुछ भी नहीं समझते थे।''

''नहीं।''

''वे सब बाधाएँ जानते हुए ही मैं केस लड़ता हूँ। लेकिन कभी इस तरह योजनाबद्ध रूप से कानून का अपमान नहीं देखा। मैं लड़ जरूर रहा हूँ, लेकिन 'द बेंगाली' की रिपोर्ट पढ़कर देखो। मानो हवा में तलवार भाँज रहा हूँ।''

''यही लगता है।''

''इस तरह डेलिबरेट मिस्कैरेज ऑफ जस्टिस[4] क्यों? क्यों सारे नियम अमान्य

1. खूब-खूब जी रहा है।
2. मेरे दोस्त, एक गलती मत कर बैठना।
3. बीरसा एक भारी ताकत रहा होगा।
4. जान-बूझकर न्याय की यह हत्या क्यों?

कर उन्हें हवालात में रखा जा रहा है? सिंहभूम के लोगों को राँची के केस में, राँची के लोगों को सिंहभूम के केस में क्यों फाँसा गया है? क्यों विचाराधीन कैदियों की मौतें हो रही हैं? इसी से समझता हूँ कि बीरसा वॉज ए फोर्स। उसने मौलिक मानवीय अधिकारों की माँगकर अंग्रेजों में डर भर दिया, समझे?''

''समझा।''

''देखो, अंग्रेज शासक तुम्हें शिक्षा, अखबार, यूनिवर्सिटी, रेलवे वगैरह दे सकते हैं। उससे उनका स्वार्थ भी सिद्ध होता है। लेकिन तुम्हारे ये शासक तुम्हें मौलिक मानवीय अधिकार भी नहीं देना चाहते। देना चाहने पर उनके जो छोटे-छोटे प्रश्रय छोटे नागपुर में हैं—उन महाजनों, बनियों, जमींदारों, राजाओं के स्वार्थ पर चोट लगती है।''

''आप क्या निराश हो गए हैं?''

''बिलकुल नहीं। उसके सिवा इतने दिन सरकार खफा हो जाएगी—इसलिए बंगाली वकील भी चुप थे। मेरा सौभाग्य है, कलकत्ता में शोरगुल के कारण इस ओर भी उनका ध्यान खिंचा है, वहाँ के स्थानीय बहुत-से वकीलों में से बहुतों ने मेरी सहायता की है। यह जरूर है कि अदालत में आकर खड़े होने की हिम्मत वे नहीं करते। वह मैं चाहता भी नहीं। देख तो रहे हो कि सरकार ने डरकर राँची शहर में साम्राज्य कायम कर रखा है। 'द बेंगाली' के निजी संवाददाता की रिपोर्ट पढ़ लो।''

''मैंने पढ़ी है।''

''उसमें लिखा था : ''आज सवेरे राँची पहुँचा। इस समय रात के 8-30 बजे हैं। अभी तक मुण्डाओं पर चलाए जा रहे मुकदमों को लेकर जितने लोगों के साथ भी बातचीत हुई—सभी जुबान बन्दकर गूँगे बने रहे! यहाँ 'रेन ऑफ टेरर'[1] चल रहा है। इतने लोगों को इतने महीनों तक बेदर्दी से कैद करके रखने के बाद दौरा अदालत में उनके बारे में कहा गया है कि उन्हें कैद करके रखने में गलती हुई। इस बारे में भी कोई कुछ बात नहीं करता। जेल में अब भी 217 कैदी विचाराधीन हालत में हैं। उनसे ऐसा क्या भयंकर अपराध हुआ है, इस बारे में सन्देह-भर ही है! लेकिन वह अपराध क्या है, उसके बारे में किसी को कुछ भी पता नहीं चला है; उस बारे में कोई कुछ नहीं जानता। रिपोर्टर के रूप में भारत के विभिन्न शहरों में तीस बरस से घूम रहा हूँ। निडर होकर, प्रतिवाद की परवाह किए बिना मैं कह सकता हूँ कि मुण्डाओं के विद्रोह के मामलों में न्याय का जो तरीका अख्तियार किया गया है, अंग्रेजी न्याय की धारणाओं से वह जितना विपरीत है, वैसा मेरी

1. आतंक का साम्राज्य

नजर में कभी पहले देखने में नहीं आया।'' आगे टिप्पणी की गई :

''मामलों के फैसला होने पर हाईकोर्ट में अपील के लिए जाएँगे। मुफस्सिल में कानून के नाम पर क्या चलता है, जिले के मालिक बनकर बैठे लोगों के आगे कानून को किस तरह सर झुकाना पड़ता है, उसे आप तभी जान सकेंगे।

''आप लोग कहते हैं, बेचारे कैदी सड़ रहे हैं। शुरू में ही जिन्हें पकड़ा गया, उनमें से कितने कैदी-हालत में ही मर गए—यह जानने की क्या इच्छा होती है? तथाकथित विद्रोह में कितने लोगों को गोलियों से मारा गया? यह मालूम हो जाता तो ज्यादा अच्छा होता। भगवान जानते हैं, डिप्टी-कमिश्नर ने कहाँ, कौन-सा विद्रोह देखा था! शायद दो-एक दिन बाद मैं भी बता सकूँगा कि कितने लोगों को मार डाला गया।

''जन-साधारण शायद चौंकेंगे।

''निर्दोष—समझ में आ रहा है कि वे निर्दोष हैं! डिप्टी-कमिश्नर ने ही उन्हें अभियोगी माना है। वह भी माना है मीलों दूर से मिली खबरों के आधार पर। इनके हाथों में हथकड़ी लगाकर, पैरों और कमर में वजनी जंजीरें डालकर हर रोज अदालत में लाया जाता, जहाँ कि कोई सुनवाई नहीं होती—यह सभ्यता के नाम पर कलंक है!

''जेल से मैजिस्ट्रेट का इजलास तीन सौ गज से कुछ ज्यादा दूर है। जंजीरें इतनी भारी हैं कि थोड़ा-सा चलने पर ही बेचारे रुककर खड़े हो जाते हैं। वे जेल से बाहर आते हैं। इजलास सवेरे सात बजे बैठता है। पता नहीं सवेरे उसके पहले उन बेचारों को कुछ खाने को भी मिलता है या नहीं! लेकिन डाकबँगले में बैठे-बैठे देखता हूँ कि जेल से लौटते वक्त वे चूर-चूर होकर रास्ते में गिर पड़ते हैं।''

''बहुत लड़ा था, बीरसा! राँची में मैजिस्ट्रेट, डी.सी. और पुलिस की दुश्मनी के चेहरे के पीछे छिपी मैत्री को लेकर अच्छी अंग्रेजी में विवेचन किया था। सुरेन बैनर्जी ने केवल 'द बेंगाली' में सम्पादकीय लिखा था। रिपोर्टर राँची में बैठा रखा था, यही नहीं—लेजिस्लेटिव काउंसिल में भाषण भी दिए थे।

''जर्मन मिशन के डॉ. ए. नारकॉट मिशनरी हैं, प्रेम और दया में दीक्षित! अकेले उन्होंने डिप्टी-कमिश्नर स्ट्रेटफील्ड का अभिनन्दन किया। बन्दी मुण्डाओं पर फौजी मुकदमे चलाए जाएँ, यह माँग उन्हीं ने उठाई!

''लेकिन इस माँग में वह अकेले ही थे।

'' 'द स्टेट्समैन' और 'द बेंगाली' अखबारों ने मुण्डा लोगों के मुकदमों से जो

मजाक चल रहा था, उसे लेकर खूब झगड़ा खड़ा किया, उससे ही क्या भारत सरकार का ध्यान भंग हुआ?

"मैजिस्ट्रेट की जाँच और मुकदमा 1900 ई. के अक्तूबर के अन्त तक चले।"

"सुरेन बैनर्जी मुण्डाओं के मुकदमे की बात अपने मन से निकाल न सके। तुम जानते हो बीरसा, वे कितने बड़े हैं, कितने नामी और कितने अमूल्य व्यक्ति हैं?

"तुम तो किसी दिन टुइला बजाते थे, वंशी बजाते थे! अखाड़े में तुम्हारी तरह कोई नाच नहीं सकता था! चाईबासा के मिशन में बीच-बीच में हाथ में कुरता लिए मेरे पास चले आते थे। कहते थे : 'बता तो? किधर से सिर डालूँ और किधर से हाथ डालूँ?'

"तुम कहते : 'एक दिन देखना कि बाजार से सारा नमक खरीदकर अपनी माँ को ला दूँगा।'

"मौलिक मानवीय अधिकारों की बात के अर्थ तुम्हारे लिए क्या थे, यही सोचता रहता हूँ।"

"नमक–घाटो के साथ, जंगल की जमीन में फसल उगाकर अपने खलिहान में उसकी उपज को ला रखना, बेगारी न देना, जंगल में अपने जीवन को शान्ति के साथ बिताना!

यह क्या आसमान से सूर्य को पा लेने की इच्छा के समान हुआ?

उसी तरह की स्पर्द्धापूर्ण उद्धत यह इच्छा है क्या?

शायद यही हो।

नहीं तो क्यों न्याय के नाम पर, सभ्यता के मुँह पर कालिख पोतकर, विचाराधीन बन्दियों पर इतना जुल्म हुआ?

क्यों सुरेन बैनर्जी को काउंसिल में गरजना पड़ा था–फौजदारी कार्यविधि कानून की धारा 107 के अनुसार मुण्डा लोगों के विरुद्ध जो मुकदमे हैं वे उठा लिए गए हैं?

अगर अब ठीक हुआ है तो उक्त धारा में विचार चलने के समय तक कितने दिन मुण्डा बन्दी बने रहे?

हवालात में कितने विचाराधीन मुण्डा मर गए?

अखबार में जो प्रकाशित हुआ है कि रिहा हुए मुण्डा लोगों को फिर पकड़ लिया गया है, यह समाचार क्या सही है?

अगर उन्हें नए चार्ज में पकड़ा गया है तो क्या सरकार जाँच करेगी कि वे जब पाँच महीने जेल में थे, तभी क्यों वे चार्ज लाना सम्भव न हुआ?"

'द स्टेट्समैन' ने कहा कि सबसे बड़ी दुखदायी बात हुई है कि निर्दोष लोगों को कैद रखना! लॉर्ड कर्जन से सुविचार, जल्दी विचार करने की प्रार्थना की गई थी।

किन्तु शासन का पहिया क्या आसानी से हिलता है?

"सब-कुछ हो रहा था, बीरसा। किन्तु जेल में जाकर जब मुण्डा लोगों के आगे खड़ा होता तो मेरी छाती फट जाती!

वे सब-कुछ समझते थे।

कितने प्यार से धानी मुण्डा, भरमी मुण्डा कहते, 'बाबू? तू क्या करेगा? तेरा कोई दोस नहीं। उन्हें हमारे विरुद्ध कोई दोस नहीं मिल रहा है। तभी तो जेल की यन्त्रणा देकर सबको मारना चाहते हैं। उनकी समझ में नहीं आता। भगवान जहाँ मरे, वहीं हम मरें—बीरसाइत तो यही चाहते हैं।' "

"शासन का पहिया नहीं हिलता, बीरसा! मैं उस समय कोई करामात कर दिखाना चाहता था। हाँ, कुछ चमत्कार हो जाए! मुण्डा विद्रोह के मुकदमे का कलंक-पूर्ण दुःस्वप्न किसी तरह समाप्त हो!

बड़े लाट छोटे लाट पर दबाव डालते। छोटे लाट स्ट्रटफील्ड को दबाते। स्ट्रटफील्ड और कूट्स की उस समय धारणा हो गई थी कि वे ही भगवान हैं! सबके ऊपर और सबसे बाहर हैं।"

पहिया अजीब तरह से घूम रहा था।

गवर्नर-जनरल-इन-काउंसिल ने विचार व्यक्त किया था, "अदालत का काम शुरू होने के समय से ही दुर्व्यवस्था दिखने में आई"..."मुकदमा खड़ा कर उसके बाद फैसला करने में लज्जास्पद देरी हो रही है"..."रिहा हुए मुण्डा लोगों में साठ को मुकदमा शुरू होने से पहले प्रायः एक बरस तक कैद कर रखा गया।"

समझते थे, "मुकदमे का झटपट ठीक से निपटारा होना उचित था"...

''अफसोस यह हुआ कि मुकदमे में अड़ंगे डालने के दौरान चौदह लोग मर गए। मैजिस्ट्रेट की लापरवाही से वे शहीद हो गए! उनमें से बहुत-से निर्दोष थे! उनकी रिहाई का हुक्म भी हो गया था।''...''इस देरी का नतीजा बुरा हुआ। सहज, सरल आदिवासियों में अंग्रेजी शासन-व्यवस्था के बारे में इससे कोई अच्छी धारणा उत्पन्न नहीं होगी।''

गवर्नमेण्ट ऑफ इंडिया का कहना है, ''मुकदमा तैयार करने के वक्त इतनी देर का सबब था ठीक आदमी का नियुक्त न होना, समस्त कार्यभार को इलाके के शासन-तन्त्र पर डाले रखना।''

इलाके का प्रशासन इस मत का विरोध अवश्य करता है, किन्तु मुकदमा चलाने के दौरान कार्यनिपुण प्लैटेल को हटाकर, छोकरे और अनभिज्ञ कूट्स की नियुक्ति का कोई सन्तोषजनक कारण भी तो नहीं दिखा पा रहा है।

गवर्नमेंट ऑफ इंडिया इस व्यवस्था को 'युक्ति और न्यायसंगत' नहीं समझती और कहती है—''बिना सोचे-समझे प्लैटेल की बदली करने के परिणामस्वरूप मुकदमा पूरा होने में देरी हुई''...''डिप्टी-कमिश्नर स्ट्रटफील्ड ने मामले की गहरी समझ के अभाव का परिचय दिया है। मुकदमे के दौरान इजलास में आकर मैजिस्ट्रेट के कूट्स के साथ बातचीत कर अपने को परिवाद का शिकार बनाया।''

छोटे लाट ने 'मुकदमे में देरी की पूरी जिम्मेदारी अपने ऊपर ली,' और कहा कि ''विद्रोह को दबाने में स्थानीय प्रशासन ने तेजी, न्याय-परायणता और कामयाबी दिखाई''...''कठिनाई से सन्तुष्ट होनेवाले विचारकर्ता को सन्तुष्ट करने योग्य यथेष्ट गवाही और सबूत जुटाने में एक विरोधी इलाके में उन्हें बहुत कठिनाई हुई, इसलिए ही इतनी देरी हुई। यह देर कोई ऐसी दोषपूर्ण नहीं है, उससे पहले की सफलता पर कोई धब्बा नहीं लगता।'' लॉर्ड कर्जन ने कहा, ''आंचलिक प्रशासन ने जो काम किया है उससे इन सारी घटनाओं की सन्तोषजनक व्याख्या जरा भी मेल नहीं खाती।''

''अन्त में क्या हुआ, पता है, बीरसा? स्ट्रटफील्ड और कूट्स ने पुलिस की जिस तरह से मदद की, उससे जेल के अधिकारियों को मजा आ गया।

वे कैदियों के सगे-सम्बन्धियों से कहते : 'रुपए लाओ, खाना लाओ, खाली हाथों भी कोई आसामी से मिलने आता है?'

'मुण्डा लोगों के माँ, बाप, पत्नी, बच्चे, भाई, बहन की देने की सामर्थ्य

कितनी है, वह तो तुम जानते ही हो!'

फिर भी वे लोग सामर्थ्य-भर ला-लाकर देते, और आँखें पोंछते-पोंछते लौट जाते। जेकब को बुलाकर कह जाते, 'साहबजी, आज भी नहीं मिलने दिया।'

जेल के अन्दर जाकर पुलिस मुण्डा लोगों से कहती, 'तुमसे मिलने कोई नहीं आता। कोई भी तो खोज-खबर नहीं लेता। अपने को बीरसाइत कहते हो? तुम्हारे अपने लोगों ने अब बीरसा-धर्म छोड़ दिया है!'

कहते, 'जेल में रहते हो, सरकार का भात खाते हो। उधर अकाल में तुम्हारे लोग सब मर रहे हैं। मिशन, महाजन, दिकू, जमींदार सबको मारना चाहा था न तुमने? अब वे कोई मदद नहीं कर रहे हैं। करें भी क्यों? वे जिन्दा रखते थे, तुम बेईमानी नहीं करते थे? बेईमानी करते वक्त कभी खयाल नहीं आया?' ''

''मैं उनके पास जाऊँ, सान्त्वना की बात कहूँ, ऐसा कोई साधन भी नहीं था। मुण्डा लोगों से किसी को मिलवाने का, बात कराने का हमें हुक्म नहीं था।''

मैजिस्ट्रेट के इजलास से दौरा अदालत। अन्त में 1900 ई. के बीचोंबीच दौरा अदालत में जुडीशियल कमिश्नर एफ.आर. टेलर की सहायता के लिए एक अतिरिक्त दौरा जज भी नियुक्त हुआ।

टेलर ने षड्यन्त्र के अपराध से सारे अभियुक्तों को रिहा कर दिया। उन्होंने षड्यन्त्र के कानून की एक नई व्याख्या निकाली। कहा, ''अपराध की व्यवस्था के समय की अवधि में षड्यन्त्र में सम्मिलित थे इसे एकदम सन्देह-हीन रूप से प्रमाणित न कर सकने पर, किसी को षड्यन्त्र के अपराध में सजा नहीं दी जा सकती।''

दल-के-दल मुण्डा रिहा होते रहे। उससे गवर्नमेण्ट ऑफ इंडिया प्रादेशिक प्रशासन पर और भी खफा हो गई। 'द स्टेट्समैन' और 'द बेंगाली' जो कहकर शोर मचा रहे थे, अन्त में वही तो प्रमाणित हुआ! दोनों अखबार तो बराबर कहते आ रहे थे : ''अधिकांश मुण्डा निरपराध हैं! कोई गवाही-सबूत नहीं है—फिर भी उन्हें गैर-कानूनी ढंग से जेल में बरस-भर रखा गया है!''

अब छोटे लाट भी लीगल रिमेंबरेंसर पर बिगड़ गए। उन्होंने कहा था न, ''हर एक के विरुद्ध काफी सन्तोषजनक प्रमाण-गवाही जुटाई गई है।'' उन्होंने कहा था, ''पूरे-के-पूरे दल को ही सजा मिलेगी।

जेकब, 'द बेंगाली' और 'द स्टेट्समैन' के एक साथ लड़ाई करने के परिणामस्वरूप 1900 ई. के नवम्बर में एक दिन मुण्डा विद्रोह का मुकदमा समाप्त हो गया। उस दिन दिखाई पड़ा कि राँची और सिंहभूम में 482 मुण्डाओं का फैसला हुआ। सिर्फ 98 मुण्डाओं को ही सजा मिली। 68 लोगों से शान्तिपूर्वक रहने को कहा गया; 296 लोग रिहा हुए। 462 लोगों का विचार तो हुआ! विचाराधीन अवस्था में मृतकों की संख्या, बीरसा को लेकर, इतने दिनों में बीस तक आ पहुँची!

एतकेदी में कांस्टेबल को मारने के लिए गया मुण्डा, उसका बेटा सानूरे मुण्डा, और चक्रधरपुर में कांस्टेबल की हत्या के लिए सुखराम मुण्डा को फाँसी का हुक्म हुआ।

40 लोगों को जीवन-भर के लिए कालापानी की सजा हुई। पाँच लोगों को सात या उससे अधिक बरस के लिए बामुशक्कत कारावास की सजा हुई। 24 को पाँच बरस के कड़े कारावास की सजा हुई। चार लोगों को तीन बरस का कठोर कारादण्ड मिला। गया मुण्डा की लड़की, पत्नी, लड़के की पत्नी, और साथ में एक बरस-भर का बच्चा था। लड़की, लड़के की पत्नी और बच्चे को अन्त में एक दिन का कारादण्ड देकर छोड़ दिया गया।

सिर्फ बयासी लोगों की बात लिख सका। शेष सोलह लोगों की बात नहीं जानता।

गया, सानूरे और सुखराम की फाँसी का हुक्म रद्द करने के लिए जेकब ने बड़े लाट के पास भी अपील की। बड़े लाट ने वह प्रार्थना नहीं मानी।

''सब के जाने के बाद मेरे साथ गया, सानूरे और सुखराम की बातें हुईं। उस समय उनसे बातें करने के लिए मुझ पर कोई रोक-टोक नहीं रही थी।

गया ने सहसा मुझसे कहा, 'जब तक हम हैं, तब तक तू भी रह, बाबू।' ''

''क्यों कहा था, बीरसा? उसने क्या समझा था कि उसके साथ-साथ मेरे अन्दर, मेरे मूल्यबोध में, मेरे विवेक में कहीं एक अध्याय की मृत्यु हो जाएगी?

उसने क्या समझा था कि मैं काम छोड़ दूँगा? नहीं तो क्यों पिता की तरह, स्नेहशील पिता की तरह, उसने पूछा, 'तू खाएगा क्या? तू क्या मुण्डा है कि जिसे न खाने का, भूखे रहने का अभ्यास हो?' ''

पिता की तरह...! पिता क्या होता है, माता क्या—मुझे पता नहीं। मैं तो अनाथाश्रम की ड्योढ़ी पर फेंका गया अनजान नवजात शिशु था।

मेरी आँखों से आँसू बह रहे थे। फाँसी का हुक्म सुनकर, अपील की अर्जी विफल हो गई। यह जानकर भी निरन्न, गरीब, वृद्ध मुण्डा, यही सोच रहा था कि मैं क्या खाऊँगा!

''धानी मुण्डा ने कहा, 'लड़का रोया क्यों?'

गया मुण्डा ने कहा था, 'मेरे सानूरे, मेरे जईमासि का-सा तो लड़का है! मेरे दुःख से रो रहा है।'

मुझसे बोला था, 'रो मत रे! मरने का मुझे सचमुच डर नहीं है। बीरसाइत मरने से क्या डरता है? उन्हें मरते देखा था न? वे क्या डरे थे?' ''

गया और सुखराम को पहले फाँसी हुई थी, उसके बाद सानूरे को। मरने के पहले उसने बहुत-से पानी से नहाना चाहा था, नया और साबित कपड़ा पहनना चाहा था, कुछ खाना नहीं चाहा।

''उन तीनों में कोई भी पहान का मन्त्रोच्चार नहीं सुनना चाहता था, वे केवल तुम्हारा नाम ही ले रहे थे।''

''उसके बाद मैंने नौकरी से इस्तीफा दे दिया।

जेकब ने पूछा, 'क्यों?'

''क्यों, यह क्या मुझे भी खुद खाक-धूल पता है? मेरा कुछ भी तो नहीं है! मैं इसी शिक्षा-व्यवस्था, समाज-व्यवस्था का आदमी हूँ। यह व्यवस्था न तो देती है मौलिक मानवीय अधिकार, न सिखाती है विवेक-बोध। मुण्डा विद्रोह के मामले में बंगाली किरस्तान अमूल्य अब्राहम को क्यों तकलीफ होती है? क्यों मुकदमे के खत्म होने पर मैंने नौकरी छोड़ दी?''

''मुझे अब और कुछ छोड़ने को नहीं रहा! मैं अब और कुछ कर नहीं सकता। मेरी उँगलियाँ कितनी पतली हैं, चमड़ा कैसा मुलायम है, मैं न तो तीर छोड़ सकता हूँ, न जानता हूँ बलोया चलाना। मैं इतना ही कर सकता था! बाकी जीवन-भर तुम्हें समझने की कोशिश करूँगा।

तुम्हें! तुम कौन हो? तुम क्या समय से पहले पैदा हुए थे? या समय ने ही तुम्हें पैदा किया था?

तुम्हारा आन्दोलन क्या था? मुण्डा लोग क्या जंगल पर अधिकार पा सकेंगे? आदिम गाँव में उनके पैदा होने का अधिकार क्या कभी माना जाएगा? उनके जीवन से महाजन, बनिए, जोतदार, जमींदार, हाकिम, अमले-थाना, बेगारी के पत्थरों का-सा भार कभी उतर जाएगा?

जब तक नहीं उतरेगा, तब तक क्या तुम मर सकते हो? शरीर के मर जाने से अमूल्य अब्राहम की तरह के आदमी मर जाते हैं। शरीर के मरने पर बीरसा भी मरता है?''

''मैं चालकाड़ गया था, पहले बोर्तोदि गया था। डोन्का मुण्डा को पहले हुआ फाँसी का हुक्म, उसके बाद अपील के परिणामस्वरूप सजा घटकर रह गई जन्म-भर के लिए कालापानी।''

''बीरसा, वह छतनार का पेड़ देखा? अब 1901 ई. का नवम्बर है। अभी भी उस पेड़ में फूल हैं।

पेड़ के नीचे साली बैठी थी। मुझे धानी ले गई थी। धानी के साथ मुझे देखकर ही वह समझ गई कि मैं उसका दुश्मन नहीं हूँ।

मुझे बरामदे में बैठाया। चावल की किनकी पकाकर खाने को दी। परिबा धूल से लिपटा खेल रहा था। साली बोली, 'बात नहीं सुनता! बस खेलता रहता है।'

मेरे लौटने के वक्त साली और धानी पेड़ के नीचे आकर खड़ी हो गईं। मैंने कहा, 'डोन्का नहीं रहा। अब तुम्हारा कैसे चलेगा?'

साली की आँखें मुस्कुरा उठीं। बोली, 'क्यों? तकलीफ होगी। भगवान सिखा गए हैं कि उलगुलान का अन्त नहीं है। भगवान का मरण नहीं हुआ। मुण्डा के जीवन में कष्ट का अन्त होना ही तो भगवान का मरण होना है। उलगुलान का अन्त मानना होगा? बताओ?'

मैं कुछ कह न सका। उसके बाद आया चालकाड़।''

''मैं जहाँ बैठकर यह नोटबुक लिख रहा हूँ बीरसा, यह एक चौड़ा-सा पत्थर है।

पत्थर के बीच से होकर नदी बह रही है। नदी का नाम नहीं मालूम, किसी दिन मालूम कर लूँगा।

लिख रहा हूँ, और बीच-बीच में सिर उठाकर देख लेता हूँ। सामने नदी की ओर देखती हुई एक बुढ़िया मुण्डा माँ बैठी है। तुम्हारी माँ! करमी!

रोज सवेरे कोम्ता की लड़की उसे हाथ पकड़कर ले आती है, यहाँ बैठा जाती है। दोपहर को कोम्ता की स्त्री उसे यहाँ खाना लाकर खिला जाती है। रोज तीसरे पहर, नदी में बाघ के पानी पीने का वक्त होने पर मैं, या सुगाना तुम्हारा बाप–उसका हाथ पकड़कर उसे वापिस उठा ले जाते हैं।

उसका निश्चित विश्वास है कि किसी दिन तुम लौट आओगे, इसलिए वह तुम्हारी राह देखते-देखते पत्थर हो जाएगी। उस दिन उसे घर नहीं लौटना होगा।

वह कहती है, 'तुम लोग मुझे घर क्यों उठा ले जाते हो? यह नदी, गाछ, पहाड़, धरती, देख-देखकर ही मैं उसे लौटा पाती हूँ।'

यहाँ से देखने पर वह पत्थर की मूर्ति ही-सी लगती है। उसके रूखे सफेद बाल इकट्ठे कर बँधे हैं, शरीर के चमड़े में और मुँह पर असंख्य झुर्रियाँ हैं, आँसू-रहित आँखें बहुत दूर पर अभी भी तुम्हारी राह देख पाती हैं।''

''मैं लिख रहा हूँ। मेरे बिलकुल नीचे से नदी बहती है। मैं अन्तर में उसकी बात सुन सकता हूँ। पथरीली धरती, बिना फल के पेड़ों के जंगल का बन, क्षितिज तक लहरों से खेलते उद्धत पहाड़! मेरे शरीर से बर्फीली हवा टकराती है। वे सब मुझसे कहते हैं, 'हम जिस तरह चिरकाल से हैं, संग्राम–बीरसा का संघर्ष–भी वैसा ही है। धरती पर कुछ समाप्त नहीं होता–मुण्डारी देश, धरती, पत्थर, पहाड़, बन, नदी, ऋतु के बाद ऋतु का आगमन–संघर्ष भी समाप्त नहीं होता, इसका अन्त हो ही नहीं सकता। पराजय से संघर्ष का अन्त नहीं होता। वह बना रह जाता है, क्योंकि मानुस रह जाता है, हम रह जाते हैं।

मैं सुन रहा हूँ। अभी भी विश्वास नहीं कर पा रहा हूँ, लेकिन सुनते-सुनते, तुम्हारी माँ को देखते-देखते, एक दिन विश्वास कर सकूँगा, यह भी मालूम है, बीरसा! तो अभी सुनूँ ही? उलगुलान का अन्त नहीं। बीरसा का मरण नहीं। बीरसा का मरण...!''

''मुझे सुनने दो। सुनना सीखे बिना मैं विश्वास कैसे करूँगा?''

●●●